강철 폭풍
속에서

강철 폭풍 속에서

In Stahlgewittern

에른스트 윙거 장편소설 ― 노선정 옮김

뿌리와
이파리

차례

전사자들에게 바침

:: 일러두기 ::

· 이 책은 Ernst Jünger의 *In Stahlgewittern*을 완역한 것이다.
· 모든 주석은 옮긴이가 붙인 것이며 각주로 처리했다.

1

샹파뉴의 석회암 무덤

기차가 멈추었다. 바장쿠르, 샹파뉴의 한 소도시다. 모두 기차에서 내렸다. 엄청난 경외심을 가득 품은 채, 전방의 압연 공장에서 들려오는 소음과 그 느린 박자에 귀를 기울였다. 앞으로 수년간 우리에게 아주 익숙해질 소리였다. 12월의 회색빛 하늘에 유산탄의 흰 탄알들이 터져 하얀 공 모양으로 퍼지고 있었다. 전투의 기미를 느끼자 우리 몸에 오싹 전율이 일었다. 이 순간, 짐작이나 했을까? 저 뒤편에서 음울하게 우르릉거리던 낮은 소리가 천둥소리로 변해 머리 위로 쏟아지는 날들을 보내며―누군가는 좀 더 일찍, 누군가는 좀 더 늦게―전쟁이 우리 대부분을 꿀꺽 집어삼킬 것을 어찌 상상이나 할 수 있었겠는가?

우리는 대학 강의실과 학교 책상, 공장의 작업대를 박차고 나왔다. 그리고 몇 주간의 짧은 훈련을 거쳐 벅찬 감정을 느끼며 전사의 육체로 개조되었다. 안전한 시대에 태어난 우리는 무엇인가 특별한 것, 굉장하고 위험천만한 것을 동경했다. 전쟁은 그런 우리를 사로잡았다. 비처럼 쏟아지는 꽃잎을 맞으며 우리는 장미와 피의 환각에 도취된 채 밖으로 이끌려나왔다. 전쟁이야말로 뭔가 위대한 것, 강력한 것, 장엄한 것을 가져다줄 것 같았다. 전쟁이야말로 남자다운 일이며, 꽃들이 만발하고 붉은 피로 물든 초원 위에서 벌이는 유쾌한 총격전이라고 믿었다. "세상에 이보다 아름다운 죽음은 없으며……." 아, 마냥 집구석에만 처박혀 있다니, 제발 저도 함께 데려가주세요!

"각 소대별로 집합!" 하지만 한껏 열기에 달아오른 환상은 샹파뉴의 무거운 진흙 바닥을 행진하는 동안 차츰 퇴색했다. 배낭과 탄약통, 총은 납덩이가 되어 어깨를 짓눌렀다. "짧은 보폭으로 행진! 야, 저 뒷줄, 졸지 마!"

마침내 우리는 오랭빌 마을에 도착했다. 그곳은 제73소총연대의 근거지였고, 그 지역의 허술한 군부대 중 한 곳이었다. 정원으로 둘러싸인 옛 영주의 저택 주위에는 벽돌과 석회암으로 지은 작은 집 오십 채가 서 있었다.

마을 거리에서 일어나는 어수선한 일들은 도시의 질서에 익숙한 눈에는 낯선 풍경이었다. 누더기를 걸친 민간인 몇 명이 보였다. 낡고 해진 군복을 입고 비바람에 쓸린 얼굴로 덥수룩한 수염을 기른 군인들이 도처에 있었다. 그들은 느릿느릿 거닐거나 집 앞에 삼삼오오 떼를 지어 모여서 우리 신참들에게 농담을 던졌다. 성문을 통과하는 길에 있는 야전 취사장에서는 화덕의 불꽃이 이글거렸고 완두콩 수프 냄새가 풍겼다. 식사 당번병들은 그릇을 덜거덕거리며 화덕 주위에서 웅성거렸다. 그나마 이곳의 생활은 조금 둔하고 느긋하게 흘러가는 듯했다. 영락하는 마을 풍경 속에서 그런 인상은 더욱더 깊어졌다.

커다란 헛간에서 하룻밤을 보낸 뒤에 우리는 연대부관 폰 브릭슨 중위 앞에서 열병했다. 나는 제9중대로 배치되었다.

전쟁에 참여한 첫날, 우리는 결정적인 인상을 받았다. 숙소로 정해진 어느 학교 건물에 앉아 아침식사를 할 때였다. 갑자기 가까운 곳에서 일련의 둔탁한 진동이 느껴졌고, 모든 병사가 건물에서 뛰쳐나와 마을 입구를 향해 달렸다. 왜 그러는지도 모르는 채 우리도 다른 병사들이 하는 대로 따랐다. 다시 한 번 머리 위에서 펄럭거리는, 또는 쉭 하는 기이한 소리가 울렸고, 곧 요란한 굉음으로 이어졌다. 내 주위로 뛰어가는 사람들이 끔찍한 위험에 처한 것처럼 상체를 숙이는 모습을 보니 놀라웠다. 모든 게 어쩐지 우습게만 느껴졌다. 전혀 이해할 수 없는 행동을 하는 사람들을 보는 기분이었다.

곧 인적 없는 마을 길에 어두운 형체들이 나타났다. 그들은 양손에 검은 보퉁이 같은 것을 힘겹게 끌고 있었다. 나는 비현실적이고 답답한 느낌을 받은 채 피범벅이 된 한 형체를 보았다. 그의 다리는 힘없이 덜렁거렸고 이상한 각도로 꺾여 있었다. 그는 죽음이 시시각각 목을 조르기라도 한다는 듯이 쉰 목소리로 끊임없이 "살려주세요!"를 연발했다. 그 형체는 적십자 깃발이 나부끼는 한 건물 안으로 이송되었다.

방금 그건 뭐지? 전쟁은 날카로운 갈퀴를 드러내며 여유로운 모습으로 위장했던 가면을 벗어던졌다. 참으로 묘한 느낌이었고, 나와는 아무런 관계가 없는 상황처럼 보였다. 적 같은 것을 상상할 겨를도 없었다. 그 비밀스럽고 음험한 존재들이 저 뒤 어딘가에 숨어 있으리라고 생각하기가 무섭게 전쟁은 우리의 경험을 완전히 뛰어넘을 정도로 강렬한 인상을 남겼다. 우리는 너무 놀라 무슨 일이 일어난 것인지를 파악할 수도 없었다. 벌건 대낮에 나타난 유령 같은 것이었다.

첫 발포로 성 안에 있던 사람들이 혼비백산해서 성 밖으로 막 몰려나가던 순간, 성문에서 포탄이 터지면서 돌과 파편이 입구 쪽으로 튀었다. 이 때문에 열세 명이 목숨을 잃었는데, 그중에는 음악가인 게브

하르트도 있었다. 내게는 하노버 야외연주회로 잘 알려진 인물이었다. 줄에 묶여 있던 말들은 사람들보다 위험을 더 빨리 알아채고 재빨리 성 안마당으로 달려가 해를 입지 않았다.

금방이라도 포격이 다시 시작될 수 있었지만 억누를 수 없는 호기심이 나를 사고 현장으로 이끌었다. 포탄이 터진 지점 근처에 어느 장난꾸러기가 '포탄 투하 지점으로 가는 길'이라고 써놓은 푯말이 대롱대롱 매달려 있었다. 그 성은 이미 위험한 곳으로 잘 알려진 모양이었다. 거리는 붉은 피바다였다. 여기저기에 구멍 난 철모와 검대劍帶가 널브러져 있었다. 육중한 철제문은 산산조각났고, 튀어온 파편들을 맞아 벌집이 되어 있는 데다, 자동차 진입을 막기 위해 설치해놓은 돌에도 피가 튀어 있었다. 나는 내 두 눈이 마치 자석에라도 이끌린 듯이 바로 이 순간에 고정되어 있다고 느꼈다. 그와 동시에 내면에서 뭔가 아주 큰 변화가 일어나고 있었다.

동료들과 대화를 나누면서, 나는 그들 중에도 이 사건 때문에 전쟁에 대해 품었던 환상이 깨진 사람이 있음을 알게 되었다. 이 사건이 나한테도 큰 영향을 미쳤음을 증명해주었던 것은 수많은 환청이었는데, 차량이 한 대씩 지나갈 때마다 들리는 바퀴 구르는 소리가 내 귀에는 수류탄이 날아오르는 불길하고 치명적인 소리로 바뀌어 들렸다.

환청은 전쟁 내내 우리를 따라다녔다. 갑자기 예상치 못한 소리가 날 때마다 우리는 기겁하며 놀랐다. 기차가 지나가는 소리든 책이 바닥으로 떨어지는 소리든 한밤중에 나는 비명이든, 그때마다 가늠할 수 없는 위험을 느끼며 심장 박동이 한순간씩 멈추곤 했다. 그것은 사람들이 4년 내내 강력한 죽음의 그림자 안에 있었다는 증거였다. 그 어두운 땅에서 일어난 일들은 그렇게도 깊은 영향을 미쳤다. 의식 뒤편에 자리잡은 그 일들은 평상시와 다른 일이 일어날 때마다 죽음을 경고하는 문지기가 되어 의식 밖으로 튀어나왔다. 마치 저승사자가 모래시계와 큰 낫을 들고서 둥근 번호판 위로 매초 모습을 드러내는 시계처럼.

이날 저녁, 마침내 고대하던 순간이 왔다. 중무장하고 진지로 들어서는 순간이었다. 베트리쿠르 마을이 어둠 속에서 모습을 드러냈고, 폐허가 된 그 마을 길은 쓸쓸한 느낌을 주었다. 우리는 소나무 숲 속에 있는 한 산장을 향해 나아갔다. '꿩 사육장'이라는 이름이 붙은 이 산장에는 연대가 주둔하고 있었는데, 이날 저녁 제9중대도 이곳으로 배치되었다. 중대를 지휘하는 사람은 브람스 소위였다.

우리는 도착해서 몇 개의 소대로 나뉘었고, 곧이어 수염을 기르고 진흙을 잔뜩 묻힌 전우들에게 둘러싸였다. 그들은 다소 모순적인 자비심으로 우리를 맞아주었다. 그들은 하노버가 어떤지, 전쟁이 곧 끝날 수 있는지 물었다. 그러고 나서 대화는 다른 방향으로 흘러 보루와 야전 취사장, 참호 구간과 포격, 진지전에 관한 주제들로 옮겨갔으므로 우리는 정신없이 그들의 말에 귀를 기울였다.

잠시 후 오두막 같은 우리 숙소 앞에서 고함이 들렸다. "밖으로 나와!" 우리는 소대별로 줄을 섰고 "탄알집 장전, 조정간 위치 안전!"이라는 명령에 따라 은밀한 기쁨을 느끼며 실탄 한 클립을 탄창에 장전했다.

그리고 침묵의 시간이 뒤따랐다. 일렬종대로 서서 잡목으로 뒤덮인 컴컴한 숲을 가로질러 곧장 앞으로 나아갔다. 이따금 총알이 날아오거나 로켓이 쉬익 하는 소리를 내며 터지기도 했다. 유령의 불빛처럼 아주 짧은 순간 번쩍인 로켓의 빛은 이내 아까보다 훨씬 더 짙은 어둠을 남겼다. 총기와 야전삽이 덜거덕거리며 내는 단조로운 소리는 "조심해, 철조망이다!"라는 경고로 잠시 중단되었다.

그리고 갑자기 무엇인가 우지끈 부서지며 욕하는 소리가 들렸다. "제기랄! 구덩이를 봤으면 말을 해줘야 할 거 아니야!" 이때 상병 한 명이 끼어들었다. "그렇게 소리 지르지 마! 설마 프랑스놈들의 귓구멍이 막혔다고 생각하는 건 아니겠지?" 우리는 좀 더 빨리 나아갔다. 밤 시간이 주는 불안감, 깜박거리는 조명탄들의 불빛, 소총 발사 때마다 간헐적으로 번쩍이는 불꽃 때문에 우리의 정신은 묘하게도 말짱했다. 이따금 빗나간 총알이 차갑고 얇은 소리를 내며 스쳐 지나가 먼 곳 어딘가로 사라졌다. 반쯤은 우울한 슬픔에 빠져서, 반쯤은 흥분 상태로 모든 것이 사멸한 풍경을 통과하며 전투의 앞 대열로 걸어갔던 그 첫날 이후에도 나는 얼마나 자주 그런 행진을 거듭했던가!

마침내 우리는 밤을 가로질러 진지로 통하는 흰 뱀처럼 꼬인 교통호交通壕 중 한 곳에 숨어들었다. 그곳에서 나는 고독과 한기를 느끼며 두 엄폐호 사이에 서 있었고, 참호 앞에 한 줄로 늘어선 소나무에 정신을 집중하려고 애썼다. 소나무들 속에서 갖가지 환영이 튀어나와 눈앞에 어른거렸다. 빗나간 총알이 후드득후드득 소리를 내며 연달아 나뭇가지 옆을 스쳐 지나갔다. 이 끝도 없는 시간 동안 그나마 기분을 전환할 거라고는, 나보다 나이 많은 동료와 함께 아주 길고 좁다란 통로를 지나 앞쪽에 있는 초소로 가서 전방의 상황을 관찰하는 일이었다. 나는 차가운 석회 대피호 안에 몸을 누이고 2시간쯤 잠을 청할 수 있었다. 아침이 밝을 무렵 내 얼굴은 다른 이들과 마찬가지로 창백하고 얼룩덜룩 진흙투성이였다. 이 땅굴에서 두더지 같은 생활을 벌써 몇 달이나 계속한 것처럼 느껴졌다.

연대는 르고다 마을 건너편 샹파뉴의 석회암 땅을 가로지르며 구축되어 있었다. 오른쪽으로는 포탄으로 산산이 부서진 숲에 걸쳐져 있었고, 그 뒤로는 거대한 사탕무밭을 지나며 지그재그 모양으로 형성되어 있었다. 들판에서는 전사한 공격자들의 선명한 붉은색 바지를 볼 수 있었다. 진지는 어느 개울로 이어지며 끝났다. 정찰대는 밤마다 이 개울을 건너 제74연대와 연락을 취했다. 개울은 음울한 나무들로 둘러싸였고 개울물은 다 부서진 물레방아 위를 졸졸 흘렀다. 이 물은 몇 달 전부터 한 프랑스 식민지군 연대의 주검들을 씻어주며 흘러가고 있었다. 주검의 얼굴은 시커먼 양피지로 만든 것처럼 보였다. 밤에는 달과 구름이 앞서거니 뒤서거니 하며 그림자를 드리웠고, 졸졸거리는 물소리에 이상한 소리가 섞여들었다. 갈대가 바람에 나부끼며 서걱댈 때마다 그곳에 머문다는 것이 으스스하게 느껴졌다.

고된 일과였다. 새벽 어스름과 함께 하루가 시작되었고, 모두가 참호 속에 계속 서 있어야 했다. 밤 10시부터 새벽 6시까지는 소대별로 두 명씩만 잠을 잘 수 있었으므로 누구나 밤잠이라곤 딱 2시간만 누릴 수 있는 셈이었고, 그마저도 이른 기상이나 짚을 가져오거나 그 밖의 다른 일들로 방해받기 일쑤였다.

우리는 참호 속에서 보초를 서거나 수많은 전방초소 중 한 군데에서 따로 보초를 섰다. 이 초소들은 길게 파낸 대호對壕를 통해 진지와 연결되어 있었다. 진지전을 치르는 동안 그 위치가 노출되는 바람에 곧 없어지긴 했지만, 그 대호들은 어찌 되었든 일종의 안전장치인 셈이었다.

끝없이 계속되는 이 고단한 보초 근무는 맑은 날에는 그런대로 견딜 만했다. 추위마저도 견딜 수 있었다. 하지만 1월의 날씨가 대개 그렇듯이 비 오는 날만큼은 참을 수 없이 고통스러웠다. 비가 끊임없이 내리고 습기가 머리 위에 설치한 군용천막과 외투, 군복까지 뚫고 들어와 몇 시간이고 몸속 깊이 스며들었다. 그때의 상황은 그야말로 처참했고, 근무시간이 다 되어 교대할 병사가 오는지 숨죽여 귀를 기울이는 일로도 하등 위로가 되지 않았다. 새벽녘의 어스름 속에서 석횟가루를 얼룩덜룩 뒤집어쓴 지친 형체들이 나타났다. 그들은 창백한 얼굴로 이를 딱딱 맞부딪치며 빗물이 뚝뚝 흐르는 대피호의 썩은 짚단 위로 몸을 던졌다.

아, 그런 것을 대피호라고 부르다니! 그것은 참호 안으로 입구가 너무 넓게 열려 있는 데다 석회암 바닥을 파낸 땅굴에 판자와 삽 몇 개로 지면을 덮은 엉성한 엄폐물이었다. 그러니 비가 그친 뒤에도 며칠 동안 계속 빗물이 뚝뚝 떨어지는 게 당연했다. 우리는 억지로 익살을 부려가며 그 땅굴에 '물방울 동굴', '남탕' 같은 별명을 붙였다. 그 안에서 여러 명이 한꺼번에 다리를 길게 뻗고 누워 휴식을 취할 때는 참호를 지나는 이라면 누구나 그 다리들에 걸려 넘어질 판이었다. 그런 상황에서는 낮에도 잠을 잘 기회가 많지 않았다. 게다가 우리는 낮에도 2시간씩 보초를 서야 했고, 참호를 수리하고 음식과 커피, 물을 받아와야 했으며, 그 외에도 할 일이 많았다.

이런 익숙하지 않은 생활방식은 우리에게 심한 고역이었다. 우리 대부분은 정말이지 노동이라고는 그런 단어가 있다는 것밖에는 알지 못했다. 그뿐만 아니라 이곳 전쟁터에서는 기대했던 것과는 달리 아무도 우리를 기쁘게 맞아주지 않았다. 고참들은 틈만 나면 어떻게든 우리를 '놀리려고' 했고, 귀찮거나 예상하지 못한 업무는 당연히 '전투 욕구에 불타는' 우리 몫이었다. 병영에서 시작되어 전쟁터까지 계속된 그러한 관행은 우리의 기분을 더욱 망쳤지만, 첫 번째 전투가 승리로 끝난 이후, 곧 우리가 '고참'이 되자마자 사라졌다.

중대가 예비병력으로 대기 중일 때도 별로 편안한 시간은 아니었다. 우리는 꿩 사육장이나 힐러 숲 주위를 소나무 가지로 위장한 오두막에서 살았다. 배설물을 섞어 다진 바닥은 적어도 기분 좋은 발효열을 내뿜었다. 가끔 몇 인치 높이로 괸 물웅덩이에서 잠이 깨는 일도 있었다. '팔다리가 쑤시는' 병이 있다는 말은 귀로만 들었던 나 역시 계속되는 습기의 공격에 며칠 지나지 않아 모든 뼈마디가 쑤시는 것을 느꼈다. 꿈을 꾸는 동안에도 쇠구슬이 내 몸 안에서 이리저리 굴러다니는 상상을 했다. 이곳에서도 밤은 잠을 자는 시간이 아니라 적을 공격하기 위해 더 많은 교통호를 깊게 파는 시간이었다. 프랑스 진영에서도 아무런 불빛을 볼 수 없는 칠흑 같은 밤에는, 미로처럼 얽힌 교통호에서 헤매지 않기 위해 어떻게든 본능적인 정확성을 발휘해서 앞사람의 뒤꿈치를 바짝 따라가야 했다. 그래도 바닥을 파는 것은 어렵지 않았다. 얇은 진흙과 부식토층 아래에 거대한 석회암층이 있었는데, 석회의 무른 성질 때문에 도끼로도 쉽게 부서졌다. 도끼날이 암석 속에 띄엄띄엄 박혀 있는 주먹만 한 황철광 결정에 닿을 때는 초록색 불꽃이 튀었다. 그 돌들은 주사위 모양의 자잘한 돌들로 이루어져 있었고, 잘라내면 빛줄기를 길게 내뿜으며 영롱한 빛을 발했다.

이 단조로운 풍경에서 그나마 우리를 설레게 했던 희망의 빛이라고는 매일 저녁 힐러 숲의 한 모퉁이에 차려진 야전 취사장뿐이었다. 냄비 뚜껑이 열리면 콩이나 햄, 또는 다른 좋은 음식들의 맛있는 냄새가 퍼져나갔다. 하지만 여기에도 어두운 측면은 있었다. 자칭 미식가들이 실망한 나머지 '철조망 나물' 또는 '상한 작물'이라고 욕하던 말라비틀어진 채소가 그것이었다.

나는 훗날 그 당시에 쓴 1월 6일자 일기에서 채소 때문에 화를 내는 대목을 발견하기도 했다. "저녁마다 취사병이 뒤뚱뒤뚱 걸어와 돼지죽을 가져다준다. 얼어붙은 사탕무인 것 같았다." 14일자 일기는 이와 대조적인 기록을 담고 있다. "맛있는 완두콩 수프, 맛있는 4인분 곱빼기, 이젠 배가 진짜 부르다. 우리는 먹기 내기를 했다. 어떤 자세에서 제일 많이 먹을 수 있는지를 겨루었다. 나는 서서 먹는 편을 택했다."

그나마 넉넉하게 주어졌던 것은 불그스름한 브랜디였다. 식기 뚜껑에 받아 마시던 그 술은 증류주 맛이 강하게 났는데, 춥고 축축한 날씨에는 절대 무시할 수 없는 술이었다. 담배도 센 것만 있었지만 배급량은 충분했다. 이 시절을 돌아보면 지금도 가장 강렬하게 떠오르는 것은, 회색 칠을 한 뾰족한 철모를 쓰고 긴 외투 주머니에 손을 꽂은 채, 총안 뒤에 서서 개머리판 너머로 파이프 연기를 내뿜고 있던 병사들의 모습이다.

가장 편안했던 시간은 오랭빌에서의 휴가일이었다. 여기서는 잠도 푹 잘 수 있었고, 옷과 장비를 깨끗이 씻거나 훈련을 받으며 시간을 보냈다. 중대는 커다란 헛간에서 묵었는데, 그 안에는 닭장으로 오르는 사다리 같은 계단 두 개가 출구와 입구를 대신할 뿐이었다. 건물은 여전히 건초더미로 가득했지만 그래도 그 안에는 화덕이 있었다. 어느 날 밤 나는 자다가 화덕 가까이로 갔고, 동료들이 내 몸에 붙은 불을 끄느라 소란스러워졌을 때에야 비로소 잠에서 깼다. 군복의 등 부분이 심하게 타버린 것을 보니 머리털이 쭈뼛했다. 그 후로 오랫동안 나는 누더기처럼 된 군복을 입고 다녀야 했다.

연대에서 보낸 시간이 얼마 되지 않아 우리가 처음에 가졌던 환상들은 모두 깨지고 말았다. 우리가 바랐던 위험과 모험 대신 오물과 노동, 잠 못 이루는 밤들이 주어졌고, 그 모든 것을 견뎌내기 위해서는 일종의 영웅주의가 필요했다. 그러나 그보다 더 힘든 것은 지루함이었다. 병사에게 지루함이란 눈앞의 죽음보다 훨씬 더 고통스러운 일이다.

우리는 공격명령이 떨어지기만을 고대했다. 그러나 우리는 전장에 투입되기에는 가장 안 좋은 순간을 골랐다. 왜냐하면 우리가 계획한 행동 하나하나가 모두 고착상태에 빠졌기 때문이다. 적군의 참호가 더욱 정교하게 만들어지고 적의 화력도 더욱 파괴력을 갖추면서 아주 작은 규모의 공격 시도조차 불가능해졌다. 우리가 도착하기 몇 주 전에는 한 아군 중대가 허울뿐인 엄호사격 아래, 정찰대를 고작 몇백 미터 앞으로 보내어 부분공격을 감행했다. 프랑스군은 마치 사격장에서처럼 그들을 쉽게 쏘아 넘어뜨렸고, 몇 안 되는 사람만이 적군의 철조망까지 침투할 수 있었다. 그 소수의 생존자는 남은 하루를 구덩이 속에 숨어 밤이 되기를 기다렸고, 어둠을 틈타 출발 지점으로 되돌아왔다.

병사들이 계속해서 무리해야 했던 이유는 병력을 다른 방법으로 사용해야 하는 참호전이 지휘자들에게는 새롭고 갑작스러운 방식의 전쟁 형태였다는 점에서도 기인했다. 참호를 구축하려고 엄청나게 많은 초소를 만들고 끝날 줄 모르는 노역 작업을 강행했는데, 이는 상당 부분 불필요했을 뿐만 아니라 해롭기까지 했다. 참호의 규모 문제가 아니라 그 뒤에 선 병사들의 용기와 활력이 관건이었다. 참호를 점점 깊게 판 덕분에 병사 몇 명이 머리에 총알을 덜 맞았는지는 모르겠지만, 바로 그 때문에 군대가 방어를 위해 구축한 시설물에 안주하는 결과를 낳았고, 시간이 지날수록 이 안전한 상태를 포기해서는 안 된다는 요구가 늘었다. 게다가 참호를 유지하는 데에 드는 노고 역시 점점 더 커져만 갔다. 그곳에서 일어날 수 있는 일들 중에서 가장 불쾌한 것은 기온

이 올라가 얼음이 녹는 것이었다. 한파로 꽁꽁 얼어 부풀어 올랐던 참호의 석회벽이 녹으면서 허연 곤죽이 흘러내렸기 때문이다.

물론 우리는 참호 속에서 총알이 횡횡 날아가는 소리를 들었고, 이따금 랭스의 요새에서 날아오는 몇 발의 포탄을 맞기도 했다. 하지만 이 작고 사소한 전쟁의 신호들은 우리의 예상에서 한참 벗어나 있었다. 물론 의도하지 않은 것처럼 보이는 사건 뒤에는 가끔씩 피바람을 알리는 경고가 숨어 있었다. 예컨대 7월 8일에 포탄 하나가 '꿩 사육장'에 떨어져 우리 대대의 부관인 슈미트 소위가 죽는 일이 벌어졌다. 그것은 명백히 이 꿩 사육장의 주인이 프랑스 포병대장이라는 메시지였다.

포병대는 참호진지들 바로 뒤편에 있었다. 심지어 제1선을 향해 야포가 장착된 채로 군용천막 아래 허술하게 감춰져 있었다. 나는 화약가루를 뒤집어쓴 포병들과 대화를 나누면서 그들이 포탄이 터질 때보다 소총을 쏠 때 나는 휘파람 같은 소리에 더 불안해하는 것을 보고 놀란 적이 있다. 물론 흔한 현상이다. 자신이 근무하는 곳에 내재된 위험은 언제나 더 당연하다고 생각되거나 덜 충격적으로 다가오는 법이다.

빌헬름 2세의 탄생일인 1월 27일 자정, 우리는 황제에 대한 경의를 표하기 위해 만세를 세 번 외쳤고 모든 전방 지역에서 〈황제 폐하께 승리의 화환을!〉이라는 노래를 불렀다. 프랑스군은 총격으로 화답했다.

이즈음에 나는 불쾌한 일을 경험했다. 하마터면 군 경력을 너무 빨리 불명예스럽게 마칠 뻔한 일이었다. 중대는 진영의 왼쪽 날개에 자리잡고 있었는데, 나는 밤샘 근무를 마친 뒤에 동료와 함께 개울 바닥에서 2인 보초 근무를 서라는 임무를 받았다. 나는 너무 추운 나머지 금지된 일임에도 내 옆에 있던 덤불 안에 총을 세워두고 담요를 머리 위로 뒤집어쓴 채 나무에 기대어 있었다. 갑자기 내 뒤에서 무슨 소리가 들려와 무기를 잡기 위해 손을 뻗었다. 아차, 하지만 총은 거기에 없었다. 당직사관이 몰래 다가와 총을 숨겼던 것이었다. 그는 나를 벌주기 위해 도끼 하나만 들고 프랑스군 초소가 있는 곳을 향해 100미터쯤 걸어가라고 명령했다. 목숨을 잃을지도 모를 담력 시험이었다. 내가 그 이상한 벌을 받는 동안에 의용병 세 명이 넓은 갈대밭을 지나 정찰에 나섰고, 그들은 즉각 프랑스군에게 발각되어 총격을 받았다. 그중 랑이라는 이름을 가진 한 병사가 총에 맞았는데, 그 후로 아무도 그를 보지 못했다. 밤새 그 근처에 서 있던 내게도 일제사격이 퍼부어져서 내가 등을 기대고 있던 버드나무의 가지들이 귓가에서 채찍질 소리를 냈다. 나는 이를 악물고 오기로 끝까지 버텼다. 땅거미가 지자 부대에서 나를 데리러 왔다.

이 진지를 완전히 떠난다는 말을 들었을 때 우리 모두는 진심으로 기뻐했다. 우리는 커다란 헛간에서 맥주를 마시며 오랭빌과의 이별을 축하했다. 1915년 2월 4일, 우리는 작센의 한 연대와 교대하고 바장쿠르로 돌아갔다.

2

바장쿠르에서 아통샤텔까지

바장쿠르, 샹파뉴에 있는 이 작고 황량한 도시에서 우리 중대는 한 학교 건물에 머물렀다. 우리가 깨끗이 정돈하자 학교는 금세 평화로운 막사로 변모했다. 매일 아침 정확한 시간에 우리를 깨우는 당직사관과 내무반 근무자가 있었고, 매일 저녁 분대장이 점호를 했다. 아침에는 각 중대가 도시 바깥의 황량한 들판으로 이동해 2시간가량 엄격한 군사훈련을 받았다. 며칠 후, 나는 이런 환경에서 벗어났다. 내가 속한 연대에서 나를 따로 교육하려고 르쿠브랑스로 보냈기 때문이다.

르쿠브랑스는 아늑한 석회암 구릉에 자리잡은 작은 외딴 마을이었다. 이 마을은 우리 사단의 모든 연대에서 파견된 젊은이들이 특별히 선발된 장교와 하사들에게 철저한 군사교육을 받는 곳이었다. 제73연대 병사들은 이런 점에서, 아니 그뿐만 아니라 다른 많은 점에서 호페 소위의 덕을 많이 보았다.

세상과 격리된 이 외딴 마을에서의 생활은 병영훈련과 상아탑의 자유가 묘하게 어우러진 것이었다. 불과 몇 달 전만 해도 우리 중 많은 이들이 독일 대학의 강의실과 연구실에 있었다. 낮에는 젊은이들이 군

사기술을 철저히 익혀 병사로 연마되었고, 밤에는 그들과 그들을 가르치는 교사들이 몽코르네의 상점들에서 가져온 술통 주위로 모여 우리가 받은 훈련량 못지않은 술을 마셨다. 아침이 되어 술집에서 각 분과의 병사들이 몰려나오면 그 작은 석회암 건물들은 대학 축제 때와 같은 이상한 광경을 연출했다. 우리를 가르쳤던 한 대위는 그 뒤에 이어지는 오전 시간 동안 평소보다 열심히 학생들을 가르치는 습관이 있었다.

우리는 48시간 동안 쉬지 않고 훈련을 받은 적도 있었다. 다음의 이유 때문이었다. 술집이 문을 닫으면 우리는 대위를 숙소로 안전하게 데려다주고는 했다. 그런데 어느 날 저녁, 라우카르트 선생*을 떠올리게 하는 한 친구가 술에 잔뜩 취한 채 이 중요한 임무를 맡게 되었다. 얼마 지나지 않아 다시 돌아온 그는 기쁨에 넘치는 얼굴로 그 '늙은이'를 침대가 아니라 외양간에 눕혔다고 말했다.

그냥 넘어갈 리가 없었다. 우리가 막 숙소로 돌아와 잠자리에 들려고 할 때 초소에서 요란한 경보음이 울렸다. 우리는 욕을 퍼부으며 다시 장비를 갖추고 경보음이 울리는 광장으로 뛰어갔다. '늙은이'가 당연히 기분 나쁜 표정으로 서서 큰일을 벌이는 중이었다. 그는 고함으로 우리를 맞이했다. "화재경보다! 초소가 불타고 있다!"

우리는 놀란 눈으로 지켜보는 지역 주민들 앞에서 소방차를 끌고 와 호스를 연결했고, 기술적으로 물을 뿌려 위병소를 물바다로 만들었다. '늙은이'는 돌계단 위에 서서 점점 더 화가 난 얼굴로 훈련을 지휘했고, 끊임없이 고함을 치며 우리가 쉬지 않고 움직이도록 다그쳤다.

---

* 만물박사의 한 예다. 독일 작가(1758~1822). 제1차 대프랑스동맹전쟁(1793~1797)에 참전했고 그 경험을 토대로 자전적 소설을 썼다.

이따금 그는 특별히 화를 돋우는 병사나 민간인을 불러다 호통을 치기도 했고, 당장 끌고 가라는 명령을 내리기도 했다. 그 불행한 자들은 순식간에 건물 뒤로 끌려감으로써 그의 눈길에서 멀어졌다. 우리는 새벽이 밝을 때까지도 여전히 부들부들 떨리는 무릎으로 소방 펌프의 수관水管 뒤에 서 있었다. 마침내 숙소로 돌아가 즉시 훈련받을 준비를 하라는 명령이 떨어졌다.

우리가 훈련장에 도착하자 '늙은이'는 벌써 그 자리에 와 있었는데, 우리를 가르치는 일에 전념하기 위해 면도를 말끔히 한, 생기 넘치고 또렷한 모습이었다.

우리끼리는 언제나 전우애가 넘치는 대화가 오갔다. 나는 여기서 친구 몇 명을 사귀었는데, 그들과의 우정은 그 후 여러 전투를 치르며 돈독해졌다. 그중 클레멘트는 몽시 전투에서 죽었고, 화가인 테베는 캉브레에서 전사했으며, 슈타인포스 형제는 솜에서 전사했다. 우리는 세 명 또는 네 명이 함께 생활하고 살림도 공동으로 꾸려나갔다. 우리가 저녁에 달걀부침과 감자구이를 해 먹은 일은 아직도 내게 푸근한 기억으로 남아 있다. 일요일에는 시골에서 흔한 토끼고기나 닭고기를 사 왔다. 저녁상을 위해 시장을 보는 일은 내가 맡았다. 한번은 식당 여종업원이 내게 영수증을 내밀었다. 식량을 조달해 가는 군인들에게서 받은 것이었다. 마치 민간의 유머 모음집이라도 읽는 기분이었다. 대개는 소총수 아무개가 이 집 아가씨의 미모에 경의를 바치고, 몸보신을 위해 달걀 열두 개를 조달해간다는 내용이었다.

주민들은 단지 병사일 뿐인 우리가 수준차는 있을지언정 모두 프랑스어를 구사하는 데에 놀랐다. 그 때문에 가끔 웃긴 일이 벌어지기도 했다. 예를 들면 클레멘트와 함께 마을 이발소를 찾아갔을 때의 일이다. 이발사가 면도하려고 칼을 들었을 때 기다리던 손님 중 한 사람이 프랑스어 중에서도 샹파뉴의 거친 사투리로 이렇게 말했다. "이봐, 아예 목까지 같이 잘라버리지그래!" 그러면서 그는 곧게 편 손을 자기 목에 갖다대며 긋는 시늉을 해 보였다.

하지만 클레멘트가 담담하게 프랑스어로 "제 목은 계속 가지고 있는 게 좋을 것 같은데요"라고 대답하는 바람에 그 손님은 깜짝 놀랐다. 그로써 클레멘트는 그야말로 전사다운 침착함을 증명해 보인 셈이었다.

2월 중순에 우리 제73연대는 페르테스에 주둔하는 연대가 대패했다는 충격적인 소식을 들었고, 우리가 그동안 전우들을 떠나 있었다는 것에 대한 자책감으로 괴로워했다. 이른바 '마녀의 부엌'에서 벌어졌던 우리 전방 구역에서의 격렬한 방어 전투는 대원들에게 '페르테스에서 온 사자들'이라는 명예로운 별명을 붙여주었다. 이 별명은 서쪽 진영의 모든 전투에서 우리를 따라다녔다. 그 외에도 우리는 '지브롤터인'이라고 알려졌는데, 군복에 단 파란색 지브롤터 띠 때문이었다. 우리는 그 띠를 1779년에서 1783년 사이에 프랑스군과 스페인군에 맞서 요새를 지켜낸 하노버 친위연대를 기념하기 위해 지니고 다녔다.

그 불행한 소식은 한밤중에 도착했다. 그때도 우리는 호페 소위를 모시고 술자리를 벌이고 있었다. 함께 술을 마시고 있었던 키 큰 베렌스—바로 '늙은이'를 외양간으로 데려갔던 친구였는데—가 첫 충격이 가신 뒤에 "맥주 맛이 떨어졌다"면서 자리를 뜨려고 했다. 하지만 호페가 군인답지 않다며 그를 붙들었다. 호페 말이 맞았다. 몇 주 후에 호페는 레제파르주에 있던 자기 중대의 사격선 앞에서 전사했다.

3월 21일, 우리는 작은 시험을 하나 치르고서 바장쿠르에 있던 우리 연대로 되돌아왔다. 그리고 연대는 폰 에미히 장군의 큰 사열식과 고별연설에 뒤이어 제10군단을 떠났다. 3월 24일에 우리는 열차를 타고 브뤼셀 지역으로 이동했다. 거기서 제76연대, 제164연대와 함께 제111보병사단으로 편입되었고, 우리는 전쟁이 끝날 때까지 그 사단에 속해 있었다.

우리 대대는 에린느에 배치되었는데, 그곳은 플랑드르의 아늑한 풍경 한가운데에 있는 소도시였다. 3월 29일, 나는 이곳에서 스무 번째 생일을 맞았다.

벨기에인들의 집에는 방이 충분히 많았지만, 우리 중대는 외풍이 심한 헛간에서 묵어야 했다. 3월의 추운 밤에는 거친 바닷바람이 휘휘 불며 지나가는 지역이었다. 그 점만 제외한다면 에린느에서의 체류는 우리에게 아주 좋은 휴식이라고 할 수 있었다. 훈련을 자주 받긴 했지만 좋은 식사를 제공받았다. 식료품도 저렴했다.

플랑드르 출신과 왈롱 출신이 반반인 주민들은 우리를 매우 친절하게 대해주었다. 나는 한 카페 주인과 자주 이야기를 나누었는데, 그는 열성적인 사회주의자였고 자유로운 정신의 소유자였다. 벨기에인들 중에는 그러한 성향을 가진 사람들이 아주 특별한 무리를 이루고 있었다. 그는 부활절에 나를 식사에 초대했고 음료수 값도 한사코 거절했다. 우리는 곧 휴일 오후에 친한 이들을 모두 불러모아 자연 풍경 속 이곳저곳에 흩어져 있는 먼 농장으로 놀러 가곤 했다. 그곳에는 언제나 눈부시게 닦여 있는 부엌이 있었고, 우리는 낮은 화덕 주위에 둘러앉았다. 화덕 위의 동그란 판에 커다란 냄비를 올려놓고 커피를 끓였다. 그곳에서는 편안하게 플랑드르어나 니더작센어로 대화를 주고받았다.

체류가 끝날 무렵에는 날씨가 좋아져서 경치 좋고 물 맑은 그 지역을 산책했다. 하룻밤 사이에 피어난 노란 눈동이나물의 그림 같은 풍경 속에 벌거벗은 병사들이 나타났다. 그들은 속옷을 무릎 위에 얹은 채 닥나무 병풍을 두른 연못가에서 이를 잡는 데에 열중하고 있었다. 나는 다행히도 그때까지는 그 고통을 겪지 않고 있었다. 하지만 전우였던 함부르크 출신의 수입상 프리프케를 도와주기로 했다. 나는 일찍이 모험심 많은 짐플리치시무스*의 수도복이 그랬듯이, 그의 모직 털 조끼에 서식하는 이를 박멸하기 위해 그 조끼 안에 무거운 돌멩이를 넣어 연못에 빠트렸다. 그런데 우리가 갑자기 에린느를 떠나왔으니, 아마도 그 조끼는 그 속에서 조용히 계속 썩고 있을 것이다.

1915년 4월 12일, 우리는 할에서 기차를 탔고, 스파이를 따돌리기 위해 먼 길을 돌아서 전방의 북쪽 구역을 지나 마르스라투르의 전장으로 갔다. 트롱빌 마을에서도 중대는 여느 때와 마찬가지로 헛간에 숙소를 정했다. 지붕이 납작하고 창문이 없는, 돌을 쌓아 만든 로렌 지방 특유의 남루한 건물이었다. 우리는 전투기 때문에 대개 사람들이 밀집한 곳에 있어야 했다. 그래도 몇 번인가 주변에 있는 마르스라투르나 그라블로트의 소도시들을 방문하고는 했다. 마을에서 몇백 미터 떨어진 그라블로트로 향하는 길은 국경을 가로질렀다. 프랑스 국경선을 표시하는 말뚝들이 여기저기에 쓰러져 있었다. 저녁에는 독일로 향하는 산책로를 걸으며 가슴 저린 향수를 느끼곤 했다.

우리가 쓰는 헛간은 다 쓰러져가는 건물이어서 2층의 썩은 판자 마루를 걸을 때면 1층 바닥으로 떨어져내리지 않도록 균형을 잘 잡아야

---

* 한스 폰 그림멜스하우젠(1622~1676)이 쓴 동명 소설의 주인공이다. 소설은 30년전쟁의 소용돌이에 휩쓸린 한 농촌 소년의 자전적 이야기를 담고 있다.

했다. 어느 날 저녁, 우리 부대가 우직한 케르크호프 상병의 지휘를 받으며 간이식탁 앞에 앉은 병사들에게 식사를 나눠주느라 한창 분주할 때였는데, 갑자기 서까래에서 거대한 떡갈나무둥치가 우지끈 소리를 내며 떨어져내렸다. 다행히도 나무둥치는 두 개의 점토 벽 사이에 걸리면서 우리 머리 위에서 멈추었다. 너무 놀라서 몸을 피하기는 했지만 맛있는 고기요리는 위에서 쏟아져내려온 먼지더미를 폭삭 뒤집어쓰고 말았다. 이 불길한 징조 뒤에 우리가 짚단 아래로 기어들기 무섭게 정문에서 우레 같은 소리가 나며 상사의 긴박한 목소리가 우리를 불러냈다. 불시의 일이 일어날 때마다 으레 그렇듯이 잠시 정적이 감돌았고, 그러고 나선 우왕좌왕 난리법석이었다. "내 철모 어딨어!", "내 도시락 가방 어디 있지?", "장화에 발이 안 들어가!", "네가 내 총알 훔쳐갔지!", "야, 아우구스트! 입 좀 닥쳐!"

그래도 결국에는 모든 것이 갖추어졌고, 우리는 샹블래 역으로 행진했다. 거기서 파니쉬르모젤까지 가는 기차를 탔다. 아침 무렵에는 모젤 언덕을 기어 올라가 프레니에 머물렀는데, 프레니는 성城의 폐허에서 우뚝 솟아나 있는 신비한 언덕 마을이었다. 이번에 우리가 묵을 헛간은 돌을 쌓아 만든 건물이었고, 그 안은 향긋한 산꽃 가루로 가득했다. 헛간의 창틈으로 모젤 산간의 포도밭과 계곡에 자리잡은 소도시 파니를 볼 수 있었는데, 그곳은 자주 포탄과 공습의 목표물이 되었다. 포탄이 여러 차례 모젤 강에 떨어지면서 거대한 물기둥이 솟아오르기도 했다.

따뜻한 봄 날씨에 기분이 들뜬 우리는 휴식시간에 아름다운 구릉의 풍경 속으로 긴 산책을 나갔다. 우리는 용기백배해서 저녁이 되어도 완전히 고요해지기 전까지는 여전히 재미있는 일을 꾸미곤 했다. 그중에서 가장 자주 쳤던 장난은 야전 물병 안에 든 물이나 커피를 코 골며 자는 병사들의 입에 들이붓는 일이었다.

4월 22일 저녁, 프레니를 떠나 아통샤텔 마을까지 30킬로미터가 넘는 길을 행군했다. 무거운 짐을 이고 갔지만 행군 도중에 탈이 난 사람은 없었다. 우리는 그 유명한 그랑 트랑셰〔대大참호〕의 오른쪽 숲에 천막을 쳤다. 모든 징조로 보아 그다음 날 우리가 전투에 투입될 것이 분명했다. 우리는 휴대용 붕대 꾸러미와 여분의 고기 통조림, 포병을 위한 신호용 깃발을 받았다.

나는 불길한 예감에 시달리며 저녁 늦게까지 잠자리에 들지 못하고 파란 물망초꽃으로 뒤덮인 나무둥치에 앉아 있었다. 모든 시대의 전사들은 이와 비슷한 분위기에 관해 회고하곤 한다. 그러고 나서 전우들을 지나 내 천막을 찾아 기어들었다. 밤에는 해골이 등장하는 어지러운 꿈에 시달렸다.

내가 프리프케에게 꿈 이야기를 하자, 그는 그 해골이 프랑스군의 해골이기를 바란다고 말했다.

3
레제파르주

아침이 되자 연초록색 어린잎들이 반짝이며 빛을 발했다. 우리는 숨겨진 길을 따라 전선 뒤에 있는 좁은 협곡으로 방향을 돌렸다. 우리는 제76연대가 20분간의 포격이 끝나고 공격에 들어가며, 예비병력으로 대기해야 한다는 말을 들었다. 12시 정각, 아군의 포병대가 포격을 맹렬히 개시했다. 그 포격 소리는 숲의 협곡에서 메아리가 되어 울렸다. 우리는 이곳에서 '집중포화'라는 어려운 단어를 들었다. 배낭을 깔고 앉아 있던 우리는 아무 할 일 없이 마음만 흥분한 상태였다. 소총수 한 명이 중대장에게 뛰어와 숨찬 목소리로 보고했다. "맨 앞의 참호 세 개가 우리 손에 들어왔습니다. 화포 여섯 개를 획득했습니다!" 갑자기 만세 소리가 울려퍼졌다. 축제 분위기가 일었다.

드디어 기다리고 기다리던 첫 명령이 떨어졌다. 우리는 긴 행렬을 이루며 앞으로 이동했다. 어지러운 총성과 함께 포격이 빗발치는 곳이었다. 결코 장난이 아니었다. 오솔길 옆에 있는 소나무 덤불 안에서 둔탁한 폭발음들이 들리고 나뭇가지들과 흙이 섞여 떨어져내렸다. 겁 많은 한 병사가 전우들이 불안하게 웃는 동안 땅에 바짝 엎드렸다. 그리고 죽음을 경고하는 외침이 병사들의 대열 속으로 울려퍼졌다. "의무병, 앞으로 나와!"

곧 우리는 폭탄이 떨어진 곳을 통과했다. 부상자는 이미 실려간 뒤였다. 폭탄이 떨어진 덤불 주변에는 피투성이 군복 쪼가리들과 살점들이 흩어져 있었다. 숨 막히도록 기이하고 무시무시한 장면이었다. 나는 가시덤불에서 사냥감을 발톱으로 찍어 잡는 등이 빨간 때까치를 떠올렸다.

그랑 트랑셰에 부대들이 서둘러 모여들었다. 물을 달라고 애원하는 부상병들이 도로변에서 몸을 움츠렸고, 들것을 나르는 포로들은 숨을 헐떡였다. 화포 견인차가 말발굽 소리와 함께 포격을 뚫고 지나갔다. 오른쪽 왼쪽 할 것 없이 포탄이 비 오듯 떨어져 부드러운 땅을 갈아엎었고, 무거운 나뭇가지들이 떨어져나갔다. 길 한가운데에는 큰 상처를 입고 죽은 말이 한 마리 쓰러져 있었는데, 그 옆으로 흘러나온 내장에서 김이 오르고 있었다. 그 피에 얼룩진 엄청난 장면 사이에는 뜻밖에도 거친 경쾌함이 있었다. 수염을 기른 한 예비군 병사가 나무에 기댄 채 외쳤다. "이봐! 바짝 쫓아가! 프랑스놈이 달아나고 있어!"

우리는 전투로 쑥대밭이 된 보병의 영역에 도착했다. 공격 개시 위치의 주변 지역은 포격으로 나무가 다 쓰러져 벌거숭이가 되어 있었다. 초토화한 무인지대에는 공격의 희생자들이 머리를 적진으로 향한 채 쓰러져 있었다. 흙 속에 짓이겨진 회색 외투는 땅바닥과 구별되지 않았다. 몸집이 큰 한 병사의 수염은 피범벅이었다. 그는 푸석한 흙을 움켜쥔 채 하늘만 응시하고 있었다. 한 젊은이는 폭발로 생긴 구덩이 안에서 몸을 비틀고 있었는데, 얼굴에는 이미 죽음을 알리는 누르스름한 빛이 역력했다. 그는 우리가 쳐다보는 것이 언짢은지 무표정한 동작으로 외투를 머리 위로 뒤집어썼고, 이내 움직이지 않았다.

우리는 행군 대열에서 벗어났다. 포탄이 계속해서 쉬익 하는 소리를 내며 우리를 향해 길고 날카로운 곡선을 그리며 날아왔고, 빛이 숲 바닥에서 높이 솟아오르며 번쩍거렸다. 나는 오랭빌에 오기 전에도 포탄의 휘파람 소리를 자주 들었다. 이곳에서도 역시 그리 위협적으로 들리지는 않는 소리였다. 한창 무르익은 전쟁터의 총격 속을 행군하며 우리 중대가 유지했던 대열은 어쩐지 마음을 가라앉혀주는 뭔가를 가지고 있었다. 나는 그런 포격 세례가 예상했던 것보다는 훨씬 덜 위험하다고 생각했다. 기묘한 오해에 빠져서, 나는 포격이 있을 만한 목적지를 주의 깊게 둘러보았다. 그러는 동안에도 적이 바로 우리를 겨냥해 있는 힘껏 총을 쏘고 있다는 사실을 눈치채지 못했다.

"의무병!" 우리 편에 첫 전사자가 나왔다. 유산탄 탄알 하나가 소총수 슈퇼터의 경동맥을 뚫었다. 붕대 세 꾸러미가 순식간에 피에 흥건히 젖었다. 단 몇 초도 걸리지 않은 죽음이었다. 견인차에서 화포 두 대를 떼어내어 포격을 준비했다. 더욱더 큰 포화를 불러올 것이 분명했다. 이륜차에 화포 두 대가 연결되었다. 이 무기 또한 큰 포화를 불러올 것이 분명했다. 앞쪽에서 사상자를 조사하던 보병대 소위 한 명이 갑자기 그의 앞에 치솟은 증기 때문에 고꾸라졌다. 그는 천천히 몸을 일으켰고, 애써 침착함을 유지하며 돌아왔다. 우리는 그에게 눈길을 보냈다.

계속해서 전진하라는 명령을 받았을 때는 사위가 캄캄해질 무렵이었다. 총알이 빗발치는 짙은 잡목 숲을 따라 끝도 없이 이어지는 교통호를 통과해 이동했다. 프랑스군이 도망치던 중에 떨어뜨린 짐들이 여기저기 흩어져 있었다. 레제파르주 마을 근처에서는 단단한 암석 바닥을 파내어 진지를 구축해야 했다. 우리 앞에 다른 군대는 없었다. 나는 드디어 숲으로 들어가 잠을 잤다. 반쯤 깬 몽롱한 상태에서 이따금, 어느 쪽 포병대가 쏜 것인지, 포탄들이 불꽃을 뿜으며 타원형 궤도로 날아가는 것을 보았다.

"자, 일어나! 후퇴해야 해!" 나는 이슬 맺힌 풀 위에서 깨어났다. 우리는 기관총의 총알 다발을 통과하며 교통호로 되돌아갔고, 숲 한 귀퉁이에 있는 프랑스군의 버려진 진지로 이동했다. 달착지근한 냄새와 철조망에 걸린 뭔가가 내 주의를 끌었다. 안개가 피어오르는 동안 나는 참호에서 뛰어나가 프랑스 병사의 쪼그라든 시체 앞에 섰다. 얼핏 보면 생선 같기도 한, 찢어진 군복 안에서 썩어가는 살이 푸르스름하고 희끄무레한 빛을 발하는 시체였다. 나는 너무 놀라서 상체를 돌리며 물러났다. 내 옆에는 한 형체가 나무에 기댄 채 몸을 웅크리고 있었다. 번들거리는 가죽으로 만든 프랑스 군복을 입고 등에는 아직도 짐이 가득 든 배낭을 멘 채였다. 둥그런 조리용 식기가 배낭 꼭대기에 매달려 있었다. 텅 빈 두 눈구멍과 몇 올 남지 않은 흑갈색의 머리카락이 이 형체가 주검임을 말해주었다. 또 다른 한 명은 상체를 숙여 다리 위로 포갠 자세를 하고 있었다. 지금 막 그렇게 고꾸라진 듯 보였다. 주위에 여남은 구의 시체가 더 있었다. 시체들은 썩거나 석회를 뒤집어썼고, 그도 아니면 미라처럼 말라붙거나 으스스한 주검의 자세로 굳어 있었다. 프랑스 병사들은 죽은 동료들을 매장도 하지 않은 채 그 옆에서 몇 달이고 견딘 모양이었다.

오전에 태양이 안개를 뚫고 나와 기분 좋은 온기를 뿜었다. 참호 바닥에서 얼마간 눈을 붙이고 깨어난 나는 호기심에 이끌려 텅 빈 참호를 돌아보기로 했다. 전날 우리가 탈환한 참호였다. 참호 바닥에는 음식물과 총알, 총기의 파편과 무기, 편지와 신문 따위가 산더미처럼 쌓여 있었다. 엄폐된 대피호들은 한바탕 노략질을 당한 고물상처럼 보였다. 그 사이로 용감한 방어군의 시체들이 있었다. 그들의 총은 아직 총안에 걸쳐진 상태였다. 포격을 심하게 당해 벌집이 된 지붕 뼈대에 시신 한 구가 끼어 앞으로 비죽 나와 있었는데, 머리와 목은 잘려나갔고 검붉은 살 가운데에 흰 연골이 드러나 반들거렸다. 나로서는 이해할 수 없는 광경이었다. 그 옆에는 아주 어린 병사가 누워 있었다. 그의 흐리멍덩한 눈과 주먹은 조준 자세 그대로 굳어 있었다. 죽은 자의 질문하는 듯한 눈을 본다는 것은 이상한 기분이었다. 그것은 전쟁 중에 결코 잊어본 적이 없었던 전율이었다. 그의 주머니는 밖으로 뒤집혀 있었고, 누군가 알맹이를 다 털어간 지갑이 그 옆에 놓여 있었다.

나는 불빛을 피하면서 어슬렁어슬렁 걸어 황폐한 참호를 따라갔다. 전투 현장에서 잠깐씩 휴식을 허락하곤 했던 고요한 오전 시간이었다. 그 시간을 이용해 마음 편하게 모든 것을 돌아볼 작정이었다. 적군의 무기, 대피호의 어둠, 배낭 속의 잡다한 물건들, 그 모든 것이 새롭고 낯설었다. 나는 프랑스군의 탄약을 주머니에 넣고 비단처럼 부드러운 군용천막을 푼 뒤에 파란 천으로 싸인 물통 하나를 집어들었다. 하지만 몇 걸음 걷지 못하고 그것들을 모두 내던졌다. 널브러져 있는 한 장교의 가방이 활짝 열려 있었는데, 그 속에 줄무늬 셔츠가 들어 있는 것을 본 나는 참지 못하고 군복을 벗은 후 머리에서 발끝까지 새 옷으로 갈아입었다. 피부에 닿는 새 아마포 직물이 기분 좋게 간지러웠다.

그러고는 나는 참호 속에서 해가 잘 드는 곳을 골라 한 횡목에 걸터앉아, 아침식사를 하기 위해 총검으로 고기 통조림을 땄다. 그리고 파이프에 불을 붙여 입에 물고서 여기저기 흩어져 있는 프랑스 잡지들을 넘겨보았다. 날짜로 짐작건대 그중에는 바로 어제 베르됭에서 참호로 보내온 것들도 있었다.

나는 얼마간 으스스한 전율을 느끼며 내가 그날 아침식사를 하는 동안에 이상하게 생긴 작은 장치를 해체하려고 애썼던 것을 기억한다. 그것은 참호 바닥에 떨어져 있었고, 나는 어떤 이유로 그것을 '방풍 램프'라고 생각했다. 시간이 한참 흐른 뒤에야 내가 만지작거리던 그 물건이 아직 사용하지 않은 수류탄이었다는 걸 알게 되었다.

참호 바로 뒤에 있던 숲 속에서 독일 포병대가 발포하는 소리가 점점 더 또렷하게 들려왔다. 적군이 화답하기까지는 그리 오랜 시간이 걸리지 않았다. 갑자기 벽력같은 소리가 나는 바람에 깜짝 놀란 나는 벌떡 일어났고, 동그랗게 뭉친 연기가 솟아오르는 것을 보았다. 전쟁 소리에 아직 익숙하지 않았던 나는 아군의 포격무기가 내는 휙 하는 소리나 쉬익 하는 소리, 또는 벼락같은 소리를 적군이 쏘는 포탄의 찢어지는 굉음과 구별하지 못했고, 그 모든 소리로 형세를 가늠할 수도 없었다. 무엇보다도 나는 왜 사방에서 총탄이 날아오는지를 이해할 수 없었다. 우리 편 병사들이 누워 있는 참호들 위로 총탄이 뒤죽박죽 어지럽게 교차하며 지나가고 있었다. 원인을 알 수 없는 그 현상이 나를 불안하게 했고, 이런 생각을 하게 만들었다. 나는 전투의 메커니즘 앞에서 아직은 애송이, 또는 풋내기였다. 전쟁에 참가하겠다는 의지를 표명한다는 것은 마치 다른 별에서의 일처럼 이상하면서도 사리에 맞지 않는다는 느낌이 들었다. 두려움은 아니었다. 나를 보는 사람이 아무도 없을 거라는 느낌 때문에, 나는 내가 총격의 목표물이 되거나 포탄에 맞을 것이라고는 생각도 하지 않았다. 부대로 돌아간 나는 무심한 태도로 앞에 펼쳐진 전투 현장을 관찰했다. 무경험자의 용기였다. 훗날에도 그런 일이 있을 때마다 수첩에 기록하곤 했는데, 그날의 경험 역시 수첩에 적어넣었다. 나는 포격의 시간과 강도를 적었다.

정오 무렵, 포격의 불길은 미친 듯이 격렬해졌다. 우리 주위로 끊임없이 불길이 치솟았다. 희고 검고 노란 연기구름이 뒤섞였다. 특히 검은 연기를 일으키는 포탄은 고참들이 '미제'라거나 '석탄상자'라고 불렀는데, 무시무시한 폭발력을 자랑했다. 수십 개의 점화 뇌관에서는 잉꼬의 지저귐을 연상시키는 기이한 소리가 났다. 공기가 피리 소리를 내며 점화 뇌관에 들어가면, 그 기이한 뇌관은 청동 오르골의 톱니바퀴나 일종의 곤충 로봇 같은 소리를 내며 폭발의 현장 위를 휙휙 지나갔다. 아주 기이했던 것은 숲 속의 작은 새들이 이 수백 가지의 요란한 소음에 전혀 신경쓰지 않는 듯하다는 점이었다. 새들은 부러진 나뭇가지에 앉아 연기가 뭉게뭉게 솟아오르는 들판을 평화롭게 내려다보았다. 우리는 휴식 시간에 새들이 짝을 찾느라 내는 소리와 아무 걱정 없이 지저귀는 소리를 들었다. 오히려 사방에서 밀려드는 그 소음들이 그 새들을 고무하고 격려하기라도 하는 듯했다.

포격의 간격이 점점 짧아지는 순간에 병사들은 서로를 부르며 경계심을 늦추지 않았다. 내가 살펴본 참호의 병사들은 사기가 충천했다. 참호 벽에선 이미 여기저기 커다란 진흙 덩어리가 떨어져내렸다. 총은 안전핀을 뽑은 상태로 총안에 걸쳐져 있었고, 사격수들은 주의를 집중하며 연기가 자욱한 전방의 싸움터를 살폈다. 이따금 그들은 오른쪽 왼쪽을 바라보며 접선해야 할 아군이 있는지를 확인했고, 아는 얼굴이 나타나면 미소를 지었다.

나는 한 동료와 함께 참호의 진흙 벽 안에 박아넣어 만든 의자에 앉아 있었다. 우리는 총안을 통해 밖을 살펴보는 중이었다. 우리 머리 사이로 총알이 날아와 진흙 벽에 박혔다.

차츰차츰 사상자가 나오기 시작했다. 미로처럼 얽힌 참호의 다른 구역에서 어떤 일이 일어나고 있는지는 파악하기 어려웠지만, "의무병!"을 외치는 소리가 점점 더 자주 들리는 것으로 보아 포격의 효과가 나타나고 있었다. 멀리서도 하얀 광채가 보이는 새 붕대를 머리와 목, 손에 감은 형체들이 바쁘게 나타났다가 사라지기도 했다. 전쟁터의 미신에 따르면 가벼운 포격은 대규모 포격의 전조이므로, 훗날 사교계에 나가 사람들에게 자랑삼아 내보일 정도밖에 안 되는 가벼운 상처일지라도 일단은 피하고 볼 일이었다.

스스로 참전한 내 전우 콜은 마치 그런 상황을 위해 태어난 사람처럼 북쪽 지방 출신 특유의 냉정함을 유지했다. 그는 시가 한 개비를 씹다가 불이 잘 붙지 않자 다시 눌러버렸고, 그 외에는 늘 늦잠을 자고 난 사람의 표정을 짓고 있었다. 갑자기 우리 등 뒤로 몇천 발의 포화와 총격이 쏟아졌을 때도 그는 꿈쩍하지 않았다. 그 포격으로 숲에 화재가 일어났다는 것이 밝혀졌다. 큰 화염들이 탁탁 소리를 내며 나무들을 휘감아 올라갔다.

이런 일이 벌어지는 동안 나는 이상한 걱정에 속을 끓였다. 나는 '페르테스에서 온 사자'들이 '마녀의 부엌'에서 겪었던 일들이 부러웠다. 나는 르쿠브랑스에 머무는 바람에 거기에 끼지 못했던 것이다. 그래서 나는 포탄이 우리가 있는 구석으로 정확히 떨어질 때마다 그 현장에 있었던 콜에게 물었다.

"이봐, 지금 이 정도 상황이면 페르테스하고 같아?"

실망스럽게도 그는 매번 느릿느릿 손을 휘저으며 말했다.

"에이, 아직 멀었어!"

포격이 너무 잦아져서 우리가 앉은 진흙 의자가 쩍쩍 갈라지며 흔들리기 시작했을 때 나는 입을 그의 귀에 바짝 갖다대며 큰 소리로 물었다.

"지금은 어때? 이 정도면 페르테스하고 비슷해?"

콜은 양심 있는 병사였다. 그는 먼저 자리에서 일어나 주위를 한 번 둘러본 다음 나를 향해 소리질렀다.

"이제 곧 그 정도가 될 거야!"

그 대답은 내게 바보 같은 기쁨을 선사했고, 내 진짜 첫 전투를 인정해주는 듯했다.

그 순간 우리 참호의 한구석에 한 남자가 나타나 "왼쪽으로 따라가!"라고 말했다. 우리는 그 명령을 계속해서 옆 사람에게 전달하며 연기가 자욱한 진지를 따라 걸어나갔다. 그때 막 식사가 제공되었고, 흉벽 위에 올린 수백 개의 식기에서 모락모락 김이 났다. 누가 지금 밥을 먹을 수 있단 말인가? 피가 흥건한 붕대를 감은 부상자들이 우리를 밀치고 지나갔다. 그들의 창백한 얼굴에는 전투의 흥분이 서려 있었다. 참호의 위쪽 가장자리에서는 병사들이 황급히 들것을 차례차례 뒤쪽으로 옮기고 있었다. 고난의 시간이 올 거라는 예감이 우리 앞에 기둥처럼 높이 치솟아올랐다. "조심해, 내 팔!", "빨리, 얼른 따라가! 이봐, 앞사람을 놓치면 안 돼!"

나는 잔트포스 소위를 보았다. 그는 넋이 나간 얼굴과 초점이 풀린 눈동자로 참호 옆을 따라 서둘러 이동하는 중이었다. 목에 감은 길고 하얀 붕대 때문에 그의 자세는 이상할 만큼 엉성하게 보였다. 내가 그 순간 오리를 연상한 이유도 바로 그 때문이었다. 나는 무서운 존재가 우스꽝스러운 가면을 쓰고 등장하는 꿈을 꾸듯이 그 장면을 보았다. 우리는 곧 폰 오펜 대령 앞을 지나갔다. 그는 한 손을 군복 외투 주머니에 찔러넣고 부하들에게 지시사항을 전달하고 있었다. '아하, 그래, 이번 일이 중요하긴 한 거군' 하는 생각이 머리를 스쳤다.

참호 끝은 어느 숲으로 이어졌다. 우리는 무엇을 해야 할지 결정하지 못한 채 아름드리 너도밤나무 아래에 서 있었다. 빽빽한 덤불에서 나타난 한 소위가 우리 가운데 가장 연장자인 하사를 불렀다. "해 지는 방향으로 산개한 후 진지를 구축하게. 나는 숲 속 공터의 내 대피호에서 연락을 받겠네." 하사는 욕지거리를 퍼부으며 명령에 따랐다.

우리는 기대에 부풀어 흩어진 뒤에 평평한 분지 안에서 한 줄로 대열을 맞추었다. 누군가가 우리보다 먼저 그 분지의 바닥을 점령했던 흔적이 있었다. 시시껄렁한 농담이 오가는 사이에 등골이 서늘할 정도로 울부짖는 소리가 들렸다. 우리 뒤로 20미터 떨어진 곳에서 하얀 연기구름을 헤치고 흙덩이들이 공중에서 소용돌이를 치며 돌다가 나뭇가지 위로 후드득후드득 떨어져내렸다. 우르릉거리는 소리가 숲 속에서 여러 번 들렸다. 우리의 눈은 경직되어 초점을 잃었고, 몸은 답답함과 무력감을 느끼며 땅에 바짝 엎드렸다. 총탄이 빗발쳤다. 잡목들 사이로 숨 막히는 가스가 퍼졌고, 자욱한 연기가 나무 꼭대기를 가렸다. 나뭇가지들은 순식간에 바닥으로 떨어져내렸고, 비명은 점점 더 크게 들렸다. 우리는 벌떡 일어나 아무 곳으로나 마구 달렸다. 번쩍이는 빛들과 온몸을 마비시키는 기압에 내쫓겨 나무에서 나무로, 사냥꾼에게 쫓기는 짐승처럼 몸을 숨길 곳을 찾아 나무둥치 사이를 빙빙 돌았다. 여러 병사가 한 대피호로 들어갔다. 나도 그리로 향했다. 하지만 그곳은 포격을 맞아 지붕을 이루던 횡목이 높이 튀어올라 있었고, 무거운 나무둥치들이 공중에서 맴돌다 떨어져 있었다.

그 하사와 나는 사람들이 던지는 돌을 피해 달아나는 다람쥐처럼 숨을 헐떡이며 아름드리 너도밤나무 주위를 빙빙 맴돌았다. 나는 계속 날아오는 포격에 쫓겨 거의 기계적으로 내 상관 뒤만 쫓아다녔는데, 그가 갑자기 뒤돌아보더니, 사나운 눈으로 노려보며 소리질렀다. "응, 이게 뭐지? 이게 또 뭐냐고!" 사방으로 길게 뻗은 나무뿌리에서 갑자기 섬광이 번쩍였다. 그 순간 나는 왼쪽 허벅지에 충격을 느끼며 바닥에 쓰러졌다. 처음에는 흙덩이에 맞은 것으로 생각했지만, 곧 홍건하게 흘러내리는 피의 온기를 느끼고 내가 부상당했다는 것을 알았다. 나중에 안 일이지만, 날카롭고 가는 파편이 내 살을 파고들었다. 파편은 그나마 주머니 속에 있던 지갑 때문에 저항을 받아 힘을 잃은 채 내 다리에 박혔다. 파편은 근육에 상처를 내기 전에 아홉 겹의 거친 가죽을 날카롭게 절단하면서 마치 면도날 같은 상처를 냈다.

나는 배낭을 던져버리고 우리가 왔던 참호를 향해 달렸다. 사격이 빗발치는 숲 사방에서 부상자들이 참호로 돌아오려고 애를 먹고 있었다. 참호로 가는 통로는 끔찍했다. 중상자와 시체들이 길을 막고 있었다. 등이 젖혀지고 허리까지도 알몸인 한 형체는 참호 벽에 기대어 있었다. 또 다른 한 명은 세 부분으로 나뉜 두개골이 머리 뒤로 빠져나와 너덜거렸고, 계속해서 끔찍하고 무서운 비명을 질러댔다. 여긴 고통만이 존재하는 곳이었다. 나는 난생처음으로 지옥문 틈새를 깊숙이 엿보았다. 포격은 계속해서 이어졌다.

정신을 똑바로 차릴 수가 없었다. 아무것도 신경쓰지 않고 발밑에 쌓인 것들을 밟으며 달렸다. 너무 서두른 나머지 여러 번 뒤로 미끄러지면서도 나는 어느새 지옥 같은 참호의 아비규환을 엉금엉금 기어서 빠져나왔다. 빽빽이 들어찬 잡목을 지나 길과 빈터 사이를 미친 말처럼 뛰어 그랑 트랑셰 근처의 한 숲에 도착해 쓰러졌다.

사위는 벌써 어두워지고 있었다. 일대를 돌아다니며 부상자를 실어나르던 병사 두 명이 다가왔다. 그들은 나를 들것에 실어 나무둥치로 가린 대피호 안의 응급치료소로 데려갔다. 나는 그 좁은 공간 안에서 다른 부상자들과 함께 밤을 보냈다. 잔뜩 긴장한 의사 한 명이 신음하고 있는 사람들 가운데에 서서 주사를 놓거나 낮은 목소리로 지시를 내렸다. 나는 한 전사자의 외투를 몸에 걸친 채 이제 막 오르기 시작한 열에 들떠 잠에 빠져들었고, 이상한 꿈에 시달렸다. 한밤중에 잠에서 깨어나 여전히 등불을 밝힌 채 일하고 있는 의사를 보았다. 한 프랑스 병사는 매 순간 괴성을 질러댔다. 내 옆에서 누군가가 지긋지긋하다는 듯이 투덜거렸다. "저 원수 같은 프랑스놈. 그래, 뭐, 물론 소리를 안 지르고는 견딜 수가 없겠지." 나는 다시 잠에 빠졌다.

다음 날 아침, 내가 어디론가 실려가는 동안에도 파편 하나가 양다리 사이로 날아와 내가 누워 있던 들것을 뚫었다.

나는 다른 부상병들과 함께 구급차에 올랐다. 구급차는 전투 현장과 주요 응급치료소 사이를 오갔다. 우리는 여전히 심한 포화 속에 있던 그랑 트랑셰를 질주해 지나갔다. 회색 군용천막을 벽 삼아 가린 구급차는 큰 발걸음으로 성큼성큼 우리를 따라오는 위험 속을 뚫고 눈먼 장님처럼 앞으로만 달렸다.

오븐에 빵을 집어넣듯이 구급차 안으로 밀어넣었던 부상자들의 들것 중 하나에는 내 전우 한 명이 배에 총상을 입고 누워 있었다. 고통이 말이 아닌 모양이었다. 그는 우리를 한 명 한 명 붙들고 차 안에 걸려 있던 의무병의 총으로 자신의 고통을 좀 끝내달라고 부탁했다. 하지만 아무도 대답하지 않았다. 차가 흔들릴 때마다 상처 난 부위를 망치로 때리기라도 하는 듯한 그 무서운 통증을 나 역시 언젠가 겪을 터였다.

응급치료소 본부는 나무들이 성긴 숲속 공터에 마련되었다. 긴 공간에 짚을 깔고 잎사귀들로 가린 곳이었다. 부상자들이 속속 도착하는 것을 보면서 전투가 심각했음을 알 수 있었다. 피투성이의 아비규환 속에서 해야 할 일을 챙기던 군의관의 얼굴에서 나는 다시 한번 뭐라 형용할 수 없는 깊은 인상을 받았다. 끔찍한 일들과 흥분에 둘러싸여 있어도 누군가는 개미 같은 냉정함을 지키며 질서를 잡고 있었던 것이다.

음식과 음료로 원기를 회복한 나는 담배를 피우며 부상자들의 긴 대열에 끼어 짚더미 위에 누워 있었다. 난관이 전혀 없는 것은 아니었지만 그래도 시험에 합격한 사람처럼 편안한 기분이었다. 옆에서 들려오는 대화가 나를 상념에 빠지게 했다.

"넌 뭐가 탈이 난 거지?"

"방광에 맞았어."

"많이 아프냐?"

"에이, 이 정도야 뭐. 더 이상 전투에 나가지 못한다는 게 더 괴로워."

정오가 되기 전에 나는 생모리스의 마을 교회에 마련된 간이병동으로 옮겨졌다. 그곳에는 이틀 뒤면 우리를 독일로 데려갈 부상병 후송차가 대기하고 있었다. 나는 침대에서 봄이 세상을 지배하기 시작한 들판을 보았다. 우리는 전직이 철학 강사라는 한 조용한 남자의 정성스러운 보살핌을 받았다. 그가 내게 제일 먼저 해준 일은 호주머니칼로 내 발에서 장화를 잘라 벗겨주는 것이었다. 간호에 특별한 소질을 발휘하는 사람들이 있는 법이다. 나는 밤에 등불을 켜고 책을 읽고 있는 그를 보기만 해도 편안함을 느꼈다.

기차가 우리를 하이델베르크로 데려갔다.

꽃을 피운 벚나무로 화환을 두른 네카르 강가의 산들을 보며 나는 강렬한 향수를 느꼈다. 얼마나 아름다운 땅인가. 이 땅을 지키기 위해 피를 흘리고 죽을 만한 고향이 아닌가. 나는 그때까지 고향의 신비한 아름다움을 그렇게 깊이 느껴본 적이 없었다. 선하고 진지한 생각들이 떠올랐고, 나는 처음으로 이번 전쟁이 커다란 모험보다 훨씬 더 큰 의미를 지닌다고 느꼈다.

레제파르주 전투는 내가 처음으로 겪은 전투였다. 내가 생각했던 것과는 전혀 달랐다. 적군이라곤 한 명도 보지 못한 상태에서 큰 전투에 참가했던 것이다. 훨씬 나중에 가서야 접전이라는 것을 경험했다. 그 접전은 탁 트인 들판에서 돌격의 물결이 몰아칠 때 절정을 이루었다. 돌격의 물결이 일면 생사를 결정하는 무시무시한 순간을 위해 전투지의 혼돈스러운 공허는 잠시 중단되었다.

4

두시와 몽시

상처는 이 주 만에 아물었다. 나는 하노버의 예비군대대에 배치될 예정이었다. 하지만 먼저 걷는 데에 익숙해지기 위해 짧은 휴가를 받아 귀향했다.

"사관후보생으로 지원하는 게 어떻겠니?" 집에서 맞이한 첫째 날 오전에 아버지가 제안했다. 우리는 과일나무에 열매가 얼마나 많이 영글었는지 보기 위해 과수원을 둘러보는 중이었다. 전쟁 초기인 만큼 단순한 소총수가, 그리고 내 한 몸만 책임지는 입장이 더 좋을 것 같기도 했지만, 나는 아버지 말씀을 따랐다.

그리하여 연대는 나를 되버리츠로 보냈다. 그리고 육 주 동안의 교육기간을 마친 후 나는 초급장교가 되었다. 독일 전역에서 수백 명의 젊은이들이 몰려온 것을 보면 이 나라에 사기 충천한 병사들은 절대 부족하지 않은 것 같았다. 르쿠브랑스에서는 개별적인 교육을 받았다면, 여기에서는 소수 인원만을 위한 각종 훈련을 받았다.

1915년 9월, 나는 기차를 타고 내 연대로 돌아왔다. 사단본부가 있는 생레제 마을에 내려서 작은 보충대의 지휘자가 되어 연대가 주둔하는 두시로 행군했다. 우리 앞에서는 프랑스군의 가을 공격이 한창 펼쳐지고 있었다. 전방에서 치열한 전투가 벌어지고 있다는 것은 멀리 보이는 지형에서 뭉게뭉게 솟아오르는 연기로 알 수 있었다. 머리 위에서 공군 전투기 편대의 기관총이 요란한 소리를 냈다. 알록달록한 장식물 때문에 마치 나비의 눈처럼 땅을 샅샅이 살펴보는 듯한 프랑스 군용기는 이따금 너무 낮게 날곤 했다. 그러면 부하들을 데리고 가로수 아래로 몸을 숨기지 않을 수 없었다. 고사포가 공중을 향해 하얀 탄알 다발을 길게 뽑아냈고, 파편들이 농지 여기저기에 떨어져내렸다.

이 작은 행군은 내가 새로 배운 것들을 실행에 옮겨보는 기회가 될 것이었다. 서쪽 하늘에서 노란빛을 발하던 수많은 관측용 계류기구 중 하나가 우리를 엿보았던 게 틀림없었다. 두시 마을로 막 접어들려는 순간, 포탄의 검은 원뿔이 우리 앞에 떨어졌기 때문이다. 그것은 아주 가까운 거리에 있는 작은 마을 묘지의 입구에 맞았다. 나는 여기서 처음으로 예상치 못한 사건 앞에서는 몇 초 내로 결정을 내려야 한다는 것을 알게 되었다.

"왼쪽으로 나간다. 옆 사람과 가까이 바짝 붙어 전진, 전진!"

대열은 들판에서 재빨리 흩어졌다. 나는 그들을 왼쪽으로 다시 모이게 했고, 모두 함께 길을 멀리 돌아 마을로 들어갔다.

제73소총연대의 휴식처인 두시는 중간 규모의 마을이었고, 아직은 전쟁에 그리 많이 시달리지 않은 곳이었다. 아르투아 지역 중에서도 위아래로 굽이치는 지형에 자리잡은 이 마을은 일 년 반의 진지전 기간 동안 그 연대를 위한 두 번째 주둔지 역할을 담당했다. 이곳은 치열한 전투가 끝났거나 전방에서 고된 업무를 마친 뒤에 휴식을 취하고 사기를 회복하는 장소였다. 비 내리는 캄캄한 밤에 멀리 마을 입구의 고적한 불빛 하나를 보면서 우린 얼마나 안도의 한숨을 내쉬었던가! 이곳에서는 육체를 다시 지붕 아래에서 쉬게 할 수 있었고, 소박하기는 해도 외부의 방해를 받지 않는 자신만의 공간을 가질 수도 있었다. 4시간마다 밖으로 불려나가지 않고도, 또는 습격당할지도 모른다는 끊임없는 불안감에 뒤숭숭한 꿈을 꾸지 않고도 마침내 편한 단잠을 잘 수 있는 곳이었다. 휴가 첫날, 목욕을 하고 참호 속의 때에 잔뜩 찌든 군복을 벗고 나면 마치 새로 태어난 기분이었다. 초원에서는 훈련을 받거나 운동을 하면서 그동안 녹슨 뼈들을 유연하게 만들었고, 밤마다 홀로 긴 시간 동안 보초를 서느라 고독감에 빠졌던 병사들은 이곳에서 다시 공동체 의식을 회복할 수 있었다. 그렇게 해서 다시 시작될 고난의 날들을 위해 힘을 충전했다. 첫 시기에는 각 중대가 차례로 돌아가며 진지 작업을 위해 전선으로 행군했다. 이 고된 밤낮의 이중 작업은 나중에 폰 오펜 대령의 지혜로운 배려로 중단되었다. 진지의 안전은 병사들의 활달하고 부단한 용기에서 나오는 것이지, 교전참호의 복잡한 구조나 깊이에서 나오는 것이 아니었다.

두시는 자유시간에 침울한 병사들에게 여러 가지 휴식을 제공했다. 수많은 식당에는 그래도 먹고 마실 수 있는 것들이 충분했고, 독서실과 커피바, 나중에는 심지어 커다란 헛간에 제법 솜씨 있게 설치한 영화관도 있었다. 장교들은 신부의 사제관 뜰에 마련된 훌륭한 카지노와 볼링장도 이용할 수 있었다. 중대별로 축제가 열린 적도 많았는데, 지휘자나 구성원들은 내기라도 하듯이 술을 퍼마셨다. 절대 잊을 수 없는 것 중 하나는 중대의 야전 취사장에서 나온 찌꺼기로 키운 돼지들이었다. 가끔 그 돼지들을 잡는 축제가 벌어지기도 했다.

아직은 주민들이 마을을 떠나지 않고 있었으므로 마을의 여러 공간을 십분 이용할 수 있었다. 그들의 집 정원에는 오두막과 임시 거주지가 만들어졌다. 마을 한가운데에 있는 큰 과수원은 공공 광장으로 사용되었고, 또 다른 곳의 과수원은 에미히 광장으로 불리는 공원이 되었다. 나무 두 그루의 둥치로 위장된 대피호에는 면도실과 치과도 설치되었다. 교회 옆 커다란 풀밭은 묘지로 쓰였는데, 중대원들은 한 명 또는 여러 전우의 마지막 가는 길을 배웅하러 매일 이곳으로 행진했다.

그렇게 해서 일 년 만에 이 영락한 농촌 마을 안에 커다란 기생충처럼 군사도시가 자라났다. 마을의 평화롭던 옛 모습은 거의 찾아볼 수 없었다. 마을 연못에서는 용기병龍騎兵이 말에게 물을 먹였고, 정원에서는 보병들이 훈련을 받았다. 초원에서는 병사들이 누워서 빈둥거렸다. 모든 시설물은 허물어졌고, 오직 전투에 필요한 것들만 온전하게 남았다. 울타리와 담은 허물어지거나 연락을 쉽게 하기 위해 철거되었다. 구석구석 방향을 나타내는 푯말이 세워지지 않은 곳이 없었다. 지붕이 무너지고 집 안 연장들이 불쏘시개로 타버리는 동안 전화 가설을 위한 기술 장비들과 전선이 설치되었다. 주택 지하실에서부터 땅을 파 수직갱을 만들어서, 포격이 시작되면 집주인 가족이 몸을 피할 수 있는 대피소를 마련했다. 수직갱을 파느라 생긴 흙은 주택의 정원에 쌓여 방치되었다. 마을 전체에는 경계도 개인 소유도 없었다.

프랑스 주민들은 몽시로 가는 마을 끝으로 옮겨졌다. 어린이들은 다 허물어져가는 건물 입구 앞에서 놀았고, 노인들은 아무런 배려도 받지 못한 채 그들이 평생을 살아온 터전 위에 생긴 낯선 풍경 속에서 허리를 굽히고 걸었다. 젊은이들은 매일 아침마다 줄을 서서 그 지역 담당 사령관인 오버랜더 중위의 명령에 따라 마을 농지의 경작을 위한 작업을 할당받았다. 우리는 빨래할 옷가지를 맡길 때나 버터나 달걀을 사러 갈 때만 마을 주민들과 접촉했다.

이 이상한 군사도시는 두 명의 어린 프랑스 고아 소년들에게 군대에 입대하는 기회를 제공하기도 했다. 여덟 살과 열두 살쯤 되었을 성싶은 소년들은 회색 옷을 입고 독일어를 아주 잘 구사했다. 두 소년은 자기 나라 사람들을 두고도 병사들이 하는 말을 그대로 좇아 '알자스인들'이라고 불렀다. 그 아이들의 간절한 소원은 '자신들의' 중대와 함께 진지에 배치되는 것이었다. 아이들은 나무랄 데 없이 훈련을 잘 받았고, 상사들에게 깍듯이 인사했으며, 점호 때는 왼쪽 대열에 가 섰다. 두 아이는 캉브레로 장을 보러 나가는 식당 조수병을 따라가고 싶을 때도 특별히 외출 허가를 받았다. 제2대대가 몇 주 동안 교육을 받기 위해 케앙으로 가야 했을 때, 두 아이 중 루이스라는 아이는 폰 오펜 대령에게서 두시에 남으라는 명령을 받았다. 그 아이는 행군 때는 보이지 않다가 대대가 훈련소에 도착할 무렵에 수송차에서 팔짝 뛰어내렸다. 차 안에 몰래 타고 왔던 것이다. 그 아이보다 나이가 더 많은 소년은 나중에 독일 사관학교로 보내질 예정이었다.

두시를 떠난 지 한 시간도 채 안 되어 몽시오부아라는 마을에 도착했다. 그곳에는 연대의 두 예비군중대가 대기하고 있었다. 이 마을은 1914년 가을에 벌어진 치열한 전투의 목표물이었지만, 결국에는 독일의 수중에 남았다. 한때 부유했던 마을은 폐허가 되었고, 폐허 주변의 좁은 반원 모양의 지역에서 전투는 천천히 마무리되었다.

이제 건물들은 불타고 집중사격을 당했다. 방치된 정원들은 포탄을 맞아 쑥대밭이 되었고, 과일나무 가지들은 처참하게 부러졌다. 참호와 철조망, 바리케이드와 콘크리트로 방어기지를 구축하는 동안 돌무더기들이 어지럽게 쌓였다. 도로의 중간 지점에 '견고한 토르가우'라고 불리던 콘크리트 블록이 있었는데, 그곳에서 기관총의 집중사격을 퍼부으며 도로들을 점령할 수 있었다. 또 다른 방어기지는 마을 오른쪽의 '알텐부르크 보루'라고 불리던 들판이었는데, 그곳에 예비군중대의 한 파견대가 숙소를 마련했다. 방어를 위한 또 한 군데 중요한 장소는 석회암 광산이었다. 평화로운 시기에 사람들이 건축자재로 쓰기 위해 석회암을 캐가던 곳이었다. 우린 그 광산을 우연히 발견했다. 물 양동이를 우물에 빠뜨렸던 중대의 요리사가 우물 아래로 내려갔다가 굴처럼 확장된 구멍을 발견했던 것이다. 병사들이 그 장소를 조사했고, 벽을 뚫어 또 하나의 입구를 만들자 많은 수의 병사가 안전하게 대피할 수 있는 장소가 되었다.

랑사르로 가는 고적한 언덕길에는 앞면이 탁 트인 전망 때문에 '관저'라고 불리는 폐허가 있었다. 예전에는 카페가 있던 곳이었다. 위험하긴 했지만, 나는 그곳이 아주 좋았다. 거기서는 멀리 죽음의 땅이 한눈에 다 보였다. 그 땅에는 지금은 사라진 마을들이 더 이상 차들이 왕래하지도 않고 살아 있는 것들이라곤 찾아볼 수 없는 도로와 연결되어 있었다. 뒤편에는 아라스라는 버려진 도시의 윤곽이 어렴풋이 보였고, 좀 더 오른쪽에는 생엘루아 지역의 석회암 구덩이들이 반짝반짝 하얀 빛을 내고 있었다. 잡초가 수북이 자라난 들판은 황량했고, 그 위로 거대하고 검은 구름의 그림자가 드리워져 있었다. 복잡하게 얽히고설킨 참호들에는 철조망을 잇는 노랗거나 하얀 고리들이 보였고, 철조망은 실처럼 길게 늘어져 교통호로 이어졌다. 여기저기에서 유령의 손이 올려보낸 것 같은 포탄 연기가 공중으로 피어오르며 바람 속에서 파르르 떨렸다. 또는 유산탄의 탄알들이 천천히 녹아내리는 하나의 커다란 눈송이처럼 황폐한 불모지 위에 붕 떠 있었다. 그 모든 풍경이 음산하고도 우화적이었다. 전쟁은 이 지역에서 사랑스러운 것을 다 지워버리고 그 뻔뻔스러운 특징만을 뚜렷이 새겨서 그 전경을 홀로 바라보는 이를 경악하게 만들었다.

이따금 포격의 둔탁한 소리로 중단되는 때를 빼면, 그 적막함과 깊은 고요는 파괴의 슬픈 인상 때문에 더욱더 뚜렷이 부각되었다. 찢어진 군용배낭, 부러진 총, 허섭스레기, 그 사이로 끔찍한 대조를 이루는 어린아이의 장난감, 수류탄 점화 뇌관, 포격을 맞아 생긴 구덩이, 빈 병, 수확 도구, 갈기갈기 찢어진 책들, 부서진 살림살이, 그 비밀스러운 어둠이 지하실이었음을 말해주는 황량한 구멍들. 그 안에는 어쩌면 주민들의 시체가 나뒹굴고 재빠른 쥐들이 그들의 살을 갉아먹고 있을지도 몰랐다. 어린 복숭아나무를 받쳐주던 담장은 무너졌고, 나무는 이제 도와달라고 외치는 듯 팔을 뻗고 있었다. 축사 안에는 짐승의 유골이 여전히 사슬에 매인 채 누워 있었다. 황폐해진 정원에는 참호가, 그 사이로는 연두색 잡초 속에 양파, 쑥, 대황 줄기, 수선화가 깊이 숨어 있었고, 이웃 들판에는 곡식의 건초더미들이, 그 꼭대기에는 곡식 낱알들이 수북이 매달려 있었다. 반쯤 파묻힌 교통호가 그 모든 것을 가로질렀고, 화재와 부패의 냄새가 뒤덮고 있었다. 그곳에서는 얼마 전까지만 해도 사람들이 평화롭게 살았을 것이다. 그것을 잘 아는 병사들의 마음에 슬픔이 밀려들었다.

이미 말했던 바와 같이 전선은 마을 둘레를 반원으로 돌아 구축되었고, 여러 개의 교통호가 마을과 연결되었다. 교통호는 남쪽 몽시와 서쪽 몽시로 나뉘었다. 이것은 다시 A부터 F까지 여섯 개의 중대 단위로 나뉘었다. 진지를 활 모양으로 구축한 덕분에 영국군에게 유리한 측면 엄호가 보장되었다. 영국군은 그 진지를 잘 활용함으로써 우리를 대패시킬 수 있었다. 그 밖에도 영국군은 전선 바로 아래에 숨겨놓은 화포를 사용했는데, 이 화포에서 작은 유산탄들이 발사되었다. 유산탄 발사가 끝나거나 시작되는 소리는 구별되지 않았다. 마른하늘에 날벼락처럼 참호의 길이를 따라 총알들이 번쩍거리며 날아와 초소 하나가 섬멸당한 적도 많았다.

우리는 우선 교전참호가 그동안 어떤 상태가 되었는지 잠시 둘러보았다. 반복되는 포격의 윤곽을 가늠하기 위해서였다.

우리가 교전참호가 있는 전선에 도달하려면 대호나 교통호를 수없이 많이 지나야 했다. 병사들은 진지전에서 그 교통호들을 통해 몰래 진격할 수 있었다. 경우에 따라 매우 길게 이어진 이 참호들은 적군을 향해 구축되었고, 한 줄로 일제히 집중사격을 당하지 않도록 지그재그 형이나 완만한 곡선의 활 모양으로 구축되었다. 우리는 15분쯤 진격한 후 제1선과 평행선을 그리던 제2선을 가로질렀다. 교전참호가 점령당하는 경우에는 제2선에서 방어를 계속해야 했다.

교전참호는 한눈에 봐도 전쟁 초기에 구축된 빈약한 시설물과는 달랐다. 그건 더 이상 단순한 참호가 아니었다. 어른 키의 두 배 또는 세 배의 높이로 지하 깊숙이 파낸 참호였다. 방어군은 지하통로의 바닥에서 움직이는 것과 마찬가지였다. 전면을 관찰하거나 포격을 개시할 때는 계단을 올라가거나 넓은 나무사다리를 통해 초소 발판에 올라서야 했다. 그것은 흙 안에 단단히 박아넣은 나무판이었는데, 그 위에 서면 지면보다 머리통 하나쯤이 높았다. 사격수들은 자신들의 초소에 서 있었다. 그곳은 어쨌든 엄폐된 공간이었고, 모래주머니나 철판으로 머리를 가릴 수 있었다. 실제로 망을 보려면 총구를 밀어넣는 아주 작은 총안을 통해야 했다. 참호를 파낼 때 생긴 많은 양의 흙으로 전선 뒤에 높은 방벽을 쌓았는데, 그것은 후방의 엄호물이 되어주었다. 이 흙덩이 속에 기관총 받침대가 설치되었다. 반면 참호의 이마 부분에는 흙을 정성스럽게 파내어 사정거리의 시야를 열어두었다.

참호 앞으로는 철조망이 여러 겹으로 엉켜 있었다. 공격자가 잠입할 경우 그 안에 갇힐 것이고, 그러면 공격자를 쉽게 쏠 수 있도록 만든 방어초소였다.

철조망은 높이 자란 잡초로 뒤덮였는데, 휴경 중인 들판에 곡물이 아니라 이미 새로운 종류의 식물들이 돋아났기 때문이었다. 다른 때라면 곡식들 사이로 드문드문 피어났을 야생초들이 이젠 전 지역을 지배했다. 이미 곳곳에 낮은 덤불이 형성되어 있었다. 길에도 식물이 자라났지만 그래도 길이라는 또렷한 흔적은 잃지 않고 있었다. 길 위에 질경이들이 동그란 이파리를 피우며 돋아났기 때문이었다. 이런 야생상태는 새들이 살기에는 좋았으므로 밤에는 가끔 자고새들의 진귀한 울음소리를 들을 수 있었고, 첫 태양 빛이 참호 위를 비출 때는 종달새가 여러 음으로 지저귀기도 했다.

교전참호는 측면에서 집중사격을 당하지 않도록 일부러 꼬불꼬불하게 만들어져 있었다. 그래서 참호 내의 길은 언제나 들어가고 나온 부분의 굴곡을 따라 꺾이면서 나아갔다. 이 꺾이는 지점들은 엄폐호를 이루었는데, 그것은 측면에서 날아오는 포격을 받아낼 수 있도록 구축되어 있었다. 그렇게 해서 전쟁을 치르는 병사들은 후방과 측면에서 몸을 숨길 수 있었다. 참호 내 앞쪽 벽은 흉벽이 되어 지켜주었다.

휴식을 위한 대피호도 있었다. 이 대피호는 땅굴 속에 폐쇄된 주거 공간으로 개발되었고, 그 지붕에는 횡목을 설치했으며, 판자로 벽을 댔다. 높이는 어른 키 정도였는데, 그 바닥을 참호 바닥과 같은 깊이로 팠다. 대피호 지붕 위에 또 한 층의 흙이 덮여 있었으므로 약한 포격 정도는 견딜 만했다. 하지만 강도가 센 포격일 때는 쥐구멍 속에 들어앉은 꼴이 되어, 그런 경우에는 더 깊은 지하통로 안에 숨는 게 나았다.

지하통로에는 튼튼한 목재로 틀을 설치했다. 첫 번째 틀은 바닥에서부터 설치해 참호의 앞쪽 벽으로 향하게 해서, 지하통로의 입구 기능을 했다. 그다음 틀들은 차례차례 두 뼘 정도씩 간격을 두고 점점 더 낮게 설치해서 재빨리 몸을 숨길 수 있도록 만들었다. 이런 식으로 지하통로의 계단이 이루어졌다. 서른 번째 계단에 이르면 9미터, 심지어 참호 깊이까지 포함하면 12미터 깊이의 땅굴이 구축되는 셈이었다. 이 지점부터는 좀 더 큰 목재 틀을 설치해서 직진으로, 또는 계단을 오른쪽으로 돌려 주거공간을 꾸몄다. 또한 땅굴의 지류를 가로지르는 길들을 만들어 통로로 이용했고, 적진으로 향하도록 만든 길은 매복용 땅굴이나 비밀 정보를 수집하는 청음聽音초소로 쓰였다.

그 모든 것은 겉으로 봐서는 더 이상 쓰지 않는 것처럼 보이는 거대한 흙의 요새라고 상상하면 될 것이다. 그 안에서는 규칙적으로 보초반과 작업반의 근무가 진행되었다. 경보음이 울리면 누구든지 단 몇 초만에 자신의 초소로 가서 서야 했다. 그 분위기를 너무 낭만적으로 해석하지 않는 게 좋을 것이다. 그 안에서는 늘 졸음에 지배당했고, 누구나 땅과 너무 밀착해 있어서 생기는 무거운 나른함에 시달렸다.

나는 제6중대로 보내졌고, 도착한 지 이삼일 뒤에 소대장 임무를 맡아 진지에 배치되었다. 하지만 도착한 나를 맞아준 것은 영국의 포탄 '사과 토피'였다. 한쪽에 자루가 달리고 잘 터지는 쇠 안에 고성능 폭약을 채운 마치 자루 달린 사과처럼 생긴 포탄이었는데, 50킬로그램짜리 아령에서 한쪽 끝의 쇠뭉치를 뺀 모양이라고 생각하면 될 것이다. 폭발의 느낌은 둔탁하고도 애매했으며 기관총 사격으로 위장된 적이 많았다. 그래서 그 포탄은 어쩐지 귀신 같은 인상을 주곤 했다. 갑자기 불타오르는 화염이 참호를 훤히 밝혔고, 아주 기분 나쁜 공기의 압력이 느껴졌다. 부하들이 나를 급히 소대 대피호로 끌어당겼다. 우리가 막 그 앞에 도착했을 때였다. 그 안에서 우리는 박격포의 육중한 포탄이 대여섯 번쯤 더 땅으로 떨어져내리는 것을 감지했다. 포탄은 떨어진다기보다는 그야말로 '주저앉는다'고 해야 할 듯했다. 이 점잖은 방식의 파괴는 정신적으로 훨씬 더 심한 불쾌감을 불러왔다. 다음 날 아침, 밝은 빛 속에서 참호를 둘러보러 나섰을 때, 나는 자루 달린 둥그런 빈 탄피들이 대피호 앞 여기저기에 경고하듯이 달려 있는 것을 보았다.

우리 중대가 지키는 C구역은 연대에서도 가장 앞으로 돌출된 곳에 있었다. 중대장은 전쟁이 발발하자 미국에서 급히 날아온 브레히트 중위였고, 그런 장소를 방어하기에 적합한 인물이었다. 그는 위험을 사랑했고, 전투 중에 죽었다.

참호 속의 일상은 엄격한 규칙을 따랐다. 평상시와 달리 집중사격을 쏟아부어야 하는 날이 아닌 한, 나는 일 년 반 동안 언제나 똑같은 하루 일과를 보냈다.

참호에서의 하루는 해질 무렵부터 시작된다. 저녁 7시가 되면 소대의 한 병사가 야간 근무를 위해 오후 낮잠을 자고 있는 나를 깨운다. 나는 허리띠를 매고 조명총과 수류탄을 군용배낭에 넣은 뒤 그럭저럭 아늑한 지하 대피호를 떠난다. 이젠 아주 익숙해진 우리 구역을 첫 번째로 돌아보는 동안 나는 모든 초소의 병사들이 제자리를 잘 지키고 있는지를 확인한다. 우리는 작은 소리로 암호를 주고받는다. 그러는 동안 밤이 되고, 첫 번째 신호탄들이 은빛을 내며 높이 솟아오르는 동안 두 눈은 무인지대를 응시하느라 애를 쓴다. 엄폐물 위로 던져놓은 식료품 깡통들 사이에서 쥐 한 마리가 부스럭거린다. 또 한 마리가 휘파람 소리를 내며 동참하고, 곧 재빠르게 움직이는 쥐의 그림자들로 가득 찬다. 쥐들은 폐허가 된 마을의 지하실이나 집중사격을 당한 땅굴에서 몰려나온다. 지루하기 짝이 없는 초소의 일과에서 쥐 사냥은 그나마 즐거운 소일거리에 속했다. 빵 한 조각을 미끼로 놓고 거기에 총을 겨눈다. 아니면 멋모르고 지나가는 쥐들에 의해 화약가루가 쥐구멍 안으로 뿌려지며 불이 붙는다. 그러면 털을 늘어뜨린 쥐들이 찍찍거리며 튀어나온다. 참으로 역겨운 창조물이다. 언제나 나는 마을 지하실에서 시체를 뒤지고 훼손하는 음침한 쥐들을 상상하지 않을 수 없었다. 어느 따뜻한 밤에 몽시의 폐허를 걸어가고 있을 때였다. 믿을 수 없을 만큼 많은 쥐들이 쏟아져나와 땅바닥이 마치 살아 있는 양탄자처럼 너울거렸고, 여기저기에서 허연 털들이 알비노 병증처럼 양탄자 위에 무늬를 이루고 있었다. 그때문에 폐허가 된 마을에서 고양이 몇 마리를 참호로 데리고 왔다. 고양이들은 인간과 가까이 있는 것을 좋아했다. 앞발에 총을 맞은 하얗고 큰 수고양이 한 마리가 무인지대를 유령처럼 배회한 적이 많았는데, 아군 진영과 적군 진영 양쪽을 오가는 모양이었다.

물론 나는 참호 근무 이야기를 하는 중이었다. 사람들은 이야기 도중에 삼천포로 빠지는 것을 좋아한다. 어두컴컴한 밤과 더디게 흐르는 시간을 견디기 위해 쉽게 수다스러워진다. 그래서 나 역시 잘 아는 어느 동료 하사 앞에서 발걸음을 멈추고 아무 의미도 없는 그들의 수천 가지 이야기들에 바짝 귀를 기울였다. 초급장교로서, 나는 당직 장교와도 편안한 대화를 나누었다. 그 장교 역시 별로 썩 좋은 기분은 아니다. 그는 전우애를 느낄 정도로 친절하고 조용히, 그리고 열성적인 어조로 내게 비밀이나 소원을 털어놓았다. 나는 물론 그런 말들에 즐겨 귀를 기울인다. 나 역시 참호의 무겁고 검은 방벽에 짓눌리는 느낌을 받았기 때문이었다. 나 또한 따뜻함을 갈구하고 이 으스스한 고독 속에서 뭔가 인간적인 것을 원한다. 이곳의 풍경은 밤이 되면 묘한 냉기를 내뿜는데, 그 냉기는 정신적인 것이다. 사람들은 참호를 가로지르는 중에 아무도 없는 구역을 통과하면서 그런 한기를 느낀다. 그곳은 순찰을 돌 때만 지나가는 길이다. 철조망 저편의 아무도 살지 않는 지역을 밟을 때면 이 오싹한 한기는 이를 딱딱 부딪치게 하는 가벼운 불안함으로도 발전한다. 소설가들이 이를 부딪칠 만큼 오싹한 상황을 묘사하는 방식은 대부분 맞지 않다. 이를 딱딱 마주치는 상황은 아주 어마어마한 충격적인 사건 때문에 일어나는 일이 아니라, 가벼운 전기력과 비슷한 것이다. 사람들은 자신이 잠꼬대하는 것을 알아차리듯이 그런 상황을 알아차린다. 그리고 또, 이를 부딪치는 상황은 정말로 뭔가 어마어마한 일이 일어나는 즉시 사라지는 법이다.

대화는 금세 지루해진다. 우리는 너무 지쳤다. 우리는 졸린 몸을 사격호에 기대고 어둠 속에서 타들어가는 담배를 응시한다.

병사들은 한기 속에서 추위에 떨며 서성인다. 단단한 흙바닥에서 발소리가 울린다. 추운 밤에는 누군가의 기침 소리가 끊임없이 들리고, 그 소리는 멀리까지 울린다. 무인지대에서 앞으로 기어 접근할 때 이 기침은 흔히 적진에 도착했다는 첫 신호이다. 이따금 한 초소에서 휘파람을 불거나 노랫가락을 흥얼거리는데, 살인의 의도를 품고 몰래 접근하는 경우 그 소리는 불길한 대조를 이룬다. 비가 내릴 때도 잦다. 그러면 병사들은 외투 깃을 높이 올리고 대피호 입구의 비막이 지붕 아래에 애처롭게 서서 빗방울이 똑같은 간격으로 떨어지는 소리를 듣는다. 하지만 젖은 참호 바닥에서 상관의 발소리가 들리면 병사들은 재빨리 앞으로 한 걸음 나와 계속해서 걸어가다가 갑자기 뒤로 돌아서면서 차렷 자세로 외친다. "당직 하사입니다! 근무 중 이상 무!" 출입구에 서 있는 것은 금지 사항이기 때문이다.

상념들이 배회한다. 달을 보면서 집에서 보냈던 아름답고 평온한 시절을 떠올리거나, 이제 막 카페에서 사람들이 몰려나오는 대도시를 연상하거나, 수많은 가로등이 중심가의 화려한 밤을 비추던 도시를 그리워한다. 모든 게 꿈을 꾼 것처럼 느껴진다. 그 정도로 아득하게만 느껴지는 시절이다.

이때 뭔가가 참호 앞에서 바스락거리고, 철조망 두 줄에서 흔들리는 소리가 난다. 순식간에 꿈이 깨고, 모든 감각은 고통스러울 만큼 날카로워진다. 병사들이 디딤판에 올라가 예광탄을 높이 발사한다. 아무것도 움직이지 않는다. 토끼나 자고새 같은 동물이었으리라.

적들이 철조망 바로 앞에서 작업을 하는 소리도 자주 듣는다. 그러면 탄창에 총알이 하나도 남지 않을 때까지 연달아 집중사격을 한다. 명령을 그렇게 받아서일 뿐만 아니라 일종의 쾌감을 느끼기 때문이다. "가끔씩 저놈들을 쫄게 해주자고. 자네가 한 놈 맞추었는지도 몰라." 우리 역시 거의 매일 밤 철조망을 넘고, 부상자가 생기는 일도 허다하다. 그러면 우린 "이 나쁜 영국 돼지새끼들!"이라며 욕을 퍼붓는다.

진지의 몇몇 구역에서는, 예를 들어 대호의 머리 부분에는 초소와 초소의 거리가 서른 걸음도 안 되는 곳도 있다. 여기서는 때때로 적들과 개인적인 친분이 형성된다. 기침 소리 또는 휘파람을 불거나 노래를 흥얼거리는 소리를 들으면 누가 프리츠이고 빌헬름이고 토미인지 알수 있다. 짓궂은 농담을 섞어 서로 짧게 부르는 소리도 오간다.

"이봐, 토미! 너 아직도 거기 있냐?"

"응!"

"야, 그럼 머리 좀 숙여봐. 지금부터 총을 좀 쏴야 하니까."

이따금 펑 하는 둔중한 소리에 이어 휘파람 소리나 펄럭이는 소리를 듣기도 한다. "조심해! 박격포야!" 병사들은 가까이 있는 대피호 입구로 얼른 피하고 숨을 죽인다. 박격포 소리는 일반적인 포탄 소리보다 훨씬 더 요란한 굉음이다. 그 소리는 애초에 찢어지는 듯한 무엇을, 뭔가 음흉하면서도 개인적이며 야비한 것을 담고 있다. 그것은 비열한 물건이다. 총류탄은 박격포의 소형판이다. 총류탄은 적진의 참호에서 화살처럼 날아올라 되도록 파편이 많이 발생되어 흩어지도록 적갈색의 금속 머리를 가지고 있으며, 초콜릿 판처럼 격자무늬가 새겨져 있다. 밤에 전방 지평선 어느 지점에서 훤한 불빛이 번쩍이면 모든 초소의 병사들은 자리에서 튀어나가 사라진다. 그들은 오랜 경험으로 C구역을 조준하는 박격포가 어디에 있는지를 알고 있다.

드디어 야광 눈금이 2시간이 지났음을 알린다. 얼른 교대병을 깨우고 대피호로 향한다. 어쩌면 식사 당번병이 편지나 소포, 신문을 가져왔을지도 모른다. 흔들리는 촛불 아래에서 그림자들이 낮고 거친 지붕의 횡목을 지나가는 동안 고향 소식이나 그 평화로운 걱정거리들을 읽노라면 이상한 기분이 들곤 한다. 나무조각으로 군화에 묻은 오물을 대충 긁어내고 그것들을 조야한 솜씨로 만든 책상다리에 문지르고 난 후, 나는 군용침대에 몸을 누이고 4시간 동안 전문용어로 말하자면 '코를 골기' 위해 이불을 머리끝까지 뒤집어쓴다. 밖에서는 폭탄이 지붕에 떨어져 우지끈하는 소리가 단조롭게 반복되며 들려온다. 쥐 한 마리가 얼굴과 손 위로 뽀르르 지나가지만 내 잠을 방해하지는 못한다.

더 저급한 동물들의 공격도 없다. 우리가 얼마 전에 대피호를 완전히 소독했기 때문이다.

내 직무를 완수하기 위해서는 두 번 더 잠에서 깨어야 한다. 마지막 보초를 서는 동안 동쪽 하늘에 밝아오는 희끄무레한 빛은 새날이 왔음을 알린다. 참호의 윤곽이 점점 더 뚜렷해진다. 참호의 모습은 회색의 새벽빛 속에서 뭐라 형용할 수 없는 황량한 인상을 자아낸다. 종달새 한 마리가 날아오른다. 종달새의 지저귐 때문에 짜증이 난다. 흉벽에 기댄 나는 정신이 번쩍 깨는 듯한 느낌 속에서 철조망으로 감긴 죽음의 전쟁터를 응시한다. 마지막 20분마저도 이렇게 끝날 줄 모르고 길다니! 드디어 교통호에서 커피 당번병이 식기들을 덜그럭거리며 돌아온다. 밤 보초는 끝났다.

나는 대피호로 들어가 커피를 마시고 청어 통조림 깡통에 물을 받아 세수한다. 정신이 맑아진다. 다시 누울 생각이 없어진다. 어차피 9시가 되면 또다시 소대원들에게 작업을 나눠주어야 한다. 우리는 그야말로 만능박사다. 참호는 우리에게 날마다 천 가지 과업을 부여한다. 우리는 참호 바닥을 깊이 파야 하기도 하고, 대피호나 콘크리트 사격진지를 만들고 철조망을 설치하고, 배수로 시설을 만들고, 지하통로에 판자를 대고, 받치고, 평평하게 다지고, 높이고, 비스듬히 기울이며, 변소를 막는다. 한마디로 말해 우리는 모든 종류의 잡일을 다 우리 손으로 해낸다. 왜 아니겠는가? 애초에 모든 지위와 직업의 대표자들이 우리 부대에 배치되지 않았던가? 그 누군가가 못하는 일이 있다면 또 다른 이는 그 일을 할 수 있다. 최근에 내가 우리 소대 대피호에서 작업을 하고 있는데, 광부 출신 병사가 내게서 곡괭이를 빼앗아들더니 이렇게 말했다. "항상 아래쪽을 파세요, 소위님. 위쪽에 있는 흙은 저절로 무너집니다!" 왜 난 그때까지 그런 간단한 일을 몰랐는지. 하지만 이 헐벗은 풍경 속에 갑자기 내던져져서 총알로부터 안전한 장소를 구축하지 않으면 안 되고, 바람과 날씨를 피해 몸을 숨겨야 하고, 책상이며 침대를 대충 뚝딱 만들고, 난로며 카펫을 임시변통으로 마련하지 않으면 안 되는 상황에 빠지면, 누구나 손을 쓰는 법을 배운다. 손으로 일하는 것의 가치를 알게 된다.

1시쯤에는 점심식사가 큰 용기에 담겨 나온다. 그 용기들은 몽시의 한 지하실에 설치된 부엌에서 꺼내온 것으로, 예전에는 우유나 과일 잼을 담던 용기들이었다. 군대 밥이라는 것이 늘 똑같기는 해도 어쨌든 양만큼은 푸짐하다. 물론 식사 당번병이 오다가 '맹사격'을 받아 음식물의 절반을 쏟지 않는다는 걸 전제로 해서 그렇다. 식사 후에는 낮잠을 자거나 책을 읽는다. 낮에 수행해야 하는 2시간짜리 참호 근무가 점점 다가온다. 낮 근무는 역시 밤 근무보다 시간이 잘 간다. 익히 알고 있는 적진을 쌍안경과 잠망경으로 살피고, 망원경으로 관찰한 머리를 겨냥해 총을 쏠 때도 잦다. 하지만 조심해야 한다. 영국군 역시 날카로운 시력과 성능 좋은 쌍안경을 가지고 있으므로.

초병 한 명이 갑자기 피를 쏟으며 쓰러진다. 동료들이 급히 외투 아래의 구급상자를 열어 붕대를 감아준다. "너무 늦었어, 빌헬름!" "이봐, 아직 숨을 쉬고 있잖아!" 그러면 들것 운반병이 그를 응급치료소로 데려가기 위해 달려온다. 심하게 굽은 사격호에 들것이 심하게 부딪친다. 그들이 사라지자마자 모든 것은 이전과 똑같아진다. 누군가가 삽으로 흙을 파내어 붉은 핏물 위에 뿌리고 나면 모두 각자 맡은 일을 계속한다. 신병만이 아직도 창백한 얼굴로 판자에 기대어 서 있다. 그는 이 모든 정황을 파악하려고 애를 쓴다. 그건 너무나도 순식간에 일어난 일이었다. 뭐라 말할 수 없는 잔인한 습격이었다. 절대 가능한 일이 아니다. 아니, 이건 현실이 아니다. 가여운 놈, 더 많은 일이 너를 기다리고 있단다.

그럭저럭 괜찮은 시간도 있다. 사냥꾼의 기질을 발휘해서 전사의 본분을 지키는 병사들이 있다. 그들은 전문가다운 즐거운 표정을 지으며 적의 참호 안에 폭탄이 떨어지는 장면을 지켜본다. "아이고, 엄청나구나. 저 파편 튀는 것 좀 봐. 가여운 토미! 눈물 난다, 야!" 그들은 겁많은 동료들의 만류에도 불구하고 총류탄을 발사하기를 좋아하고, 소형 폭탄을 던지기도 한다. "이봐, 그런 짓 하지 말라니까! 안 그래도 우리 무진장 두들겨맞고 있는데!" 그래도 어떻게 하면 직접 고안한 일종의 투석기로 수류탄을 가장 멋지게 던질 수 있을지, 또는 그 어떤 끔찍한 기계를 가지고 전선을 훼손할 수 있을지를 끊임없이 궁리하는 그들을 막지는 못한다. 그들은 초소 앞 철조망에 작은 통로를 내어, 이렇게 쉽게 접근할 수 있는 통로가 있다고 기뻐하며 아무런 의심도 없이 다가오는 염탐꾼을 그들의 총구 앞으로 유혹한다. 또는 저쪽 편으로 몰래 기어가서 철조망에 종을 달고 줄을 매달아 자신들의 참호 안에서 잡아당길 수 있도록 해둔다. 영국군 초소를 흥분시키기 위해서다. 전쟁은 그들에게 재미있는 놀이다.

오후에 커피를 마시는 시간은 꽤 편안하게 흘러가기도 한다. 초급 장교는 선임 장교와 함께 커피를 마실 때가 종종 있다. 그것은 사기잔 두 개가 샌드백 천으로 만든 탁자보 위에 놓여서 반짝거리는 매우 형식적인 시간이다. 그 후에 장교의 당번병은 병 하나와 잔 두 개를 삐걱거리는 탁자 위에 놓는다. 대화는 좀 더 긴밀해진다. 묘한 것은, 이곳에서조차 재미를 위해 나누는 수다의 대상은 언제나 가장 가까이에 있는 사람이라는 사실이다. 심지어 그런 이야기들은 참호 안에서 남에 관한 질퍽한 소문으로 발전하기도 해서, 오후에 커피를 함께 마시러 장교를 방문할 때마다 꼭 작은 소도시의 주둔지에서처럼 극성스럽게 퍼져나간다. 상관, 동료, 부하가 모두 철저한 비판의 대상이 되고, 새로운 소문은 순식간에 교통호를 통해 그 지휘관들이 통솔하는 좌우의 총 6개 부대로 전파된다. 그렇게 되는 데에 망원경과 스케치북을 들고 연대 진지를 관찰하는 장교들의 역할이 전혀 없다고 말할 수는 없다. 어쨌든 그 진지는 밀폐된 곳이 아니니까. 중대 간에는 아주 활발한 연락이 오간다. 고요한 아침시간에는 간부들이 나타나고 바쁜 일상이 흐른다. 마지막 불침번을 서고 막 자리에 누워 휴식을 청하려던 불쌍한 보병에게는 화나는 일이겠지만, 그들은 "사단장님이 참호에 와 계신다!"라는 외침에 깜짝 놀라 다시금 군복을 제대로 갖추어 입고 대피호에서 튀어나올 수밖에 없다. 그러고 나면 공병장교와 참호 건축 장교, 배수 담당 장교가 오고, 그들은 모두 참호가 자신의 특정 전문분야를 위해 존재한다는 듯이 행동한다. 저지사격을 시험해보던 포병 관측장교는 그리 반가운 인사를 받지 못하는데, 곤충이 더듬이를 내밀고 움직이듯 참호 여기저기에서 쌍안경을 가지고 나와 바삐 움직이던 그가 눈에서 그것을 떼기가 무섭게 곧 영국군이 신호를 보내오기 때문이다. 보병은 언제나 고통을 짊어진 병사이다. 계속해서 척후부대와 공병부대의 지휘관들이 나타난다. 그들은 완전히 어두워질 때까지 소대 지휘관의 대피호에 앉아서 그로그주酒를 마시거나, 담배를 피우거나, 폴란드식 로또를 하거나, 마지막에 가서는 시궁쥐들처럼 본업에 열중한다. 나중에는 한 작은 녀석이 참호를 통해 보초병들 뒤로 몰래 기어들어가서는 그들의 귀에 대고 "가스 공격!"이라고 소리지른다. 그 후 그는 병사들이 몇 초 안에 가스마스크를 착용하는지 시간을 잰다. 그는 가스 공격 보호 장교이다. 한밤중에 또 한번 대피호의 널빤지 문을 두드리는 자가 있다. "이봐요, 벌써 주무십니까? 여기 칼받침 스무 개, 대피호의 목조틀 여섯 개짜리 영수증 좀 얼른 끊어주십시오!" 장비 운반병들이 대기중이다. 그렇게 적어도 아무 일도 없는 날에는, 끝없이 이어지는 오고가는 움직임 때문에 대피호의 주민들은 한숨을 터뜨린다. "우리가 좀 조용히 있도록 누가 총이나 안 쏘나!" 몇 개의 대형 포탄이 편안함을 증가시키는 건 사실이다. 그러면 병사들끼리만 오붓하게 모여 있을 수 있고 귀찮은 서류 작업에서 해방되므로.

"소위님, 저 이제 가도 되죠? 30분 후면 근무 설 시간인데요." 밖에는 태양의 마지막 빛 속에서 참호의 진흙 벽이 반짝인다. 참호는 이미 긴 그림자 안에 들어 있다. 곧 첫 조명탄이 솟아오르고, 야간 보초병들이 초소로 올라간다.

참호 병사들의 새날이 밝는다.

5

참호전의 일상

두시에서 누린 짧은 휴가 외에는, 그렇게 고되고도 단조로운 날들이 흘러갔다. 하지만 아무리 전선이라 해도 그럭저럭 괜찮은 시간이 전혀 없지는 않았다. 가끔은 편안하게 내 작은 대피호의 책상 앞에 앉아 있기도 했다. 무기를 걸어놓은 대피호의 거친 널빤지 벽은 서부를 연상시켰다. 차를 마시기도 하고 담배를 피우거나 책을 읽었다. 그동안 내 당번병은 아주 작은 화덕 앞에서 바삐 움직이고 있었다. 화덕에서 나는 구운 빵 냄새가 실내를 가득 채웠다. 참호의 전사 중에서 이 분위기를 모르는 사람이 있을까? 바깥에서는 사격호를 따라 무겁고 규칙적인 발소리가 쿵쿵 울렸다. 참호에서 만난 보초병들이 나누는 단조로운 암호 소리가 울려퍼졌다. 결코 중단되는 법이 없는 포화 소리나 엄폐물 위로 쏟아지는 총알의 짧은 타격 소리도, 통풍구 근처에서 천천히 쉬익 하며 꺼지는 조명탄 소리도 땅굴 안에서는 거의 들리지 않았다. 나는 지도 가방에서 수첩을 꺼내어 그날 일어난 일을 짧게 기록했다.

그렇게 시간이 지나면서, 긴 전방의 작고 고불고불한 C구역의 양심적인 연대기라 할 수 있는 내 일기의 일부분이 탄생했다. C구역은 우리의 집이었고, 그 안에서는 그 어떤 얽히고설킨 참호라도, 또는 금방이라도 무너질 듯한 대피호라도 금세 찾을 수 있었다. 높이 솟은 석회벽 안에는 전사한 전우들의 시체가 주위에 널려 있었다. 우리가 딛고 있는 땅 한 발짝 한 발짝마다 극적인 드라마가 연출되지 않은 곳이 없었으며, 어깨에 멘 총 뒤로는 밤낮을 가리지 않고 시시각각으로 틈을 노리는 지독한 운명이 도사리고 있었다. 하지만 C구역의 병사들은 모두 강한 결속력을 느끼며 마치 한 몸처럼 움직였다. 눈으로 뒤덮인 풍경 속에서 검은 띠를 이루며 행군할 때, 꽃이 만발한 정오의 야생 들판에서 C구역 주위로 마취라도 시킬 것처럼 자욱한 향기가 흘러 들어올 때, 어둠 속에서 보름달 주위로 저주라도 내릴 듯 으스스한 달무리가질 때, 또는 그 어둠 속에서 휘파람 소리를 내는 시궁쥐들이 그들의 불길한 본성에 따라 부산을 떨 때, 그 모든 시간의 C구역을 우리는 속속들이 알고 있었다. 해가 긴 여름날 저녁에 우리는 점토 담장 위에 즐겁게 앉아 있었다. 온화한 여름 공기는 이런저런 자질구레한 일들로 뚝딱거리는 소리와 고향의 노래 한 구절을 적군 편으로 실어날랐다. 죽음이 강철 곤봉을 휘두르며 참호 안을 휘저을 때, 연기가 느릿느릿 무너진 점토 벽 위로 피어오를 때, 우리는 횡목 위로 몸을 던지며 철조망을 부수었다. 연대장은 여러 차례 연대의 진지에서 우리를 좀 더 조용한 곳으로 배치하려고 했다. 하지만 매번 전 중대가 한 마음이 되어 C구역에 머물게 해달라고 부탁했다. 그 당시에 내가 몽시 근처의 마을에서 기록했던 몇몇 장면을 여기에 적겠다.

1915년 10월 7일 새벽에, 초소 옆의 우리 대피호 맞은편에서 사격수 디딤판에 서 있던 병사의 야전 모자를 총알이 앞쪽에서 뒤쪽까지 쭉 찢어놓긴 했지만, 병사는 머리카락 하나 다치지 않았다. 같은 시각, 철조망 앞에서 공병 두 명이 상처를 입었다. 한 명은 유탄이 두 다리를 관통했고, 다른 한 명은 총알이 귀를 관통했다.

오전에는 왼쪽 측면의 보초병이 양쪽 광대뼈에 총을 맞았다. 상처에서 피가 쿨럭쿨럭 흘러내렸다. 불행히도 폰 에발트 소위가 우리 구역으로 왔다. 참호에서 불과 50미터 떨어진 대호 N으로 건너가기 위해서였다. 그가 초소에서 내려오려고 막 몸을 돌리는 순간 총알이 날아와 뒤통수를 부수어버렸다. 그는 즉사했다. 초소에는 두개골의 커다란 뼛조각이 널려 있었다. 그리고 한 병사가 어깨에 경상을 입었다.

10월 19일. 중앙 소대의 참호 구역이 150밀리 포탄에 맞았다. 공기의 압력 때문에 한 사내가 참호 외장의 목책으로 나가떨어졌다. 그는 내장에 중상을 입었고, 팔 동맥에도 파편이 꽂혔다.

우리는 아침 안개 속에서 우측 철조망을 보수하던 중에 죽은 지 몇 달은 되었을 것 같은 프랑스 병사의 시체 한 구를 발견했다.

밤에는 망가진 철조망을 손보던 도중에 우리 측 병사 두 명이 부상당했다. 구트슈미트는 총탄 여러 발이 두 손을 관통했고, 또 다른 한 발은 허벅지에 맞았다. 샤퍼는 무릎을 맞았다.

10월 30일. 밤에 폭우가 한차례 쏟아진 후 엄폐호가 와르르 무너지면서 빗물과 섞여 걸쭉한 죽탕으로 변했다. 그 바람에 참호는 깊은 늪이 되어버렸다. 영국군의 상황 역시 나을 게 없다는 게 희망이라면 유일한 희망이었다. 그들이 참호에서 분주히 물을 퍼올리고 있는 것을 보았다. 우리가 약간 더 높은 곳에 있었기 때문에 우리 참호에서는 남는 물을 퍼내어 영국군 쪽으로 흘려보냈다. 망원경 소총까지 다 동원했다.

참호 벽이 무너져내리자 지난 가을 전투에서 전사한 이들의 시체가 줄줄이 드러났다.

11월 9일. '알텐부르크 보루' 앞에 있던 국민병 비그만의 상황. 멀리서 날아온 포탄이 그의 어깨에 멘 총검을 뚫고 들어가, 그의 사타구니에 큰 상처를 입혔다. 날카로운 파편을 쉽게 만들어내는 영국군의 포탄은 덤덤탄*이라는 이름으로 불리기도 한다.

　한편 자연 풍경 한가운데에 숨은 이 작은 흙 구조물 안에서의 체류는 전선보다는 훨씬 더 큰 이동의 자유를 보장했다. 나는 그 안에서 어느 한 소대에서 갈라져나온 반소대원들과 함께 엎드려 있었다. 우리는 전선을 마주한 얕은 구릉 뒤에 숨어 있었고, 뒤쪽 지형은 아뎅페르 숲으로 이어지며 점점 높아졌다. 그 구조물에서 쉰 발자국 뒤로는, 전략적으로 결코 유리한 지점이라고 볼 수 없는 곳에 병사들이 말 탄 자세로 볼일을 봐야 하는 화장실이 있었다. 두 개의 받침대 위에 뾰족한 지붕이 얹혀 있고, 그 아래로는 긴 도랑이 파여 있었다. 누구나 이곳에서 한참 동안 느긋하게 머물기를 좋아했는데, 신문을 읽기 위해서도 그랬고, 카나리아들처럼 줄줄이 앉아 동료들과 이야기꽃을 피우기 위해서도 그랬다. 이곳은 전방에서 일어나는 일들에 관한 온갖 종류의 음산한 소문이 피어나는 온상이었고, 그 소문들은 대개 '뒷간 암호'라는 말로 통했다. 물론 적의 눈에 보이지는 않았지만, 완만한 언덕 너머로 날아오는 포화의 피해를 어느 정도는 받을 수 있는 곳이어서, 뒷간의 여유는 이따금 방해를 받았다. 언덕의 비탈 둔덕을 따라가며 집중포화가 쏟아지면 그 아래 분지에서는 포탄이 가슴 높이로 스쳐 지나갔으므로 땅바닥에 납작 엎드려야 안전했다. 그래서 뒷간에서 볼일을 한 번

---

* 인체나 동물의 몸에 명중하면 보통탄보다 상처가 크게 나도록 만들어진 특수 소총탄이다. 인도의 공업도시 덤덤에 있는 무기공장에서 만들었기 때문에 이 이름이 붙었다.

보는 동안에도 두세 번, 음계 같은 기관총의 총탄을 피하기 위해 바지를 올리는 둥 마는 둥 땅바닥에 바짝 엎드려야 하는 경우도 있었다. 물론 그런 일은 별의별 짓궂은 장난을 치기에도 좋은 기회를 제공했다.

이 초소에서 누렸던 기분전환용 오락거리들 중에는 여러 가지 짐승 사냥이 있었다. 특히 자고새를 자주 잡았는데, 황폐해진 들녘에 수없이 많은 자고새들이 죽지 않고 남아 있었다. 엽총이 부족했던 우리는 어쩔 수 없이 사람을 덜 무서워하는 '밥그릇 자원자'에게 가능한 한 가까이 다가가서 구슬로 머리를 맞추어야 했다. 그러지 않으면 먹을 게 많이 남지 않기 때문이었다. 하지만 짐승을 너무 열심히 잡느라 분지를 벗어나는 행동만큼은 자제해야 했다. 자칫하면 사냥꾼이었던 자가 사냥감이 되어 참호에서 날아오는 총탄 세례를 받았기 때문이다.

이곳의 쥐들은 강력한 쥐덫을 놓아 잡았다. 하지만 이 짐승은 아주 힘이 세서 소음을 내며 철제 덫을 빠져나오려고 애썼다. 그러면 우리는 그것들을 몽둥이로 때려잡기 위해 대피호에서 뛰어나왔다. 우리는 빵을 갉아먹던 생쥐 사냥을 위해서도 아주 특별한 방법을 개발했다. 총알에 화약을 아주 조금만 남기고 그 대신 종이를 뭉쳐 장전하는 방법이었다.

나는 마침내 한 동료 하사와 함께 절대로 위험하지 않다고는 볼 수 없지만 흥미진진한 사격 스포츠를 고안해냈다. 우리는 안개 속에서 크고 작은 불발탄을 주워모았다. 그중에는 이 부근에서 자주 볼 수 있었던 50킬로그램짜리 물건도 있었다. 우리는 그것들을 볼링 핀처럼 간격을 맞추어 한 줄로 세웠다. 총안 뒤에 숨어 총을 쏘아 불을 붙이기 위해서였다. 누군가가 과녁에 서서 맞았는지 안 맞았는지를 알려줄 필요도 없었다. 과녁을 맞추면 뇌관에 불이 붙어 곧바로 끔찍한 소리가 그 사실을 알려주었기 때문이다. '나인볼 모두'가 맞으면 물론 훨씬 더 큰 소리가 났다. 폭발이 함께 늘어세운 모든 불발탄으로 옮겨가기 때문이다.

11월 14일. 어젯밤에는 손에 총알을 맞는 꿈을 꾸었다. 그래서 낮에 무척 조심했다.

11월 21일. 나는 '알텐부르크 보루' 진영의 한 부대를 C구역으로 인솔해 갔다. 국민병 대원인 디너는 삽으로 흙을 파서 엄폐물을 구축하기 위해 참호 벽의 돌출부로 기어 올라갔다. 그는 위에 오르자마자 대호에서 날아온 포탄에 맞아 머리가 박살났고, 참호 바닥으로 떨어져 숨을 거두었다. 그는 결혼해서 네 아이를 둔 아버지였다. 전우들은 오랫동안 총안으로 망을 보며 피의 복수를 할 기회를 엿보았다. 그들은 분노의 눈물을 흘렸다. 죽음의 포탄을 발사한 영국군을 자신들의 개인적인 원수로 보았다.

11월 24일. 한 기관총 사수가 우리 구역에서 머리에 중상을 입었다. 30분쯤 뒤에 우리 중대의 병사 한 명이 포병대의 포격에 맞아 턱이 떨어져나가버렸다.

11월 29일. 우리 대대는 이 주 동안 사단의 숙영지에 있는 소도시 케앙에서 훈련을 받고 후방의 축복을 누리기 위해 길을 떠났다. 이 도시는 나중에 피비린내나는 전투로 유명해지게 된다. 우리가 그곳에서 머무는 동안 나는 소위로 승진했다는 소식을 전해들었고, 제2중대로 배속되었다.

우리는 지역 사령관들에게 불려가 케앙과 그 인근 도시에서 술을 진탕 마시는 일이 많았다. 그때 우리는 이 마을에 주둔한 높은 사람들이 부하들과 지역 주민에게 행하는 무소불위의 지배권력을 감지했다. 우리의 기병대위는 자신을 케앙의 왕이라고 칭했고, 매일 저녁 술자리에 둘러앉은 병사들에게 오른쪽 손을 번쩍 들며 "국왕 만세!"라고 외치는 인사를 받았다. 그는 그곳에서 변덕스러운 군주로 군림하며 새벽녘까지 술을 마셨다. 예의에 어긋난 행동을 하거나 본인이 정한 까다로운 관행을 어기면 무조건 맥주를 마셔야 하는 벌이 따랐다. 전방의 우리 병사들은 물론 신참내기였으므로, 그 술자리를 거절하기가 쉽지 않았다. 병사들은 다음 날 점심식사 후 그를 다시 보곤 했는데, 대개는 약간 멍한 상태로 2인용 마차를 타고 자신이 군림하는 지역들을 돌아보았다. 그 독한 바쿠스의 제물을 함께 마시기 위해 이웃 왕들을 방문하려는 것이었다. 그는 그런 방문을 '습격'이라고 불렀다. 그가 인시의 왕과 분쟁을 벌였을 때, 그는 말을 탄 근위기병을 통해 결투를 통보하게 했다. 양편의 마부들이 철조망을 둘러친 작은 참호에서 서로에게 흙덩이를 내던지는 결투가 여러 번 벌어지고 난 뒤, 인시의 왕은 부주의하게도 케앙의 주방에서 바이에른 맥주를 마셨다. 그는 한 으슥하고 외진 장소에서 갑자기 나타난 케앙 왕 편의 사람들에게 붙잡혀 포로가 되었다. 그리고 몇 톤쯤 나가는 양의 맥주를 사고서야 풀려났다. 두 권력자의 전투는 그렇게 끝이 났다.

12월 11일. 나는 베트예 소위에게 보고하기 위해 참호의 흉벽을 넘어서 전선으로 갔다. 그는 내가 새로 배속된 중대의 지휘관이었고, 이 중대는 내가 전에 속했던 중대와 교대로 C구역을 담당하고 있었다. 참호 안으로 껑충 뛰어 들어가려는 순간, 나는 우리가 이 주 동안 자리를 비운 사이에 진지가 변한 것을 보고 큰 충격을 받았다. 진지는 땅속으로 푹 주저앉아 진흙으로 가득 찬 거대한 분지가 되어 있었다. 병사들은 철벅거리는 진창 속에서 슬픈 일상을 영위하고 있었다. 이미 엉덩이까지 진창에 빠진 나는 우울한 마음으로 케앙의 왕을 떠올렸다. 가여운 녀석들! 거의 모든 대피호가 무너졌고 땅굴은 물에 잠겼다. 우리는 오직 얼마간의 마른 바닥을 밟기 위해 그 후 몇 주일 동안이나 쉼 없이 작업해야 했다. 나는 베트예 소위, 보예 소위와 함께 임시로 한 땅굴에서 지냈는데, 그 지붕은 그 아래에 걸어놓은 천막에도 불구하고 화분 물뿌리개처럼 물이 줄줄 새서 병사들이 30분에 한 번씩 양동이로 물을 퍼내어야 했다.

다음 날 아침에 흠뻑 젖은 몸으로 땅굴에서 빠져나왔을 때, 내 눈을 의심할 수밖에 없었다. 지금까지는 죽음 같은 적막감만이 맴돌았던 전장이 이제는 오일장처럼 활기에 넘쳤던 것이다. 양편의 참호에 있던 병사들이 진창에서 참호 위로 몰려갔다. 철조망을 사이에 두고 활기찬 교류와 물물교환이 이루어지고 있었다. 그들은 독주나 담배, 군복 단추나 다른 물건들을 거래했다. 지금까지 그토록 황량했던 영국군 참호에서 국방색 형체들의 무리가 쏟아져나오는 장면을 보자니, 이게 무슨 대낮의 귀신놀음인가 싶도록 놀라웠다.

갑자기 저쪽 건너편에서 총성이 울리자 우리 편 병사 한 명이 죽어 진창으로 쓰러졌다. 그 뒤를 이어 양편의 병사들이 모두 두더지가 굴을 파고 들어가듯 참호 속으로 사라졌다. 나는 우리 진영에서 영국군 참호 쪽으로 달려가 영국군 장교와 이야기를 나누고 싶다고 외쳤다. 정말로 몇 명의 영국인이 되돌아가더니 잠시 후 교전참호에서 한 젊은 남자를 데리고 나왔다. 망원경으로 보니 그는 귀여운 모자를 쓴 것이 다른 병사들과 달랐다. 우리는 처음에는 영어로, 그러고 나서는 좀 더 유창한 프랑스어로 협상했다. 주위에 빙 둘러선 병사들이 우리가 나누는 대화를 들었다. 나는 야비한 총격으로 인해 우리 편에서 한 사람이 전사했다고 질책했다. 그러자 그는 자신의 중대가 아니라 근접한 다른 중대에서 쏜 것이라고 대답했다. 우리 옆 아군의 구간에서 쏜 몇 발의 총알이 그의 머리에서 멀지 않은 땅바닥에 꽂혀 내가 몸을 숨길 준비를 하자, 그는 "당신네 편에도 돼지 같은 놈들이 있군요!"라고 말했다. 우린 거의 스포츠맨 정신이라고 부를 수 있을 법한 방식으로 좀 더 이야기를 나누었고, 마음 같아서는 서로를 기억하기 위해 선물이라도 교환하고 싶을 지경이었다.

다시금 적군과 아군이 전쟁을 벌이고 있는 관계라는 걸 명확히 하기 위해, 우린 협상을 끝내고서 3분 후에 전쟁을 계속한다고 선포했다. "안녕히 가십시오!"라는 그의 독일어 인사와 "또 만납시다!"라는 내 프랑스어 인사가 오간 후, 나는 우리 편 병사들이 애석해했음에도 불구하고 총을 한 발 쏘아 그의 방패를 맞추었다. 그러자 즉시 저 건너편에서 두 번째 총알이 날아와 하마터면 내가 들고 있던 총을 맞추어 떨어뜨릴 뻔했다.

나는 이 기회에 생전 처음으로 대호 앞의 전장을 돌아볼 수 있었는데, 다른 때 같으면 병사들이 군인 모자의 챙조차 드러내어 보여서는 안 되는 위험한 구역이었다. 나는 우리 쪽 장애물 바로 앞에 놓인 해골을 관찰했다. 그 하얀 해골은 파란색 누더기 군복 밖으로 뽀얀 빛을 뿜어내고 있었다. 영국군 모자에 달린 표식으로 보아 '힌두스탄' 레스터셔 연대를 마주 대하고 있다는 것 또한 알 수 있었다.

이 대화가 있고 나서 얼마 지나지 않아 우리 포병대는 적의 진영에 포탄 몇 발을 쏘았고, 우리 눈앞에서 들것 네 개가 자유구역을 지나갔다. 물론 자랑스럽게도 우리 쪽에서는 아무도 들것이 지나가는 쪽으로 총을 쏘지 않았다.

전쟁 중에 나는 언제나 증오하지는 않는 가운데 적을 적으로 여기며, 남자로서 적이 보이는 용기에 걸맞게 평가하려고 애썼다. 전투에서는 죽이기 위해 적을 찾아내려고 애썼지만, 그들 역시 다른 행동을 하리라고는 기대하지 않았다. 나는 한 번도 적을 경멸한 적이 없었다. 나중에 적들이 포로가 되어 우리 수중에 떨어졌을 때, 나는 그들의 안전에 대해 책임감을 느꼈고, 힘닿는 데까지는 그들을 위해 애썼다.

성탄절 무렵이 되면서 날씨는 점점 더 나빠졌다. 물을 퍼내는 작업에만 매달리지 않으려면 참호 안에 펌프를 설치해야 했다. 이 진창의 시기에 우리의 피해 역시 확연히 늘어났다. 그래서 12월 12일 일기에 나는 이렇게 썼다. "오늘 두시에서 아군 전사자 일곱 명을 땅속에 묻었는데, 금세 또 두 명이 총에 맞아 전사했다." 그리고 12월 23일 일기에는 이렇게 적혀 있다. "진창과 오물이 지배하는 세상이다. 오늘 새벽 3시에 거대한 비바람이 천둥소리를 내며 대피호 입구로 몰아쳤다. 나는 병사 세 명을 투입해야만 했다. 그들은 대피호 안으로 폭포같이 쏟아져 들어오는 물을 아주 힘겹게 밖으로 퍼냈다. 참호는 더 이상 구제할 길이 없는 물웅덩이가 되었고, 진흙탕 물이 배꼽까지 차올랐다. 절망적이다. 오른쪽 끝에서 사체가 한 구 드러났는데, 아직은 다리만 보인다."

성탄절 전날 밤에 우리는 진지에서 시간을 보냈고, 흙탕물 속에 선 채로 성탄절 노래를 불렀다. 하지만 우리의 노랫소리는 영국군이 쏘는 기관총 소리에 묻혀 들리지 않았다. 성탄절에 3소대에서 한 명을 잃었다. 그는 유탄에 머리를 맞았다. 그 직후 영국군은 성탄나무를 엄폐호 위로 올리며 우정 어린 접근을 시도했다. 하지만 우리 편에서 분격한 병사들이 쏜 총탄에 맞아 나무는 즉시 거꾸러졌고, 토미 역시 총류탄을 쏘며 화답했다. 그런 식이었기에 성탄절은 결코 유쾌하게 지나가지 않았다.

12월 28일, 나는 다시 '알텐부르크 보루'의 지휘관이 되었다. 그날 내 부하 중에서도 가장 우수한 병사였던 소총수 혼이 포탄 파편을 맞아 한쪽 팔을 잃었다. 또 한 명, 하이도팅은 우리 편의 내리막길에 있던 흙 방호벽 주위로 무차별 발사된 총탄 중 하나에 맞아 허벅지에 중상을 입었다. 우리가 내리막길에 흙으로 만들어놓았던 방호벽 주위로 빗발치던 총알들이었다. 내 충직한 부하 아우구스트 케틀러는 몽시로 가는 길에 전사했다. 그는 그곳에서 나를 위해 음식을 가져오던 중이었다. 그는 내 부하들 중 유산탄에 희생된 최초의 병사였다. 유산탄 탄알은 그의 기도를 관통하며 그를 바닥으로 내동댕이쳤다. 그가 식기를 들고 밖으로 나갈 때 나는 말했다. "아우구스트, 오는 길에 총 맞지 마!", "그럴 리가요, 소위님!" 그 후 누군가가 나를 불렀고, 나는 대피호 바로 앞에서 그르렁거리며 바닥에 쓰러져 있는 그를 발견했다. 그가 숨을 들이쉴 때마다 목에 난 상처를 통해 공기가 가슴으로 들어갔다. 나는 그를 데리고 가라고 명령했다. 그는 며칠 뒤 야전병원에서 죽었다. 이 사건 외에 다른 몇몇 사건에서도 총에 맞은 자가 말을 하지 못하고 마치 괴로움에 처한 짐승처럼 쓰러진 채 그를 돌보아주는 이들을 절망적인 눈으로 응시하는 일이 있었다. 내게는 매번 너무나 고통스러운 일이었다.

몽시에서 '알텐부르크 보루'로 가는 길에 우리는 많은 피를 흘렸다. 그 길은 뒤편의 경사면 주위로 별 볼 일 없는 경관을 따라 이어졌고, 우리의 전선 뒤로 백 보쯤 떨어진 곳에 있었다. 항공사진을 통해 통행이 잦은 길이라고 판단한 모양인지, 적군은 이 길을 따라 일정하지 않은 간격으로 기관총을 쏘거나 유산탄을 던졌다. 이 길 옆을 따라 길게 참호가 있었고 그 참호를 따라 이동하라는 엄중한 명령이 있었음에도, 고참병들의 습관적인 태평함으로 인해 누구나 이 위험한 구역을 아무런 엄폐도 없이 지나다녔다. 대개는 아무 일도 일어나지 않았지만 하루에 한두 명의 희생자는 반드시 발생했고, 그렇게 횟수를 거듭하다 보면 결과적으로 치명적인 피해인 셈이었다. 이번에도 사방에서 어지럽게 날아온 총알들이 뒷간에 모인 병사들을 공격했다. 그들은 옷도 제대로 올리지 못한 채 혹은 손에 든 신문지를 펄럭거리며 안전한 곳으로 도망치지 않을 수 없었다. 그래도 우리는 없어서는 안 될 그 시설물을 외진 장소에 그대로 두었다.

1월에도 고된 작업이 계속되기는 마찬가지였다. 소대별로 삽과 양동이와 펌프를 사용해서 먼저 대피호 바로 앞의 진창에서 물을 퍼올린 다음, 어느 정도 마른 바닥을 밟게 되었을 때 근접 소대와 연락을 취했다. 우리 포병대의 집결 장소인 아뎅페르 숲에서는 나무꾼조의 병사들이 잡목마다 잔가지를 쳐내고 장작을 쪼개는 일을 맡았다. 참호 벽을 비스듬히 깎아 딱딱한 목판을 댔다. 물이 빠져나갈 구멍이나 배수로 또는 하수구도 많이 만들었고, 그렇게 우리는 차츰 괜찮은 상태를 되찾았다. 특히 효과적인 것은 배수로였는데, 점토 지붕을 통해 물이 빠지도록 만들어서 하수구로 흘려보낸 물은 석회암층으로 스며들었다.

1916년 1월 28일, 우리 부대의 한 병사가 그의 방패 위로 빗발치던 총탄의 파편에 맞아 다쳤다. 30일에는 또 다른 병사가 허벅지에 총알을 맞았다. 2월 1일, 우리와 근무 교대할 병사들이 왔을 때 교통호에 집중포화가 쏟아졌다. 유산탄이 제6중대 출신인 내 옛 청소병 융게의 발 앞에 떨어졌다. 그는 젊은 소총수였다. 유산탄이 폭발하지는 않고 높은 화염을 솟아올리며 화재를 일으켜서, 그는 심한 화상을 입고 응급치료소로 실려갔다.

이 시기에는 나와 면식이 있었던 제6중대의 한 하사도 치명적인 중상을 입었다. 불과 며칠 전에 그의 형도 전사한 터였다. 그는 자신이 발견한 '사과 토피'의 뇌관을 돌려 빼고는, 밖으로 쏟아낸 녹색 가루가 대단히 인화성이 강하다는 걸 알면서도, 불 붙은 담배를 입구 안으로 넣었다. 물론 포탄은 폭발했고, 그의 온몸에 쉰 군데의 상처를 남겼다. 이런 식으로든 다른 식으로든 병사들은 경솔함 때문에 피해를 보는 일이 많았다. 폭발물들 가운데에서 살다 보면 당연히 일어나게 마련인 사건들이었다. 이런 측면에서 불쾌한 동료가 한 사람 있었는데, 바로 포크 소위였다. 그의 호젓한 대피호는 우리의 왼쪽 날개 뒤에 얽히고설킨 참호 안 어딘가에 있었다. 그는 수많은 불발탄을 자신의 대피호로 가져다가 시계 부품을 해체하듯이 불발탄의 뇌관을 풀어 포탄을 해부하는 것으로 소일했다. 나는 이 기분 나쁜 대피호 근처를 지날 일이 있을 때마다 가능한 한 멀리 돌아가곤 했다. 병사들이 구리로 된 불발탄의 고리를 갈아서 편지 봉투를 여는 칼이나 팔찌 같은 것을 만들 때도 사고는 종종 일어났다.

2월 3일 밤, 우리는 힘겨운 진지 근무를 끝내고 다시 두시에 도착했다. 나는 다음 날 아침, 휴가 첫날의 기분을 만끽하며 에미히 광장에 있던 내 숙소에 앉아 느긋하게 커피를 마셨다. 그때 갑자기 거대한 포탄이 날아와 숙소 문 바로 앞에서 터졌다. 한 지역을 정확히 겨냥한 집중포격의 서막이었다. 부서진 창문의 유리 파편이 방으로 쏟아져 들어왔다. 나는 세 걸음 만에 지하실에 당도했다. 그 안에는 이미 건물 안에 묵고 있던 다른 사람들이 도착해 있었다. 놀라운 속도였다. 지하실은 반지하인 데다 아주 얇은 담 하나로 정원과 분리되어 있었으므로, 우리 모두는 겨우 며칠 전부터 짓기 시작한 땅굴의 짧고 좁은 입구로 몰려들었다. 밀리고 부딪히는 육체들 사이에서 꼬리를 흔들던 내 셰퍼드가 짐승의 본능으로 어두운 구석으로 기어들었다. 먼 곳에서는 규칙적인 간격으로 둔탁한 발포 소리가 들려왔다. 대개 한 서른까지 숫자를 세고 나면 육중한 쇳덩어리가 휘파람 소리를 내며 날아와 쿵 하고 떨어지는 소리를 들을 수 있었는데, 그러고 나면 곧 우리가 있는 곳 주위에서 요란한 폭발음이 들렸다. 매번 불쾌한 공기의 압력이 지하실 창문으로 몰려들었다. 흙덩이와 파편들은 기와지붕 위로 빗발쳤다. 가축우리 안에서는 흥분한 말들이 숨을 몰아쉬거나 발을 구르며 이리저리 서성거렸다. 개는 꼬리를 흔들었다. 한 뚱뚱한 음악가는 포탄이 날아들 때마다 매번 마치 이를 뽑히기라도 하듯이 고래고래 소리를 질러댔다.

마침내 폭풍이 지나갔고, 우린 신선한 공기를 마시러 밖으로 나가볼 수 있었다. 황폐해진 마을 거리가 마치 들쑤셔놓은 개미굴처럼 북적거렸다. 내 숙소는 망가져서 흉흉한 모습이었다. 지하실 담 바로 너머로는 여기저기 땅이 패이고 과일나무들이 꺾여 있었고, 성문 앞 거리 한가운데에는 길쭉한 불발탄 하나가 조롱이라도 하듯 뒹굴고 있었다. 지붕은 총탄에 맞아 벌집이 되었다. 엄청난 폭발로 굴뚝의 반이 떨어져나갔다. 그 옆 연대 집무실에는 그리 크지 않은 파편 몇 개가 벽과 커다란 옷장을 꿰뚫어버렸고, 고향으로 휴가를 떠난 병사들을 위해 그곳에 보관했던 군복을 갈기갈기 찢어놓았다.

2월 8일, 우리 구역에 맹렬한 포화가 빗발쳤다. 아군의 포병대는 이른 새벽부터 내 대피호 오른쪽에 있던 대피호에 불발탄 하나를 쏘았고, 그 바람에 문이 안으로 활짝 열리면서 화덕을 쓰러뜨려 안에 있던 병사들 모두가 깜짝 놀랐다. 이렇게 별로 큰 탈 없이 끝난 사건은 만화로 그려졌다. 한쪽 구석에서 불발탄이 사납게 번쩍거리는 동안 여덟 명의 병사들이 한꺼번에 연기가 뭉게뭉게 피어오르는 화덕 위를 지나 부서진 문 쪽으로 나가려고 몰려드는 그림이었다. 오후에는 대피호 세 개가 포탄을 맞았는데, 다행히 병사 한 명이 무릎에 가벼운 상처를 입었을 뿐이었다. 모두가 땅굴의 초소로 근무를 나가 있었기 때문이었다. 다음 날 내 소대의 수발총병 하르트만은 적의 측면포대에서 쏜 포탄에 맞아 치명적인 부상을 당했다.

2월 25일, 우리는 훌륭한 전우 한 명을 앗아간 사건 때문에 깊은 슬픔에 잠겨 있었다. 나는 근무 교대 직전에 대피호에서 자원병이었던 카르크가 바로 옆 지하통로 안에서 막 전사했다는 보고를 받았다. 내가 그리로 갔을 때, 언제나 그랬듯이 심각한 얼굴을 한 병사들의 무리가 미동도 하지 않는 형체 주위에 모여 있었다. 손이 비틀어진 그 형체는 피가 홍건하게 스며든 눈 위에 누워 있었다. 번들거리는 두 눈은 빛이 사라져가는 겨울의 저녁 하늘을 응시했다. 측면포대에서 쏜 포탄에 희생당한 전우가 또 한 명! 카르크는 첫 번째 사격 때는 참호 안에 있다가 즉시 땅굴로 뛰었다. 그때 높은 하늘에서 포탄 한 개가 날아와 마주보고 있는 참호 가장자리에 떨어졌다. 불행하게도 커다란 파편 하나가 원래는 완전히 엄폐되어 있던 땅굴의 입구로 튀어 들어가 이제 안전한 곳에 도착했다고 생각한 카르크의 머리에 박혔다. 갑작스럽고도 빠른 죽음이었다.

이 시기에 적의 측면포대는 그 자체로 매우 바빴다. 대략 1시간에 한 번씩 집중포격을 개시했는데, 그 파편들은 그야말로 참호 안의 모든 것을 쓸어버렸다. 이 집중포격은 2월 3일에서 8일까지의 엿새 동안 우리 편에 전사자 세 명과 중상자 세 명, 경상자 네 명을 냈다. 측면포대는 우리 편 진영 왼쪽에서 멀어야 1500미터 정도밖에 떨어지지 않은 곳, 즉 우리 진영의 허리 부분에 위치한 한 산비탈에 있는 게 분명했지만, 우리 포병대가 그들의 포화를 막는 것은 불가능했다. 그래서 우리는 엄폐호의 숫자를 늘리고 높이를 높임으로써 가능한 한 참호의 좁은 면적만이 그들의 사정거리에 들어가도록 노력했다. 위쪽에서 안을 내려다볼 수 있을 만한 지점들은 모두 밀짚이나 헝겊 조각으로 가렸다. 초소들 역시 통나무나 강화 콘크리트 판으로 보강했다. 어쨌든 우리의 분주한 통행만으로도, 총알을 쓸데없이 낭비하지 않으면서 우리를 '한 명씩 잡으려고' 했던 영국인 총잡이들에게는 좋은 기회를 제공했다.

3월 초, 우리는 그중 가장 거친 오물을 그런대로 다 치웠다. 날씨가 맑아지자 참호에 깨끗한 널빤지를 깔아 말렸다. 나는 매일 저녁 대피호의 작은 책상 앞에 앉아 책을 읽거나 방문객과 대화를 나누었다. 중대장을 포함한 우리 네 명의 장교는 진한 전우애를 나누었다. 날마다 함께 모여 누군가의 대피호에서 커피를 마시거나 식사를 했고, 식사 때는 종종 술 한두 병쯤을 나누어 마시거나 담배를 피웠다. 카드놀이를 하거나 시시한 잡담을 나누기도 했다. 형편이 좋을 때는 찐감자와 비계를 곁들인 청어 같은 맛있는 식사를 하기도 했다. 이런 편안한 시간은 피와 오물과 작업으로 얼룩진 며칠간의 고생을 만회하기에 충분했다. 그런 시간을 갖는 것도 그 긴 진지전 시기에만 가능했는데, 우리는 서로 친밀하게 결속되고 거의 평화롭다고까지 할 수 있는 일상을 누렸다. 우리의 가장 주된 자랑거리는 축조작업이었다. 상부의 지시를 받아서 한 작업이 아니어서 더욱더 자랑스러웠다. 쉬지 않고 열심히 일한 결과, 석회암 진흙땅 속으로 서른 걸음 정도의 땅굴이 기존에 있던 다른 땅굴 옆에 축조되었고, 두 땅굴을 횡으로 이어주는 복도들을 만듦으로써 우리는 깊은 지하로도 아주 편하게 들어가 진영의 오른쪽 날개에서 왼쪽 날개로 이동할 수 있었다. 내가 가장 좋아했던 축조물은 내 대피호에서 중대장의 대피호까지 이어지는, 길이가 예순 걸음쯤 되는 지하통로였다. 중대장의 대피호에서부터는 마치 복도처럼 오른쪽과 왼쪽으로 탄약실과 거실이 이어졌다. 이 시설물은 훗날의 전투들에서 매우 유용하게 활용되었다.

아침 커피를 마신 후에는 거의 규칙적으로 신문이 앞으로 전달되기도 했다. 세수를 하고 나서 줄자를 손에 들고 참호 안에서 만나면 우리 구간들의 진척 상황을 비교했다. 그때 나눈 대화는 땅굴의 틀이라든가 대피호 설계, 또는 작업시간과 그 비슷한 주제를 맴돌았다. 그중에서도 가장 인기 있는 주제는 내 '방'을 만드는 일이었다. 작은 침실 같은 것이었는데, 지하통로에서 시작해 건조한 석회암을 파서 만들 예정이었다. 세계의 종말이 온다 해도 그 안에서라면 단꿈을 꾸며 잘 수 있을 법한, 일종의 여우굴 같은 구조물을 짓자는 것이었다. 나는 매트리스의 소재로 쓸 아주 가는 철조망과 벽을 도배할 재료로 쓸 샌드백 직물을 마련해두었다.

3월 1일, 내가 국민병 이크만—그 뒤 얼마 지나지 않아 죽었다—과 함께 군용천막 옆에 서 있을 때, 천막 너머로 포탄이 떨어졌다. 파편들은 우리를 지나쳐 쉬익 소리를 내며 그대로 날아갔다. 우리는 나중에 상황을 점검하다가 소름 끼치도록 길고 날카로운 쇳조각들이 천막을 갈가리 찢어놓은 것을 보았다. 우리는 그것을 속사포나 산탄이라고 불렀는데, 구름처럼 뭉쳐진 파편들이 나는 소리밖에 들리지 않았기 때문이었다. 그러면 갑자기 쉿쉿 하는 휘파람 소리에 휩싸이곤 했다.

3월 14일, 150밀리 포탄이 우리와 인접한 구역에 정확하게 떨어져서 세 명이 중상을 입고 세 명이 전사했다. 전사한 세 명 가운데 한 명의 사체는 흔적도 없이 사라졌으며, 다른 한 명은 새까맣게 타버렸다.

18일에는 내 대피호 앞에 서 있던 보초가 포탄 파편에 맞아 턱이 떨어져나가고 한쪽 귀가 잘려나갔다. 19일에는 왼쪽 날개에 있던 수발총병 슈미트 2세가 머리를 맞아 중상을 입었다. 23일에는 내 대피호 오른쪽의 수발총병 로만이 머리를 맞고 전사했다. 같은 날 저녁에 보초 한 명이 내게 보고하길, 우리 철조망에 적군의 정찰병들이 숨어 있다고 했다. 나는 병사 몇 명을 데리고 참호를 나섰지만 특이한 점은 발견하지 못했다.

4월 7일, 참호진지의 오른쪽 날개에 있던 수발총병 크라머는 머리에 총알 파편을 맞아 심하게 다쳤다. 이런 유의 부상은 뭔가에 부딪히기만 해도 산산조각이 나며 부서지는 영국군의 총알 때문에 생기는 아주 흔한 일이었다. 오후에는 내 대피호 주위가 몇 시간 동안 맹렬한 폭격에 시달렸다. 천정의 채광창이 산산조각났고, 새로운 충격이 가해질 때마다 입구 안으로 단단한 진흙 덩어리가 우박처럼 쏟아져내렸다. 하지만 우리가 커피 마시는 시간을 방해할 정도는 아니었다.

나중에는 한 무모한 영국인과 결투를 벌였다. 그는 백 보도 채 안 될 거리에 있는 참호의 가장자리에서 머리를 내밀고 총을 쏘았다. 아주 정밀하게 조준된 총알이 우리 쪽 총안으로 날아들어 휘파람 소리를 냈다. 나는 몇 명의 병사와 함께 그에게 화답했는데, 그럴 때마다 즉시 우리 쪽 총안 안으로 정확히 조준된 총알이 날아들었다. 그 바람에 모래가 날려 눈으로 들어왔고, 작은 파편들이 튀면서 목에 살짝 긁힌 상처를 남겼다. 우리는 긴장을 늦추지 않았다. 우리는 갑자기 몸을 드러내어 재빨리 조준해서 총을 쏘고는 곧바로 몸을 숨겼다. 그때 총알 하나가 수발총병 스토르흐의 총을 박살내면서 적어도 열 개는 되는 파편이 그의 얼굴에 박혔고, 여러 군데에서 피가 흘렀다. 그다음 총탄은 우리 총안의 한 귀퉁이를 날려버렸다. 그다음 총탄은 우리가 관찰용으로 지니고 있었던 거울을 깨뜨렸다. 우리는 한 적병의 얼굴 바로 앞에 있는 진흙 무더기를 겨냥해 총을 여러 발 쏘았다. 그 후 그의 형체가 갑자기 흔적도 없이 사라져버렸을 때 우리는 만족감을 느꼈다. 거기에 더해, 나는 그 영국 병사가 뒤에 숨어 이 무분별한 짓을 벌였던 기갑장비를 향해 세 발을 쏘아 그것을 엉망으로 만들어버렸다.

4월 9일, 영국군 전투기 두 대가 거듭해서 우리 진지 바로 위를 날아갔다. 모든 병사가 대피호에서 나와 공중을 향해 미친 듯이 총을 쏘아댔다. 내가 지베르스 소위에게 "적의 측면포대가 우리를 보지만 않는다면 얼마나 좋겠어요!"라고 말하는 바로 그 순간에 쇳조각들이 귓가를 스쳐 날아갔고, 우리는 가장 가까이에 있는 땅굴로 몸을 날렸다. 지베르스는 입구에 서 있었다. 나는 얼른 안으로 들어오는 게 좋을 거라고 충고했다. 그러고는 퍽! 여전히 연기가 나는 손바닥만 한 파편 하나가 젖은 진창을 밟고 서 있던 그의 발 앞에 떨어졌다. 우리는 앙코르 공연으로 유산탄 박격포를 몇 개 더 받았고, 그 검은 포탄들은 무섭게 폭발해서 우리 머리 위로 산산이 흩어졌다. 한 병사가 겨드랑이에 파편 하나를 맞았는데, 그 파편은 바늘귀보다도 작은 크기였지만 몹시 고통스러운 모양이었다. 그 답례로, 나는 영국군 참호에 '파인애플' 두 개를 심었다. 그것은 약 2.5킬로그램짜리 투척용 세열수류탄으로, 그 맛있는 과일과 비슷하게 생겼다고 해서 붙은 별명이었다. 소총만을 사용한다는 것은 보병대 간의 암묵적인 약속이었고, 폭발물을 쓸 경우에는 두 배로 보복을 받았다. 불행하게도, 적군은 우리보다 무기가 넉넉해서 우리보다 길게 게임을 즐길 수 있었다.

이런 끔찍한 일들이 일어나는 동안에도 우리는 지베르스의 대피호에 모여 적포도주 몇 병을 마셨다. 그 바람에 기분이 적잖이 달떴던 나는 달빛이 밝았음에도 엄폐물 위를 걸어 숙소로 향했다. 나는 금세 방향감각을 잃었고, 곧 포탄 구덩이에 빠졌다. 그 속에서, 영국군이 가까운 참호 안에서 작업하는 소리를 들었다. 수류탄 두 개로 적을 얼마간 교란시킨 나는 서둘러 우리 편 참호로 돌아오다가, 우리 편이 설치해둔 훌륭한 마름쇠의 뾰족한 쇠침에 걸려 넘어지고 말았다. 마름쇠는 네 개의 뾰족한 쇠침을 이어놓은 모양인데, 그중 쇠침 한 개는 항상 수직으로 위를 향하도록 설치한다. 우리는 비밀통로에 그 마름쇠들을 깔아놓았다.

어찌 되었든 이 시절에는 철조망 앞에서 참으로 다양한 행동을 하곤 했는데, 이따금 웃지 못할 피의 비극이 벌어지기도 했다. 우리 편 한 사람이 순찰을 나갔다가 아군의 총에 맞은 적이 있었는데, 그것은 그가 말더듬이여서 암호를 빨리 대지 못했기 때문이었다. 또 한번은 한 병사가 몽시의 부엌에서 다른 이들과 자정까지 놀다가 철조망 위로 기어올라서는 아군 진영을 향해 혼자 소총사격을 개시한 적이 있었다. 물론 총을 다 쏜 후에는 안으로 불려들어가 흠씬 두들겨맞았다.

6

솜 전투를 알리는 전주곡

1916년 4월 중순, 내게 크루아지에로 가서 훈련을 받으라는 명령이 떨어졌다. 그곳은 사단 전선의 뒤편에 있던 소도시로, 사단장 존탁 소장이 이끄는 훈련장이었다. 거기서는 군사 관련 과목들의 이론 및 실습 교육이 실시되었다. 그중에서도 나를 사로잡았던 것은 야로츠키 소령이 지도하는, 말을 타고 떠나는 전술 여행이었다. 소령은 키가 작고 뚱뚱한 참모장교였는데, 맡은 임무에 열과 성을 다하는 사람이었다. 우리는 그를 '자동조리기'라고 불렀다. 우리는 대부분 즉석에서 만들어 낸 후방의 설치물들을 살펴보기 위해 외출과 견학을 자주 나갔다. 사실 지금까지는 맨 앞에 보이는 참호 뒤에서 일어나는 숨은 일들은 어깨 너머로만 감지하는 데에 익숙했는데, 이런 외출과 견학들을 통해 전방의 전투 현장 뒤에서 얼마나 고되고 엄청난 작업이 진행되는지를 알게 되었다. 우리는 보아옐에 있는 도살장과 병참부, 무기수리소를 방문했고, 보르동의 숲에 있는 제재소와 공병훈련장, 인시에 있는 낙농장과 양돈장, 축산부산물가공공장을 둘러보았고, 케앙의 비행훈련장과 빵집을 견학했다. 그리고 일요일마다 모자를 쓴 멋진 여성들을 보기 위해 캉브레나 두에, 또는 발랑시엔 같은 근교 도시로 나갔다.

 피의 전쟁에 관해 쓰고 있는 이 책에서, 내가 그 당시에 약간 우스꽝스러운 역할을 맡으면서 겪었던 모험을 언급하지 않는다면 그다지 친절한 일이 아닐 것이다. 그해 겨울에 우리 대대는 케앙의 왕에게 초대를 받아 그곳에 주둔하고 있었는데, 젊은 장교였던 나는 난생처음으로 보초병들을 감독하는 일을 맡았다. 나는 그 지역을 빠져나가는 출구에서 길을 잃었고, 한 작은 역의 초소로 가는 길을 묻기 위해 그곳에 단 한 채뿐이었던 작은 집으로 들어섰다. 그 집에는 그 지역에 남은 유일한 주민이었던 열일곱 살짜리 아가씨가 살고 있었다. 이름은 잔인데, 얼마 전에 아버지가 돌아가시고 그 뒤부터 혼자 살림을 꾸려가고 있다고 했다. 그 아가씨는 내게 길을 가르쳐주면서 웃었다. 내가 왜 웃느냐고 묻자, 그녀는 프랑스어로 이렇게 말했다. "당신은 아주 젊군요. 내 앞에도 그렇게 긴 미래가 있으면 좋겠네요." 이 문장에서 느껴진 호전성 때문에 난 그녀에게 잔 다르크라는 별명을 붙여주었고, 그날 이후 참호에서 전투가 벌어지는 동안에도 이따금 그 외딴 집을 회상하곤 했다.

 크루아지에서 지내던 어느 날 저녁, 나는 문득 말을 타고 달려나가고 싶은 충동을 느꼈다. 그래서 안장을 얹고 나서 곧 도시를 벗어났다. 말 타기 좋은 5월의 저녁이었다. 산사나무 울타리를 두른 초원 위, 자주색 꽃양탄자 위로 토끼풀들이 자랐다. 마을 입구 앞에는 활짝 핀 밤꽃이 거대한 촛대처럼 저녁 어스름 속에서 빛을 발했다. 나는 빌쿠르와 에쿠스트를 지나 계속해서 달렸다. 물론 그 당시에는 2년 뒤에 내가 언젠가 이곳으로 다시 돌아올 거라고는 상상도 하지 못했다. 그때가 되면 저물녘의 연못과 언덕 사이에서 평화롭게 잠들어 있는 지금의 이 마을들은 끔찍한 폐허로 변할 것이고, 나는 완전히 달라진 그 폐허의 풍경 속에서 마을들을 향해 돌격하게 될 것이었다. 그 당시에 내가 조사를 맡았던 그 작은 역 주위에서는 민간인들이 여전히 가스통을 채우고 있었다. 나는 그들에게, 그들은 내게 인사를 건넸다. 곧 적갈색 지붕을 인 그 작은 집이 나타났다. 지붕 이곳저곳에 이끼가 피어 동그란 무늬를 수놓고 있었다. 나는 이미 잠긴 덧문을 두드렸다.

"누구세요?"

"안녕하세요, 잔 다르크 씨!"

"아, 안녕하세요, 지브롤터의 꼬마 장교님!"

그녀는 기대했던 대로 나를 매우 친절히 맞아주었다. 말을 묶고 나서 집 안으로 들어서자 저녁식사가 기다리고 있었다. 달걀과 흰 빵과 버터가 상춧잎 위에 먹음직스럽게 올려져 있었다. 그런 경우에는 길게 사양하지 않는 법이다. 나는 즉시 음식을 집어들었다.

단지 거기까지였다면, 모든 게 아름다운 이야기로 끝났을 것이다. 하지만 밖으로 나가자마자 손전등 불빛이 내 얼굴을 비추었다. 한 헌병이 내 인적사항을 물었다. 내가 민간인들과 대화를 나누면서 가스통을 주의 깊게 살핀 점, 이 인구 적은 마을에 낯선 사람인 내가 출현한 점, 이 모든 것이 내가 간첩이 아닐까 하는 의심을 불러일으켰던 것이다. 마침 나는 깜박하고 독일군 신분증을 가지고 나오지 않은 터였다. 결국 나는 그 헌병에게 케앙의 왕에게로 데려다달라고 부탁했다. 왕은 언제나 그랬듯이 둥근 탁자 앞에 앉아 있었다.

거기서는 그런 모험이 이해를 받았다. 내 외출은 승인되었고, 나는 곧 왕의 사람들에게 환대를 받았다. 이번에는 왕이 좀 다르게 느껴졌다. 이미 늦은 시각이었는데도 그는 열대우림에 관해 이야기했다. 그는 그곳에서 오랫동안 철도공사를 지켜보았다고 했다.

6월 16일, 그 지역에서의 체류가 끝나고 장군은 우리를 부대로 돌려보냈다. 그는 거기서 짧은 연설을 했는데, 서부전선에서 적이 대공격을 감행했으며 그 왼쪽 날개가 대략 우리 진지를 마주보는 곳에 있다는 내용이었다. 솜 전투가 벌써 그 검은 그림자를 드리웠던 것이다. 이 전투가 시작됨과 동시에 전쟁 전체에 걸쳐 그나마 제일 편했던 첫 기간이 막을 내린다. 이제 우리 모두는 완전히 새로운 형태의 전쟁을 맞게 되었다. 그동안 우리는 전쟁터에서 적군과 아군이 대치하며 싸우는 구식 전투형태로 적을 이기려고 했다. 그런 시도는 진지전에선 실패로 돌아갔다. 우리는 지금까지 이런 실패 사실을 알지 못한 채 전쟁을 체험했던 것이다. 이제 우리 앞에는 엄청난 양의 물자가 동원되는 물량전이 기다리고 있었다. 이 역시 1917년 말경에 가서는 기계전으로 대체되었다. 하지만 그때까지도 아주 완전히 발전된 형태의 기계전은 아니었다.

연대로 돌아온 후에도 우리는 뭔가 큰일이 일어날 것 같다는 예감을 받았다. 전우들은 점점 더 불안해져가는 전방의 상황을 전해주었다. 영국군은 비록 성공하지는 못했지만 C구역에 대해 두 번의 정찰을 강행했다. 우리는 어렵게 공격을 준비하고 기병정찰대를 이른바 참호 삼각지로 세 번 보내어 영국군에 복수하고 적을 포로로 잡았다. 내가 없는 동안에 베티에는 팔에 유산탄을 맞아 부상당했지만, 내가 도착하고 얼마 지나지 않아 다시 중대의 지휘를 맡았다. 내 대피호 역시 그동안 변화를 겪어서, 포격으로 크기가 반이나 줄어 있었다. 아까 말했던 그 정찰 공격 때 영국군이 수류탄을 던져 대피호를 폭파했던 것이다. 내 임무를 대리하던 부관은 채광창을 통해 겨우 밖으로 빠져나갔고, 그의 부하는 전사했다. 판자의 갈색 얼룩에는 그때 튄 피가 여전히 남아 있었다.

6월 20일, 나는 적군의 참호 가까이 접근해서 그들이 나누는 대화를 엿듣고 현재 땅굴을 파고 있는지를 알아내는 임무를 맡았다. 자정 무렵, 나는 초급장교 볼게무트, 일병 슈미트, 수발총병 파르텐펠더와 함께 우리 편의 매우 높은 철조망을 뛰어넘었다. 첫 구간은 상체를 숙인 채 걸어갔고, 그 후에는 나란히 엉금엉금 기어서 풀이 수북이 자란 진입 지역을 지났다. 배를 바닥에 대고 엎드려 이슬 맞은 잔디와 엉겅퀴 덤불을 미끄러져 가는 동안 내 머릿속에는 칼 마이*의 소설에 나오는 상급생의 추억들이 떠올랐다. 기어가는 동안 바스락거리는 소리가 날까 봐 극도로 조심해야 했다. 오십 보 앞의 희끄무레한 어둠 속에서 영국군의 참호가 검은 점으로 드러났기 때문이다. 먼 곳의 기관총에서 날아온 총알 다발이 거의 수직으로 우리 주위에 떨어졌다. 이따금 조명탄이 솟아올라 특유의 차가운 불빛으로 불모의 땅을 밝혔다.

한번은 우리 뒤에서 뭔가가 수선스럽게 부스럭거리는 소리가 났다. 그림자 두 개가 재빠르게 참호 사이로 사라졌다. 우리가 그들을 기습할 준비를 하는 동안 그림자들은 벌써 사라지고 흔적도 없었다. 바로 그 뒤를 이어 수류탄 두 개가 영국군의 참호에 투하되어 벼락같은 소리를 냈다. 그러니 아군이 우리 길을 막은 셈이었다. 우리는 계속해서 천천히 나아갔다.

갑자기 뒤에서 초급장교 볼게무트가 내 팔을 잡았다. "오른쪽을 조심하세요. 아주 가까운 곳입니다. 조용히, 조용히!" 그 직후, 오른쪽으로 십 보쯤 떨어진 풀밭에서 뭔가가 부스럭대는 소리가 들렸다. 방향

---

* 독일 작가(1842~1912). 과격하고 애국적이며 신식민주의적인 그의 소설은 당대 독일 젊은이들에게 널리 읽혔다.

을 잘못 잡은 우리가 영국군의 철조망과 평행으로 기어가고 있었던 것이다. 적군이 우리 소리를 들은 모양이었다. 무슨 일이 있는지 살펴보려고 그들이 참호 밖으로 나왔다.

야간 정찰의 잊을 수 없는 순간이 바로 그런 때다. 눈과 귀는 극도로 긴장했고, 풀밭 위로 가까이 다가오는 낯선 자의 발소리는 불길하고도 강렬했다. 자꾸 숨이 막혔다. 헉헉거리는 숨소리를 억누르느라 애를 먹었다. 작은 금속성의 물체가 딸각 하는 소리와 함께 안전장치가 뒤로 젖혀졌다. 신경을 파고드는 칼날 같은 소리다. 이빨이 수류탄의 화승줄을 물었다. 폭발은 짧고도 치명적일 것이다. 이렇게 되면 두 가지 강렬한 감정에 사로잡혀 몸을 떨게 된다. 점점 고조되는 사냥꾼의 흥분과 사냥 당하는 짐승의 두려움을 동시에 느끼는 것이다. 황폐한 지대 위를 짓누르는 음울하고도 끔찍한 분위기를 흠뻑 들이마신 병사는 그 자체로 하나의 특별한 세계가 된다.

희미한 형체들 한 무리가 우리 바로 옆에 나타났다. 그들이 소곤거리는 소리가 들려왔다. 우리는 그들을 향해 고개를 돌렸다. 바이에른이 고향인 파르텐펠더가 칼날을 씹고 있는 소리가 들렸다.

그들은 우리 쪽으로 몇 발자국 더 다가왔다. 그들은 우리가 엎드려 있다는 걸 알아차리지 못한 채 철조망 작업을 시작했다. 우리는 그들에게 시선을 고정한 채로 아주 천천히 뒤쪽으로 기어나왔다. 죽음은 큰 기대감으로 양편 사이를 지켜보고 있다가 내키지 않는다는 듯 물러났다. 잠시 후, 우리는 몸을 일으켜서 다시 꼿꼿한 자세로 걸어 우리 구역에 무사히 도착했다.

외출을 훌륭히 마친 우리는 적을 한 명 생포하자는 생각을 했고, 다음 날 저녁에 다시 한번 적군 근처로 가기로 했다. 그래서 오후에 미리 잠시 눈을 붙이려던 참에, 대피호 근처에서 고막이 찢어질 듯한 천둥소리가 들려왔다. 놀라서 벌떡 일어나 보니, 영국군이 '사과 토피'를 던진 것이었다. 폭탄이 떨어지는 소리는 거의 들지 않지만 화력은 엄청나서, 그 파편들에 맞아 나무둥치만큼이나 두껍게 판자를 댄 벽이 완전히 무너져 있었다. 내가 욕을 퍼부으며 잠자리에서 기어나와 참호로 들어가자마자, 저 앞에서 손잡이가 달린 검은 공 모양의 폭탄이 또 하나 포물선을 그리며 날아오는 것이 보였다. 나는 "왼쪽에 폭탄!"이라고 외치며 가장 가까운 땅굴로 몸을 날렸다. 그 뒤로 몇 주 내내 크기와 모양이 다양한 폭탄들이 수도 없이 쏟아졌다. 그래서 우리는 참호를 걷는 동안에도 언제나 한쪽 눈으로는 하늘을 살피고 다른 쪽 눈으로는 가장 가까운 대피호의 입구를 확인하는 게 버릇이 되었다.

그날 밤에 세 명의 동료와 나는 또 한번 참호 사이를 기어다녔다. 우리는 발끝과 팔꿈치로 포복해 영국군의 장애물과 아주 가까운 지점까지 다가가서, 여기저기에 수북이 자라난 수풀 속에 몸을 숨겼다. 얼마 후 영국군 여러 명이 나타나 둘둘 만 철조망을 운반했다. 그들은 우리와 아주 가까운 곳에 서서 철사 타래를 내려놓고 철사용 가위로 여기저기를 끊으며 낮은 목소리로 대화를 주고받았다. 우리는 서로에게 가까이 기어가서는 소리 죽여 급히 몇 마디를 주고받았다. "이제 저 사이에 수류탄을 한 개 던진 다음 전진!", "이봐, 네 명이나 돼!", "야, 그래, 무서워서 바지에 오줌이라도 쌌냐?", "쓸데없는 소리 마! 그건 아냐!", "조용해, 조용히 하라고!" 내 경고는 너무 늦었다. 머리를 들어 바라보니 영국군이 도마뱀처럼 철조망 아래로 움직여 참호 안으로 사라지고 있었다. 이제 분위기는 다시금 험악해졌다. 나는 '이제 그들이 기관총을 쏠 준비를 할 것이다'라는 생각으로 불안해졌다. 다른 이들 또한 나와 비슷한 두려움을 품었다. 우리는 무기들이 덜거덕거리는 소리 속에서 배를 땅에 대고 기어서 뒤쪽으로 돌아 나왔다. 영국군 참호는 수선스러웠다. 부산한 발소리, 서성대는 소리, 칫 하는 소리와 함께…… 조명탄. 우리가 머리를 풀숲 아래에 감추려고 애쓰는 동안 사위가 훤하게 밝아졌다. 또 한번 조명탄. 고통스러운 순간이었다. 땅속으로 꺼져버리거나, 적군 초소에서 10미터쯤 떨어진 곳만 아니라면 다른 어디에라도 기꺼이 갈 수 있을 것 같았다. 다시 한번 조명탄. 빵! 빵! 아주 가까운 곳에서 쏘아대는 소총 소리가 고막을 찢을 듯했다. "아이고, 우리 발각됐어!"

우리는 다른 것에 더 이상 신경을 쓰지 못하고 큰 소리를 내지르며 서로에게 빨리 달아나라고 독려했다. 우리는 살기 위해 사력을 다해 뛰었고, 빗발치는 총알 속에서 아군 진영으로 달렸다. 몇 발자국 뒤, 나는 뭔가에 걸려 넘어졌고, 포탄이 터지면서 생긴 아주 작고 얕은 구덩이로 굴러 들어갔다. 내 운명이 이미 끝났다고 생각한 나머지 세 사람은 그대로 계속해서 달려갔다. 나는 구덩이 바닥에 납작 엎드려서 머리와 다리를 끌어당기고 내 위로 높이 자란 풀 사이로 총알이 지나가도록 한참을 가만히 기다렸다. 조명탄이 떨어진 자리에서 타고 있는 마그네슘 덩어리들 역시 나를 몹시도 괴롭혔다. 내 바로 옆에서 타는 것들도 있었다. 나는 모자로 그것을 막아보려고 애썼다. 포화가 차츰 가라앉고 나서도 15분쯤을 더 기다린 뒤, 나는 일단 가만히 자리에서 벗어났다가 마침내 있는 힘을 다해서 탈출구를 향해 뛰었다. 그동안 달이 기울어 나는 곧 방향감각을 잃었다. 영국군이 있는 곳도 독일군이 있는 곳도 가늠할 수 없었다. 이제 지평선에는 몽시 방앗간의 전형적인 폐허마저도 드러나 보이지 않았다. 이따금 기겁할 정도로 정확하게 나를 겨냥한 총탄이 땅 위를 날았다. 결국 나는 풀밭에 누워 새벽이 밝기를 기다리기로 했다. 갑자기 바로 옆에서 휘파람 소리 같은 것이 들렸다. 나는 다시 전투태세를 갖추었다. 내가 영국군인지 독일군인지를 알리지 않기 위해 조심하면서 먼저 자연의 소리를 흉내내어보았다. 영국군이 대응하면 수류탄을 던질 생각이었다. 하지만 기쁘게도 아군 병사들이 내 앞에 있었다. 그들은 내 시체를 옮겨가기 위해 총대를 푸는 중이었다. 우리는 잠깐 구덩이 안에 그대로 앉아서 다시 만나게 된 것을 기뻐했다. 그리고 출발한 지 3시간 만에 참호로 돌아왔다.

다음 날, 나는 또다시 새벽 5시에 참호 근무를 서야 했다. 제1소대 구역의 대피호 앞에 호크 병장이 있었다. 그렇게 이른 시각에 그를 보게 된 것을 놀라워하자, 그는 커다란 쥐를 잡는 중이라고 했다. 그 쥐가 밤새도록 물어뜯고 바스락거려서 잠을 제대로 자지 못했다는 것이었다. 그러면서 그는 우스우리만치 작은, '레베레히트 휜셴'의 빌라'라는 이름을 붙인 자신의 대피호를 자세히 살펴보았다.

우리가 어깨를 나란히 하고 섰을 때 멀리서 폭발음이 들려왔는데, 특별한 의미는 없어 보였다. 하지만 그 전날 하마터면 커다란 박격포탄에 맞아 죽을 뻔했던 호크는 몹시 두려워하며 번개처럼 재빨리 근처 땅굴로 뛰어들었다. 그는 너무 서두르는 바람에 첫 계단부터 열다섯 개를 앉은 채로 미끄러지다가, 마지막 열다섯 번째 계단을 지나면서는 세 번이나 데굴데굴 굴렀다. 위쪽 입구에 서 있던 나는 그 모습을 보며 웃느라 포탄이고 지하통로고 다 잊고 말았다. 사고의 희생자인 호크는

---

* 하인리히 자이델의 동화 제목이자 주인공의 이름이다. 그는 안분지족하는 사람으로, 큰 욕심이 없이 살면서 삶의 어려움을 쉽게 극복한다.

몸 이곳저곳을 조심스럽게 매만지고 탈구된 엄지를 바로잡으려고 애쓰면서도 이젠 쥐 사냥을 못하게 되었다고 투덜댔다. 이 불쌍한 사나이는 어제 포탄이 떨어질 때 저녁식사 중이었다고 했다. 저녁식사에 모래가 쏟아져 완전히 망쳤을 뿐만 아니라 그때 이미 한 번 계단에서 고통스럽게 굴러떨어졌다는 것이었다. 고향을 떠나온 지 얼마 되지 않았던 그는 우리들의 거친 말투에도 익숙하지 않았다.

이 사소한 사건 후에 대피호로 돌아갔지만, 그날 역시 단잠을 자지는 못했다. 우리 참호에는 이른 아침부터 점점 더 짧은 간격으로 박격포탄이 떨어졌다. 정오 무렵에는 모든 게 너무 요란했다. 나는 부하들에게 란츠 박격포를 준비시킨 다음 적군의 참호를 향해 발사했다. 하지만 우리가 집중포격을 당했던 엄청난 포화에 비하면 미약하기 짝이 없는 화답이었다. 6월의 햇볕에 뜨겁게 달궈진 작은 참호의 진흙 위에 쪼그려앉아 땀을 뻘뻘 흘리며, 우리는 포탄을 하나씩 저쪽으로 쏘아보냈다.

영국군이 그다지 동요하지 않는 것 같았으므로, 나는 베티에와 함께 확성기를 잡고 충분히 궁리한 끝에 다음과 같은 긴급 방송을 내보냈다. "헬렌이 우리 참호에서 토한다. 아주 큰 건더기를 토한다. 우린 감자가 필요해. 크고 작은 감자가 필요해." 이것은 적군이 함께 들을 위험이 있을 때마다 쓰곤 하는 암호문이었다. 다행히 다이히만 소위에게서 곧 화답이 왔다. 억센 수염을 단 뚱뚱한 하사가 어린 병사 몇 명을 데리고 즉시 앞으로 올 거라는 전갈이었다. 100킬로그램짜리 포탄이 우지끈하는 엄청난 소리와 함께 우리 편에서 적의 참호로 날아갔다. 박격포 몇 문이 뒤를 이었고, 덕분에 우리는 그날의 나머지 시간을 조용히 지낼 수 있었다.

하지만 다음 날 정오의 무도회는 훨씬 더 맹렬하게 시작되었다. 나는 첫 발포 때 지하통로를 통해 두 번째 참호로 갔고, 거기서부터는 미리 란츠 박격포를 설치해두었던 교통호로 들어갔다. 우리는 '사과 토피'가 날아오는 족족 란츠 박격포를 쏘았다. 포탄을 마흔 개쯤 갈고 나자, 적군의 조준병이 우리를 직접 겨냥해서 쏘는 것 같았다. 곧 포탄 몇 개가 우리 오른쪽과 왼쪽 바로 옆으로 떨어졌지만, 포탄 한 개가 마침내 우리를 향해 똑바로 날아오기 전까지 우리는 공격을 멈추지 않았다. 마지막 순간, 우리는 점화를 위해 힘껏 줄을 잡아당긴 후 가능한 한 빨리 도망쳤다. 내 바로 뒤에서 포탄이 굉음을 내며 터졌을 때, 나는 막 질척거리는 한 참호에 도착해 있었다. 참호 앞에는 철조망이 쳐져 있었다. 무지막지한 공기의 압력이 나를 철조망 너머 녹색 진창으로 가득 찬 참호로 내동댕이쳤다. 그와 동시에 딱딱한 진흙 덩어리가 내 몸 위로 마구 쏟아져내렸다. 나는 반쯤은 먹먹해진 상태로, 반쯤은 상처를 입은 채로 몸을 일으켰다. 바지와 군화는 철조망에 갈기갈기 찢어졌고, 얼굴과 양손과 군복은 진흙이 묻어 찐득거렸다. 무릎에 생긴 긴 찰과상에서는 피가 흘렀다. 나는 좀 쉬기 위해 힘겹게 참호를 지나 대피호로 기어들었다.

박격포로 입은 피해는 그것으로 끝이었다. 참호의 한 귀퉁이가 망가졌고, 우리 박격포 한 문이 부서졌다. '레베레히트 휜셴의 빌라'는 폭격에 맞아 나머지 부분까지 완전히 무너져버렸다. 불쌍한 빌라 주인은 벌써 대피호에 가서 앉아 있었다. 그러지 않았으면 이번에는 세 번째로 계단에서 굴러떨어졌을 것이다.

발포는 오후 내내 계속되었고, 저녁이 되자 더욱 심해져서 수많은 원통형 포탄이 우박처럼 쏟아졌다. 우리는 이 무기를 '빨래바구니 박격포'라고 불렸는데, 공중에 있는 바구니에서 땅으로 마구 쏟아져내리는 듯한 인상을 주었기 때문이었다. 원통형 포탄은 밀방망이에 두 개의 손잡이가 달린 모양을 하고 있었다. 특수한 원반 모양의 연발 탄창에서 발사되는 게 분명했는데, 허공을 뚫고 빙글빙글 돌면서 날아올 때마다 부자연스럽게 쌕쌕거리는 소리를 냈다. 멀리서 보면 마치 긴 페트부르스트*처럼 보이는 이 포탄들은 잇달아 대량으로 발사되었으므로, 땅으로 떨어질 때는 꼭 한 무더기의 폭죽이 연달아 터지는 것 같았다. '사과토피'가 모든 것을 으깨고 박살낸다는 느낌을 준다면, 원통형 폭탄들은 갈기갈기 찢는 느낌을 주면서 훨씬 더 신경을 자극했다.

우리는 잔뜩 긴장한 채로 땅굴 입구에 앉아, 무엇이든 우리 편에 떨어지기만 하면 총과 수류탄으로 화답할 태세를 갖추고 있었다. 하지만 30분 후에 공격이 멈추었다. 밤에는 두 번의 포화를 더 견뎌내야 했는데, 그동안에도 우리 편 보초병들은 조금도 흔들림 없이 초소 위에서 망을 보았다. 포화가 뜸해짐과 동시에 수많은 조명탄이 솟아올라 우리 편 땅굴에서 올라온 병사들을 환하게 비추었고, 재빠른 응사는 적군에게 우리 참호에는 아직도 병사들이 살아 있다는 걸 알려주었다.

그 맹렬한 포격에도, 우리 편에서 나온 전사자는 오직 한 명뿐이었다. 박격포탄이 수발총병 디르스만 앞에 있는 흙벽에 떨어져 그의 머리를 명중했던 것이다. 다른 한 명은 등에 부상을 입었다.

이 불안한 밤이 지난 다음 날에도 우리는 수많은 포격을 당하며 임박한 적들의 공격에 대비했다. 이때 우리 편 참호도 작은 총탄들의 세례를 받았는데, 그 때문에 벽을 장식했던 판자들이 모두 부서져내리

* 지방이 적은 독일 소시지의 한 종류다.

면서 더 이상 쓸 수가 없는 상태가 되었다. 대피호들도 여러 개 주저 앉았다.

우리 구간을 지휘하는 사령관은 기밀보고서를 전선으로 전달해왔 다. "영국군의 전화도청 내용. 영국군은 우리 철조망 어디에 허술한 구 멍이 있는지를 정확히 파악하고 있음. '철모'를 명령했음. 철모라는 단 어가 강력한 폭탄을 의미하는 암호인지는 아직 모름. 만반의 태세를 갖출 것."

그래서 우리는 밤이 되면 삼엄하게 보초를 서기로 했고, "할로!"라 는 암호 뒤에 즉시 자신의 성명을 대지 않는 자는 바로 쏘아버리기로 했다. 모든 장교는 포병대에게 즉각 연락을 취할 수 있도록 빨간 조명 탄을 넣은 조명총을 소지했다.

그날 밤은 전날보다 훨씬 더 소란스러웠다. 특히 2시 15분에 있었 던 집중포화의 규모는 기존의 모든 경험을 능가했다. 내 대피호 주위 로 강력한 포탄들이 빗발쳤다. 우리는 중무장을 한 채 땅굴 계단에 서 있었다. 작은 촛불 빛이 곰팡이가 핀 축축한 벽에 부딪혀 번들거렸다. 입구에서 푸르고 자욱한 연기가 쏟아져 들어왔고, 천장에서는 흙덩이 가 부서져내렸다. 쾅! "맙소사!", "성냥, 성냥!", "준비 완료!" 심장 박 동이 모두의 목까지 차올랐다. 손에 쥔 폭탄의 안전핀을 뽑았다. "그게 마지막이었어!", "모두 빨리 나가!" 우리가 입구로 달려갔을 때 지연 신관에 불이 붙은 폭탄이 터졌고, 그 공기의 압력이 우리를 다시 안으 로 밀어넣었다. 마지막 쇳덩이들이 쏟아지는 동안에도 모든 초소는 병 사들로 속속 채워졌다. 조명탄들의 불꽃놀이가 연기로 자욱한 전쟁터 를 대낮처럼 훤히 밝혔다. 경사면 뒤에서 전 군대가 초긴장 상태로 서 있던 그 순간은 마술적인 뭔가를 품고 있었다. 그 순간은 음악이 울려

퍼지고 커다란 조명들이 커지면서 공연이 막 시작되기 직전의 숨 막히는 마지막 1초를 연상시켰다.

그날 밤 나는 몇 시간 동안이나, 보통과는 달리 적군 쪽으로 열려 있는 내 대피호 입구에 기대어 서서 때때로 시계를 들여다봐가며 적들의 발포의 수준을 기록했다. 나는 초소를 보았고, 한 나이 많은 병사를, 한 가족의 가장을 보았다. 그는 내 위쪽에서 완전한 부동자세로 소총을 들고 서 있었다. 폭발의 섬광이 이따금 그의 모습을 비추어주었다.

포화가 잦아들 무렵, 우리는 또 한 명을 잃었다. 초소에 서 있던 수발총병 니엔하우저가 갑자기 쓰러져서 땅굴 계단 아래로 굴렀다. 그는 아래쪽에서 대기하고 있던 동료들 한가운데로 떨어졌다. 그들은 섬뜩하게 굴러떨어진 전우를 살펴보았다. 이마에 작은 상처가 났고, 오른쪽 젖꼭지 바로 위에 생긴 상처에서는 피가 흘러내리고 있었다. 그가 상처 때문에 죽은 것인지, 심하게 굴러떨어지는 바람에 죽은 것인지는 명확하지 않았다.

그 끔찍한 밤이 끝날 무렵, 우리는 제6중대와 교대했다. 몇 날 밤을 뜬눈으로 보낸 뒤에 맞이한 아침 해는 독특한 우울한 분위기를 자아냈다. 우리는 교통호를 통해 몽시로 행군했고, 거기서 아뎅페르 숲 끝으로 물려서 구축한 예비선으로 향했다. 그곳에서는 치열한 솜 전투의 서막을 한눈에 볼 수 있었다. 우리 왼쪽의 전방은 그때까지도 하얗고 검은 연기로 자욱했고, 줄을 이은 엄청난 규모의 폭발들이 먼지를 지붕보다도 높이 피워올렸다. 그 위에 유산탄이 터지면서 수백 개의 번갯불이 번쩍거렸다. 진지에 그나마 생명이 남아 있음을 알게 해준 것은 갖가지 신호들, 포병대에 도움을 요청하는 말 없는 신호들뿐이었다. 나는 여기서 처음으로 자연의 위력과도 견줄 만한 포격의 힘을 보았다.

저녁이 되어 드디어 잠을 푹 자려고 누웠을 때, 우리는 몽시에서 박격포탄을 싣고 오라는 명령을 받았다. 하지만 중간에 문제가 생기는 바람에 트럭은 오지 않았고, 우리는 헛되이 밤새워 기다려야 했다. 그동안에도 영국군은 우리를 공격하기 위해 고각기관총을 동원했고, 유산탄으로 도로를 쓸어버리기 위해 다양한 시도를 감행했다. 다행히도 그것은 큰 성공을 거두지는 못했다. 그중 영국군의 기관총 사수 한 명이 특히 우리의 화를 돋웠다. 그는 고각기관총을 가파른 각도로 공중을 향해 쏘아올렸고, 그러면 총알은 중력에 의해 다시 곧장 수직으로 쏟아져 내려왔다. 그러니 장벽 뒤로 몸을 숨겨봤자 아무 소용이 없었다.

이날 밤에 적군은 자신들이 얼마나 날카로운 관찰력을 갖추고 있는지를 실례로 보여주었다. 아군의 제2선은 적군으로부터 2000미터쯤 떨어져 있었는데, 공사 중이던 탄약보관용 땅굴 앞에 석회암 한 무더기가 둥그렇게 쌓여 있었다. 그것을 본 영국군은 애석하게도 올바른 결론을 내렸다. 이 둥그런 석회암 언덕이 밤이 되면 엄폐될 장소임을 파악했던 것이다. 그들이 그 위로 유산탄을 퍼붓는 바람에 세 명의 중상자가 발생했다.

아침에 나는 또다시 소대를 C구역의 참호를 구축하는 특무부대로 데려가라는 명령을 받고 단잠에서 깨어났다. 우리 소대는 쪼개져서 제6중대에 배속되었다. 나는 소대원 몇 명을 시켜 나무를 베게 할 요량으로 다시 아뎅페르 숲으로 돌아갔다. 참호로 돌아오는 길에는 30분 정도 휴식을 취하기 위해 내 대피호에 들렀다. 하지만 이번에도 실패했다. 그때는 내가 절대로 단잠을 잘 수 없는 운명인 모양이었다. 군화를 벗기가 무섭게 아군 포병대가 숲가에서 이상하리만치 요란하게 포화를 퍼붓는 소리를 들었던 것이다. 그와 동시에 내 부하 파울리케가 땅굴 입구에 나타나더니 아래를 향해 소리질렀다. "가스 공격!"

나는 가스마스크를 얼른 뽑아들고 재빨리 군화 끈을 묶은 후 밖으로 뛰어나갔다. 거기에서 몽시 위로 희뿌옇게 피어오르는 자욱한 연기를 보았다. 연기는 약한 바람에 날려 지대가 낮은 제124지점으로 깔리고 있었다.

내 소대원들 대부분은 앞쪽의 전선에 있었고 이것은 공격이 분명했으므로, 길게 생각할 겨를이 없었다. 나는 예비선의 장애물을 뛰어넘어 앞으로 달려갔고, 곧 자욱한 가스 구름 속에 도착했다. 코를 찌르는 염소 냄새로 보아 내가 처음에 생각했던 것처럼 인공 안개가 아니라 진짜 전투용 가스가 투입되었음을 알 수 있었다. 나는 마스크를 썼다가 이내 도로 벗었는데, 너무 빨리 뛰느라 필터를 통해 충분한 공기를 들이마실 수가 없었기 때문이었다. 렌즈 역시 순식간에 흐려져서 앞이 보이지 않았다. 이 모든 것이 '가스 공격에 대비한 교육' 내용을 위반하는 행동이었다. 내가 그 수업을 진행한 적도 많은데 말이다. 가슴에서 뜨끔뜨끔하는 느낌을 받았기 때문에 나는 가능한 한 얼른 가스 구름을 통과해 지나가려고 했다. 마을이 끝나는 곳에서 나는 또 하나의 저지 사격을 뚫고 지나가야 했다. 이 사격에 수많은 유산탄의 연기구름이 더해지면서, 평소에는 아무도 지나가지 않던 이 황량한 들판 위를 포탄들이 그야말로 길고 평평한 체인 모양으로 날아다녔다.

탁 트인 시골에서 퍼붓는 포병대의 포화는 물리적으로도 사기 면에서도 촌락이나 진지에서와 같은 효력을 발휘하지는 못했다. 나는 곧 그 사선을 지나 몽시에 도착했다. 몽시 위로는 유산탄이 미친 듯이 날아다녔다. 총알과 포탄 파편과 뇌관 들이 버려진 과수원의 나뭇가지 사이로 쉭 하는 소리를 냈고, 벽돌 담벼락에 부딪쳐 터지기도 했다.

나는 중대 동료인 지베르스와 포겔이 과수원 정원의 한 대피호에 앉아 있는 것을 보았다. 그들은 염소 가스를 피하려고 장작에 불을 붙인 후 가스중독을 피하게 해주는 불꽃 위로 몸을 굽혔다. 나는 그들과 합석해서 불이 다 꺼질 때까지 함께 있다가, 6번 교통호를 걸어 앞으로 나아갔다.

천천히 걷는 동안 염소 가스 때문에 죽어서 참호 바닥에 널브러져 있는 작은 짐승들을 보았다. 그때 내 머릿속에서는 '이제 곧 다시 집중사격이 시작되겠지. 이렇게 느릿느릿 여유를 부리다가는 엄폐물 하나 없이 함정에 갇힌 생쥐 꼴이 되겠군' 하는 생각이 스쳐 지나갔다. 그러면서도 나는 그 느긋한 걸음걸이를 바꾸지 않았다.

정확히, 예상대로였다. 중대 대피호에서 50미터도 떨어지지 않은 곳에서 나는 또 한번 요란한 집중사격을 받았다. 그 좁은 참호 속에서 총에 맞지 않고 몸을 피할 도리는 전혀 없어 보였다. 다행히도 나는 아주 가까운 곳에서 연락병을 위해 교통호 벽 안으로 오목하게 파놓은 벽감을 보았다. 대피호용 틀 세 개짜리였다. 물론 충분한 건 아니었지만 아무것도 없는 것보다는 나았다. 그래서 폭풍이 지나갈 때까지 그 공간 안에 몸을 꼭 붙이고 있었다.

무심코 바람이 제일 센 구석에 들어선 것 같았다. 소형과 대형의 '사과 토피', 스토크스 박격포탄, 유산탄, 속사포, 모든 종류의 포탄들, 그 모든 게 뒤죽박죽으로 와글와글하고, 윙윙거리고, 와지끈거리는 소리를 내며 쏟아져서 아무것도 분간할 수 없었다. 나는 레제파르주의 숲에서 우직한 내 부하였던 상병을 떠올렸다. 그는 끔찍한 순간마다 소리치곤 했다. "아니, 이것들이 다 뭐랍니까?"

그동안 번쩍하는 섬광과 쾅 하는 굉음이 뒤따랐고, 그 때문에 귀가 완전히 먹먹해졌다. 그때 머릿속으로 날카롭고도 쉿쉿 하는 소리가 나면서 몇백 파운드나 나가는 포탄들이 무서운 속력으로 쏟아져 내려오는 상상이 떠올랐다. 이따금 불발탄이 짧고도 둔탁한 쿵 소리와 함께 땅으로 내리꽂혔다. 유산탄은, 양끝에서 잡아당기면 빵 터지면서 사탕들이 튀어나오는 크래커처럼, 수많은 작은 탄알들을 튕겨내며 자욱한 연기를 피워올렸다. 그 뒤를 이어 탄피들이 쉿쉿 소리를 내며 땅으로 떨어졌다. 근처에서 포탄이 터지면 공중으로 솟아오른 흙먼지가 바닥으로 후두둑 떨어졌고, 그 사이로 날카로운 파편들이 휙휙 날아다녔다.

하지만 이 소리들은 글로 쓰기는 쉬워도 실제로 감당하기는 어려운 고통이었다. 윙윙거리는 낱낱의 쇠붙이 소리들은 죽음을 연상시켰다. 그래서 나는 머릿속으로는 총알이나 포탄 파편에 맞는 온갖 방법을 떠올리며 구덩이 안에 웅크린 채 손으로 얼굴을 감쌌다. 이 전쟁에 참여한 여느 병사들과 마찬가지로 너무나도 자주 이런 상황에 처했던 나는 이제 이 상황에 딱 맞는 비유를 찾았다고 생각했다. 말뚝에 꽁꽁 묶인 채 큰 쇠망치를 휘둘러대는 놈에게 연신 위협을 당하는 상황이 그것이다. 지금은 망치가 놈의 머리 뒤로부터 다시 휘둘러지기 직전이다. 이제 망치가 공기를 가르며 나를 향해 날아온다. 이제 내 머리통이 박살나고 말 것이다. 그리고 망치는 말뚝을 후려치고, 나뭇조각들이 사방으로 튄다. 바로 이것이 총격과 포화 한가운데에 엄폐물 하나 없이 노출되어 있는 사람이 겪는 것과 비슷한 상황이다. 다행히도 나는 마음속 깊이 낙관적인 희망을 버리지 않고 있었다. 사람들이 게임을 하면서 '어떻게든 잘될 거야'라고 생각하면 실은 그럴 만한 이유가 전혀 없는데도 어느 정도 안심이 되는 것과 같았다. 그리고 실제로, 어느 순간 정말로 포격이 끝났고, 나는 내 길을, 이번에는 조금 서둘러서, 계속 갈 수 있었다.

앞쪽에서는 병사들이 그동안 자주 훈련받았던 '가스 공격 대처법'에 따라 소총에 기름을 칠하고 있었다. 총구는 염소 가스 때문에 완전히 시커멓게 변해 있었다. 한 초급장교는 속상하다는 듯이 내게 칼자루에 매달린 술 장식을 보여주었다. 그것은 새 끈이었지만, 염소 가스 때문에 원래의 은빛 광택을 잃고 초록빛이 감도는 검은색으로 변해 있었다.

적군이 어떤 움직임을 보일 것 같진 않았으므로, 나는 소대를 인솔해 몽시로 돌아갔다. 우리는 몽시의 중대본부 앞에 앉아 있는 많은 가스 피해자들을 보았다. 그들은 손으로 옆구리를 누른 채 신음하고 구역질을 하면서 눈물을 줄줄 흘렸다. 결코 눈길을 돌려 지나칠 수 있는 상황이 아니었다. 그들 중 몇 명은 끔찍한 고통을 겪은 끝에 며칠 안에 죽었다. 우리는 살을 짓무르게 하고 폐를 부식시키는 염소 가스의 공격을 견뎌냈던 것이다. 이날부터 나는 가스마스크 없이는 절대로 밖에 나가지 않기로 결심했다. 그때까지는 경솔하게도 가스마스크를 대피호에 두고 나간 적이 많았다. 가스마스크를 넣었던 통이 무슨 식물채집통이라도 되는 양, 그 안에 버터를 바른 빵을 넣어 도시락통으로 쓰기 위해서였다. 직접 상황을 목격하고 나니 큰 교훈이 되었다.

나는 돌아오는 길에 뭘 좀 사기 위해 제2대대 매점에 들렀고, 다 부서진 상품들 속에서 슬픈 표정을 짓고 있는 매점 소년을 발견했다. 포탄이 천장을 뚫고 매점 안으로 떨어져서 그의 보물들을 고등어와 통조림 음식과 녹색 비누가 뒤엉킨 진창으로 만들어버렸다. 그는 프로이센인의 정확함으로 손실액이 82마르크 58페니히라고 계산해냈다.

저녁이 되자, 지금까지 본류가 아니라 지류로 빠져나와 제2선에 따로 배치되어 있었던 내 소대는 불확실한 전투 상황 때문에 일단 마을로 행군했고, 채석장을 숙소로 배정받았다. 우리는 구석구석에 자리를 잡은 후 불을 피웠는데, 연기가 우물 구멍으로 빠져나가는 바람에 몇몇 중대 취사병들이 양동이로 물을 길어올리는 동안에 거의 질식할 뻔했다. 독한 그로그주를 배급받았던 우리는 불 주위의 석회암 블록 위에 둘러앉아 노래하고 술을 마시고 담배를 피웠다.

자정 무렵, 몽시의 반원형 전투 현장에서 지옥 같은 일이 벌어졌다. 수십 개의 경보종이 요란하게 울리자 소총 수백 자루가 총탄을 뿜었으며, 녹색과 하얀색 조명탄이 끊임없이 솟아올랐다. 뒤를 이어 우리 편의 저지사격이 시작되었고, 박격포탄들이 굉음을 내면 섬광이 포물선을 그리며 그 뒤를 쫓았다. 폐허 속에서 사람이 한 명이라도 있는 곳이라면 어디든지 길게 끄는 비명이 울려퍼졌다. "가스 공격! 가스 공격! 가스! 가아스! 가아아스!"

조명탄 불빛 속에서 눈부신 가스가 장벽의 검은 선을 넘어 퍼져나갔다. 채석장 안에서도 지독한 염소 냄새를 맡을 수 있었으므로, 우리는 입구에 짚단을 쌓아올리고 불을 붙였다. 그 매캐한 연기는 우리를 피난처에서 거의 내쫓으려 했기에 어쩔 수 없이 외투와 천막을 흔들어 공기를 정화해야 했다.

다음 날 아침, 우리는 가스가 마을에 남긴 흔적을 보고 충격을 받았다. 대부분의 초목이 시들어버렸고, 죽은 달팽이와 두더지가 사방에 널브러져 있었다. 연락병들이 타고 다니기 위해 몽시의 마구간에 가둬두었던 말들은 입과 눈에서 진물이 흘렀다. 곳곳에 흩어져 있던 포탄과 탄약 파편들에는 예쁜 초록색 녹청이 생겼다. 두시조차 가스구름의 영향을 받았다. 당황한 민간인들은 폰 오펜 대령의 숙소 앞으로 모여들어 가스마스크를 요구했다가, 화물차에 실려 멀리 떨어진 시골로 이송되었다.

다음 날 밤, 우리는 다시 채석장에 있었다. 저녁에 나는 투항해온 영국인 한 명이 영국군의 공격이 새벽 5시에 시작될 거라고 진술했으니 4시 15분에 커피를 가지러 오라는 연락을 받았다. 그것은 참말이었다. 새벽이 되자 커피 당번병이 돌아오더니 우리를 잠에서 깨우기가 무섭게 "가스 공격!"이라고 외쳤다. 그것은 우리에게 더 이상 낯선 말이 아니었다. 밖에서는 고약한 냄새가 진동하고 있었다. 나중에야 안 일이지만, 그들은 이번에는 포스겐 가스를 사용했다. 몽시를 에워싸고 퍼부어댄 집중포격은 다행히도 금세 잠잠해졌다.

이 불안한 시간이 지나자 청량한 아침이 뒤를 이었다. 6번 교통호에서 나온 브레히트 소위가 마을 길로 들어섰다. 손에 감은 붕대에 피가 홍건한 채로, 착검을 한 병사 한 사람과 영국군 포로 한 명을 데리고 있었다. 브레히트는 사령관 숙소에서 환대를 받으며 다음과 같이 말했다.

영국군은 5시에 가스와 연기의 구름을 피워올렸고, 곧이어 참호로 박격포탄을 퍼부었다. 그 포화 속에서 우리 병사들은 여느 때와 다름없이 숨어 있던 장소에서 뛰어나왔는데, 그때 서른 명이 넘는 사상자가 났다. 그 후 자욱한 연기 속에서 대규모의 영국군 습격조 두 팀이 나타났다. 그중 한 조는 참호로 침투해 부상당한 하사 한 명을 잡아갔다. 다른 조는 끝내 철조망을 넘어오지 못했는데, 딱 한 사람의 예외가 바로 브레히트—전쟁 전에는 미국의 농장 소유주였다—가 지금 멱살을 잡고 "이리 와, 이 개자식아!"라는 인사말을 건네고 있는 이 병사였다. 포로는 포도주 한 잔을 마신 듯했는데, 반쯤은 겁에 질리고 반쯤은 당황한 표정으로, 예전에는 인적이라곤 없었지만 지금은 식사 당번병과 의무병, 들것 운반병과 연락병들, 아니면 궁금해서 밖으로 나온 이들로 붐비는 마을 거리를 응시하고 있었다. 키가 크고 금발에 앳된 얼굴을 한 아주 젊은 병사였다. 그를 보니 '원, 가엾어라. 저런 놈을 쏴죽여야 한다니!' 하는 생각이 들었다.

곧 응급치료소 앞에 긴 들것 행렬이 도착했다. 몽시 남부에서도 많은 부상자가 왔는데, 중대 E구역에서도 적군이 전선을 돌파하는 데에 가볍게 성공했기 때문이었다. 이 습격자들 중에는 아주 굉장한 청년이 있었다고 했다. 그는 아무에게도 들키지 않고 참호로 뛰어들어, 초소들 뒤쪽으로 참호를 따라 재빠르게 달려갔다. 초소병들은 모두 앞쪽을 경계하고 있었다. 그 청년은 가스마스크 탓에 시야가 가려진 병사들의 뒤쪽에서 곤봉이나 개머리판을 휘둘러 쓰러뜨린 다음, 역시 아무에게도 들키지 않고 슬그머니 영국군 진지로 돌아갔다. 아군은 참호를 정리하던 중에 두개골의 뒤통수가 깨진 병사를 여덟 명이나 발견했다.

약 오십 개의 들것 위에 하얀 붕대, 혹은 피로 물들어 붉어진 붕대를 감고 신음하는 환자들이 누워 있었다. 그 들것들 가운데 몇 개 위에만 골함석 차양을 치고, 그 아래에서 의사가 팔을 걷어붙이고 맡은 바 직무를 다하고 있었다.

한 젊은 청년은 눈처럼 하얀 얼굴로 불길한 징조인 파란 입술을 달싹이며 분명치 않은 발음으로 우물거렸다. "저는 가망이 없어요. 전 절대 다시는…… 저는 분명 죽을 겁니다." 의무대에서 온 한 뚱뚱한 하사가 그를 측은하게 내려다보며 몇 차례고 위로의 말을 중얼거렸다. "아니, 일어날 수 있을 거야. 이봐, 친구!"

영국군은 우리의 전력을 이곳에 묶어둠으로써 솜 전투에 유리한 상황을 만들어내기 위해 박격포탄과 화학가스를 대량으로 동원해가며 이 작은 공격을 철저하게 준비했다. 하지만 우리 철조망 앞에는 영국군의 수많은 주검이 쌓인 반면, 그들은 우리 편에서 겨우 한 명의 포로를, 그것도 부상병을 생포했을 뿐이었다. 물론 아군의 손실도 만만치는 않았다. 연대는 이날 오전에 마흔 명의 사망자에 대해 애도의 뜻을 표했는데, 그중에는 장교 세 명이 포함되었고, 사망자 외에 부상자도 많았다.

다음 날 오후, 우리는 며칠간 묵기 위해 드디어 두시로 돌아갔다. 그날 저녁, 우리는 술 몇 병으로 이번 교전의 승리를 축하했다. 보상받아 마땅한 일이었다.

7월 1일, 우리는 아군의 시체 몇 구를 교회 묘지에 묻으라는 슬픈 명령을 받았다. 서른아홉 개의 나무 관이 짜였다. 병사들은 대패질도 하지 않은 거친 널판 위에 연필로 죽은자의 이름을 써넣었다. 우리는 그 관들을 차례차례 나란히 구덩이 안에 넣었다. 목사가 "지브롤터, 이것이 여러분의 표식이며, 여러분은 거친 바다의 바윗돌처럼 참으로 굳건하게 서 있었다"라는 말로 시작해 성서 인용문의 주어를 바꾸어 "그들은 훌륭히 싸웠다"라는 구절*을 읽었다.

이 시기에 나는 앞으로 2년 동안 함께 전투를 치를 남자들의 진가를 알아볼 기회를 얻었다. 양쪽의 군사에서는 거의 언급되지 않을 만큼 작은 규모의, 영국군이 아군의 한 구간에서 벌인 어떤 작전 때문에 가능해진 일이었다. 그것은 본격적인 공격으로 계획된 일은 아니었다. 그리고 병사들 또한 단지 몇 걸음을 떼어 땅굴 입구에서 초소까지의 짧

---

* 공동번역성서 「티모테오에게 보낸 둘째 서간」 4장 7절. "나는 훌륭하게 싸웠고 달릴 길을 다 달렸으며 믿음을 지켰습니다."

은 거리를 지나가는 것뿐이었다. 다만 점점 심해지는 집중사격이 가장 치열한 순간에 지나야 한다는 게 문제였다. 이 사격은 앞으로 감행될 공격의 준비 단계였고, 그 사격의 위험성은 오직 본능적인 감으로만 파악할 수 있었다. 그 시절에 밤마다 자주, 그리고 뭐라 명령을 내릴 수도 없는 가운데, 어둠 속에서 맹렬하게 퍼붓는 집중사격을 뚫고 엄폐호로 흘러가는 검은 물결과도 같은 병사들의 모습은 아직도 내 마음속에 인간에 대한 믿음의 잣대로 남아 있다.

내 기억 속에 특별히 강렬하게 각인된 것은, 공격이 끝난 직후에 걸어가보았던 초토화된 채 여전히 수증기가 피어오르는 진지의 모습이었다. 그날 초소들에는 이미 병사들이 배치되어 있었지만, 참호는 여전히 어수선한 상태였다. 초소들 여기저기에 전사자들의 시체가 즐비했고, 그 시체들 사이사이에 새로 근무를 나온 보초병들이 총을 들고 서 있었다. 이 사람들을 보면 이상하게 경직되었다. 마치 삶과 죽음의 구별이 잠깐 동안 사라지는 것 같았다.

7월 3일 저녁, 우리는 다시 전진했다. 비교적 조용하긴 했지만 그래도 뭔가가 아직 남아 있다고 말해주는 작은 징후들이 있었다. 방앗간에서는 마치 누군가가 금속을 다루듯 끊임없이 낮게 똑똑 두드리는 망치 소리가 났다. 우리는 영국군 제1선의 공병장교에게 거는 비밀스러운 장거리통화를 도청하기로 했다. 그것은 가스통과 폭파에 대한 내용이었다. 영국군 전투기들은 어스름한 새벽부터 어둑어둑한 저녁까지 내내 집중폭격을 퍼부어 우리와 후방 지역을 격리했다. 확실히, 참호를 향한 폭격은 다른 어느 때보다도 격렬했다. 새로운 편대 배치를 시험이라도 하는지 수상한 목표 변경도 있었다. 그럼에도 7월 12일에, 딱히 불쾌할 것도 없이, 우리는 교체되어 몽시에서 대기하게 되었다.

13일 저녁에는 정원에 있던 우리 대피호들이 250밀리 함포의 공격을 받았다. 우르릉거리는 소리와 함께 그 엄청난 포탄들이 낮은 포물선을 그리며 우리에게 날아와, 그야말로 끔찍한 굉음을 내며 터졌다. 밤에는 격렬한 포화와 가스 공격 때문에 잠에서 깼다. 우리는 대피호 안에서 가스마스크를 쓰고 화덕 주위에 우르르 모여 앉았다. 자기 마스크를 잃어버린 포겔은 미친 사람처럼 구석구석을 뛰어다니며 마스크를 찾았는데, 그에게 호된 훈련을 받았던 병사 몇 명은 그동안에도 점점 더 독가스 냄새가 심해진다며 그를 괴롭혔다. 결국 나는 가지고 있던 리필용 필터를 그에게 건네주었다. 그는 연기가 심하게 나는 화덕 뒤에서 코를 막은 채 입에 문 필터로 공기를 들이마시며 1시간 내내 쪼그리고 앉아 있었다.

같은 날 나는 소대원 두 명을 잃었다. 그들은 마을을 돌다가 부상을 당한 상태였다. 하셀만은 팔에 소총 총탄을 맞았고, 매슈마이어는 목에 유산탄을 맞았다.

이날 밤에는 공격이 없었다. 그런데도 연대는 전사자 스물다섯 명과 많은 부상자를 냈다. 15일과 17일에 우리는 또 한번의 가스 공격을 견뎌야 했다. 우리는 17일에 교대했고, 두시에서 두 번의 맹렬한 사격을 받았다. 그중 한 번은 과수원에서 폰 야로츠키 소령 지휘로 장교회의가 열리던 도중에 갑작스럽게 개시되었다. 병사들은 사방으로 흩어졌고, 서로 몸을 부딪치며 놀라운 속도로 달려가 울타리를 넘기 위해 안간힘을 쓰면서 온갖 방식으로 공격을 피했다. 우리에게 닥친 큰 위험을 고려하더라도 그런 모습은 한심해 보였다. 내 숙소 정원에도 포탄 하나가 날아와서 어린 소녀를 죽였는데, 그 아이는 구덩이 안에서 쓰레기를 뒤지던 중이었다.

7월 20일에 우리는 진지로 갔다. 28일에는 초급장교 볼게무트와 이병 바르텔스, 비르크너를 데리고 함께 정찰을 나가기로 했다. 정찰의 목표는 철조망 사이를 이리저리 살피며 무인지대에 뭔가 새로운 게 있는지를 찾아보는 것이었다. 진지 생활이 다시금 슬슬 지루해지고 있었기 때문이다. 오후에는 제6중대 장교인 브라운스 소위가 좋은 부르고뉴산 포도주 한 병을 들고 내 임무를 넘겨받기 위해 대피호를 찾아왔다. 우리는 자정 무렵에 헤어졌다. 나는 엄폐호의 어두운 구석에서 부하 세 명이 벌써부터 나를 기다리며 서 있는 참호로 갔다. 나는 젖지 않은 폭탄을 몇 개 찾아 들고 기분 좋게 철조망을 넘었다. 브라운스가 "조심하십시오!"라고 외쳤다.

우리는 짧은 시간 내에 적진의 장애물 가까이에 접근했다. 그 바로 앞의 풀이 높게 자란 곳에서 매우 질기면서도 절연이 잘되는 철사를 우연히 발견했다. 어찌 되었든 정보가 중요하다고 판단했으므로, 볼게무트에게 그 철사를 한 귀퉁이 잘라서 가져가라고 지시했다. 더 알맞은 연장이 없어서 그가 시가 끝을 자르는 가위로 자르려고 애쓰고 있을 때, 바로 앞에서 그 철사를 울리는 무슨 소리가 났다. 영국군 몇 명이 나타났는데, 수풀 속에 엎드려 있는 우리를 보지 못한 채 그대로 작업을 시작했다.

나는 지난번 정찰 때의 힘들었던 경험을 떠올리며 들릴락말락한 소리로 속삭이듯이 말했다.

"볼게무트, 저 사이로 수류탄을 던져!"

"소위님, 저놈들이 일을 좀 더 하도록 내버려두는 게 좋지 않겠습니까?"

"명령이다, 초급장교!"

이 주문은 인적이라곤 없는 이 황무지에서도 그 효력을 잃지 않았다. 나는 미지의 모험에 뛰어든 남자만이 가지는 숙명적인 느낌으로, 바로 옆에서 도화선이 당겨지고 귀에 거슬리는 탁탁거리는 소리를 들었다. 그리고 볼게무트가 가능하면 모습을 드러내지 않으려고 애쓰며 수류탄을 아주 낮게 땅바닥으로 굴리다시피 해서 던지는 것을 보았다. 수류탄은 덤불에 가서 멈추었는데, 그곳은 영국인들이 있는 곳의 거의 한가운데였다. 그들은 전혀 눈치채지 못하는 것 같았다. 대단히 긴장된 몇 초가 흘렀다. 쾅! 번쩍하는 불빛 속에서 비틀대는 형체가 보였다. 우리는 "너희들은 포로다!"라는 고함으로 공격을 알리며 하얀 연기구름 안으로 호랑이처럼 돌진해 들어갔다. 찰나에 사나운 전투가 벌어졌다. 나는 어둠 속에서 갑자기 내 앞에 나타난 창백한 얼굴의 한가운데를 권총으로 겨누었다. 그림자 하나가 앓는 소리를 내며 뒷걸음질쳐서 가시철조망에 부딪혔다. 끔찍한 비명이 터져나왔다. '으악!' 비슷한, 사람이 유령을 보았을 때나 낼 법한 소리였다. 내 왼쪽에서는 볼게무트가 권총을 쏘았다. 그동안 바르텔스는 너무 흥분한 나머지 수류탄을 우리 가운데로 집어던졌다.

첫 발을 쏘자, 권총 손잡이에서 탄창이 튀어나왔다. 나는 가시철조망에 등을 찔린 채 공포에 질려 있는 영국인 앞에 서서 소리를 지르며 계속해서 방아쇠를 당겼다. 하지만 발사가 되지 않았다. 마치 가위에 눌리는 악몽 같았다. 우리 앞에 있는 참호 안이 소란스러워졌다. 고함소리가 터져나오고, 기관총이 발사되기 시작했다. 우리는 뒤쪽으로 뛰었다. 다시 한번, 나는 구덩이 속에 멈추어서서 내 뒤를 바짝 쫓아오던 그림자를 향해 권총을 겨누었다. 이번에는 오히려 발사 실패가 행운을 가져다주었다. 그 그림자는 이미 후퇴했다고 생각했던 비르크너

였기 때문이다.

　이제는 잰걸음으로 아군 참호에 도착하는 일만 남았다. 우리 편 철조망 바로 앞에서, 총알들이 쉿쉿 소리를 내며 빗발치는 바람에 나는 포탄이 터져서 생긴 구덩이 안으로 뛰어들지 않을 수가 없었다. 구덩이 안에는 물이 차 있었고, 주위에는 철사로 울타리가 팽팽하게 둘러쳐져 있었다. 수면 위에서 흔들리는 가시철조망 위를 왔다갔다하던 나는 총탄이 날아오는 소리를 들었다. 갈기갈기 끊어진 철조망 쪼가리들과 금속 파편들이 구덩이의 경사진 벽을 쓸고 지나가는 동안 나는 마치 엄청나게 많은 꿀벌들이 내 몸을 훑고 지나가는 듯한 느낌을 받았다. 30분쯤 지나서 포화가 잦아들었을 무렵, 나는 우리 편 장애물을 기어올라 열광적인 환영인사를 받으며 참호로 들어갔다. 볼게무트와 바르텔스는 벌써 와 있었다. 다시 30분이 더 지나자 비르크너도 돌아왔다. 모두가 성공적인 결말을 기뻐했는데, 딱 하나 아쉬웠던 건 그렇게도 노렸던 포로를 이번에도 못 잡았다는 사실이었다. 극도로 긴장되는 체험이었던지, 나는 대피호로 돌아와 야전 침대에 누워서도 이를 덜덜 부딪치며 떨었고, 몹시 피곤한데도 잠을 이루지 못했다. 오히려 마치 몸 안 어딘가에서 작은 전기 벨이 끊임없이 울리기라도 하는 것처럼 극도로 긴장된 각성상태를 느꼈다. 다음 날 아침, 나는 걸을 수가 없었다. 무릎 한쪽이 철조망에 찢겨 긴 상처가 났고, 이미 여러 차례의 역사적인 흉터를 간직하고 있던 다른 쪽 무릎에는 바르텔스가 던진 수류탄 파편이 박혀 있었기 때문이었다.

　이런 짧은 정찰들은, 목숨을 거는 용기가 있어야 하는 일이었지만, 전쟁에서는 용맹심을 기르고 참호 생활의 단조로움을 깰 수 있는 좋은 수단이었다. 병사에게, 지루한 것보다 나쁜 것은 없다.

8월 11일, 기병대의 말 한 마리가 베를오부아 마을 앞에서 이리저리 돌아다녔다. 국민병 한 명이 총을 세 번 쏘아서 그 말을 쓰러뜨렸다. 어느 영국군 장교의 말이었는데, 아마 그가 이 장면을 봤더라면 결코 기분 좋은 표정을 짓지는 못했을 것이다. 밤에는 수발총병 슐츠가 영국군이 쏜 총알의 파편을 눈에 맞았다. 몽시에서도 사상자가 늘어났다. 포병대의 포격으로 파괴된 장벽들이 이제는 마구잡이로 쏘아대는 기관총탄들을 제대로 막아주지 못했기 때문이다. 우리는 마을을 관통하는 참호를 만들기로 했고, 위험한 곳에는 장벽을 새로 세웠다. 황폐해진 정원에서는 딸기가 무르익었다. 총알들이 윙윙거리며 날아다니는 와중에 맛보았던 만큼 그 어떤 딸기보다도 맛있었다.

8월 12일은 오랫동안 고대하던 날이었다. 참전한 이후 두 번째로 맞이한 휴가일이었기 때문이다. 하지만 집에 도착하기가 무섭게 전보가 날아들었다. "즉시 귀환할 것. 자세한 것은 캉브레 지역 담당 사령관에게 들을 것." 결국 3시간 뒤, 나는 다시 기차 안에 앉아 있었다. 역으로 가는 길에 밝은 색 옷차림을 한 젊은 아가씨 세 명이 내 옆을 스쳐 지나갔다. 그들은 테니스 채를 옆구리에 끼고 천천히 걸었다. 내가 여전히 기억하고 있는 바깥세상과의 아름다운 작별이었다.

21일에 나는 다시 익숙한 곳에 와 있었다. 제111연대와 새 사단의 증원병이 행군해 들어오면서 거리는 병사들로 넘쳐났다. 제1대대는 에쿠스트생마인 마을에 있었는데, 우리는 2년 뒤에 이 폐허를 공격해 탈환하게 된다.

머지않아 죽게 될 파울리케가 인사를 했다. 내 소대의 젊은 병사들이 내가 아직 돌아오지 않았는지를 열두 번도 더 물었다고 했다. 그 얘기가 나를 가슴 벅차게 하고, 새 힘을 불어넣어 주었다. 나는 앞으로 치열한 전투의 날들을 견디는 동안에도 부하들이 나를 잘 따를 것이라고 확신할 수 있었는데, 그 이유는 단순히 내 직책이 높아서가 아니었다. 내가 그동안 그들과 개인적으로도 좋은 관계를 쌓았다는 믿음을 가질 수 있었던 것이다.

나는 다른 장교 여덟 명과 함께 어느 빈집에서 밤을 보내게 되었다. 우리는 아주 늦게까지 잠들지 않고 깨어 있었고, 아쉬운 대로 아주 연한 커피를 마셨다. 이웃집의 프랑스 여자 두 명이 마련해준 커피였다. 우리는 이제부터 세상에서 일찍이 본 적이 없는 대전투가 벌어질 것임을 알았다. 우리가 2년 전에 국경을 넘어갔던 부대들보다 덜 호전적인 것은 아니었기에, 전투 경험도 더 많은 우리가 그들보다 훨씬 위협적이었다. 우리의 사기는 하늘을 찔렀다. '회피'란 우리 사전에는 없는 단어였다. 우리의 이 쾌활한 모임을 누군가가 목격했더라면, 그는 말했을 것이다. '마지막 한 명의 병사가 죽기 전까지 이들이 맡은 진지는 결코 무너지지 않을 것이다'라고.

그리고 물론 정말로 그렇게 될 터였다.

7

기유몽

1916년 8월 23일, 우리는 화물차 여러 대를 타고 르메스니로 이동했다. 이미 솜 전투의 전설적인 요충지인 기유몽 마을에 투입될 것을 알았음에도, 우리의 기분은 최상이었다. 웃음소리와 농담들이 이 차 저 차로 흘러다녔다.

중간에 차가 멈추었을 때, 운전사 한 명이 차에 시동을 걸다가 엄지손가락이 끼어 두 동강 나는 사고가 터졌다. 워낙 그런 장면을 보기 싫어하는 나는 그 상처를 보고 메스꺼움을 느낄 지경이었다. 내가 굳이 이 사건을 언급하는 이유는 나도 내가 이상했기 때문이다. 이날 이후로는 살이 훨씬 더 심하게 찢겨나가는 장면을 목격해도 견뎌낼 수 있었다. 이런 현상은 어떤 경험에 대한 우리의 반응이 대체로 그것의 맥락에 따라 결정된다는 것을 보여주는 사례이다.

우리는 사위가 어두워졌을 때 르메스니를 떠나 사이셸까지 행군했다. 대대는 그곳의 너른 초원에서 배낭을 벗고 돌격 군장을 준비했다.

우리 앞으로는 포병대의 포격이 그동안 상상도 해본 적이 없는 엄청난 위력으로 천둥소리를 내며 우르릉거렸다. 불바다에 잠긴 서쪽 지평선 위로는 번갯불 수천 개가 번쩍였다. 창백하거나 퀭한 얼굴의 부상자를 실어나르는 행렬이 끊임없이 이어졌다. 이쪽을 향해 정확히 빗발치는 포탄이나 총알들 때문에 도로의 배수로 안에 바짝 엎드리는 일도 잦았다.

뷔르템베르크의 한 연대가 보낸 연락병이 내게 명령을 전해주었다. 소대를 유명한 소도시 콩블르로 이끌고 가서, 우선 대기병력으로 기다리라는 것이었다. 연락병은 철모를 쓰고 있었는데, 나는 독일군이 철모를 쓴 것을 그때 처음 보았다. 그는 어느 낯설고도 거친 세계에 사는 주민처럼 보였다. 나는 배수로 안에 그와 나란히 앉아서 극성스럽게 진지의 상황을 물었다. 그는 단조로운 목소리로 몇 날 며칠이고 연락도 닿지 않고 교통호로 연결되지도 않은 포탄 구덩이에 웅크리고 앉아 있었다고 말했다. 그는 또 쉼 없이 계속되던 공격들, 시체로 뒤덮인 들판과 사람을 미치게 하는 갈증, 부상자들의 극심한 고통 등에 관해 들려주었다. 철모 안에 있는 그의 얼굴은 미동도 하지 않았고, 전방의 소음에 섞인 그의 단조로운 목소리는 어쩐지 유령 같은 인상을 풍겼다. 우리를 불의 나라로 데려다줄 이 전령에게는 우리와는 다른, 뭐라고 구체적으로 형용할 수 없는 성격이 각인되어 있었다.

"누가 쓰러지면, 그 자리에 그냥 놔둘 수밖에 없습니다. 아무도 그를 도와줄 수 없거든요. 그가 살아서 돌아올지 어쩔지 아무도 모릅니다. 날마다 공격이 있는데요, 그래도 그들이 뚫고 들어오지는 못하지요. 생사가 달린 전투란 걸 누구나 압니다."

이렇게 말하는 목소리 안에는 냉정한 침착함 외에는 담겨 있지 않았다. 흥분이라곤 이미 불에 다 타버려 전혀 남아 있지 않은 목소리였다. 이런 유의 사내들과는 함께 전투에 나설 만하다.

우리는 넓은 도로를 따라 대포 소리가 나는 쪽을 향해 행군했다. 달빛에 드러난 도로는 마치 그 어두운 지역에 길게 펼쳐진 하얀 리본처럼 보였다. 모든 것을 집어삼킬 듯한 대포의 폭발음은 점점 더 커져만 갔다. 모든 희망을 버려라! 이곳이 특히나 불길해 보였던 것은 모든 도로가 달빛 속에서 드러난 하얀 핏줄처럼 우리 앞에 펼쳐져 있는데 그 도로에는 살아 있는 그 어떤 것도 볼 수 없다는 점이었다. 우리는 한밤중에 반짝이는 공동묘지 길을 걸어가듯이 행군해 나아갔다.

곧 포탄이 우리 오른쪽과 왼쪽으로 날아와 터졌다. 말소리가 낮아졌다가, 곧 그마저도 사라지고 침묵이 흘렀다. 모두가 묘한 긴장감에 사로잡혀 길게 포물선을 그리며 날아오는 포탄의 울부짖는 듯한 소리에만 귀를 기울였다. 긴장한 사람의 귀는 기가 막히게 밝은 법이다. 콩블르의 공동묘지를 막 지나 프레지쿠르 농장의 작은 집들을 가로지를 때, 우리는 첫 시험을 치러야만 했다. 콩블르 주위를 에워싼 포위망은 이미 이곳에서 가장 좁혀진 상태였다. 도시에 들어가거나 나가려는 이는 누구라도 이곳을 지나야 했다. 그래서 돋보기로 빛을 한 점으로 모으듯 가장 강력한 종류의 포격이 이 좁은 생명선으로 집중되었다. 연락병은 이미 이 악명 높은 병목을 조심해야 한다고 경고한 바 있었다. 우리는 파편들이 빗발치는 이 폐허를 서둘러 통과했다.

이 지역의 위험한 곳은 어디나 다 그렇듯 폐허 위로 고약한 시체 냄새가 떠돌았는데, 그것은 포격이 너무 심해서 아무도 전사자들을 챙기지 못했기 때문이다. 그야말로 생과 사를 놓고 뛰어야 하는 곳이었다. 뛰어가면서 이 냄새를 맡았을 때도 나는 별로 놀라지 않았다. 이 냄새는 이곳의 것이었다. 게다가 이 무겁고 달달한 냄새는 결코 역하지만은 않았다. 냄새는 폭발물의 코를 쏘는 듯한 연기에 섞여들어, 죽음과 가장 가까운 곳에서만 겪을 수 있는 거의 환각에 가까운 흥분을 느끼게 해주었다.

여기서, 아니 전쟁의 전 시기에 걸쳐서 오직 이때만, 나는 한 번도 사람의 발길이 닿은 적 없는 나라에 도착한 듯한 낯선 전율을 체험했다. 이 순간 나는 공포를 느낀 것이 아니라, 어떻게 보면 기쁜 것도 같은 악마적인 가벼움을 느끼기까지 했다. 놀랍게도, 아무리 해도 억누를 수 없는 웃음이 터져나오기도 했다.

우리가 어둠 속에서 애써 관찰한 바로는, 콩블르는 도시라기보다는 한때 마을이었던 곳의 해골이라고밖에 볼 수 없었다. 수북이 쌓인 목재들과 길에 아무렇게나 던져진 가재도구로, 이곳이 파괴된 것은 최근 일이라는 사실을 알 수 있었다. 우리는 포탄에 맞아 길바닥에 쌓인 수많은 잔해더미를 넘어 숙소에 도착했다. 총에 맞아 벌집이 된 커다란 저택이었는데, 나는 세 분대와 함께 그 집에 묵었다. 다른 두 분대는 이 집을 마주보는 폐허의 지하실에 잠자리를 마련했다.

4시에 우리는 가구 몇 개를 모아 만든 침대에서 일어나 철모를 지급받았다. 마침 그때, 우리는 지하실 한 모퉁이에서 커피콩 한 자루를 발견했다. 그러고는 곧바로 모카커피를 끓이느라 부산을 떨었다.

아침식사 후 나는 주위 지역을 살펴보았다. 며칠 뒤 후방의 이 평화로운 소도시는 중포병부대의 무시무시한 포격을 받고 공포의 현장으로 변했다. 포탄에 맞아 집 전체가 와르르 무너지거나 두 동강이 나서 방이며 가구들이 마치 극장의 배경처럼 걸려 있었다. 어떤 건물에서는 시체 냄새가 풍겨왔다. 갑작스럽게 퍼부어진 첫 번째 집중포화는 주민들 역시 전혀 예상하지 못했던 일이라서 집 밖으로 대피하기도 전에 무너져내리는 건물들에 묻혀버렸기 때문이다. 어느 문지방 앞에는 작은 소녀가 피범벅이 된 바닥에 사지를 뻗고 쓰러져 있었다.

특히 심하게 폭격당한 장소는 부서진 교회 앞 지하 납골당으로 들어가는 입구의 맞은편 광장이었다. 그곳은 벽을 파내서 오목한 공간을 만들어넣은 아주 오래된 지하통로로, 그 안에는 전투에 참가한 부대의 거의 모든 사령부가 빼곡히 자리잡고 있었다. 소문에 의하면 포격이 시작되었을 때 그곳 주민들은 쟁기를 이용해서 담을 둘렀던 통로를 열었다고 한다. 그 통로는 전 주둔 기간에 걸쳐 독일군에게 비밀에 부쳐졌다.

거리에는 도로가 사라져버렸다. 이제 기둥과 벽이 무너져서 만들어진 거대한 언덕 사이로 난 좁디좁은 꼬부랑길이 전부였다. 쑥대밭이 된 정원에서는 채소와 과일이 썩어가고 있었다.

우리는 점심식사 때 부엌에서 남아도는 비상식량으로 넉넉한 음식을 만들었고, 마지막에는 진한 커피로 입을 가셨다. 나는 식사 후 안락의자에 누워 휴식을 취했다. 여기저기에 널브러져 있던 서류를 본 나는 이 집이 맥주 양조장을 소유한 르사주 씨 것임을 알게 되었다. 방에는 옷장과 서랍장들이 열린 채로 남아 있었고, 세면대는 넘어져 있었으며, 재봉틀과 유모차도 있었다. 벽에는 깨진 그림액자와 거울이 걸려 있었다. 바닥에는 밖으로 다 쏟아져나온 서랍과 속옷, 코르셋, 책, 신문, 침실용 탁자, 유리조각, 병, 악보, 의자 다리, 치마, 외투, 전등, 커튼, 덧창문, 고리에서 떨어져나온 문짝, 송곳, 사진, 유화 그림, 앨범, 망가진 상자, 여성용 모자, 꽃병, 카펫 등이 뒤죽박죽으로 섞여 1미터는 될 법한 높이로 쌓여 있었다.

갈가리 부서진 덧창문 밖으로는 처참한 상처를 입은 보리수나무 가지 아래로 포탄으로 엉망으로 파인 광장이 보였다. 이렇게 뒤죽박죽이

된 풍경을 바라보는 내 마음은 끊임없이 귓가에 들려오는 포병대의 포격 소리 때문에 더욱더 침울해졌다. 이따금 380밀리 포탄이 떨어지며 내는 폭발음은 주위의 모든 소음을 덮어버렸다. 콩블르를 휩쓴 파편의 구름들이 나뭇가지에 부딪혀 후두둑 떨어지거나, 다 부서지고 얼마 남지도 않은 지붕들로 빗발쳐서 슬레이트판들을 떨어뜨렸다.

포화는 오후 내내 점점 더 심해져서, 남아 있는 거라곤 어떤 소음도 집어삼켜버리는 큰바다의 포효뿐이었다. 7시부터는 광장과 그 주위의 집들을 겨눈 380밀리 포탄이 30분마다 한 번씩 날아왔다. 그중에는 불발탄도 많았는데, 그 짧고도 기분 나쁜 타격은 건물과 담의 근간까지도 뒤흔들었다. 우리는 내내 지하실에 있었다. 탁자를 가운데에 두고 명주 천을 씌운 안락의자에 앉아 머리를 손에 받친 채, 포탄이 투하되는 간격을 쟀다. 우스갯소리는 점점 줄어들었고, 결국에는 제일 넉살 좋은 자마저도 입을 다물었다. 8시에는 옆집이 두 번 공격을 받고 와르르 무너졌다. 자욱한 먼지구름이 솟아올랐다.

9시에서 10시 사이에, 포격은 거의 광기 수준에 이르렀다. 땅이 흔들리고 하늘은 부글부글 끓는 주전자 같았다. 수백 개의 거대한 포대가 콩블르와 그 주위를 무시무시한 굉음으로 채웠고, 수많은 포탄이 머리 위에서 쉿쉿 하는 소리와 울부짖는 소리를 내며 교차했다. 모든 것은 자욱한 연기에 싸여 있었고, 오색의 조명탄이 불길하게 솟아올라 불을 밝혔다. 머리와 귀가 너무 아파서, 대화는 가끔씩 악을 써서나 시도할 수 있었다. 논리적인 사고를 할 수 있는 능력과 중력을 느낄 수 있는 감각도 모두 제거되었다. 우리는 마치 자연의 힘을 마주한 듯한 불가피성과 무조건적인 필연성을 느꼈다. 제3소대의 하사 한 명은 광란의 상태에 빠져들었다.

10시가 되자 이 지옥의 사육제는 조금씩 안정을 되찾았고, 단조롭고 조용한 포격으로 바뀌어갔다. 그래도 아직 발사를 하나하나 구별하기는 어려웠다.

11시에 연락병 한 명이 와서 교회 광장으로 집결하라는 명령을 전달했다. 우리는 행군 도중에 다른 두 소대와 합류했다. 지베르스 소위가 지휘하는 제4소대는 전선에 식량을 보급하러 떠나갔다. 그 소대원들은 이 위험한 곳으로 집결하는 우리를 둘러싸고 빵과 담배와 고기 통조림을 실어주었다. 지베르스는 내게 버터를 가득 담은 냄비를 기어이 안겨주고는, 작별의 악수를 청하며 행운을 빌어주었다.

그 후 우리는 길게 한 줄로 서서 행진해 나아갔다. 무조건 앞사람을 따라가라는 명령을 받았다. 이 지역을 빠져나가는 길목에서 우리 안내병은 길을 잘못 들었다는 걸 깨달았다. 우리는 어쩔 수 없이 맹렬한 유산탄의 포화 속에서 오던 길로 돌아가야 했다. 그러고는 이정표로 삼기 위해 놓아둔 하얀 띠를 따라 대체로 뛰어서 너른 들판을 가로질렀다. 하얀 띠는 무수한 총탄에 맞아 군데군데 끊어져 있었다. 안내병이 길을 잃고 헤매면 우리는 가장 열악한 지점에서도 멈추어 서 있어야 했다. 연결이 끊어지면 안 된다는 이유로 눕는 것은 절대 금지였다.

그럼에도 갑자기 제1소대, 또는 제3소대가 사라지곤 했다. 계속 전진! 포탄이 극심하게 쏟아지는 협로에서 분대들이 뒤로 물러섰다. 엎드려! 지독하게 코를 찌르는 악취는 이 통로가 이미 많은 희생자를 낸 곳임을 말해주었다. 목숨을 걸고 내달린 우리는 전선 사령관의 대피호가 감춰져 있는 또 하나의 협로에 이르렀다. 우리는 여기서 또다시 길을 잃고, 흥분한 병사들로 혼잡한 가운데 다시 한번 오던 길로 돌아가야 했다. 포겔과 내가 있는 곳에서 5미터도 채 안 되는 뒤쪽 비탈에 중간 크기의 포탄이 둔탁한 폭발음을 내며 떨어졌다. 죽음의 공포가 등줄기를 오싹하게 하는 동안 무지막지하게 큰 흙더미가 후두둑 떨어졌다. 안내병이 마침내 눈에 띄는 시체더미를 이정표 삼아 갈 길을 찾아냈다. 이 시체들 가운데 한 구는 석회암 비탈 위에 십자가에 못 박힌 것 같은 자세로 누워 있었다. 누가 이보다 더 이곳에 걸맞은 이정표를 고안해낼 수 있었을까?

전진! 전진! 병사들은 구보 중에 쓰러지기도 했다. 우리는 기진맥진한 몸뚱아리에서 마지막 힘을 짜내라고 그들을 다그쳤다. 부상자들은 도무지 알아들을 수 없는 비명을 지르며 오른쪽과 왼쪽 구덩이로 픽픽 쓰러졌다. 행군은 계속되었다. 앞사람에게만 눈길을 고정한 채 무릎 높이의 참호를 통과했다. 커다란 구덩이들을 줄줄이 이어 만든 참호였다. 그 안에는 시체들이 끊임없이 누워 있었다. 우리의 발은 밤의 어둠 속에서 형체를 가늠할 수 없는 부드럽고도 축 늘어진 살을 밟으며 진저리를 쳤다. 길 위에 쓰러진 부상자들도 전진하는 군홧발에 채이고 밟혀야 하는 운명인 것은 마찬가지였다.

게다가 그 들쩍지근한 냄새라니! 내 연락병인 키 작은 슈미트, 여러 전투 현장에서 나와 함께했던 그 역시 비틀거리기 시작했다. 사람 좋은 그 청년은 내 도움에 저항했지만, 나는 그의 손에서 소총을 빼앗아 들었다.

마침내 우리는 전선에 도착했다. 좁은 구덩이 안에 몸을 잔뜩 구부리고 있던 병사들이 교대할 사람들이 온 것을 알고 떨리는 낮은 목소리로 기쁨을 나누었다. 바이에른에서 온 병장 한 명이 말 몇 마디를 건네며 그 구역과 조명총을 넘겨주었다.

내 소대가 맡은 구역은 연대가 구축한 진지의 오른쪽 날개였다. 끊임없는 폭격에 두들겨맞아온 이곳은, 기유몽에서 왼쪽으로 몇백 보쯤 떨어져 있고 부아드트론 오른쪽으로는 좀 더 가까운 탁 트인 평지를 가르는 좁은 길이었다. 협로를 지나면 탁 트인 지형이 나왔다. 오른쪽으로 인접한 부대는 제76연대였는데, 그 부대와 우리 사이에는 오백 보 정도의 공간이 있었다. 하도 포화가 심하게 쏟아져서 그곳으로는 아무도 들어가지 못했다.

바이에른 출신의 병장이 갑자기 사라졌다. 나는 손에 조명총을 들고 불길한 구덩이 지대 한가운데에 홀로 서 있었다. 그곳은 위험하고도 깊이를 가늠할 수 없는 안개가 바닥에 가라앉아 시야를 뿌옇게 가린 상태였다. 등 뒤에서는 뭔가에 눌린 듯하면서도 매우 기분 나쁜 소리가 울렸다. 나는 이상하리만치 냉정하게 그것이 부풀어올라 썩기 시작한 시체에서 나는 소리라는 것을 알아차렸다.

적이 어디에 있는지 짐작할 수도 없었으므로, 나는 부하들에게 돌아가 극한상황에 처할 수도 있으니 마음을 단단히 먹으라고 당부했다. 우리는 자지 않고 깨어 있었다. 나는 파울리케와 내 당번병 두 명과 함께 사방 1미터가 안 되는 간이호簡易壕에서 밤을 지샜다.

아침이 밝기 시작하자, 주위의 기묘한 풍경이 조금씩 모습을 드러냈다. 믿을 수 없는 그 풍경에 눈들이 휘둥그레졌다.

협로는 군복 쪼가리와 무기와 주검으로 가득한 거대한 구덩이들의 연속이었다. 눈에 들어오는 주변의 전 지역이 집중적인 포격을 받아 완전히 파헤쳐져 있었다. 눈을 씻고 찾아봐도 시시한 풀 한 포기조차 보이지 않았다. 쑥대밭이 된 전쟁터는 끔찍했다. 살아 있는 방어군 사이에 죽은자들이 누워 있었다. 간이호를 팔 때 우리는 그들이 겹겹이 층을 이루며 쌓여 있다는 걸 알았다. 한 중대의 뒤를 이어 또 다른 중대가 배치되고, 그 병사들은 집중포화 속에서 한꺼번에 몰살당했던 것이다. 시체들은 포탄이 터질 때 치솟아올랐다가 쏟아져내린 흙더미에 덮였고, 그 전사자들이 싸웠던 자리는 다른 병사들이 메웠다. 이제는 우리 차례였다.

협로와 그 뒤쪽으로는 독일군들이 널브러져 있고, 앞쪽 들판에는 영국군들이 죽어 있었다. 비탈에는 팔과 다리, 머리들이 나뒹굴었다. 우리 땅굴 앞에는 죽은자들의 사지와 주검이 있었다. 시체들의 일그러진 얼굴을 가리기 위해 그중 몇몇은 외투나 천막으로 덮여 있기도 했다. 무더위에도 불구하고 누구도 시신을 흙으로 덮을 생각은 하지 않았다.

기유몽 마을은 흔적도 없이 사라진 듯했다. 구덩이 안의 희끄무레한 얼룩만이 그곳이 이제는 먼지로 변해버린 집채의 바닥이었음을 짐작하게 해주었다. 우리 앞에는 아이들 장난감처럼 구겨지고 부서진 역사가 있었다. 그 뒤로는 쪼개진 목재더미로 변해버린 델빌 숲이 보였다.

날이 밝기가 무섭게 낮게 뜬 영국 전투기가 우리 가까이로 날아 지나가자, 썩은 고기를 먹는 새들이 머리 위를 맴돌았다. 우리는 구덩이에 숨어 몸을 구부리고 있었다. 그런데도 정찰병의 날카로운 눈이 우리를 보았던 게 분명하다. 머리 위에서 길고 둔탁한 사이렌 소리가 짧은 호흡으로 들려왔다. 마치 사막 위를 무자비하게 떠다니는 상상의 동물이 울부짖는 소리 같았다.

얼마 후 한 포병대가 그 신호를 접수한 모양이었다. 낮게 깔리는 포탄들이 계속해서 무서운 힘으로 날아왔다. 우리는 피난처 안에 속절없이 쪼그리고 앉아서 이따금 시가에 불을 붙였다가 다시 던져버렸고, 시시각각으로 흙더미에 깔리는 상상을 했다. 슈미트의 외투 소매는 커다란 파편에 찢겨나갔다.

세 번째 포탄이 떨어졌을 때 우리 옆 땅굴에 있던 동료가 엄청난 포격을 받아 흙더미에 파묻혔다. 우리는 그를 곧바로 끌어냈다. 그런데도 그는 흙의 무게에 짓눌려 죽을 듯이 힘겨워했고, 얼굴은 푹 꺼져 마치 해골 같은 형상이었다. 그 사람, 지몬 이병은 그 일을 겪은 뒤에 하나의 교훈을 얻은 것 같았다. 그 뒤 하루가 저물 때까지, 전투기를 보려고 몸을 밖으로 내밀고 움직이는 병사들을 발견할 때마다 심하게 질책하며 욕을 퍼붓는 그의 목소리가 들렸고, 군용천막으로 앞을 가린 그의 간이호 밖으로 주먹질을 하는 손이 보였다.

오후 3시에 왼쪽에서 내 보초병들이 오더니 더 이상 견디기 어렵다고 말했다. 그들이 있던 구덩이가 맹렬한 사격을 당했기 때문이었다. 나는 온갖 권한을 동원해서 그들을 제자리로 돌려보냈다. 사실 가장 위험한 장소에 있는 사람은 나였고, 그런 곳에 있는 사람은 최고의 권위를 누렸다.

밤 10시 직전에 연대의 왼쪽 날개에서 불기둥이 솟아올랐는데, 그 불은 20분 뒤에 우리가 있는 곳까지 덮쳤다. 우리는 곧 자욱한 연기와 먼지에 싸였으나, 다행히도 폭탄 대부분이 참호 바로 앞이나 뒤로 떨어졌다. 물론 진흙투성이에 움푹 파인 그 땅을 참호라고 불러도 좋다는 전제에서 말이다. 회오리바람이 우리를 덮치는 동안, 나는 우리 소대의 구역을 돌아보았다. 병사들은 총검을 장착했다. 그들은 돌처럼 굳은 채 손에 소총을 들고 협로의 앞 경사면에 꼼짝하지 않고 서서 앞쪽을 응시했다. 나는 이따금 조명탄 불빛 속에서 철모와 철모가 맞닿아 있고 칼날과 칼날이 나란히 반짝이는 것을 보았다. 우리는 절대 다치지 않으리라는 느낌으로 벅차올랐다. 우리를 쳐부술 수는 있어도 정복할 수는 없었다.

우리 왼쪽에 있던 소대에서 몽시의 불쌍한 쥐 사냥꾼 호크 병장이 흰색 조명탄을 쏘아올리려고 했다. 하지만 조명탄을 잘못 고르는 바람에 빨간색 봉쇄사격 신호탄을 하늘로 쏘아올렸고, 이것은 즉시 모든 방향으로 전달되었다. 순식간에 우리 편 포병대가 신나게 포격을 개시했다. 박격포에서 발사된 포탄들이 계속 높은 창공에서 떨어져내렸고, 파편과 불꽃을 일으키며 앞 지대에서 터졌다. 먼지와 숨 막히는 가스, 자욱한 수증기 속에 던져진 시체들이 구덩이들 위로 넘쳐났다.

이 파괴의 광란이 지나가자, 포격은 보통 때의 수준을 회복했다. 흥분한 사람이 한순간에 저지른 잘못된 손놀림이 거대한 전쟁기계를 돌렸던 것이다.

호크는 불운아였고, 계속해서 불운아로 남았다. 그날 밤, 그는 권총에 총알을 장전하던 중 잘못해서 조명탄 하나를 자신의 군화 속으로 쏘아넣었고, 그때문에 중화상을 입고 제대해야 했다.

다음 날에는 비가 심하게 내렸다. 우리에게는 오히려 잘된 일이었다. 먼지가 씻겨나가서 목구멍이 바짝 마르는 느낌이 더 이상 우리를 괴롭히지 않게 되었고, 파란빛이 도는 검고 큰 파리들이 없어졌기 때문이었다. 파리들은 벨벳 쿠션 모양으로 거대한 덩어리를 이루면서 양지로 모여들곤 했다. 나는 거의 온종일 간이호 앞 땅바닥에 앉아서 시가를 피우거나 험악한 환경임에도 왕성한 식욕으로 식사를 했다.

다음 날 오전, 우리 소대의 수발총병 크니케가 어디선가 날아온 총탄을 가슴에 맞았다. 총알이 척수를 스쳐 지나가는 바람에 그는 다리를 움직이지 못하게 되었다. 내가 살펴보러 갔을 때 그는 땅굴 속에 조용히 누워 있었는데, 이미 자신의 죽음을 받아들인 사람 같았다. 그는 저녁에 포병대의 포화가 퍼붓는 곳을 통과해 운반되었는데, 그를 들고 가던 이들이 갑자기 날아온 포탄을 피해 몸을 숨기는 동안 다리에 또 한번 부상을 입었다. 그 후 그는 응급치료소에서 죽었다.

오후에 내 소대의 한 병사가 나를 불렀다. 그는 영국 병사의 떨어져 나간 다리 위로 보이는 기유몽 역사를 가리켰다. 영국군 수백 명이 평평한 교통호를 통과해 서둘러 앞으로 뛰어가고 있었다. 우리가 곧바로 소총 사격을 퍼부었지만, 그들은 개의치 않았다. 우리가 전쟁에서 구사할 수 있는 수단의 불균형이 드러나는 순간이었다. 우리가 그들과 똑같은 일을 감행했다면 아마도 우리는 집중사격을 받고 몇 분 만에 초토화되었을 것이다. 우리 편에서는 관측기구 하나 볼 수 없었던 반면, 건너편에는 서른 개도 넘는 노란 풍선들이 포도송이처럼 함께 묶여 엉망으로 망가진 풍경 안에서 일어나는 움직임 하나하나를 아르고스의 날카로운 눈으로 감시했고, 즉시 그쪽으로 총탄을 겨누었다.

저녁에 내가 암호를 정해주었을 때, 커다란 포탄 파편 하나가 내 배쪽으로 윙윙거리는 소리를 내며 날아왔다. 그 파편은 다행히도 비행곡선의 맨 마지막 단계에 도달해 있었기 때문에 내 검대 고리에 부딪혀 튕겨난 다음 바닥으로 떨어졌다. 나는 너무 놀라 멍하게 있다가 옆에 있던 부하가 내게 야전 물병을 내밀면서 외치는 소리를 듣고서야 비로소 위험을 자각했다.

어둠이 몰려오자 제1소대의 구역 앞에 영국군 식사 당번병 두 명이 나타났다. 길을 잘못 든 모양이었다. 그들은 느긋하게 우리 쪽으로 다가왔다. 그중 한 명은 둥그런 음식 용기를 들었고, 다른 한 명은 주전자에 차를 한가득 담아 들고 있었다. 두 사람은 아주 가까운 거리에서 저격당했다. 그중 한 명의 상체가 협로로 거꾸러지면서 다리가 경사면에 걸렸다. 이 생지옥에서 포로를 생포한다는 건 불가능했다. 게다가 그들을 데리고 일제사격 구간을 어떻게 빠져나간단 말인가?

새벽 1시쯤에 슈미트가 어수선한 잠에 빠져 있던 나를 흔들어 깨웠다. 나는 벌떡 일어나 소총을 집어들었다. 근무 교대 시간이 다 되었던 것이다. 우리는 넘겨줄 것을 넘겨주었고, 가능한 한 빨리 악마 같은 장소에서 빠져나왔다.

그러나 우리가 얕은 교통호에 도착하기가 무섭게, 유산탄 하나가 날아와 우리 한복판에서 터졌다. 유산탄 탄알 하나가 내 앞에 있던 병사의 손목을 직격했다. 동맥에서 피가 사방으로 솟구쳤다. 그는 휘청하더니 옆으로 쓰러졌다. 나는 아파서 끙끙거리는 그의 불평불만을 무시하고 그의 팔을 잡아끌고 전투사령부 옆에 있는 응급치료소까지 데려갔다.

두 협로에서는 맹렬한 포화가 계속되었다. 숨 돌릴 겨를이 없었다. 가장 심한 곳은 우리가 빠져든 한 계곡이었다. 유산탄과 소형 포탄이 끊임없이 터졌다. 피잉! 핑! 쇳조각들이 소용돌이를 일으키며 날아갔 일어났고, 어둠 속에서 불꽃이 비가 되어 쏟아져내렸다. 휘이이! 또 집중포격! 어느 순간, 숨이 턱 막혔다. 몇 초도 안 되는 짧은 시간에, 나는 점점 크게 들려오는 그 소리를 듣고 지금 포물선을 그리며 날아오는 이 포탄이 거의 정확히 나를 향하고 있다는 걸 알았기 때문이다. 곧바로 내 신발창 바로 옆에서 무거운 충격이 일어나며 부드러운 흙먼지가 공중으로 솟아올랐다. 그것은 불발탄이었다!

근무에 들어가거나 근무 교대를 마친 도처의 부대들이 밤과 포화를 뚫고 서둘러 지나갔다. 그들 가운데 몇몇은 완전히 길을 잃어버리고는 긴장과 피로에서 오는 신음소리를 흘렸다. 그 사이로 서로를 부르는 소리와 명령, 그리고 구덩이 속에 버려진 부상자들이 단조롭게 되풀이하는 구조 요청 소리들이 울렸다. 우리는 협로를 내달리며, 길을 잃은 이들에게 방향을 가르쳐주고 포탄 구덩이에 빠진 이들을 끌어내주고 드러누워버리려는 사람들을 몰아붙였다. 나는 계속해서 내 이름을 외치며 소대원들을 끌어모았고, 그렇게 해서 기적처럼 소대를 콩블르로 이동시켰다.

그리고 나서 우리는 사이셀과 구베르네멩 농장을 거쳐 에누아 숲으로 행군해야 했다. 그곳에서 야영하기로 되어 있었다. 우리가 얼마나 지쳤는지가 완전히 드러나는 순간이었다. 우리는 짐승처럼 머리를 아래로 숙인 채 이따금 차량이나 탄약보급부대가 지나갈 때마다 한쪽으로 밀려나면서 거리를 따라 천천히 걸어갔다. 병적으로 짜증이 난 내게는 옆으로 지나가는 차량들이 오직 우리를 약 올리기 위해 길가를 쌩쌩 달리는 거라는 생각이 들어서, 두어 번이나 손을 권총 자루로 가져가곤 했다.

우리는 행진을 마친 후에도 천막을 쳐야 했고, 마침내 딱딱한 바닥에 몸을 던질 수 있었다. 우리가 숲에서 야영을 하며 머무르는 동안 비가 세차게 내렸다. 천막 안의 짚단이 썩기 시작했고, 많은 병사들이 병에 걸렸다. 우리 중대 장교 다섯 명은 습기 따위에는 신경을 쓰지 않았다. 저녁이면 천막 안에서 여행 가방 위에 모여앉아 어디선가 구해온 좋은 술을 마셨다. 그런 상황에서 마시는 적포도주는 술이 아니라 약이었다.

그러던 어느 날 저녁, 반격에 나선 경비대가 모레파 마을을 점령했다. 두 편의 포병대가 넓은 지역을 두고 서로에게 포격을 퍼붓는 동안 엄청난 폭풍우가 머리 위로 쏟아졌다. 호메로스가 노래한 신과 인간의 전투에서처럼 땅과 하늘이 서로 요란한 기싸움을 벌였다.

사흘 뒤 우리는 다시 콩블르로 돌아갔고, 그곳에서 우리 소대는 작은 지하실 네 군데에서 기거했다. 이 지하실들은 석회암 덩어리로 쌓아올렸는데, 좁고 긴 원통형으로 된 지붕을 가지고 있었다. 안전을 보장할 수 있는 구조였다. 지하실들은 포도주 제조업자 소유였던 모양이었다. 적어도 지하실 벽 안에 설치된 작은 벽난로들은 그런 설명이 가능하게 해주었다. 내가 보초병들을 정해준 뒤에, 우리는 수많은 매트리스 위에 몸을 뻗고 누웠다. 우리보다 먼저 왔던 사람들이 이곳에 끌어다놓은 것들이었다.

첫날 아침은 비교적 조용했다. 그래서 나는 황폐해진 정원들을 산책하고, 복숭아나무 사이를 걸으며 그 맛있는 열매를 마음껏 땄다. 그리고 여기저기를 둘러보다가 높은 울타리를 두른 어떤 집으로 들어갔는데, 그곳은 아름답고 고풍스러운 물건들을 사랑하는 사람이 살던 집이 분명했다. 방안 벽에는 그림이 그려진 접시들, 성수를 담는 그릇들, 동판화들과 성인이 새겨진 나무조각상들이 걸려 있었다. 커다란 찬장 안에는 오래된 사기그릇들이 쌓여 있었고, 조그만 가죽끈들이 바닥에 널려 있었다. 그 아래에는 『돈키호테』의 멋진 옛 판본이 있었다. 이 모든 보물이 파괴될 운명에 처해 있었다. 그중 하나쯤은 기념품으로 가져가고 싶었지만, 로빈슨 크루소가 무인도에서 금괴를 가지는 것이나 마찬가지라는 생각이 들어 그만두었다. 이 물건들은 여기선 아무런 가치가 없었다. 한 가내공장에서도 아름다운 명주 두루마리들이 썩어가고 있었다. 아무도 그것들에 주의를 기울이지 않았다. 이 아름다운 풍경을 품은 프레지쿠르 농장에 얼마나 맹렬한 일제사격이 퍼부어졌는지를 생각해본다면, 누구나 조금이라도 불필요한 짐은 모두 포기했을 것이다.

　내가 숙소에 도착하자, 먹을거리를 찾아 정원을 탐험하고 돌아온 병사들이 소금에 절인 쇠고기와 감자, 완두콩과 당근, 아티초크와 여러 가지 채소를 넣어 만들어서 숟가락을 꽂으면 그대로 서 있을 만큼 뻑뻑한 수프를 준비해놓았다. 식사를 하는 도중에 포탄 하나가 숙소 건물에, 세 개가 숙소 근처에 떨어졌다. 하지만 이 공격도 우리를 크게 방해하지는 못했다. 우리는 너무 많은 일들을 보고 겪었던 터라 감각이 무뎌져 있었다. 물론 숙소 안에서도 뭔가 피를 부른 사건이 일어났던 게 분명했다. 가운뎃방 안의 쓰레기더미 위에 나무를 대충 깎아 만든 십자가가 서 있고, 거기에 이름들이 새겨져 있었기 때문이다. 다음 날 정오가 되자, 나는 도자기수집가의 집으로 다시 가서 『르 프티 주르날』의 부록 한 권을 집어들었다. 삽화가 곁들여진 책자였다. 그리고 상태가 그나마 괜찮은 방에 앉아서, 부서진 가구 조각으로 벽난로에 불을 지핀 후, 그 책자를 읽기 시작했다. 그것을 보면서 머리를 절레절레 흔들 수밖에 없었는데, 파쇼다 사건*이 일어난 시절에 나온 이야기들이었기 때문이다. 책자를 읽는 동안에도 포탄 네 개가 일정한 간격으로 내가 있던 집 주위로 떨어졌다. 7시쯤 마지막 쪽까지 다 읽은 뒤, 나는 지하실 밖의 통로로 내려갔다. 병사들이 작은 화덕 주위에서 저녁식사를 준비하고 있었다.

　내가 그들에게 다가가기가 무섭게 현관 바깥에서 날카로운 폭발음이 들렸고, 바로 그 순간 뭔가가 왼쪽 종아리를 무섭게 강타하는 것을

---

* 1898년 유럽 열강의 아프리카 분할 과정에서 영국의 종단정책과 프랑스의 횡단정책이 충돌한 사건이다.

느꼈다. "나, 맞았어!"라는 태곳적 이래의 전사의 관용구와 함께, 나는 살담배 파이프를 입에 문 채 지하실 계단 아래로 몸을 던졌다.

누군가가 급히 불을 켜고 상처를 살펴보았다. 그런 상황이면 언제나 그래 왔듯이, 나는 천장을 쳐다보며 누군가의 말을 들었다. 상처는 그리 아름다운 광경이 아니기 때문이다. 각반에 뾰족뾰족한 구멍이 났고, 그 터진 상처에서 피가 바닥으로 뚝뚝 흘러내렸다. 상처 반대쪽에는 유산탄 탄알이 피부 밑에 박혀서 둥그런 혹이 나 있었다.

그러므로 진단은 아주 간단했다. 전형적인, 고향으로 돌아가야 할 부상이었다. 중상도 아니고 경상도 아니었다. 사실, 만약 독일로 가는 교통편을 놓치지 않으려고 했다면 어렵지 않게 잡을 수 있는 마지막 기회였다. 그것은 대단히 일어날 성싶지 않은 부상이었다. 유산탄은 실은 우리 건물의 마당을 에워싼 벽돌 담장 너머의 땅바닥에서 터졌기 때문이다. 그전에 포탄 하나가 이 담장에 작은 구멍 하나를 둥그렇게 뚫었고, 그 구멍 앞에는 큼직한 협죽도 화분이 놓여 있었다. 그러니까 나를 맞힌 탄알은, 일단 포탄 구멍을 통과해 협죽도 잎 사이로 날아온 다음, 마당과 현관문을 뚫고 지나서 복도에 서 있던 그 많은 다리들 가운데에서 정확하게 내 다리를 골랐던 것이다.

전우들은 대충대충 붕대를 감아준 뒤 포화가 퍼부어지고 있는 거리를 지나 카타콤 안으로 나를 데려가더니 즉시 수술대 위에 눕혔다. 서둘러 달려온 베티에 소위가 내 머리를 붙잡고 있는 동안에 군의관 소령이 칼과 가위를 가지고 유산탄 탄알을 빼내고는, 내게 행운아라고 말해주었다. 탄알이 정강이뼈와 종아리뼈 사이를 통과해 아무 뼈도 손상시키지 않았다는 것이었다. 그 나이 많은 학생장교는 의무병에게 붕대를 감아주라고 지시하면서 "책과 총알은 저마다의 운명이 있다"*고 말했다.

내가 들것에 누운 채 카타콤의 한쪽 벽감에서 해질녘까지 기다리고 있는 동안, 기쁘게도 부하들 여러 명이 와서 작별인사를 건넸다. 그들은 힘든 날들을 앞두고 있었다. 존경하는 폰 오펜 대령도 잠깐이나마 나를 보러 찾아왔다.

저녁에 나는 다른 부상자들과 함께 소도시의 끝으로 이동해서, 그곳에서 구급차로 옮겨졌다. 운전사는 구급차에 탄 사람들의 비명과 신음 따위는 아랑곳하지 않고 언제나처럼 맹렬하게 포화가 퍼부어지는 프레지쿠르 농장의 거리로 차를 몰았다. 구급차는 그렇게 구덩이들을 지나고 다른 방해물들을 피해서 달려갔다. 그리고 마침내 어느 지점에서 우리를 다른 자동차에 넘겨주었다. 그 자동차는 팽 마을의 교회에 우리를 내려놓았다. 그 밤에 차를 바꿔탄 곳은 호젓하게 모여선 집들의 한가운데에 있던 공터였는데, 한 의사가 붕대의 상태를 점검하며 환자가 그곳에 입원해야 할지 말지를 결정했다. 나는 반쯤 열에 들뜬 와중에도 머리칼이 완전히 새하얗게 샜지만 젊게 보이는 한 의사를 보았다. 그는 믿기 어려운 침착함으로 환자들의 상처를 돌보았다.

팽 교회는 부상자 수백 명으로 가득 차 있었다. 한 간호사는 지난 몇 주 동안 3만 명이 넘는 부상자가 이곳으로 와서 치료와 간호를 받았다고 말했다. 그 엄청난 숫자의 환자들 앞에서, 겨우 탄알 하나에 맞아 부상을 입은 내 멍청한 다리는 하등 중요할 게 없다는 생각이 들었다.

팽에서는 다른 장교 네 명과 함께 작은 야전병원으로 옮겨졌다. 그

---

* '책은 저마다의 운명이 있다'라는 유명한 문구에 '총알이 있다'라는 말을 덧붙인 것이다. 전쟁 상황에서 농담으로 한 말이다.

병원은 생캉탱의 한 부잣집 안에 들어서 있었다. 우리가 병원에 도착했을 때 그곳의 모든 유리창이 흔들렸다. 포병대로부터 최대한의 화력 지원을 받아가며 영국군이 기유몽을 점령하는 순간이었다.

내 옆에 있던 들것이 차량 밖으로 옮겨지는 순간, 누구라도 한 번 들으면 절대로 잊지 못할 단조로운 목소리가 들렸다.

"빨리 의사에게 데려다주세요. 너무 아픕니다. 가스 봉소염이에요."

가스 봉소염이라는 병은 부상자에게 자주 나타나 목숨을 빼앗는 끔찍한 패혈증을 가리키는 말이다.

나는 침대 열두 개가 나란히 놓인 한 병실로 실려갔다. 그 방은 눈처럼 하얀 베개로 가득 찬 공간이라는 인상을 주었다. 그곳에 있는 사람들은 대부분 중상자였고, 정신없는 소동이 끊이지 않는 곳이었다. 나는 열에 들떠 몽환적인 상태에서 그 소동에 끼어들었다. 내가 도착한 직후에도 머리에 붕대를 터번처럼 두른 한 젊은이가 침대에서 벌떡 일어나더니 일장연설을 했다. 나는 뭔가 특별한 장난이려니 생각했지만, 그는 벌떡 일어났을 때와 마찬가지로 너무나도 갑자기 푹 쓰러지고 말았다. 그의 침대는 매우 암울한 침묵 속에서 작고 어두운 한 문을 통해 밖으로 스르륵 밀려나갔다.

내 옆에는 공병장교가 누워 있었다. 그는 참호 안에서 폭발물을 밟았다. 폭발물은 건드리면 한참 동안 불꽃을 토해내며 활활 타오른다. 그 불꽃 때문에 절단된 그의 발 위로 속이 들여다보이는 망사 덮개를 씌어놓았다. 그는 기분이 좋은 편이었고, 내가 그의 말을 들어주는 것을 기뻐했다. 내 왼쪽에는 새파랗게 젊은 초급장교가 있었는데, 그는 식사시간에 적포도주와 달걀노른자를 배급받았다. 그는 폐결핵을 앓고 있었는데, 증상이 너무 심해서 생명의 마지막 단계에 이르러 있다는 걸 감지할 수 있었다. 간호사가 그의 침대를 정리할 때도 그의 몸을 마치 깃털이라도 드는 양 들어올렸다. 피부를 통해 그의 몸 안에 있는 모든 뼈를 볼 수 있을 정도였다. 저녁에 간호사가 그에게 와서 부모님께 편지를 쓰지 않겠느냐고 물었을 때, 나는 운명의 시간이 다가왔음을 짐작했다. 밤이 되자 정말로, 그의 침대 역시 어두운 문을 지나 영안실로 밀려나갔다.

다음 날 정오에, 나는 게라행 병원기차에 누워 있었다. 그곳의 주둔지 병원에서는 아주 극진한 간호를 받았다. 일주일이 지나자 벌써 저녁에 외출할 수 있었는데, 그래도 수석 의사와 마주치지 않도록 조심은 해야 했다.

여기서 나는 전 재산 3000마르크를 들여 전시공채를 인수했다. 그 돈은 다시는 보지 못했다. 손에 공채 증서를 들고 있을 때, 머릿속에서는 가짜 조명탄들이 터지면서 벌어졌던 아름다운 불꽃놀이가 떠올랐다. 분명 백만금을 주고도 볼 수 없는 광경이었다.

우리는 지금 드라마의 마지막 장을 지켜보기 위해 다시 한번 끔찍한 협로로 돌아간다. 정보의 출처는 얼마 되지 않는 부상 생존자들, 특히 내 당번병 오토 슈미트의 보고이다.

내가 부상을 당한 후에 하이스터만 병장이 나를 대신해서 소대의 지휘를 맡았다고 한다. 그는 몇 분 뒤에 소대를 기유몽의 구덩이 지대로 인솔해야 했다. 출정 중에 총탄에 맞아 부상을 입고 소속부대 없이 흩어졌던 이들 가운데 콩블르까지 걸어서 돌아갈 수 있었던 사람들을 제외하면, 다른 모든 사람은 불을 토하는 전투의 미로 속으로 흔적도 없이 사라져버렸다.

소대는 근무 교대 후에 이제는 친숙한 간이호 안에 자리를 잡았다. 오른쪽 날개에 생겼던 틈은 그동안에도 쉼 없이 퍼부어진 포격으로 인해 더 이상 간과할 수 없는 규모로까지 커져 있었다. 적군의 엄청난 화력으로 왼쪽 날개에도 구멍이 뚫려, 참호 내 진지는 고립된 하나의 섬과 같았다. 전체 구역은 말하자면 점점 줄어드는 비슷한 크기의 섬들, 또는 크고 작은 섬들로 이루어져 있었다. 연결망은 있었지만, 촘촘한 공격망을 형성하기에는 너무나 헐거웠다.

그렇게 점점 깊어가는 불안감 속에서 밤이 지나갔다. 날이 밝아올 무렵에 두 명으로 구성된 제76연대 정찰대가 나타났다. 그들은 엄청난 고생을 하며 가까스로 목적지에 도달했다. 그들은 곧 다시 불바다 안으로 사라졌고, 바깥세상과의 연락도 그것으로 끝이었다. 불길은 점점 더 거세게 오른쪽 날개를 덮쳤고, 방어군의 맥을 하나하나 끊어내며 참호 사이의 간격을 갈수록 크게 벌려놓았다.

슈미트는 오전 6시쯤 아침식사를 하기 위해 식기를 집으려고 손을 뻗었다. 그릇은 우리의 오랜 간이호 속에 있었는데, 그가 손을 뻗었을 때는 그릇 대신 완전히 납작하게 눌리고 구멍이 숭숭 뚫린 알루미늄 조각만이 남아 있었다. 곧 포격이 다시 시작되었고, 그 화력은 점점 더 거세어지기만 했다. 공격이 임박했다는 징조라고밖에 볼 수 없었다. 곧이어 전투기들이 나타나더니 먹이를 향해 달려드는 독수리처럼 땅 위를 낮게 선회비행하기 시작했다.

오직 하이스터만과 슈미트만이 그 작은 땅굴의 거주자였던 셈인데, 그때까지도 땅굴은 기적처럼 무사했다. 그들은 전투를 준비할 시간이 왔음을 알았다. 그들이 연기와 먼지가 자욱한 협로로 나왔을 때, 그 둘을 빼고는 사방 천지에 아무도 보이지 않았다. 밤 시간 동안 포화는 그들과 진영의 오른쪽 날개 사이의 공간에 있었던 그나마 얼마 되지도 않던 엄폐물들을 완전히 박살내버렸고, 그 안에 있던 모든 사람이 폭발로 인해 떨어져내린 흙더미에 깔리고 말았던 것이다. 그들의 왼쪽으로도 마찬가지여서, 협로의 가장자리에는 방어군이 누구 한 사람 보이지 않았다. 소대의 마지막 병사들, 그중에서도 기관총 사수들은 판자에 흙을 엷게 덮어 위장한 좁은 땅굴로 퇴각해 있었다. 이 땅굴에는 입구가 두 개 있었는데, 협로 중간 지점 뒤쪽 경사면의 흙을 파내서 만든 것이었다. 하이스터만과 슈미트도 그 마지막 은신처로 가려고 애썼다. 하지만 그곳으로 가는 도중에 하이스터만 병장이 사라졌다. 그날은 마침 그의 생일이었다. 그가 어느 구비에서 뒤처진 뒤로는 아무도 그를 보지 못했다.

오른쪽 날개에서 땅굴로 합류한 유일한 사람은 얼굴에 붕대를 감은 일등병이었는데, 그가 갑자기 붕대를 찢어버리는 바람에 병사들과 무기 위로 핏물이 쏟아졌고, 그는 쓰러져서 숨을 거두었다. 이렇게 시간이 흐르는 동안에도 포격은 점점 더 거세어지고 촘촘해졌다. 병사들로 꽉 찬 이 땅굴도 머지않아 포화에 맞을 터였다. 더 이상 아무도 입을 열지 않았다.

왼쪽 더 멀리에서는 제3소대의 병사 몇 명이 여전히 자신들의 구덩이를 끈덕지게 방어하고 있었다. 그곳은 예전에 틈이 생겼던 방어벽에 이제는 큰 구멍이 뚫린 오른쪽으로부터 공격당하고 있는 것 같았다. 이 병사들은 마지막 폭격의 지옥불에 뒤이어 영국군 돌격부대가 습격해오는 것을 맨 처음 알아차린 사람들이기도 했을 것이다. 아무튼 땅굴에 있던 이들은 왼쪽에서 들려오는 경고의 외침을 듣고 적들이 공격해온다는 것을 알았다.

슈미트는 그 땅굴에 맨 마지막으로 도착한 사람이었기에 출구와 가장 가까운 곳에 앉아 있었고, 그래서 협로에는 맨 처음으로 모습을 드러냈다. 그는 포탄이 터지면서 원뿔 모양으로 확 퍼지는 연기구름 속으로 뛰어들었다. 연기가 걷히자, 그는 오른쪽으로 눈을 돌렸다. 그리고 충직하게 우리를 지켜주었던 그 땅굴 바로 옆으로 몸을 도사리고 있는 몇몇 국방색 형체들을 보았다. 그와 동시에, 우세한 숫자를 업은 적군들이 땅굴의 왼쪽 부분으로 쳐들어갔다. 툭 튀어나온 협로의 가장자리 너머에서 무슨 일이 벌어지는지는, 협로가 깊어서 볼 수 없었다.

이 절망적인 상황에서 땅굴에 있던 다음 사람들이, 그중에서도 지베르스 병장이 아직 온전한 기관총을 들고 사수와 함께 밖으로 뛰쳐나왔다. 그들이 기관총을 협로 바닥에 놓고 오른쪽에 있던 적군을 겨냥하는 데에는 몇 초도 걸리지 않았다. 하지만 사수가 주먹을 허리띠에 대고 손가락을 방아쇠에 걸었을 때는, 이미 전면의 경사면으로 영국군의 수류탄이 굴러떨어지고 있었다. 두 사람은 총알 하나 쏴보지도 못한 채 자신들의 무기 옆으로 쓰러졌다. 땅굴에서 튀어나온 다른 병사들은 소총 사격의 표적이 되었다. 얼마 지나지 않아, 땅굴의 두 출입구 주위로 전사자들의 시체가 수북하게 쌓였다.

슈미트 역시 최초의 수류탄 세례에 당해 땅바닥에 쓰러졌다. 파편 하나는 머리에 박혔고, 다른 파편들은 그의 손가락 세 개를 날려버렸다. 그는 땅굴 근처에 얼굴을 땅에 박고 엎드려 있었다. 땅굴 안팎으로 한참 동안이나 소총 사격과 수류탄 투척의 응수가 이어졌다.

마침내 조용해졌다. 영국군은 이 마지막 지점마저 수중에 넣었다. 아마도 협로 안의 마지막 생존자일 슈미트는 공격군이 다가오는 발소리를 들었다. 곧이어 소총 사격 소리가 들렸고, 폭탄과 독가스탄이 터졌다. 독가스가 땅굴을 꽉 채웠다. 그럼에도 저녁 무렵에 땅굴 안에서 생존자 몇 명이 엉금엉금 밖으로 기어나왔다. 그들은 땅굴 안에서도 비교적 안전한 구석에 숨어 있었다. 그 마지막 생존자들은 돌격부대의 포로가 되었을 것이다. 영국군의 들것 운반병들은 그들을 들것에 싣고 진영으로 돌아갔다.

프레지쿠르 농장의 협로가 봉쇄된 뒤, 곧 콩블르가 함락되었다. 협로의 마지막 방어자들은 그 지역에 포격이 퍼부어지는 동안 카타콤 안에 숨어 있다가, 잔해밖에 남지 않은 교회 주변에서 벌어진 전투에서 몰살당했다.

그리고 우리가 1918년 봄에 그 지역을 다시 점령하기까지, 그곳에는 고요가 찾아들었다.

8

생피에르바스트에서

군인병원에 이 주일간 입원한 후 다시 이 주일간 휴가를 다녀온 나는 연대로 복귀했다. 연대는 우리도 익숙한 그랑 트랑셰에서 아주 가까운 되누에 진지를 구축하고 있었다. 내가 도착해서 이틀 동안 그곳에 머무른 연대는 산속에 자리잡은 고풍스러운 보금자리 아통샤텔로 옮겨서 또 이틀을 머물렀다. 그리고 나서 우리는 마르스라투르 역에서 증기기관차를 타고 다시 솜 지역으로 향했다.

우리는 보앵에서 내려 브랑쿠르에 숙소를 정했다. 우리가 나중에도 자주 가야 했던 이 지역은 곡식을 경작하는 농촌이었지만, 거의 집집마다 베틀을 가지고 있었다.

나는 아주 예쁜 딸과 함께 사는 어느 부부의 집에 숙소를 잡았다. 우리는 이 작은 집의 방 두 개를 나누어 썼는데, 나는 저녁마다 이 가족의 침실을 지나가야 했다.

그 집의 가장은 첫날부터 내게 지역사령부에 낼 고소장을 써달라고 부탁했다. 이웃 사람이 그의 멱살을 잡고 두들겨패면서 사과하지 않으면 죽여버리겠다고 위협했다는 것이다.

어느 날 아침, 내가 출근을 하려고 방을 나서는데 그 집 딸이 밖에서 문을 닫으며 열지 못하게 했다. 나는 그녀가 장난을 치는 줄 알고 문을 세게 밀쳤다. 우리 둘이 서로 세게 미는 바람에 문짝의 경첩이 빠지고 말았고, 우리는 문짝을 맞들고 어지러이 방 안을 돌았다. 갑자기 문이 떨어져나가는 바람에 우리는 매우 당황했지만, 그녀의 어머니는 무척이나 재미있어했다. 그 예쁜 딸은 이브처럼 벌거벗고 있었다.

나는 이 브랑쿠르 아가씨처럼 혀를 능수능란하게 놀리며 지독한 욕설을 퍼붓는 사람은 본 적이 없었다. 이웃집 여자가 그녀에게 생캉탱의 특정한 어느 거리에서 방을 빌려 창녀 짓을 했다고 비난하자, 그녀의 입에서는 "아, 이년이 주둥아리를 함부로 놀려? 이 썩어빠진 감자 같은 년, 똥통에 처박아버려도 시원치 않을 썩은 감자 같은 년, 썩어빠진 년이!"라는 욕설이 쏟아져나왔다. 그렇게 입에 거품을 무는 동안에도 손을 새 발톱처럼 내뻗으며 온 방을 휘저었지만, 화풀이를 할 만한 희생양을 찾지는 못했다.

이 동네는 모든 게 촌스러웠다. 어느 날 저녁, 나는 방금 얘기한 그 이웃집 여자 집에 묵고 있었던 동료 한 명을 찾아갔다. 그녀는 마담 루이제라고 불리던 플랑드르의 미녀였다. 나는 정원을 가로질러 집 안으로 들어갔고, 작은 창문을 통해 마담 루이제가 탁자 앞에 앉아 있는 것을 보았다. 그녀는 커다란 커피 주전자를 놓고 편안하게 커피를 마시고 있었다. 그런데 갑자기 문이 열리면서 이 아늑한 숙소의 소유자인 남자가 마치 몽유병자처럼 나타나더니, 너무나 놀랍게도 진짜로 몽유병자인 양 옷도 제대로 갖춰 입지 않은 채 방으로 들어갔다. 그는 말 한 마디 없이 커피 주전자를 들고는 그대로 입 안에 커피를 부어 넣었다. 그러고는 역시 말 한마디 없이 나갔다. 나는 그들의 목가적인 풍경을 방해하고 싶지 않아서 몰래 그 자리를 떠났다.

　이 지역에는 그 시골스러운 특징과는 묘하게 대조를 이루는 매우 편안한 분위기가 감돌기도 했다. 그런 느낌은 옷감을 짜는 일과 관련이 있을 것 같았는데, 방추가 지배하는 소도시나 농촌에서는 가령 대장장이가 많은 곳과는 전혀 다른 정신을 만나기 때문이다.

　우리는 중대별로 여러 마을과 동네에 흩어져서 묵었기 때문에 저녁에 동료들이 함께 모인다 해도 조그만 모임밖에 되지 않았다. 우리 모임에는 주로 제2중대장 보예 소위, 용맹스러운 전사로서 총에 맞아 한쪽 눈을 잃은 하일만 소위, 나중에 파리의 항공장교가 된 초급장교 고르닉과 내가 참석했다. 매일 저녁 우리는 깡통에 든 굴라시 요리와 소금을 넣고 익힌 감자를 먹었고, 카드와 '폴란드 기수'나 '초록색 오렌지' 같은 술병이 탁자 위에 올랐다. 여기서는 누구보다 하일만이 분위기를 이끌었는데, 그는 그 어떤 것에도 기가 죽을 인물이 아니었다. 그는 그곳에서 두 번째로 아늑한 숙영지에 머물렀고, 두 번째로 큰 부상을 입었거나 두 번째로 큰 장례식에 참가했다. 단 그의 고향인 오버슐레지엔만은 예외였는데, 그 지역에는 세계에서 제일 큰 마을과 최대 규모의 화물역이 있었고, 가장 깊은 갱도가 있었다.

　나는 곧 참가하게 될 작전을 위해 정찰장교로 임명되어, 하사 두 명과 정찰대를 이끌고 사단에 배속되어 있었다. 나는 그런 특수한 임무가 그리 달갑지 않았다. 중대가 마치 내 가족처럼 느껴져서, 전투를 코앞에 둔 시점에 중대를 떠나고 싶지 않았기 때문이다.

　11월 8일, 대대는 쏟아지는 비를 맞으며 주민들이 피난을 떠나고 없는 고넬리외 마을로 행군했다. 정찰대는 그곳에서 리에라몽으로 가라는 명령을 받았고, 사단 정보장교인 뵈켈만 대위 아래로 배속되었다.

그는 우리 정찰부대장 네 명, 관측장교 두 명, 그의 부관과 함께 넓은 사제관에 묵었다. 우리는 사제관의 방들을 나누어 썼다. 그곳에서 보낸 초기의 어느 날 저녁시간에, 우리는 사제관 서재에서 그 무렵에 막 알게 된 독일의 평화회담 제안에 대해 긴 토론을 벌였다. 뵈켈만 대위는 전쟁이 진행되는 동안에는 어떤 병사도 '평화'라는 단어를 입에 올려서는 안 된다는 말로 토론을 마무리했다.

선임자들이 사단의 진지 상황을 알려주었다. 우리는 매일 밤 전진해야 했다. 우리 임무는 아군과 적군의 전세를 알아보고, 부대간에 연락이 제대로 이루어지고 있는지를 점검하며, 전체적인 상황을 파악해서 비상시에 부대를 투입하거나 특별 임무를 부과할 수 있도록 하는 것이었다. 내가 맡은 지역은 생피에르바스트 숲의 왼쪽이었고, '이름 없는 숲' 바로 앞이었다.

밤 풍경은 우중충하고 황량했다. 땅은 아군과 적군의 심한 포격으로 자주 뒤흔들렸다. 높이 쏘아올린 노란 로켓이 공중에서 폭발하면서 빗발치듯 불이 쏟아져내리곤 했다. 그 색깔은 비올라의 음색을 연상시켰다.

나는 첫날 밤부터 칠흑 같은 어둠 속에서 길을 잃었고, 토르틸 강의 늪지대에 빠져 하마터면 익사할 뻔했다. 이곳에는 깊이를 알 수 없는 지점들이 있었다. 바로 전날 밤에도, 탄약을 실은 화물차가 커다란 포탄 구덩이로 흔적도 없이 사라진 일이 있었다. 구덩이가 진흙탕의 수면 아래에 숨어 있어서 보이지 않았던 것이다.

이 황무지를 벗어나서 나는 '이름 없는 숲'을 향해 전진했는데, 숲 주위로 약하기는 했지만 끊이지 않고 포탄이 떨어졌다. 나는 별 걱정 없이 발걸음을 떼었다. 떨어지는 폭탄의 둔탁한 소리로 보아 저쪽에 있는 영국군이 안 팔리는 재고상품들을 처분하는 중이라고 생각했기 때문이다. 하지만 갑자기 바람 한 줄기가 훅 불더니 달짝지근한 양파 냄새가 났다. 그와 동시에 고함소리가 숲속으로 울려퍼졌다. "가스, 가스, 가스!" 마치 귀뚜라미가 우는 것처럼 먼 거리에서 들려오는, 묘하게 섬세하면서도 구슬픈 소리였다.

다음 날 아침에 내가 들은 바로는 바로 그 시간에, 숲속의 잡목에 달라붙어 있던 무거운 포스겐 가스의 구름에 중독되어 우리 편의 많은 사람들이 목숨을 잃고 말았다.

나는 눈물을 흘리며 보 숲 쪽으로 되돌아갔다. 가스마스크의 유리가 깨지는 바람에 앞이 잘 보이지 않아, 이 구덩이에서 저 구덩이로 빠지고 넘어지기를 거듭하면서. 사람이 살 수 없을 듯한 그 넓은 공간으로 인해, 그 밤은 으스스하고 외로웠다. 그 어둠 속에서 초소병이나 길을 잃고 헤매는 낙오병을 만났다면 나는 아마 인간이 아니라 악령과 이야기를 나누는 듯한 얼음처럼 싸늘한 느낌에 휩싸였을 것이다. 우리 모두는 우리가 잘 아는 세계 너머 피안의 공간인 듯한 거대한 흙더미 위에서 이리저리 방황하고 있었다.

11월 12일, 나는 좀 더 큰 행운을 빌면서, 우리 '구덩이 진지' 안에 구축한 통신망을 조사하는 내 두 번째 임무를 수행하러 나섰다. 나는 간이호들 안에 숨은 계전기의 사슬을 따라 목적지로 나아갔다.

'구덩이 진지'는 아주 잘 지은 이름이었다. 랑쿠르 마을에 도착하기 전에 있던 한 언덕의 능선에는 수많은 구덩이가 널려 있었고, 몇몇 구덩이에는 여기저기에 병사들이 들어가 있었다. 포탄들이 종횡무진으로 날아다니는 어두운 평원은 황량하고도 무시무시했다.

얼마 지나지 않아 구덩이 사슬과의 연결점을 잃어버린 나는 프랑스군의 수중에 들어가지 않기 위해 방향을 돌렸다. 그때 전부터 알고 지내던 제164연대의 장교를 만났는데, 그는 어둠이 깔리면 너무 오래 돌아다니지 말라고 충고했다. 그래서 나는 신속하게, 깊은 웅덩이와 뿌리 뽑힌 나무와 마구 얽히고설킨 나뭇가지들에 발을 휘청거려가며 이름 없는 숲을 가로질러 내달렸다.

숲을 벗어났을 때는 날이 밝아 있었다. 구덩이들이 파인 들판이 내 발치에서부터 정말 끝없이 펼쳐져 있었는데, 생명체의 흔적이라곤 무엇 하나 보이지 않았다. 나는 발길을 멈추었다. 전쟁터에서 인간이 보이지 않는 땅이란 뭔가 수상한 법이다.

갑자기 보이지 않는 저격수가 쏜 총알이 날아와 내 두 다리를 맞추었다. 나는 가까이에 있던 구덩이로 뛰어들어 손수건으로 다리의 상처를 싸맸다. 구급상자 챙기는 걸 또 잊어버렸기 때문이었다. 총알은 오른쪽 허벅지를 관통해서 왼쪽 다리를 살짝 스쳐 지나갔다.

나는 극도로 조심해가며 숲속으로 다시 기어 들어갔다. 그리고 다리를 절면서 박격포탄이 쏟아지는 지대를 통과해 응급치료소로 갔다.

그 직전에, 나는 헤아리기 어려운 아주 사소한 사항들이 전쟁에서 그 사람의 운명을 가르는 경우를 또 한번 겪었다. 마침 어느 교차로로 가는 중이었는데, 100미터쯤 떨어진 곳에서 참호를 구축하고 있던 특무대의 지휘관이 나를 불렀다. 제9중대에 함께 있었던 전우였다. 우리가 1분쯤 이야기를 나누었을까 싶을 때 교차로 한가운데에 포탄이 떨어졌다. 그를 만나지 않았더라면 나는 분명 그 포탄의 희생양이 되었을 터였다. 그런 일을 겪고 나면, 누구라도 그게 우연이라고 생각하기 어렵다.

나는 어둠이 깔린 후 들것에 실려 뉘를뢰로 갔다. 거기서부터는 뵈켈만 대위가 자동차로 나를 데려갔다. 적군의 조명등이 비추는 국도에서 운전병이 갑자기 브레이크를 밟았다. 검은 물체가 길을 가로막고 있었다. "보지 마!" 대위가 내 팔을 감싸면서 말했다. 그것은 조금 전에 치명적인 포격을 받고 희생된 한 보병대와 그들의 지휘관이었다. 전우들의 주검은 평화롭게 함께 잠을 자는 듯이 누워 있었다.

저녁식사는 사제관에서 했다. 그건 적어도 거실 소파에 앉아서 적포도주 한 잔을 맛있게 음미했다는 뜻이었다. 하지만 곧 리에라몽에 쏟아진 저녁 축복이 이 편안한 시간에 훼방을 놓았다. 소도시와 건물들에 퍼부어지는 집중폭격은 특히나 불쾌하다. 우리는 철의 전령들이 칫칫 하며 부르는 노래에 잠시 귀를 기울인 다음에 급히 지하실로 자리를 옮겼다. 포탄들은 정원들과 이웃집 지붕들로 떨어져서 굉음을 내며 터졌다.

나는 맨 먼저 담요에 둘둘 말려 지하실로 운반되었다. 그날 밤 나는 빌르레의 야전병원으로 옮겼고, 그 뒤에는 발랑시엔의 군인병원으로 이동했다.

역 근처의 고등학교에 설치된 군인병원은 부상자 400명을 수용하고 있었다. 날마다 둔탁한 북소리가 나는 가운데 장례행렬이 큰 정문을 통과했다. 넓은 수술실에는 전쟁의 모든 고통 소리들이 모였다. 한 줄로 늘어선 수술대들 앞에서 의사들이 중환자들을 수술했다. 여기서는 사지 중 하나가 잘리고, 저기서는 두개골이 열리거나 살에 달라붙은 붕대가 풀렸다. 훌쩍이는 소리, 고통 때문에 지르는 비명들이 무심한 빛으로 가득 찬 공간 안에 울려퍼졌다. 흰옷을 입은 간호사들이 기구나 붕대를 들고 탁자와 탁자 사이를 바쁘게 오갔다.

내 침대 옆에는 전투에서 심한 패혈증으로 한쪽 다리를 잃은 병장한 명이 누워 있었다. 그는 열이 펄펄 끓다가도 이내 오한으로 벌벌 떨기를 거듭했다. 체온의 굴곡은 말이 미쳐 날뛰듯 변화무쌍했다. 의사들은 젝트주酒와 장뇌를 가지고 어떻게든 그의 생명을 지켜보려고 노력했지만, 저울은 계속 뚜렷이 죽음 쪽으로 기울어갔다. 이상했던 점은 지난 며칠간 사실상 이미 우리 곁을 떠나 있던 그가 죽음이 임박한 순간에 이르러서는 맑은 정신으로 돌아와 죽음을 준비했다는 사실이다. 그는 성경에서 자신이 가장 좋아하는 대목을 간호사에게 읽어달라고 부탁했고, 그런 뒤에는 열이 심하게 올라가는 바람에 밤마다 우리의 잠을 너무 자주 방해해서 미안했다는 말로 모두에게 작별인사를 건넸다. 이윽고 그는 농담 한마디를 더 해야겠다는 듯한 어조로 소곤소곤 말했다. "빵 좀 더 가진 게 없나요, 프리츠 씨?" 그는 그 말을 남긴 몇 분 뒤에 숨을 거두었다. 이 마지막 말은 우리를 돌보던 남자 간호사 프리츠—우리가 곧잘 그의 사투리를 흉내내곤 하던 나이가 지긋한 사내였다—를 향한 것이었는데, 죽어가면서도 우리를 즐겁게 해주려던 그의 의지는 우리에게 큰 감동을 주었다.

나는 그곳에 입원해 있는 동안 우울함이 엄습하는 바람에 몹시 괴로웠는데, 그것은 내가 부상당했던 당시에 보았던 그 춥고 진창 일색이었던 풍경에 대한 기억 때문이기도 했을 것이다. 나는 매일 오후, 어느 황폐한 운하의 부둣가에서 포플러나무 사이를 따라 절뚝거리며 걸었다. 특히 마음을 짓눌렀던 것은 연대가 생피에르바스트 숲으로 공격을 감행했을 때 내가 끼지 못했다는 사실이었다. 그 공격에서 우리 편은 혁혁한 전과를 올리고 수백 명의 포로를 사로잡았다.

이 주일 뒤 상처가 반쯤 아물자, 나는 부대로 돌아갔다. 사단은 내가 상처를 입고 떠났을 때와 똑같은 진지를 유지하고 있었다. 기차가

에페이에 도착하자 밖에서 포탄 떨어지는 소리가 요란했다. 철로 옆에 아무렇게나 널려 있던 화물차량의 찌그러진 잔해들은 이곳이 결코 즐거운 장소가 아님을 말해주었다.

"무슨 일이 벌어지고 있는 거지?" 나와 마주 앉았던 대위가 물었다. 그는 이제 막 고향에서 기차를 타고 이리로 온 모양이었다. 나는 대답 대신 객실 문을 열어젖힌 후, 기차가 조금 더 앞으로 움직이는 동안 철둑 뒤로 가서 몸을 숨겼다. 다행히도 그것이 마지막으로 떨어진 포탄이었다. 기차에 탄 사람 가운데 다친 이는 아무도 없었다. 말 몇 마리가 피를 흘리며 마차에서 풀려 어디론가 달아났을 뿐이었다.

아직 행군을 할 수 없었으므로, 내게는 관측장교의 초소 임무가 맡겨졌다. 감시초소는 뉘를뤼와 무아랭 사이의 가파른 언덕에 있었다. 감시초소의 장비는 잠망경이었다. 나는 그 물건으로 이미 너무나도 잘 알고 있는 앞쪽의 전선을 관찰했다. 포화가 너무 심하거나 오색의 조명탄이 터지거나 아니면 특별한 일이 일어났을 때 사단에 전화로 보고하게 되어 있었다. 나는 며칠 내내 11월의 이중창문 뒤에 있는 의자에 앉아 추위에 떨면서 시간을 보냈고, 끽해야 체력을 단련하는 걸 소일거리로 삼았다. 철조망이 사격을 받아서 망가지면 보수대를 불러 고치게 했다. 이 전투지역에서 보수대 병사들의 일은 내 눈에 그리 크게 띈 적이 없었다. 하지만 나는 이번에 그들에게서 이 죽음의 공간에서 특별한 재주를 발휘하는 숨은 일꾼들의 모습을 보았다. 다른 모든 이가 서둘러 포화가 퍼부어지는 구역에서 빠져나가려고 애쓸 때도, 보수대 병사들은 직업관에 엄격히 입각해 즉각 그곳으로 달려갔다. 그들은 밤낮으로 폭탄이 떨어져서 여전히 뜨거운 구덩이를 찾아내어 끊어진 전선을 다시 연결했다. 그 작업은 위험했지만, 눈에 띄지는 않았다.

감시초소는 눈에 띄지 않도록 교묘하게 위장했다. 밖에서는 반쯤 풀밭 아래에 숨어 있는 좁다랗게 찢어진 틈 하나가 보일 뿐이었다. 그래서 우연히 날아온 포탄들만 근처에 떨어졌고, 나는 그 안전한 은신처에서 병사들 개개인이나 부대 단위의 움직임을 관찰할 수 있었다. 총탄이 날아드는 공간을 가로지를 때에는 전혀 주의를 기울이지 않았던 움직임들도 볼 수 있었다. 주위의 풍경은 이따금, 그리고 그중에서도 특히 어둠이 깔리기 시작할 무렵이면 동물들이 서식하는 큰 초원지대 비슷한 분위기가 되었다. 특히 일정한 간격으로 포격을 당했던 지점들에 계속 새로운 병사들이 몰려들었다가 갑자기 바닥으로 엎어지거나 무서운 속력으로 도망치는 장면을 보면, 영락없이 자연 풍경과 닮았다는 생각이 들었다. 그 장면이 강렬하게 인상에 남은 이유는, 내가 지휘관으로서 모든 감각을 동원해 그 모든 과정을 가만히 지켜보았던 데에 있을 것이다. 나는 공격의 순간을 기다리는 것 말고는 딱히 할 일이 없었다.

24시간마다 한 번씩 다른 장교가 내게서 임무를 넘겨받았다. 나는 가까운 뉘를뤼에서 휴식을 취했는데, 그곳에는 큰 포도주 창고 안에 비교적 아늑한 숙소가 마련되어 있었다. 나는 지금도 11월의 길고 생각할 것이 많은 진지한 밤에, 작은 원통형의 지붕 아래에서 홀로 벽난로 앞에 앉아 파이프를 피우며 시간을 보내던 날들을 기억한다. 그동안 황폐하게 변해버린 공원에는 안개가 자욱하게 끼어 벌거숭이 너도밤나무 가지에서 습기가 뚝뚝 흘러내릴 것 같았고, 이따금 폭탄이 떨어지면서 울리는 소리로 인해 주위의 고요가 깨지기도 했다.

12월 18일, 사단은 다른 사단에 임무를 넘겨주었고, 나는 프레누아르그랑 마을에 있던 연대에 다시 합류했다. 거기서는 휴가를 떠난 보예 소위를 대신해 제2중대의 지휘를 맡았다. 연대는 프레누아에서 4주 동안 아무런 방해도 받지 않고 휴식을 취했다. 누구나 그 고요한 휴식을 가능하면 최대한 만끽하려고 노력했다. 성탄절과 새해에는 중대가 파티를 열어 축하했다. 맥주와 그로그주가 넘쳐났다. 제2중대에서 지난해에 몽시의 참호에서 나와 함께 성탄절과 새해를 축하했던 사람은 겨우 다섯 명뿐이었다.

나는 초급장교 고르닉과 내 동생 프리츠와 함께 한 프랑스인 연금 수령자의 거실과 침실 두 개를 썼다. 동생은 사관후보생으로서 6주 동안 연대에 와 있었다. 나는 이곳에서 어느 정도 긴장을 풀고 새벽에 숙소로 돌아오는 일이 많았다.

어느 날 아침, 내가 여전히 잠에 취해 침대에 누워 있는데, 한 동료가 내 방으로 들어왔다. 근무지로 데려가려고 온 것이었다. 이런저런 이야기를 나누는 동안, 그는 늘 그랬듯이 내 침대 옆 탁자 위에 놓여 있던 권총을 가지고 장난을 치다가 잘못해서 총알을 발사하고 말았다. 총알은 내 머리 바로 옆을 스치고 지나갔다. 나는 전쟁 중에 경솔하게 무기를 다루다가 치명적인 상처를 입는 일을 너무도 많이 보아왔다. 그렇게 우연히 일어나는 사건은 특히 불쾌한 법이다.

첫 주에는 존탁 소장이 우리를 시찰했다. 그의 시찰 중에 연대는 생피에르바스트 숲 공격의 전과를 인정받아 많은 훈장을 받았다. 제2중대의 가두행진을 이끌던 나는 폰 오펜 대령과 장군 쪽을 보면서 대령이 장군에게 나에 대한 보고를 올리고 있을 거라고 생각했다. 몇 시간 후에 나는 사령부로 오라는 전갈을 받았고, 그곳에서 장군이 주는 1급 철십자훈장을 받았다. 명령을 받고 반쯤은 어떤 질책을 받을지도 모른다는 조마조마한 심정으로 사령부로 갔던 터라, 이루 말할 수 없이 기뺐다. "자꾸 부상을 당하는 버릇이 있더군." 장군은 이렇게 말했다. "그 래서 자네에게 반창고를 좀 가져왔네."

1917년 1월 17일, 나는 4주 동안 프레누아를 떠나 랑 근처의 시손 훈련장에서 중대장이 되기 위한 교육과정을 밟으라는 명령을 받았다. 우리 분과의 지휘관이었던 풍크 대위 덕분에 근무는 매우 편했다. 그 는 그 많은 규칙을 단 몇 가지 원칙에서 도출해내는 탁월한 재주를 가 지고 있었다. 그 방법을 쓰기만 하면 분야를 막론하고 언제나 큰 도움 이 되었다.

이 시기의 배급 사정은 정말 열악했다. 감자를 찾아보기가 힘들어 졌다. 우리는 매일 거대한 식당에 모여 그릇의 뚜껑을 열고 그 안에 든 멀건 무나물을 발견하곤 했다. 얼마 지나지 않아 그 누런 채소가 보기 조차 역겨워졌다. 사실 그 채소는 평판보다 훨씬 좋은 음식이긴 했다. 물론 돼지고기와 함께 푹 삶아서 후추를 아낌없이 듬뿍 뿌린다는 걸 전 제로 말이다. 하지만 정말로 부족한 건 바로 그 돼지고기였다.

9

솜에서의 후퇴

1917년 2월 말, 나는 며칠 전부터 빌레르카르보넬의 폐허에서 진지를 구축하고 있던 연대로 돌아가 제8중대의 지휘권을 넘겨받았다.

전선으로 가는 길은 황폐해진 솜 계곡의 으스스한 지역을 통과하여 구불구불하게 나 있었다. 이미 심하게 부서진 낡은 다리 하나가 강 위에 놓여 있었다. 이 다리를 통하지 않고 강을 건너려면, 골짜기의 넓은 늪지대를 가로지르며 통나무를 깔아놓은 좁은 길을 걸어야 했다. 이곳에서 우리는 일렬종대로 바스락거리는 넓은 갈대밭을 요란하게 뚫고 지나가야 했고, 검게 반짝이며 고요히 흐르는 너른 수면 위로 다리를 벌리고 걸어가야 했다. 만일 이 구간에 포탄이 떨어져서 물과 진흙이 높이 솟아오르거나 늪 수면 위로 기관총알이 날아왔다면, 병사들은 이를 악무는 것 말고는 할 수 있는 일이 없었을 것이다. 좌우 어느 쪽으로도 갈 수 없는 상태에서 외줄을 타는 것과 마찬가지였기 때문이다. 건너편 높은 둑의 선로에 집중사격을 받아 벌집이 된 증기기관차 몇 량이 보이면, 그것이 행군이 끝나간다는 신호였다. 병사들은 모두 매번 안도의 한숨을 내쉬었다.

평지에는 브리 마을과 생크리스트 마을이 있었다. 첨탑을 이루던 건물은 모두 무너지고 좁다란 벽 하나만이 남아 있었는데, 벽의 창문에 달빛이 어른거렸다. 박살나버린 기둥들이 어두운 돌더미를 뒤덮고 있었다. 가지가 다 꺾인 벌거숭이 나무들이, 포탄 구덩이들이 곳곳에 검은 흉터로 남은 눈 쌓인 들판에 듬성듬성 서 있었다. 이 모든 풍경이 우리가 가는 길에 금속성의 경직된 분위기를 드리웠다. 유령이 풍경 뒤에서 우리를 시시각각 엿보고 있는 것처럼 느껴졌다.

교전참호들은 무척이나 질척거리는 기간을 보내고 나서 이제 얼추 정돈된 상태였다. 소대장들은 익사의 위험을 피하기 위해 한동안은 조명탄으로만 근무 교대를 했다고 말했다. 참호 위로 비스듬히 쏜 조명탄은 '나는 보초 근무를 마친다'라는 뜻이고 그와 반대 방향으로 쏘면 '네 근무를 넘겨받는다'라는 뜻이라고 했다.

내 대피호는 전선에서 약 50미터 뒤에 위치한 십자형 참호 안에 있었다. 나와 내 장교 부하들 몇 명, 그리고 내가 직접 지휘하는 일개 소대가 이곳에 자리를 잡았다. 물기 없는 넓은 대피호였다. 군용천막으로 가린 양쪽 출구 옆에는 긴 관으로 이어진 작은 난로들이 있었다. 포격이 심하게 쏟아질 때면 흙덩이들이 이 관들을 타고 요란하게 쿵쾅거리면서 굴러떨어지곤 했다. 주된 땅굴 오른쪽으로는 아무렇게나 난 통로가 몇 개나 가지를 뻗었는데, 그 통로들은 아주 작은 방들을 이루고 있었다. 나는 그중 한 곳에 숙소를 정했다. 좁다란 간이침대와 탁자, 수류탄 상자 몇 개를 빼면, 그곳에 있는 것이라곤 알코올스토브와 촛대, 조리기구와 개인 소지품 같은 예전부터 써 온 물건들뿐이었다.

우리는 저녁마다 여기서 각자 스물다섯 개의 수류탄이 담긴 상자를 깔고 앉아 편안하게 대화를 나누기도 했다. 나하고 자리를 함께했던 이들은 중대 장교였던 함브록과 아이젠이었다. 적진을 300미터 앞에 두고 지하에서 갖는 이 모임은 내게는 아주 진기한 일로 여겨졌다.

E. T. A. 호프만을 제일 좋아하는 작가로 꼽는 함브록은 원래 천문학자였다. 그는 금성에 관해 긴 이야기를 풀어놓기를 좋아했다. 그는 지구에서는 결코 금성의 순수한 빛을 볼 수 없다고 주장했다. 그는 체구가 아주 작았는데, 비쩍 마른 몸에 붉은 머리카락을 가졌으며, 얼굴에는 노랗고 푸른 주근깨가 가득했다. 그래서 우리 사이에서는 '고르곤졸라 후작'이라는 별명으로 통했다. 전쟁이 진행되는 동안 그에게는 별스러운 버릇이 하나 생겼다. 낮에는 자고 밤에만 활동을 하는데, 이따금 우리 독일군 참호나 영국군 참호 앞을 유령처럼 배회했던 것이다. 그에게는 어느 쪽 참호나 다를 게 없는 것 같았다. 그리고 걱정되는 버릇이 또 하나 있었다. 초소병 옆으로 몰래 다가가 '용기를 시험해보기 위해' 그의 귓가에서 갑자기 조명탄을 쏘아올리는 것이었다. 애석하게도 그는 전쟁을 하기에는 너무도 병약했다. 그가 얼마 후 프레누아에서 입은 비교적 사소한 상처로 인해 죽은 것도 그 때문일지도 모른다.

아이젠 역시 체구는 작았지만 통통했다. 이민자의 아들인 그는, 따뜻한 기후의 리스본에서 자란 까닭에 끊임없이 추위에 떨었다. 그래서 조금이라도 따뜻하게 지낼 요량으로 빨간 체크무늬가 있는 손수건으로 머리를 가리곤 했다. 손수건은 철모 위를 둘러 턱 밑에서 매듭을 지었다. 그리고 무기를 주렁주렁 달고 다니기를 좋아해서 늘 갖고 다니는 소총 외에도 단검과 권총, 수류탄과 손전등을 허리띠에 꽂아, 참호에서 그를 만나면 누구나 아르메니아인을 만나는 듯한 느낌을 받았다. 한동안 그는 바지 주머니에도 수류탄 몇 개를 더 넣고 다녔는데, 이 버릇은 그가 어느 날 저녁에 우리에게 들려준 몹시 끔찍한 일을 당할 때까지 계속되었다. 그 어느 날, 그는 바지 주머니를 뒤져 파이프를 꺼내려고 했는데, 파이프가 수류탄의 화승줄에 걸리더니 잘못해서 줄이 뽑히고 말았다. 갑자기 도저히 잘못 들을 수가 없는 딸깍하는 소리가 나자, 그는 소스라치게 놀랐다. 그 소리가 난 후에는 3초 동안 타들어가는 심지에서 치지직 하는 조용한 소리가 날 것이었다. 질겁한 그가 수류탄을 재빨리 꺼내서 멀리 내던지려고 애쓰는데, 손이 바지 주머니 안에서 너무 심하게 엉켜버렸다. 한 편의 동화에서나 들을 수 있음 직한 행운이 아니었더라면 그는 무사하지 못했을 것이다. 천만다행으로 그 수류탄이 불발탄이 아니었다면, 그의 몸은 분명 산산조각나고 말았을 테니까. 반쯤 마비된 상태로 땀에 흠뻑 젖어 정신을 차린 그는 자신이 두 번째 생명을 선물받았음을 깨달았다.

하지만 그것은 그가 얻은 아주 짧은 유예기간일 뿐이었다. 그는 몇 달 후에 벌어진 랑게마르크 전투에서 전사했다. 그 역시 체력이 의지를 따르지 못했다. 근시인 데다 귀가 어두워서, 전투에 참여하려면 동료들이 적군의 방향을 먼저 알려줘야 했던 것이다.

그렇긴 하지만 언제나, 작고 병약해도 용감한 사내들이 몸만 튼튼한 겁쟁이들보다 나았다. 이 진지에서 보낸 몇 주 동안 우리는 그 점을 몇 차례고 여실히 확인할 수 있었다.

이 구역은 전방에서도 그나마 조용한 편이었지만, 가끔씩 참호 위를 두들겨대던 막강한 포격들은 포병대가 결코 우리를 잊지 않았다는 걸 말해주었다. 게다가 영국군은 호기심과 진취성이 넘쳐서, 소수의 탐색대원들이 교묘하게, 또는 전력을 기울여 우리를 정탐하러 오지 않는 주간이 없었다. 병사들 사이에서는 임박한 거대한 '물량전'에 관한 소문이 나돌았다. 올봄에는 우리가 지난해에 솜 전투에서 체험했던 것과는 전혀 다른 차원의 축제를 경험할 거라는 뜻이었다. 우리는 적군의 공세를 피해 광범위한 전술적 후퇴에 들어갔다. 이 기간에 일어난 일을 이 자리에서 보고하면 다음과 같다.

1917년 3월 1일, 맑은 날씨에 시정거리가 길어서 맹렬한 포격이 쏟아졌다. 특히 영국군의 한 중포대가 관측기구를 이용해 제3소대 구역을 사실상 완전히 무너뜨렸다. 나는 진지의 지도를 보완하기 위해 오후 내내 완전히 물에 잠긴 일명 '이름 없는 참호' 안에서 첨벙거리며 돌아다녔다. 그러던 중에 거대한 노란 해가 서서히 땅으로 떨어지는 장면을 보았다. 해가 떨어진 곳에서는 검은 연기가 길게 꼬리를 물었다. 우리 독일 전투기 한 대가 성가시기 짝이 없는 관측기구에 다가가서 기총사격을 퍼부어 불태워버렸던 것이다. 지상에서 영국군이 미친 듯이 쏘아대는 대공사격에 쫓기던 전투기는 다행히도 가파른 곡선을 그리며 무사히 시야에서 사라졌다.

저녁에는 슈나우 일병이 나한테 와서 보고하기를, 벌써 나흘 전부터 자기 부대 땅굴 밑에서 뭔가 톡톡 두드리는 듯한 소리가 들린다고 했다. 나는 그 보고 내용을 상부에 전달했고 음파탐지기를 가진 공병 특공대원들이 투입되었지만, 별 수상한 기미는 보이지 않았다. 나중에 알고 보니, 진지 전체에 지뢰가 설치되어 있었다.

3월 5일, 이른 아침 시간에 영국군 정찰대가 진지로 접근해 철조망을 자르기 시작했다. 초병의 보고를 받은 아이젠이 병사 몇 명을 데리고 달려가 폭탄을 던졌다. 그들은 쓰러진 병사 두 명을 남겨두고 도망가기 시작했다. 그중 한 명인 젊은 소위는 곧 죽었다. 다른 한 명은 병장이었고 팔과 다리에 중상을 입었다. 죽은 장교의 신분증을 보니, 그의 이름은 스톡스, 로열먼스터 연대 소속이었다. 그는 아주 멋지게 옷을 차려 입었고, 죽어서 조금 일그러지긴 했지만 영리하고 활력이 넘쳐 보이는 얼굴이었다. 나는 그의 메모장에서 많은 런던 아가씨들의 주소를 보았다. 그것이 내 마음을 움직였다. 우리는 그를 우리 참호 아래에 묻고 간단히 십자가를 세워주었다. 나는 십자가에 구두징을 박아 그의 이름을 새기게 했다. 이 체험으로 나는 모든 정찰대가 우리 정찰대가 그때까지 그랬듯이 반드시 성공적으로 정찰을 마치는 것은 아니라는 걸 알게 되었다.

다음 날 아침, 영국군은 짧은 예비포격을 퍼부은 뒤 50명의 인원으로 우리와 인접한 구역을 공격했다. 라인하르트 소위가 지휘를 맡은 곳이었다. 영국군이 철조망 앞으로 기어들었다. 그중 한 명이 자기네 기관총수들의 사격을 중단시키기 위해 소매에 붙인 마찰면을 이용해 불빛 신호를 보냈다. 그리고 마지막 포탄들이 떨어짐과 동시에 우리 저지선을 향해 달려들었다. 어두운 곳에서 가능한 한 눈에 띄지 않도록 모두가 얼굴을 시커멓게 칠하고 있었다.

하지만 우리는 그들을 아주 잘 막아내어, 우리 참호 안으로 들어올 수 있었던 사람은 오직 한 명뿐이었다. 이 병사는 곧바로 제2선까지 달려갔고, 항복하라는 우리의 요구를 무시하다가 총에 맞아 쓰러졌다. 철조망을 넘어오는 데에 성공한 사람은 소위와 병장 단 두 명이었다. 소위는 군복 안에 방탄복을 입고 있었지만 전사했다. 라인하르트가 아주 가까운 거리에서 쏜 권총 탄환에 맞은 철판이 살을 파고 들어갔기 때문이다. 병장은 수류탄 파편을 맞아 두 다리가 거의 다 날아가버렸다. 그런데도 그는 스토아학파와도 같은 고요함으로 죽는 순간까지도 짧은 파이프에 불을 붙여 앙다문 이 사이로 밀어넣었다. 우리는 여기서도 영국군과 맞부딪쳤던 곳이라면 어디서나 볼 수 있었던 용감한 남성의 유쾌한 정신을 만난 것이다.

바로 그날 아침 늦게, 참호를 따라 슬슬 걸어가다 보니 어느 초소에서 파펜도르프 소위가 잠망경을 가지고 박격포 발사를 지휘하고 있었다. 그 곁으로 다가서다가 적진의 제3선 뒤에서 몸을 숨기고 기어가는 영국군 한 명을 보았다. 카키색 군복을 입은 그는 지평선에서 뚜렷이 드러나 보였다. 나는 바로 옆에 있는 보초병의 소총을 빼앗아 들고 조준장치를 육백으로 맞추었다. 그리고 가늠쇠로 그 병사의 머리를 정확히 겨냥해 방아쇠를 당겼다. 그는 세 발짝을 더 걷다가 뒤로 쓰러졌는데, 마치 다리만 몸통에서 떨어져나온 것처럼 팔을 한두 번 내젓더니 포탄 구덩이로 굴러 떨어졌다. 우리는 쌍안경을 통해 구덩이 밖으로 비죽 솟아나와 반짝이는 갈색 소매를 오랫동안 볼 수 있었다.

3월 9일, 영국군은 다시 한번 우리 구역에 그들이 가진 모든 포화를 퍼부었다. 이른 아침에 심한 포격 때문에 잠에서 깬 나는, 잠이 덜 깬 그대로 권총을 집어들고 밖으로 뛰어나갔다. 땅굴 입구 앞에 쳐놓은 군용천막을 열어젖혔을 때 밖은 여전히 칠흑같이 어두웠다. 나는 포탄이 터뜨리는 요란한 불꽃들과 훅 날아드는 흙먼지에 정신이 번쩍 들었다. 아무도 없는 참호를 따라 달려 어느 깊은 대피호에 이르러 보니, 거기에는 지휘관 없는 한 무리의 병사들이 비 맞은 닭들처럼 서로 몸을 꼭 붙인 채 웅크리고 있었다. 나는 그들을 데리고 나왔고, 참호는 곧 활기를 되찾았다. 반갑게도 어디선가 키 작은 함브록의 빽빽거리는 목소리가 들렸다. 그도 마찬가지로 주변에 활기를 불어넣고 있었다.

포화가 잦아들자 나는 언짢은 기분으로 내 땅굴로 돌아갔는데, 마침 그때 작전과에서 걸려온 전화 한 통이 기분을 더욱 불쾌하게 만들었다. "거기, 무슨 일 있습니까? 전화통에 불이 나도록 전화를 했는데,

왜 이제야 전화를 받는 겁니까?"

아침식사 후, 포격이 재개되었다. 영국군은 이번에는 조금 더 천천히, 그러나 더 조직적으로 중포를 쏘았다. 하지만 모든 게 지겨워졌다. 나는 지하통로를 걸어 키 작은 함브록을 만나러 갔다. 그리고 그가 가지고 있던 술을 마시며 카드놀이를 했다. 우지끈하는 엄청난 소리에도 아랑곳하지 않았다. 흙덩이가 문과 연통을 통해 굴러떨어졌다. 땅굴 입구가 무너지고, 나무 방벽이 성냥갑처럼 일그러졌다. 이따금 비터아몬드 기름 냄새가 지하통로에 퍼졌다. 놈들이 청산을 뿌린단 말인가? 어쨌든 건배! 한번은 화장실에 가야 했다. 중포탄이 계속해서 떨어지는 바람에 화장실로 가는 길은 네 번이나 끊겼다가 이어졌다. 내가 다녀온 후 곧 당번병이 달려와 화장실이 완전히 날아가버렸다고 보고했다. 함브록이 인정한다는 듯이 내 행운에 대해 한마디 했다. 나는 대답했다. "내가 밖에 계속 있었더라면 지금쯤 내 얼굴에는 자네처럼 수많은 주근깨가 생겼을 거네."

저녁이 다 되어 포화가 멈추었다. 심한 포격이 끝날 때마다 드는, 한바탕 소나기가 지나간 뒤에 편안해지는 느낌 비슷한 기분 속에서 참호를 둘러보았다. 참호는 처참했다. 전 구간이 무너져내리고, 대피호 다섯 군데가 찌그러졌다. 부상자도 여럿이었다. 나는 그들을 찾아가 그들이 비교적 생기를 잃지 않고 있는 것을 확인했다. 참호 안에는 시체한 구가 군용천막에 덮여 누워 있었다. 대피호의 계단 아래쪽에 서 있는 그에게 포탄 파편 하나가 날아와 왼쪽 엉덩이를 날려버렸다고 했다.

저녁에, 근무를 교대했다.

3월 13일, 나는 폰 오펜 대령에게서, 연대가 솜을 가로질러 완전히 철수할 때까지 정찰대 두 개 소대를 이끌고 중대의 전선을 지키라는 명령을 받았다. 장교 한 명이 지휘하는 네 개의 정찰대가 전선 한 구역씩을 지키는 것이었다. 각 구역의 지휘관은 오른쪽에서 왼쪽 방향으로 라인하르트 소위, 피셔 소위, 로렉 소위, 그리고 나였다.

우리가 행군하는 동안 지나간 마을들은 여러 채의 건물이 이어진 커다란 정신병원 같았다. 중대 전체가 벽을 넘어뜨리거나 부수었고, 아니면 지붕 위에 앉아 기왓장을 깨뜨렸다. 나무가 베어지고, 유리창이 깨졌다. 엄청난 잔해더미에서 연기와 먼지가 솟아올랐다. 병사들은 주민들이 남기고 간 정장과 드레스를 입고 머리에 신사모자를 쓰고 뛰어다녔다. 그들은 파괴적인 간계를 동원해 집 건물들의 서까래에 밧줄을 묶고 힘찬 구령에 맞춰 끌어당겨서 모든 것을 와르르 무너뜨렸다. 또 어떤 이들은 망치를 휘둘러 발에 부딪히는 건 뭐든지 다 부숴버렸다. 창틀 위의 화분에서 화려하게 장식된 유리온실들까지.

후방의 지크프리트선까지, 마을이란 마을은 모두 잔해더미로 화했다. 나무란 나무는 모두 베어졌고, 거리는 모두 파헤쳐졌으며, 우물에는 독이 살포되었고, 지하실은 폭파되거나 부비트랩이 설치되었고, 철로는 부서졌고, 전화선은 걷혔으며, 탈 수 있는 것은 모두 불탔다. 한마디로, 우리는 전진하는 적군이 점령하게 될 땅을 불모지로 만들어버렸던 것이다.

이미 말했듯이 그 풍경은 정신병원을 연상시켰고, 인상 또한 비슷해서 반은 우습고 반은 역겨웠다. 금세 알게 되듯이, 그런 풍경들은 병사들의 사기와 명예에도 도움이 되지 않았다. 나는 여기서 난생처음으로 계획적으로 자행된 파괴를 보았다. 인생을 살면서 물리도록 보게 될 장면이었다. 그러한 파괴는 우리 시대의 경제적인 사고와 건강하지 않은 관계를 맺고 있었고, 파괴자에게도 이득보다는 손해를 가져다주는 일이었다. 병사들에게도 결코 명예로운 일이 아니었다.

우리 뒤에 오는 자들을 위해 마련해놓은 이 놀라운 선물 중에는 기발하게 사악한 것도 있었다. 건물과 땅굴의 입구마다 거의 눈에 보이지 않는 말 털처럼 가는 줄을 쳤는데, 그 줄을 살짝이라도 건드리면 숨겨둔 폭탄에 불이 붙게 되어 있었다. 도로의 몇몇 지점에는 좁다란 도랑을 파서 그 안에 폭탄을 넣고, 두꺼운 떡갈나무 널빤지로 덮은 다음 위에는 흙을 뿌려두었다. 널빤지에는 폭탄의 도화선 바로 위로 못 하나를 박아두었다. 널빤지의 못과 폭탄 사이의 공간은 아주 정확하게 계산된 것이어서, 군이 행군할 때는 아무 일 없지만 화물차나 대포가 굴러갈 때는 널빤지가 휘면서 폭탄이 터지게 되어 있었다. 그리고 병사들은 아직 파괴되지 않은 건물의 지하실에 시한폭탄을 설치했다. 시한폭탄은 가운데에 있는 쇠로 된 칸막이 한쪽에는 폭약을, 또 한쪽에는 산성 물질을 넣은 것이었다. 이 악마의 달걀을 만들어 숨겨두면, 산성 물질이 쇠 칸막이를 조금씩 녹여서 몇 주가 지난 뒤에 폭발하게 되어 있었다. 바폼 시청의 최고 간부들이 막 승리를 축하하고 있을 때, 그것들 중 하나가 시청을 공중으로 날려버렸다.

3월 13일, 그러고 나서 제2중대는 진지를 떠났다. 나는 두 개 소대를 이끌고 진지를 넘겨받았다. 밤에 키르히호프라는 병사가 머리에 총을 맞고 쓰러졌다. 이상하게도, 이 치명적인 저격은 적군이 몇 시간 동안 쏘았던 단 한 발의 총알이었다.

나는 적군에게 우리의 병력을 가장하기 위해 할 수 있는 모든 일을 지시했다. 그래서 한 번은 이쪽에서, 한 번은 저쪽에서 삽으로 흙을 퍼내어 참호 너머로 던졌고, 우리의 유일한 기관총을 한 번은 오른쪽 날개로, 한 번은 왼쪽 날개로 가져가 쏘았다. 그럼에도 정찰기가 낮게 날며 진지 위를 지나가거나 공병대의 한 조가 적진의 후방을 가로지를 때면 우리의 포화 소리는 너무도 빈약하게 들렸다. 그래서 밤마다 우리 참호 앞의 여러 지점에 정찰병들이 나타나 철조망을 끊어대는 걸 피할 수가 없었다.

마지막 날 이틀 전에, 나는 하마터면 아주 허망하게 목숨을 잃을 뻔했다. 고사포에서 적군의 관측기구를 향해 발사된 불발탄 한 발이 까마득히 높은 곳에서 날아와 곤두박질쳐서는, 내가 무심히 등을 기대고 있던 엄폐호 위에서 폭발했던 것이다. 나는 무지막지한 공기의 압력에 의해 참호 건너편에 있는 땅굴 입구까지 내동댕이쳐졌다. 몹시 충격을 받아 정신이 멍했다.

17일 아침, 우리는 공격이 임박했다는 걸 알았다. 다른 때라면 비어 있었을 테지만 이제는 영국군이 점령하고 있는 진흙투성이 앞쪽 참호 안에서 철벅거리는 군화 소리가 들렸다. 영국군의 어느 강력한 파견대가 큰 소리로 웃고 고함지르고 있었다. 그들의 목소리로 보아 거나하게 취해 있음이 분명했다. 어두운 형체들이 우리 철조망 쪽으로 접근했다가 사격을 받고 달아났다. 형체 하나가 신음하며 쓰러졌다. 나는 우리 대원들을 교통호 입구 주위로 끌어모아 고슴도치 모양의 밀집대형을 만들었고, 갑자기 대포와 박격포의 공격이 개시되었으므로 전방의 들판을 조명탄으로 밝히려고 애썼다. 곧 흰색 조명탄이 떨어져서, 우리는 그야말로 오색의 불꽃을 공중에 쏘아올려야 했다. 후퇴하기로 예정된 시각인 5시가 다가오자, 우리는 남아 있는 탄약들로 교묘하게 고안된 이런저런 종류의 시한폭탄을 미리 설치해두지 않은 간이호들을 서둘러 폭파했다. 나는 이 마지막 몇 시간 동안 상자도 문도 양동이도 손댈 수가 없었는데, 이 시한폭탄들이 갑자기 폭발하면서 내 몸이 공중으로 날아가버릴까 봐 걱정되어서였다.

일부는 이미 수류탄 전투에 휘말리기도 했지만, 정찰대는 정해진 시간에 솜을 향해 후퇴했다. 우리가 마지막 주자로 골짜기를 건너자, 공병대가 다리들을 폭파해버렸다. 우리 진지에는 포격이 여전히 콩 볶 듯 요란하게 쏟아지고 있었다. 몇 시간이 흐른 후에야 솜에 적군의 정 찰대가 나타났다. 우리는 아직도 구축이 진행되고 있던 지크프리트선 뒤로 물러났다. 대대는 생캉탱 운하 옆의 레오쿠르 마을에 본부를 두 었다. 나는 당번병과 함께 그때까지도 찬장과 궤짝이 꽉 차 있는 작고 아늑한 집에서 묵었다. 언제나처럼, 충직한 크니게는 아무리 권해도 따 뜻한 거실에 잠자리를 마련하기를 거부하고 추운 부엌에서 자겠다고 고집을 부렸다. 니더작센 사람 특유의 겸손이었다.

휴가 첫날, 나는 친구들을 초대해서 집주인이 남기고 간 향신료를 몽땅 털어넣어 끓인 글뤼바인을 마셨다. 우리의 정찰 임무는 인정을 받았을 뿐만 아니라 이 주간의 휴가까지 가져다주었던 것이다. 자축하 지 않을 수가 없었다.

10

프레누아 마을에서

며칠 뒤에 시작된 휴가는 이번에는 중단되지 않았다. 나는 당시의 일기장에서 짧지만 많은 뜻을 담은 문장을 발견했다. "휴가를 잘 보냈다. 지금 죽어도 여한이 없다." 1917년 4월 9일, 나는 다시 제2중대로 왔다. 두에에서 멀지 않은 메리니 마을에 숙영지가 있었다. 동료들과 재회의 기쁨을 나누고 있는데 경보음이 훼방을 놓았다. 보급차량을 보몽까지 호송하라는 임무가 떨어진 만큼, 경보음은 특히 불쾌하게 느껴졌다. 새벽 1시에 목적지에 도착할 때까지, 나는 비바람과 눈보라를 뚫으며 도로 위를 기어가는 차량 행렬의 선두에서 말을 몰았다.

병사들과 말들이 각각 허술한 잠자리를 마련하고 나자, 내 숙소를 물색하러 나섰다. 하지만 어디에도 내 자리는 없었다. 마침내 병참부의 당번병이 좋은 생각을 해냈는데, 자신은 어차피 전화기 옆에서 보초를 서야 하니 침대를 기꺼이 내주겠다는 것이었다. 내가 군화와 박차를 벗지도 않은 채 침대에 몸을 던지는 사이, 그는 우리가 영국군에게 비미 산등성이와 주변의 넓은 땅을 빼앗겼다는 소식을 들려주었다. 손님을 친절하게 대접하는 그의 태도에도 불구하고, 나는 그가 후방의 조용했던 자기 마을이 전방의 전투부대들이 집결하는 곳으로 바뀌어 버린 것을 매우 억울해하고 있다는 생각이 들었다.

다음 날 아침, 대대는 대포 소리가 쿵쿵 울리는 프레누아 마을 쪽으로 행군했다. 거기서 나는 감시초소를 구축하라는 명령을 받았다. 나는 부하 몇 명과 함께 마을 서쪽 끝에 있는 작은 집 한 채를 발견했고, 전방을 향해 전망대를 만들기 위해 그 집의 지붕을 뚫었다. 숙소는 지하실에 마련했다. 지하실을 치우는 동안, 극도로 부족한 배급에 큰 보탬이 될 감자 한 포대를 확보했다. 그렇게 해서 크니게는 저녁마다 껍질째 삶은 감자와 소금을 가져왔다. 이미 주민을 대피시킨 빌레르왈 마을의 야전초소를 지키고 있던 고르닉의 소대에서도, 다급하게 피난을 가느라 내버려진 식료품가게에서 챙긴 적포도주 몇 병과 커다란 간소시지 통조림을 보내왔다. 하지만 유모차나 수레에 더 많은 보물들을 싣고 오라고 내가 즉시 파견한 부하들은 빈손으로 되돌아왔다. 영국군의 전선이 벌써 마을 외곽까지 다가왔기 때문이었다. 고르닉이 나중에 들려준 바로는, 병사들은 포도주 창고를 발견하자마자 마을에 폭격이 퍼부어지는데도 아랑곳하지 않고 술판을 벌였고, 한번 벌어진 술판은 중간에 말릴 수가 없었다. 그래서 이후에 비슷한 상황이 되면, 우리는 술통이든 유리병이든 알코올을 담는 것들은 모두 바로 권총으로 구멍을 내버렸다.

4월 14일, 나는 마을에 통신본부를 구축하라는 지시를 받았다. 그일을 위해 연락병, 자전거병, 전화 및 발광신호 송수신소, 지하 전신선, 전서구, 일련의 조명탄 담당 병사들이 배치되었다. 나는 저녁에 내부에 따로 땅굴이 파여 있던 적당한 지하실을 골랐고, 마을 서쪽에 있는 내 예전 숙소에서 마지막 밤을 보냈다. 그날은 할 일이 많았고, 무척 피곤했다.

그날 저녁, 나는 몇 번인가 우지끈하는 둔탁한 소리와 크니게의 비명을 들었다고 생각했다. 하지만 잠에 빠져 있어서 다만 이렇게 중얼거렸을 뿐이었다. "쏠 테면 쏘라고 해!" 그리고 먼지가 석횟가루처럼 허공에 떠도는데도 다른 쪽으로 돌아누웠다. 다음 날 아침, 폰 오펜 대령의 조카인 키 작은 슐츠의 외침에 잠에서 깨어났다. "세상에, 아직도 모르세요? 이곳이 집중사격을 당했는데요!" 나는 일어나서 훼손된 곳을 살펴보았다. 대형 포탄이 지붕에 떨어졌고, 감시초소를 포함한 모든 방이 박살났다. 뇌관이 조금만 더 컸다면 병사들이 쓰는 전방의 은어 그대로 '숟가락으로 파내서 휴대용 식기통에 담아 장례를 치렀을' 게 분명했다. 슐츠 말로는, 그의 연락병은 완전히 부서져버린 집을 보고 이렇게 말했다. "어제 소위님 한 분이 여기서 묵었는데, 아직도 계신지 봐야겠습니다." 크니게는 내가 그렇게나 깊은 잠에 빠졌다는 데에 말문이 턱 막힌 듯했다.

우리는 오전에 새 지하실로 거처를 옮겼다. 그리로 가는 길에 무너져내리는 교회 첨탑의 잔해에 깔려 하마터면 죽을 뻔했다. 적군의 포병대가 조준하기 어렵게 한다면서, 공병대가 아무런 예고도 통지도 없이 그 건물을 날려버렸던 것이다. 심지어 어느 이웃 마을에서는 첨탑에서 보초를 서던 감시병 두 명에게 연락하는 것마저 잊어버렸다. 기적적으로, 그들은 무너져내린 건물의 잔해에서 아무런 부상도 없이 구조되었다. 그날 오전에 가까운 주변 지역에서 열두 개도 넘는 교회 첨탑이 폭파되었다.

우리는 넓은 지하실을 그런대로 멋지게 꾸몄다. 부자의 성채에서도 빈자의 오두막에서도 눈에 띄는 가구를 모두 공평하게 끌어왔고, 마음에 들지 않는 것은 불쏘시개로 사용했다.

이 며칠 동안 우리 머리 위에서 일련의 치열한 공중전투가 벌어졌다. 대부분은 영국군의 패배로 돌아갔다. 리히트호펜의 비행중대가 이 지역 위를 날고 있었기 때문이다. 한꺼번에 비행기 대여섯 대가 땅으로 떨어지거나 공중에서 포격에 맞아 불이 붙은 채 격추될 때도 잦았다. 우리는 비행기에 탑승했던 조종사가 멀리 큰 반원을 그리며 날아가는 장면을 보기도 했는데, 그는 하나의 검은 점이 되어 비행기를 벗어나 땅으로 곤두박질했다. 당연히, 몸을 밖으로 내밀고 보는 것은 매우 위험한 일이었다. 제4중대의 한 병사는 그러고 있다가 떨어져내리는 파편을 목에 맞아 치명적인 부상을 당했다.

4월 18일, 나는 제2중대의 진지를 방문했다. 아를뢰 마을을 둘러싸고 반원 모양으로 구축된 진지였다. 보예는 지금까지 자신의 중대에서 부상자가 한 명밖에 발생하지 않았다고 말했다. 영국군이 규칙에 맞추어 또박또박 예비포격을 해주기 때문에, 집중포격의 목표가 되는 구역을 비울 충분한 시간이 있다는 것이었다.

나는 그에게 행운을 빈 뒤, 계속해서 떨어지는 중포탄 때문에 서둘러 마을을 빠져나갔다. 아를뢰에서 300미터쯤 지난 곳에서 멈추어 폭발과 함께 높이 솟아오르는 구름들을 관찰했다. 구름은 기왓장을 산산조각내면서 터졌느냐, 정원의 흙을 파헤쳐 뿜어올렸느냐에 따라 붉거나 검게 물들었고, 유산탄이 터질 때 나오는 은은한 흰색 연기와 뒤섞였다. 몇 개의 작은 포탄들이 아를뢰와 프레누아를 잇는 좁은 오솔길에 떨어졌을 때 나는 주위를 관찰하는 일을 포기했고, 제2중대가 잘 쓰던 말마따나 '나를 살해하는 것을' 허락할 수 없었으므로 서둘러 그곳을 빠져나왔다.

나는 처음 이 주일간 그런 식의 당일치기 여행을 자주 갔는데, 가끔은 작은 마을 에넹리에타르까지 가기도 했다. 부하도 많고 물자도 풍부했지만, 분명한 정보를 무엇 하나 얻을 수 없었기 때문이다.

프레누아는 4월 20일부터 함포사격을 받았다. 포탄은 쉭쉭 소리를 내며 날아들었다. 포탄이 떨어져 폭발할 때마다 적갈색의 피르크산 가스구름이 마을을 휘감았다. 이 구름은 버섯 모양으로 퍼졌다. 불발탄조차도 작은 지진을 일으켰다. 제9중대의 한 병사는 성의 정원에 있다가 그런 불발탄을 맞았는데, 몸이 나무들 위로 솟구쳐 날아올랐다가 떨어졌고 온몸의 뼈가 부러졌다.

어느 날 저녁, 나는 자전거를 타고 언덕에서 마을로 내려오면서 친숙한 적갈색 구름이 솟아오르는 것을 보았다. 나는 자전거에서 내려 포격이 끝날 때까지 기다리기 위해 들판으로 갔다. 포탄이 터지고 약 3초 뒤마다 엄청난 굉음이 들리고, 곧 마치 새떼가 몰려오기라도 하듯이 여러 음색의 휘파람 소리와 칫칫 하는 소리들이 뒤섞이며 이어졌다. 그러고는 수백 개의 파편이 주변의 바짝 마른 농토 사방으로 떨어졌다. 그것은 몇 번인가 더 반복되었는데, 나는 반쯤은 당황해서 반쯤은 불타는 호기심으로, 비교적 느리게 날아오는 그 파편들이 도착하기를 기다렸다.

마을은 오후마다 각종 화기에서 날아온 포화로 뒤덮였다. 위험하긴 했지만 나는 머물던 집의 다락 창문을 떠날 수가 없었는데, 그것은 부대들과 연락병들이 서둘러, 어떤 때는 땅으로 몸을 던져가며 사격이 퍼부어지는 곳을 지나가는 모습을 보는 게 흥미진진했기 때문이다. 운명의 여신의 어깨 너머로 그 손에 든 카드를 엿보는 동안에는, 부주의해져서 자신의 목숨마저 걸기 십상인 것이다.

그것은 확실히 담력 시험이라 할 수 있었다. 이 위험천만한 담력 시험 하나가 끝나 마을로 갔을 때, 지하실 하나가 무너져내린 것을 보았다. 아직도 연기를 내며 타고 있는 지하실 안에서 우리는 시체 세 구를 찾아냈을 뿐이었다. 입구 근처에는 갈기갈기 찢긴 군복 차림의 주검이 엎드려 있었다. 그는 머리가 떨어져나갔고, 흥건하게 흘린 피가 웅덩이를 이루고 있었다. 의무병 한 명이 뭔가 가치 있는 물건이 있는지 살펴려고 그를 뒤집었을 때, 나는 마치 악몽을 꾸는 것처럼 그의 손에 엄지손가락 한 개만이 솟아 있는 것을 보았다.

날이 갈수록 포격이 맹렬해졌고, 공격이 가까워졌음은 의심할 여지가 없었다. 27일 자정 무렵, 나는 '5 a.m.부터 67 시작'이라는 전보를 받았다. "오전 5시부터 경계태세를 강화할 것"이라는 암호였다.

나는 곧 닥칠 고투에 대비해 신속하게 몸을 뉘었다. 하지만 막 잠이 들 찰나, 포탄 하나가 내가 있는 집에 떨어졌다. 포탄에 맞아 부서진 벽이 지하실 계단으로 무너져서, 방이 돌더미로 가득 찼다. 우리는 벌떡 일어나 땅굴로 뛰어 들어갔다.

우리가 지친 몸을 이끌고 시무룩해서 촛불 아래 계단에 쭈그리고 앉아 있을 때, 발광신호대 책임자가 헐레벌떡 뛰어 들어왔다. 그의 발광신호 송수신소는 그날 오후에 고가의 발광신호등 두 개와 함께 박살이 난 터였다. "소위님, 11번 지하실이 포탄에 직격당했는데, 아직도 몇 명이 잔해에 깔려 있습니다!" 그 건물에는 자전거병 두 명과 통신병 세 명도 있었기에, 부하 몇 명을 데리고 황급히 달려갔다.

나는 그곳의 땅굴에서 일병 한 명과 부상자 한 명을 발견했고, 다음과 같은 보고를 받았다. 첫 포탄이 불길하게도 너무 가까운 곳에 떨어져서, 건물에서 기거하던 다섯 명 중 네 명은 땅굴로 들어가기로 했다. 한 사람은 곧바로 안으로 뛰어들었고, 다른 한 명은 느긋하게 침대 위에 누워 있었으며, 그동안 다른 세 명은 군화를 신는 중이었다. 가장 조심스러운 자와 가장 속 편한 자만 무사히 살아남는 것은 전쟁에서는 아주 흔하게 볼 수 있는 현상이다. 그중 한 명은 전혀 상처를 입지 않았고 침대에서 잠을 자던 병사는 허벅지에 파편을 맞았는데, 나머지 세 명은 지하실 벽을 뚫고 날아 들어와 반대편 구석을 박살낸 포탄에 맞아서 갈기갈기 찢기고 말았다.

이 이야기를 들은 나는 시가에 불을 붙이고 연기로 자욱한 방으로 들어갔다. 방 한가운데에는 짚으로 만든 자루들, 부서진 침대 틀과 가구들이 거의 천장까지 쌓여 있었다. 벽 틈에 촛불을 몇 개 꽂은 후, 우리는 슬픈 작업을 시작했다. 잔해 밖으로 비죽 튀어나온 팔다리를 잡아 시체들을 끌어냈다. 한 시체는 머리가 떨어져나갔는데, 목 둥치가 거대한 피투성이 해면처럼 보였다. 두 번째 시체의 팔이 떨어져나간 부분에는 부서진 뼈가 삐죽삐죽 솟아 있었고, 가슴에 입은 심한 상처로 군복은 피범벅이 되어 있었다. 세 번째 시체의 상처에서는 내장이 꾸역꾸역 삐져나왔다. 우리가 그를 끌어당기자, 부서진 판자 조각이 상처에 걸려 소름끼치는 소리를 냈다. 그걸 본 연락병이 뭐라고 중얼거리자, 크니게가 그를 질책했다. "입 다물어! 이럴 땐 뭐라고 지껄여도 아무 소용이 없어!"

나는 시체와 그 주위에서 소지품을 수거해서 목록을 만들었다. 그건 참으로 기분 나쁜 작업이었다. 병사들이 뭔가 비밀스러운 뒷거래를 하는 것처럼 내게 지갑이며 반지며 시계 따위를 건네는 동안 촛불은 자욱한 먼지 속에서 불그레한 빛으로 깜박거렸다. 죽은자들의 얼굴 위로 고운 노란 벽돌가루가 내려앉아 밀랍 인형의 얼굴같이 뻣뻣한 외양을 더해주었다. 우리는 시체들을 담요로 덮어주고 부상자를 먼저 군용천막으로 감싸 내보낸 다음, 서둘러 지하실을 빠져나왔다. "이봐, 이 악물어!" 우리는 스토아학파적인 충고를 던지며 맹렬한 유산탄 공격을 뚫고 그를 응급치료소까지 데리고 갔다.

숙소로 돌아온 나는, 평정을 되찾기 위해 우선 체리 브랜디를 마셨다. 머지 않아 포격이 더욱 심해졌다. 지하 저장고에서 방금 목격한 포병대 공격의 끔찍한 결과가 눈에 선하게 떠올랐으므로, 우리는 모두 황급히 땅굴로 피신했다.

정확히 5시 14분에, 포화는 몇 초 동안에 최고조에 이르렀다. 우리 첩보요원들이 앞일을 제대로 예견했던 것이다. 땅굴은 바다에서 큰 풍랑을 만난 배처럼 흔들리고 떨렸다. 사방에서 담이 무너지는 소리와 이웃 건물들이 폭탄에 맞아 부서져내리는 소리가 들렸다.

7시, 나는 여단이 제2대대로 보내는 발광신호를 포착했다. "여단은 즉각적인 상황 보고를 요구한다." 1시간 뒤에 죽을 만큼 지친 연락병이 답신을 가지고 돌아왔다. "적이 아를뢰와 아를뢰 공원을 점령함. 제8중대에 반격을 명령했음. 아직 아무 소식 없음. 로콜 대위."

그것은 내가 3주 동안 프레누아에 대규모의 부하들을 데리고 주둔하면서 전달한 유일한—물론 아주 중요하긴 했지만—소식이었다. 내 임무가 비로소 가장 큰 가치를 발휘하려는 바로 그 시점에, 포병대가 내 모든 장비를 못 쓰게 만들어버렸다. 폭탄이 폭발하며 생긴 종 모양의 연기구름 속에 앉아 있던 나는 마치 덫에 걸린 쥐 같은 꼴이었다. 이 통신소를 설치한 것은 잘못이었다는 사실이 판명되었다. 지나치게 집중된 구조였던 것이다.

그 놀라운 소식을 듣고 나는, 왜 얼마 전부터 아주 가까운 곳에서 발사된 소총 탄알이 벽으로 날아와 퍽퍽 부딪치는지를 알게 되었다.

연대가 큰 손실을 입었다는 사실을 알게 되자마자, 모든 화력을 총동원한 포격이 재개되었다. 그 천둥 같은 소리를 통해 영국군이 마침내 우리가 있는 지하실까지 직격할 수 있게 되었다는 걸 깨달았을 때도, 크니게는 마지막까지 땅굴의 계단 꼭대기에 서 있었다. 우직한 크니게는 고약하게도 뾰족한 돌덩어리에 등을 맞았지만, 그 외에는 다친 곳이 없었다. 위에서는 모든 것이 산산조각나 있었다. 햇빛은 땅굴 입구에 찌그러져 있는 자전거 바퀴를 통해서만 비쳐들었다. 우리는 계단의 맨 아래칸으로 물러났지만, 끊임없이 쿵쿵거리고 덜컥거리는 돌벽은 이 피난처마저도 안전하진 않다는 걸 일깨워주었다.

기적처럼, 전화기는 여전히 작동했다. 나는 사단의 정보 책임자에게 우리 상황을 알렸고, 부하들과 함께 가까이에 있는 응급치료소로 후퇴하라는 명령을 받았다.

우리는 꼭 필요한 것들만 챙겨서 아직 무사한 두 번째 출구를 통해 땅굴을 빠져나가기로 했다. 내가 명령도 하고 위협도 해가며 그렇게나 강조했건만, 험한 전투를 해본 경험이 없는 통신병들은 상대적으로 안전한 땅굴을 벗어나서 직접사격의 과녁이 되는 포화 속으로 뛰어들기를 주저했다. 급기야 그들은 중포탄 하나가 굉음과 함께 두 번째 출구마저 박살을 낸 뒤에야 움직였다. 다행히 인명 피해는 없었지만 우리가 키우던 강아지가 울부짖었고, 그 후로 다시는 그 강아지를 볼 수 없었다.

우리는 지하실 출구를 막고 있던 자전거들을 치운 후, 높이 쌓인 잔해 위를 엉금엉금 기어서 장벽의 갈라진 틈을 통과해 밖으로 나갔다. 우리는 그곳에서 부딪힌 믿을 수 없을 정도로 변한 풍경을 주시할 겨를도 없이 가능한 한 빨리 마을에서 빠져나왔다. 마지막 병사가 문을 빠져나오기가 무섭게, 건물은 엄청난 위력의 포탄에 맞아 단방에 무너졌다. 최후의 일격이었다.

마을 끝과 응급치료소 사이의 지역에는 포병대의 집중포격이 퍼부어지고 있었다. 착발신관, 예화신관, 지연신관이 장착된 경포탄과 중포탄들, 불발탄들, 유산탄들과 탄피들이 눈과 귀를 혼란스럽게 만들며 미쳐 날뛰었다. 지원부대들은 그 모든 것을 뚫고 어떻게든 마녀의 가마솥이 된 마을 한쪽으로 나아가려고 분투했다.

프레누아에서는 탑처럼 높은 흙분수가 계속 솟아올랐다. 매초 새로이 솟아오르는 흙분수는 그때마다 먼젓번 흙분수를 능가하는 것 같았다. 마술의 힘이라도 작용하듯 건물이 한 채 한 채 땅으로 꺼졌다. 담이 무너지고 박공이 부서져내렸다. 외장을 벗은 기둥과 들보들은 허공을 날아 이웃 건물의 지붕에 꽂혔다. 희끄무레하게 퍼진 증기 위로 파편의 구름이 춤을 추었다. 눈과 귀가 이 파괴의 소용돌이에 사로잡혀 꼼짝도 하지 못했다.

우리는 병사들로 미어터지는 응급치료소의 비좁은 대피호에서 이틀을 더 보냈다. 그곳에는 내 부하들 말고도 두 개 대대의 참모들과 두 개의 구조대, 그리고 불가피하게 생기는 '낙오병'들이 함께 있었다. 물론, 벌집 주변에서 끊임없이 윙윙거리는 벌들처럼 출입구들로 들락거리는 우리 움직임을 영국군이 감지하지 못할 리가 없었다. 곧 폭탄들이 1분 간격으로 바깥의 동선을 따라 정확하게 조준되어 투하되었고, 여기저기서 의무병을 부르는 소리가 그칠 줄을 몰랐다. 나는 이 유쾌하지 않은 사격연습으로 입구에 세워두었던 자전거 넉 대를 잃었다. 자전거는 완전히 찌그러져서 사방으로 나뒹굴었다.

입구 앞에는 제8중대 중대장 레미에르 소위가 군용천막으로 몸을 감싸고 뿔테 안경을 그대로 쓴 채 아무 말 없이 뻣뻣하게 누워 있었다. 그의 부하들이 그를 날라온 것이었다. 그는 입에 총탄을 맞았는데, 그의 동생도 겨우 몇 달 뒤에 똑같은 부상을 입고 전사했다.

　　4월 30일, 제25연대의 후임자가 내 임무를 넘겨받았고, 우리는 제1대대의 집결지 플레르로 갔다. 우리는 심하게 포격을 당한 '셰즈봉탕'이라는 석회공장을 왼쪽으로 끼고, 훈훈한 오후의 더없는 기쁨에 젖어 슬렁슬렁 보몽으로 향했다. 눈은 참을 수 없이 비좁은 땅굴에서 벗어난 것을 기뻐하며 다시 대지의 아름다움을 즐겼고, 허파는 부드러운 봄 공기를 한껏 들이마셨다. 우리는 등 뒤에서 우르릉거리는 대포 소리를 들으며 이렇게 말할 수 있었다.

　　"이 하루, 세상을 지배하시는 드높은 신이 마련해주신 하루, 우리들 자신을 파괴하기보다는 행복한 일들을 하라고 마련해주신 이 하루."

　　플레르에서 내게 배정된 숙소는 병참기지의 상사 몇 명이 차지하고 있었다. 그들은 어떤 남작을 위해 그 방을 지켜야 한다는 핑계를 대며 방을 비워주기를 거부했다. 하지만 그들은 지치고 신경이 날카로워진 전선 장교의 급한 성미를 알지 못했다. 나는 부하들에게 문을 부수어버리라고 명령했다. 소란에 놀라 잠옷 바람으로 뛰쳐나온 그 건물의 다른 사람들 앞에서 약간의 주먹질이 오간 후, 우리는 그 신사들 또는 신사의 신사들을 계단 아래로 던져버렸다. 크게는 예의 바르게도 군화까지 던져주었다. 그 성공적인 공격을 마치고 나서, 나는 따뜻한 온기가 남아 있는 침대에 누웠고, 자리의 반을 숙소도 없이 떠돌고 있는 내 친구 키우스에게 내주었다. 오랫동안 너무도 그리웠던 침대에서 기분 좋게 자고 난 우리는 다음 날 아침에 '예전의 활력'을 완전히 회복했다.

제1대대는 최근의 전투에서 잃은 병사가 그리 많지 않았으므로, 우리가 두에 역으로 행진할 때는 분위기가 사뭇 명랑했다. 우리의 목적지는 세렝 마을이었는데, 그곳에서 며칠 쉬면서 원기를 회복하기로 되어 있었다. 우리는 친절한 주민들의 집에 좋은 숙소를 배정받았다. 저녁이 되자, 벌써 여러 집에서 다시 만난 전우들의 즐거운 목소리가 흘러나왔다.

전투를 성공적으로 마치고 나서 마련하는 이런 술자리는 늙은 전사들의 머릿속에 남은 기억 중에서도 가장 아름다운 추억으로 꼽힌다. 심지어 열두 명 중 열 명이 전사했다고 하더라도, 살아남은 두 명은 반드시 전투가 끝난 뒤의 첫 저녁에 술상을 마주하고 앉아, 죽은 전우들을 위해 조용히 건배를 하고, 함께 겪었던 일들에 대해 농담 섞인 대화를 나눈다. 이 남자들에게는 한 가지 공통점이 있었는데, 그것은 바로 전쟁의 황폐함을 강조하면서도 그것을 승화시킬 줄 아는 마음가짐이었고, 위험에 대한 냉정한 기쁨이자 전투에서 이기려는 기사도적인 욕망이었다. 4년이 흐르는 동안 그런 전사의 불타는 투지는 점점 더 순수하고 용감한 전사정신으로 녹아들었다.

다음 날 아침, 크니게가 와서 내게 명령을 읽어주었다. 정오쯤에 제4중대의 지휘권을 넘겨받으라는 것이었다. 1914년 가을, 니더작센의 시인 헤르만 뢴스*가 랭스 외곽에서 아직 쉰 살이 안 된 의용병 신분으로 전사한 중대였다.

---

* 독일의 향토시인(1866~1914)으로 소설가와 신문기자로도 활동했다. 그의 많은 시가 곡으로 만들어져서 널리 애창되었다.

11

인도인에 맞서

1917년 5월 6일, 다시 한번 우리는 이미 친숙한 브랑쿠르를 향해 행군했다. 그리고 다음 날 몽브레엥, 라미쿠르, 용쿠르를 거쳐 지크프리트선으로 갔다. 한 달 전에 떠난 곳이었다.

첫날 저녁 날씨는 궂었다. 그러지 않아도 물이 불어 넘치는 지대에 거센 비가 쏟아졌다. 하지만 곧 맑고 따뜻한 날들이 이어져 새 거처로 옮긴 우리에게 그나마 위로가 되었다. 나는 그 지역의 화려한 자연 풍광을 만끽했다. 유산탄이 내뿜는 하얀 탄알들과 부챗살처럼 퍼져나가는 포탄 파편들에도 전혀 아랑곳하지 않았다. 매년 봄과 더불어 새해의 전투가 시작되었다. 앵초가 피고 갯버들이 자라는 것과 마찬가지로 대공격의 징후 역시 봄에 나타나는 일이었다.

우리 구역은 생캉탱 운하 앞에서 반달 모양으로 튀어나온 곳이었다. 그 뒤에 유명한 지크프리트선이 있었다. 고백하자면, 우리 등 뒤에 거대하고 강력한 보루를 두고 왜 좁고 제대로 지어지지도 않은 석회암 참호에 들어가 있어야 했는지 나는 이해할 수가 없다.

전선은 작은 나무들이 무리지어 그림자를 드리우고 있는 초원지대를 고불고불 돌아 형성되어 있었다. 초원은 이제 초봄의 연록색으로 물들어 있었다. 수많은 추진진지들이 지크프리트선을 지키고 있었으므로, 병사들은 안심하고 참호 앞뒤로 움직일 수 있었다. 이 추진진지들은 적군에게는 눈엣가시였다. 그래서 몇 주 내내 적군이 속임수나 폭력을 써서 진지들을 없애버리려고 애쓰지 않은 날이 없었다.

진지에 있었던 첫 기간은 비교적 조용히 흘러갔다. 날씨가 아주 좋아서 밤에도 풀밭에 누워 시간을 보낼 수 있을 정도였다. 5월 14일, 제8중대가 우리와 교대했다. 우리는 불타는 생캉탱을 오른쪽에 끼고 숙영지인 몽브레엥으로 향했다. 전쟁의 상흔이 비교적 적어서 매우 편안한 거처를 제공해주는 큰 마을이었다. 20일에 우리는 예비중대로서 지크프리트선에 배치되었다. 여름 공기가 맑았다. 우리는 낮에는 경사면을 깎아 만든 작은 막사에 앉아 있거나 수영을 하거나 운하에서 보트를 탔다. 나는 잔디에 누워 아주 즐거운 마음으로 아리오스토* 전집을 읽었다.

이런 목가적인 진지의 단점은 상관의 방문을 자주 받는다는 것이다. 참호 안의 편안한 생활에는 매우 성가신 일이었다. 하지만 이미 '심하게 물어뜯긴' 벨렝그리스 마을을 마주보고 있는 내 왼쪽 날개는 포화에서 자유롭지 못했다. 첫날부터 내 부하 한 명이 유산탄에 맞아 오른쪽 엉덩이에 부상을 당했다. 내가 이 소식을 듣고 사고 현장으로 서둘러 달려갔을 때, 의무병을 기다리던 그는 벌써 기운을 차리고 왼쪽 엉덩이로 앉아 즐겁게 커피를 마시며 큰 빵에 잼을 발라 먹고 있었다.

---

* 르네상스를 대표하는 시인(1474~1533)이다. 평생 에스테 후작 집안에서 일하면서 『광란의 오를란도』(1516)를 남겼다.

5월 25일, 우리는 리케발 농장의 제12중대와 교대했다. 한때는 대농장에 속했던 이곳을 네 개 중대가 번갈아 본부로 사용했다. 그곳에서부터 각 부대는 배후지에 세 군데로 나뉘어 띄엄띄엄 설치된 기관총좌를 맡았다. 대각선으로 배치되어 서양장기 말들처럼 서로를 엄호할 수 있도록 구축된 그 기지들은 좀 더 유연하고 다양한 형태로 방어를 하려는 첫 번째 시도였다.

그 농장은 전선 뒤로 기껏해야 1500미터쯤 떨어져 있었다. 그런데도 풀이 무성한 공원으로 둘러싸인 농장의 다양한 건물들은 전쟁의 상흔으로부터 무사했다. 아직 대피호를 파기 전이어서, 농장은 병사들로 꽉 찬 상태였다. 전방에서 가까운 곳이었지만 만개한 산사나무로 뒤덮인 공원 길과 주변의 아늑한 전경은 프랑스인 특유의 유쾌한 전원생활을 짐작하게 했다. 내 침실에 둥지를 튼 제비 한 쌍은 이른 아침부터 먹이를 달라고 아우성치는 새끼들에게 요란한 소리를 내며 먹이를 물어다주기 바빴다.

저녁에는 산책용 지팡이를 들고 거리를 빠져나와 좁은 시골길을 걸었다. 그 고부랑길은 구릉이 많은 지역을 돌았다. 방치된 들판에 만발한 꽃들은 자극적이고 야생적인 향기를 내뿜었다. 이따금 듬성듬성 자란 나무가 길을 가로막기도 했다. 평화로운 시기에는 이 나무 그늘에서 사람들이 쉬어갔으리라. 하얀색과 분홍색, 진홍색 꽃들이 만개해 외로운 들판에 마술적인 아름다움을 만들어내고 있었다. 전쟁은 아름다움을 훼손하지 않으면서도 이 풍경에 영웅적이고도 우울한 기색을 부여했다. 풍성하게 핀 꽃들은 그 어느 때보다도 숨 막힐 정도로 아름답게 빛났다.

이런 자연 풍경 한가운데에서 벌어지는 전투는 차갑고 황량한 풍경에서 치르는 전투보다는 훨씬 쉬웠다. 아무리 무감한 사람이라도 이곳에서는, 자신의 생명은 자연에 깊이 뿌리내리고 있고 그래서 죽음마저도 끝이 아니라고 확신하게 될 터였다.

5월 30일, 이런 목가적인 생활도 막을 내렸다. 병원에서 퇴원한 포겔레이 소위가 다시 제4중대의 지휘를 맡았기 때문이었다. 나는 전선에 있는 제2중대로 돌아왔다.

우리가 맡은, 뢰머슈트라세에서 이른바 '포병대 참호'에 이르는 구역에는 두 개의 소대가 배치되어 있었다. 중대장은 제3소대와 함께 작은 비탈 뒤로 이백 보쯤 떨어진 곳에 있었다. 거기에는 판자로 지은 아주 작은 오두막이 있었다. 나는 영국군 포병대의 솜씨가 서투를 거라 믿으며 키우스와 함께 그곳에 머물렀다. 오두막의 한쪽 면은 포탄이 떨어지지 않는 작은 경사면에 붙어 있었고, 나머지 세 면은 적군을 향해 드러나 있었다. 매일 아침 첫 포격이 휩쓸고 지나가면 야전침대 위층에 있는 사람과 아래층에 있는 사람 사이에선 대략 다음과 같은 대화가 오가곤 했다.

"이봐, 에른스트!"

"응?"

"저놈들이 쏘는 거 같은데?"

"뭐, 그래도 좀 더 누워 있자. 내 생각에는 분명 아까 그게 마지막 사격이었을 거야."

15분 정도 뒤.

"야, 오스카!"

"응?"

"오늘은 전혀 멈추지를 않네. 방금 유산탄이 벽을 통과해 날아간 거

같은데? 우리도 슬슬 일어나는 게 좋겠어. 바로 옆에 있던 포병대 감시병은 벌써 도망간 지 오래란 말이야!"

경솔하게도 우리는 늘 군화를 벗고 있었다. 우리가 준비를 마치면 대개 영국군 역시 준비를 마쳤는데도, 우리는 정말 한심하게도 작은 탁자 앞에 즐겁게 둘러앉아 더위 때문에 시큼하게 쉰 커피를 마시며 시가에 불을 붙였다. 오후에는 영국군 포병대 앞에서 조롱하듯 군용천막 위에 누워 일광욕을 즐겼다.

다른 측면에서도, 우리의 판잣집은 재미있는 곳이었다. 철사로 엮은 침대 위에 하릴없이 누워 있으면 커다란 지렁이들이 흙벽 위를 왔다 갔다했는데, 그것들은 조금이라도 방해를 받으면 믿을 수 없을 정도로 재빠르게 구멍 속으로 기어 들어갔다. 고약한 두더지가 이따금 굴에서 나와 냄새를 킁킁 맡으며 우리의 긴 오후 휴식에 활기를 불어넣었다.

6월 12일, 나는 병사 스무 명과 함께 중대의 전초기지에 배치되었다. 우리는 늦게 진지를 떠나서 평온한 저녁이 올 때까지 오솔길을 걸어 나아갔다. 완만한 구릉지대에 난 고불고불한 길이었다. 어둠이 짙어짐에 따라 버려진 들판에 핀 양귀비가 연둣빛 잔디와 더불어 짙은 색감으로 변해갔다. 점점 줄어드는 빛 속에서 내가 제일 좋아하는, 거의 검다고 할 정도로 진한 붉은색이 점점 선명해져갔다. 마음을 거칠게도 만들고 음울하게도 만드는 색깔이었다.

우리는 각자 생각에 잠긴 채 어깨에 소총을 메고 꽃밭 위를 소리 없이 슬렁슬렁 걸었다. 20분 뒤 목적지에 도착했다. 낮은 목소리로 말을 주고받으며 초소를 인계받았고, 보초가 배치되었다. 임무 교대를 마친 병사들은 어둠 속으로 조용히 사라졌다.

전초기지는 가파른 작은 경사면에 기대어 있었는데, 대충대충 판

간이호들이 줄줄이 드러나 있었다. 그 뒤로는 나무들이 마구 자란 작은 숲이 어둠 속에 잠겨 있었다. 넓이가 100미터쯤 되는 초원길이 숲과 내리막길 사이를 가르는 경계였다. 그 앞과 오른쪽에 구릉이 두 개 솟아 있었고, 영국군의 전선이 그 위를 지났다. 그중 한 구릉은 '하늘나라로 가는 농장'이라는 희망찬 이름이 붙은 잔해 지역이었다. 두 개의 구릉 사이로 협로가 적지를 향해 뻗어 있었다.

나는 그곳에서 초소를 시찰하던 도중에 하크만 상사와 제7중대 병사 몇 명과 마주쳤다. 그들은 정찰을 나가려던 중이었다. 원래 지정된 근무지인 전진기지를 떠나는 것은 금지된 일이었지만, 나는 전투 현장을 구경할 요량으로 그들과 함께 길을 나섰다.

우리는 내가 특별히 고안한 방식을 이용해 전진했는데, 길을 막고 있던 철조망 두 개를 넘은 뒤에는 이상하게도 아무 초소도 만나지 않고 구릉의 능선에 올랐다. 거기서 우리는 좌우 양쪽에서 영국군이 땅을 파는 소리를 들었다. 나중에, 나는 적군이 이제부터 내가 보고할 매복공격으로부터 자신들을 보호하기 위해 초소를 철수시키는 것이었다는 걸 깨달았다.

정찰을 할 때 내가 고안한 전진 방식이란, 금방이라도 적군을 만날 수 있는 지대에서는 정찰대원들을 한 명씩 혼자서 앞으로 기어가게 하는 것이었다. 그래서 시시각각 침입자를 노리는 저격수의 총에 맞을 운명에 처하는 자는 매번 한 명뿐이었다. 그동안에 다른 이들은 뒤에 남아서 공격을 준비할 수 있었다. 책임자인 나는 다른 대원들과 함께 있는 게 마땅했지만, 그래도 나는 자신을 열외로 두고 싶지 않았다. 전쟁에는 그런 전술적 고려 이상의 뭔가가 있는 법이다.

우리는 참호를 파고 있는 영국군들에게 살금살금 다가갔다. 애석하게도 거대한 철조망이 가로막고 있어서, 더 들어갈 수는 없었다. 좀 유별난 어느 상사가 탈영병으로 가장해 적에게 투항하는 척하면서 우리가 영국군의 첫 초소로 접근할 때까지 시간을 끌어보겠다는 제안을 했지만, 우리는 곧 그 제안을 거부하고 살금살금 전초기지로 돌아왔다.

그런 나들이는 활기를 준다. 피가 평소보다 빨리 돌고, 새로운 생각이 샘솟는다. 나는 평온한 저녁 시간을 빈둥빈둥 보내기로 마음먹고는, 경사면에 높게 자란 풀밭에 외투를 깔아 잠자리를 마련했다. 그리고 눈에 띄지 않게 조심하면서 파이프에 불을 붙인 뒤, 공상에 빠졌다.

'파이프의 꿈'에 잠겨 있던 나는 숲과 초원에서 뚜렷이 들려오는 사각거리는 소리에 깜짝 놀라서 벌떡 일어났다. 적 앞에서 감각은 언제나 뭔가를 경계하는 법이고, 이런 순간에 전혀 특별할 게 없는 소리에서도 즉시 이상한 낌새를 알아차리는 것은 참으로 신기한 일이다. 뭔가가 있다!

가장 가까이에 있던 초병이 바로 달려왔다. "소위님, 영국군 70명이 숲 가장자리로 다가오고 있습니다!"

나는 그가 정확한 숫자를 대는 데에 좀 놀랐지만, 어쨌든 만일의 상황에 대비하느라 내 주위에 누워 있던 소총수 네 명과 함께 경사면에 높게 자란 풀 속에 숨어서 사태의 추이를 지켜보기로 했다. 몇 초 후 나는 일군의 병사들이 초원을 휙 가로질러 가는 걸 보았다. 부하들이 소총을 겨누는 사이에 나는 그들을 내려다보며 "저기 누구냐?"라고 가만히 물었다. 타일렌게르데스 하사였다. 제2중대의 역전의 용사인 그는 흥분한 자신의 부대원들을 불러 모으고 있었다.

다른 부대들도 속속 도착했다. 나는 사격선의 양 날개를 가파른 경사면과 숲으로 나누어 구축하도록 했다. 1분 뒤 병사들이 총검을 착검하고 섰다. 방향 점검이 해가 될 건 없었다. 이런 상황에서는 꼼꼼함이 가장 중요하다. 약간 뒤로 물러서 있는 한 병사에게 주의를 주려고 하자 그 병사가 대답했다. "저는 들것 운반병입니다." 그는 자신의 근무 규정을 잘 알고 있었다. 안심이 된 나는 출발을 지시했다.

우리가 초원을 가로지르는 동안 유산탄이 빗발치며 머리 위로 지나갔다. 적군이 우리 편 간의 연락을 끊기 위해 이런 식으로 머리 위에 포화를 퍼부었던 것이다. 우리는 눈앞에 놓인 구릉의 사각지대를 차지하기 위해 뛰어갔다.

갑자기 풀밭에서 내 앞으로 어두운 그림자 하나가 나타났다. 나는 수류탄을 뽑아들고 고함을 지르며 그를 향해 던졌다. 폭발의 섬광 속에서 나는 놀랍게도 타일렌게르데스 하사를 보았다. 그는 우리가 모르는 사이에 전진하다 철조망에 걸려 넘어졌던 것이다. 다행히 그는 무사했다. 그와 동시에 우리 옆에서 영국군이 던진 수류탄이 터지며 날카로운 굉음을 냈고, 유산탄 공격도 불쾌할 정도로 심해지고 있었다.

우리의 사격선은 가파른 경사면 방향으로 붕괴되어 사라졌다. 그곳은 큰 불길에 휩싸여 있었다. 그동안 나는 타일렌게르데스 하사와 다른 부하 세 명과 함께 자리를 지켰다. 갑자기 누군가가 나를 꾹 찔렀다. "영국군이에요!"

마치 꿈속의 한 장면 같았다. 흩어지는 섬광으로 주위가 환해진 찰나, 내 눈은 초원 위에서 무릎걸음으로 앞으로 나아가기 위해 막 몸을 일으키는 형체들의 두 대열을 포착했다. 나는 전선 우측에서 전진 명령을 내리는 한 장교의 모습을 분명히 알아볼 수 있었다. 아군과 적군 모두 이 갑작스럽고 예상하지 못했던 만남으로 굳어버렸다. 우리는 도망쳤다. 그게 우리에게 남은 유일한 가능성이었기 때문이었다. 적군 역시 그런 마비 상태에서 우리에게 총을 쏠 엄두를 내지 못했다.

우리는 경사면을 향해 뛰었다. 나는 높게 자란 풀 속에 있어서 보이지 않았던 철조망에 걸려 넘어지면서도 무사히 도착했고, 그곳에서 다시 만난 흥분한 부하들을 폭이 심하게 좁혀진 사격선으로 가까스로 데리고 갈 수 있었다.

우리의 상황은 마치 촘촘히 짠 바구니 안에 있는 것처럼 종 모양의 포화 속에 놓인 형세였다. 모든 정황으로 봤을 때 우리가 앞으로 돌진하는 동안 적군 병사들의 공격은 다방면으로 저지를 당했던 모양이었다. 우리는 경사면 기슭의 약간 후미진 길에 엎드려 있었다. 차량들이 지나가면서 남긴 움푹한 땅이 그런대로 안전한 엄폐물이 되었기에 우리는 그들의 소총을 어느 정도 피할 수 있었다. 사람은 위험이 닥치면 어머니의 품을 파고들듯 대지에 몸을 비비는 법이다. 우리는 소총을 숲 쪽으로 겨누었으니 영국군의 전선을 뒤로 둔 셈이었다. 이런 상황이 숲에서 일어나는 다른 일보다 나를 불안하게 했다. 그래서 나는 다음에 기술하는 일이 일어나는 와중에도 이따금 경사면 위로 정찰병을 보냈다.

갑자기 포화가 멈추었다. 우리는 공격에 대비하지 않으면 안 되었다. 그 갑작스러운 고요에 귀가 익숙해지기가 무섭게 숲의 잡목들 사이에서 우지직하는 소리와 바스락거리는 소리가 났다.

"멈춰! 누구냐? 암호!"

우리는 아마 5분간 고함을 질렀을 것이고, 제1대대의 '뤼티에 라게'라는 옛 구호를 외치기도 했다. 그것은 독주와 맥주를 섞은 술 이름으로, 하노버 사람이라면 누구나 아는 구호였다. 하지만 돌아온 대답은 이해할 수 없는 고함뿐이었다. 우리 중 몇 사람이 독일어를 들었다고 주장했지만, 나는 끝내 발포 명령을 내리기로 결심했다. 소총수 스무 명이 숲을 향해 총을 쏘았고, 탄약실이 달각달각 소리를 냈다. 곧 덤불 속에서 부상자들이 울부짖는 소리가 들렸다. 그때 나는 불길한 느낌에 사로잡혔는데, 우리를 도와주러 온 파견대를 쏘았을 가능성을 완전히 배제할 수 없었기 때문이다.

그래서 이따금 노란 불꽃이 나를 향해 반짝였다가 금방 꺼지는 것을 보고 나는 마음이 놓였다. 누군가가 어깨를 맞았고, 들것 운반병이 그를 돌봤다.

"사격 중지!"

명령은 천천히 전달되었고, 마침내 총격이 멈추었다.

또 한번 암호를 외치는 소리. 나는 있는 실력 없는 실력을 다 동원해 저편으로 영어 몇 마디를 던지며 요구사항을 전했다. "이쪽으로 와! 너희들은 포로다. 손들어!"

그러자 저편에서 더욱 분명하지 않은 소리가 들렸다. 부하들은 그 소리가 마치 "복수! 복수!"라고 말하는 것 같다고 했다. 숲 모퉁이에서 사격수 한 명이 모습을 드러내더니 우리 쪽으로 왔다. 누군가가 그에게 "암호!"라고 외치는 실수를 했다. 그러자 그는 우물쭈물 멈춰서서 뒤를 돌아보았다. 정찰병인 것 같았다.

"저놈을 쏴라!"

열두 발이 발사되었다. 그 형체는 푹 고꾸라져 높게 자란 풀 속으로 굴러 들어갔다.

이 소소한 사건으로 우리는 통쾌함을 느꼈다. 숲 가장자리에서 또 한번 웅성거리는 소리가 들렸다. 공격자들이 자기네끼리 서로 용기를 북돋우며 비밀스러운 방어자들을 혼내주자고 결의하는 모양이었다.

우리는 팽팽한 긴장감 속에서 어두운 모퉁이를 뚫어지게 응시했다. 날이 밝기 시작하면서 초원에 가벼운 안개가 피어올랐다.

그런데 장거리 무기가 지배하는 이 전쟁에서는 쉽게 볼 수 없는 장면이 우리 앞에 펼쳐졌다. 잡목 숲의 어둠 속에서 일련의 그림자가 보이더니 초원 밖으로 모습을 드러냈다. 다섯, 열, 열다섯, 줄줄이 이어졌다. 떨리는 손들이 안전핀을 풀었다. 그들은 50미터 앞까지 접근해왔다. 그러고는 30미터, 15미터……. 발사! 몇 분 동안 소총이 불을 뿜었다. 납으로 된 탄피가 뿜어져나오면서 무기와 철모에 부딪혀 불꽃이 튀었다.

갑자기 비명이 들렸다. "조심하세요, 왼쪽이에요!" 공격군 한 무리가 왼쪽에서 우리 쪽으로 몰려오고 있었다. 그중 맨 앞에 있던 한 커다란 형체가 권총을 앞으로 내밀고 하얀 곤봉을 휘저었다.

"왼쪽 분대, 왼쪽을 맡아라!"

병사들이 이리저리 허둥대며 선 채로 침입자들을 맞이했다. 적군 몇 명, 그중에는 지휘관도 있었다. 황급히 쏘아대는 총에 맞아 쓰러지는 병사들이 있는가 하면, 올 때와 마찬가지로 재빨리 사라지는 무리도 있었다.

무조건 돌진해야 할 순간이었다. 우리는 착검한 총검을 들고 와 하는 함성을 지르며 작은 숲을 향해 돌진했다. 수류탄이 얼기설기 우거진 덤불 위를 날았고, 우리는 순식간에 전초기지를 다시 점령했다. 하지만 미꾸라지처럼 빠져나가는 적을 잡지는 못했다.

우리는 인접한 옥수수밭에 모여 밤을 새우느라 창백하고 지친 서로의 얼굴을 쳐다보았다. 태양이 찬란하게 떠올랐다. 종달새 한 마리가 날아올라 지저귀는 소리로 우리를 성가시게 했다. 밤새 초조하게 노름이라도 한 것처럼 모든 것이 비현실적으로 느껴졌다.

우리가 물병을 돌리고 담배를 피워 무는 동안에도 적군이 큰 소리로 신음하는 부상병들을 데리고 협로를 따라 멀어지는 소리가 들려왔다. 심지어 우리는 한순간 그들의 행렬을 보기도 했다. 애석하게도 그들을 쫓아가서 끝장내기에는 시간이 모자랐다.

나는 전투 현장을 살펴보기로 했다. 초원에서 낯선 외침과 신음이 들려왔다. 그 목소리들은 폭풍우가 지나간 뒤에 초원에서 들을 수 있는 개구리 소리 같았다. 우리는 높게 자란 풀 속에서 시체 여러 구와 부상자 세 명을 발견했다. 그들은 우리 발밑에 엎드려 자비를 빌었다. 우리가 곧 자신들을 죽이려 한다고 생각하는 것 같았다.

내가 프랑스어로 "어느 나라에서 왔지?"라고 묻자, 한 명이 프랑스어로 대답했다.

"불쌍한 힌두의 자손입니다."

그러니까 우리는 인도인들과 마주하고 있었던 것이다. 그들은 하노버 보병대 옆에 버려진 한 뼘 땅에서 총알받이가 되어 죽기 위해 멀리서 바다를 건너온 사람들이었다.

그 몸집이 작은 인도인들의 상황은 아주 나빴다. 보병대의 총알은 짧은 거리에서 폭발력이 컸다. 그들 중 일부는 누운 채로 두 번째 총알에 맞아 머리부터 발끝까지 총알이 뚫고 지나갔다. 두 번 이상 맞지 않은 자는 아무도 없었다. 우리는 그들을 일으켜세워 참호로 끌고 왔다. 그들이 꼬챙이에 꿰어지기라도 하듯 비명을 질러대는 바람에 내 부하들은 그들의 입을 틀어막고 주먹으로 위협했다. 그때문에 그들의 두려움은 더욱더 커졌다. 끌고 오는 길에 한 명이 죽었지만, 그래도 우리는 그들을 데리고 왔다. 죽었든 살았든 포로 한 명마다 현상금이 걸려 있었기 때문이었다. 나머지 두 명은 계속해서 "영국군은 나빠요!"라고 외치며 우리의 환심을 사려고 애썼다. 어떻게 그들이 프랑스어를 할 줄 아는지는 도저히 알 수가 없었다. 포로들의 탄식과 우리의 환호성이 섞인 행진은 태곳적인 뭔가를 품고 있었다. 이것은 더 이상 전쟁이 아니었다. 태고로부터 시작된 아주 오래된 장면이었다.

참호 안으로 돌아오자, 전투 소리는 들었지만 맹렬한 저지사격에 발이 묶였던 중대가 우리를 열렬히 환대했고, 우리가 거둔 수확에 걸맞은 축하를 해주었다. 여기서 나는 우리에 대해 아주 나쁜 내용만을 세뇌받은 게 분명한 포로들을 조금 안심시킬 수 있었다. 그들은 차츰 긴장을 풀고 내게 이름을 말해주었다. 한 명의 이름은 아마르 싱이었다. 그들은 훌륭한 부대라고 들었던 제1 하리아나 창기병연대 소속이었다. 키우스는 즉시 사진기 셔터를 대여섯 번 눌렀다. 그 후 나는 그와 함께 우리 오두막으로 돌아왔다. 그는 그날을 축하하는 의미에서 내게 달걀부침을 만들어주었다.

우리가 벌인 그 작은 접전은 그날의 사단 명령에 언급되었다. 우리는 스무 명밖에 안 되는 인원으로 몇 배나 많은 인원의 파견대를 보기 좋게 물리쳤다. 게다가 그들은 우리를 둘 이상의 방향에서 공격해온 터였다. 우리보다 우세한 병력의 공격을 받으면 후퇴하라는 지시가 있긴 했지만, 그것은 내가 따분한 진지전 속에서 기회가 오기만을 학수고대했던 교전이었다.

어쨌거나, 우리는 부상자 말고도 한 명을 더 잃었는데, 그가 이상하게도 갑자기 사라져버렸다는 걸 알게 되었다. 예전에 한번 부상을 당한 후부터 병적인 두려움을 가지게 되어 직접 전투를 벌이기는 거의 불가능했던 병사였다. 그가 없어졌다는 것은 다음 날에야 알려졌다. 나는 그가 공포에 질려 옥수수밭으로 들어갔다가 총을 맞고 쓰러졌을 거라고 생각했다.

다음 날 저녁, 나는 그 전초기지를 다시 점령하라는 명령을 받았다. 그동안 적군이 그곳에 들어와 있을지도 몰라서, 나는 부대를 양면 공격 대형으로 벌려서 숲을 돌아 들어갔다. 한쪽은 키우스가, 다른 한쪽은 내가 지휘를 맡았다. 나는 여기서 처음으로 위험한 지점으로 접근하는 아주 특별한 방식을 채택했다. 그것은 병사들이 한 줄로 서서 큰 활 모양을 그리면서 접근하는 방식이었다. 그 장소를 점령하면, 간단히 오른쪽 또는 왼쪽으로 움직이기만 해도 측면공격이 가능한 화력을 구축할 수 있었다. 전쟁 후, 내가 고안한 이런 기동작전은 '측면공격 대형'이라는 이름으로 보병교전지침에 수록되었다.

둘로 나뉜 우리 부대는 키우스가 권총을 장전하다가 하마터면 나를 쏠 뻔한 일을 빼고는 도중에 아무 사건도 겪지 않고 경사면에서 만났다.

적군은 아무런 기척이 없었다. 다만 내가 하크만 상사와 함께 정찰한 협로에서 한 보초병이 우리에게 수하하며 조명탄을 터뜨리고 총을 쏘았을 뿐이었다. 우리는 다음번 정찰을 위해 주제넘은 그 젊은 병사를 눈여겨봐두었다.

우리가 전날 밤에 측면공격을 감행했던 지점에 시체 세 구가 누워 있었다. 두 명은 인도인이었고, 한 명은 백인 장교로, 견장에 금별 두 개를 단 중위였다. 그는 눈에 한 발을 맞았는데, 총알이 그의 관자놀이를 정통으로 뚫어 철모의 가장자리를 박살냈다. 나는 그 철모를 승전 기념물로 챙겼다. 그는 오른쪽 손에는 자신의 피가 튄 곤봉을, 왼쪽 손에는 무거운 콜트 권총을 쥐고 있었다. 탄창에는 실탄이 두 개 들어 있었다. 그는 우리 편에 아주 가까이 와 있었던 게 분명했다.

다음 며칠 동안 덤불에서 시체들이 몇 구 더 발견되었다. 그것은 공격군의 큰 손실을 말해주는 증거로, 그곳의 분위기를 더욱 음울하게 만들었다. 나는 혼자서 덤불 속을 돌아보다가 조용하게 끓는 듯도 하고 부글부글 넘치는 듯도 한 이상한 소리를 들었다. 소리 나는 쪽으로 가까이 가보니 시체 두 구가 있었는데, 그것들은 무더위로 인해 악취를 풍기며 썩어서 마치 유령처럼 기괴하고 새로운 생명으로 다시 태어나고 있는 것처럼 보였다. 밤은 습하고 고요했다. 나는 그 불길한 광경 앞에 오랫동안 홀린 듯 서 있었다.

6월 18일, 전초기지는 다시 한번 공격을 당했다. 이번에는 행운이 따라주지 않았다. 공황 상태에 빠졌다. 병사들은 사방으로 흩어졌고, 그 뒤로는 다시 모을 수가 없었다. 에르델트 상병은 혼란 속에서 곧바로 가파른 경사면을 향해 달리다가 저 아래, 인도인들 한 무리가 도사리고 있는 곳 한가운데로 굴러떨어졌다. 그는 수류탄을 마구 던졌으나 곧 인도인 장교에게 멱살을 잡혀 철사채찍으로 얼굴을 맞았다. 그러고는 시계를 뺏겼다. 그는 맞고 걷어차이면서 행군해야 했다. 하지만 인도인들이 집중포격을 당해 바닥으로 엎어지며 몸을 피하는 동안 도망치는 데에 성공했다. 그는 적진 뒤에서 오랫동안 길을 잃고 헤매다가, 마침내 얼굴에 난 피 맺힌 채찍 자국 말고는 멀쩡한 모습을 하고 우리 전선으로 돌아왔다.

6월 19일 저녁, 나는 키 작은 슐츠와 부하 열 명과 함께 경기관총 한 대를 들고 점점 더 답답해지는 그 장소를 빠져나와 정찰을 나갔다. 며칠 전에 협로에서 그렇게도 당찬 모습을 보여주었던 초소에 보복을 하기 위해서였다. 슐츠는 부하들과 함께 협로의 오른쪽으로 출발했고,

나는 왼쪽으로 나아갔다. 한쪽이 사격을 받으면 다른 한쪽이 즉시 도와주기로 사전에 약속했다. 우리는 포복한 채 잔디와 금작화 덤불을 통과해 나아갔고, 이따금 멈춰서 귀를 기울였다.

갑자기 소총 노리쇠가 열리는 소리가 들렸다. 정확히는 열렸다가 다시 닫히는 소리였다. 우리는 땅바닥에서 꼼짝할 수가 없었다. 정찰을 나가본 사람이라면, 다음 몇 초 동안에 밀려오는 그 일련의 불길한 느낌을 알 것이다. 그러면 일단 행동의 자유를 잃은 상태에서 적군이 어떻게 나오는지 지켜볼 수밖에 없다.

한 발의 총성이 숨이 막힐 듯한 정적을 깨뜨렸다. 나는 금작화 덤불 뒤에 엎드려 있었다. 내 오른쪽에 있던 병사가 수류탄을 협로로 던졌다. 그러자 우리 쪽으로 집중사격이 쏟아졌다. 고약하게도 정확히 조준되어 날아오는 총알들은 사격수들이 바로 몇 발자국 떨어진 곳에 있다는 증거였다. 나는 우리가 함정에 걸려든 것을 깨닫고 후퇴를 명령했다. 우리는 몸을 벌떡 일으켜 무서운 속력으로 미친 듯이 후퇴하기 시작했다. 그동안 우리 왼쪽으로도 기관총이 발사되었다. 나는 요란한 소음 한가운데에서 우리가 무사히 귀환하리라는 희망을 버렸다. 의식은 시시각각 총탄에 맞을 것이라는 상상에 쫓겼다. 죽음이 우리를 쫓고 있었다.

왼쪽에서 적군이 요란한 함성을 지르며 우리를 향해 달려왔다. 나중에 슐츠는 깡마른 인도인이 칼을 휘두르며 자신을 쫓아와 금방이라도 멱살을 잡는 상상을 했다고 고백했다.

내가 넘어지자, 타일렌게르데스 하사도 걸려 넘어졌다. 나는 철모와 권총과 수류탄을 잃어버렸다. 가, 가! 우리는 드디어 포격을 피할 수 있는 안전한 경사면에 도달해서 그곳을 서둘러 뛰어 내려갔다. 그와 동시에 슐츠가 부하들과 함께 도착했다. 그는 숨을 헐떡이면서 그 건방진 초소에 수류탄 몇 개를 던져 혼내주었다고 보고했다. 곧 두 다리에 총을 맞아 부상당한 한 병사가 부축을 받으며 도착했다. 다른 이들은 다치지 않았다. 가장 큰 불행은 기관총을 들고 있던 신병이 부상자들 위로 넘어지면서 무기들을 버려두고 온 일이었다.

우리가 계속 이러쿵저러쿵하며 후속 원정을 계획하고 있는데, 영국군 포병대의 포격이 시작되었다. 우리를 절망적인 혼란에 빠뜨린 12일 밤을 연상시키는 포격이었다. 나는 무기도 없이 부상병과 단둘이 비탈에 서 있었다. 부상병은 두 팔로 내 쪽으로 엉금엉금 기어오면서 울부짖었다. "소위님, 제발 절 두고 가지 마세요!"

그렇지만 나는 가서 방어선을 구축해야 했다. 부상병은 그날 밤 날이 밝기 전에 의무병이 가서 데려왔다.

우리는 숲 가장자리에 한 줄로 파낸 얕은 사격진지에 모여 더 이상의 사고 없이 아침을 맞게 된 것을 진심으로 기뻐했다.

다음 날 저녁에도 우리는 기관총을 회수하기 위해 같은 장소에 모였다. 하지만 우리가 몰래 접근하는 동안 계속해서 들려오는 수상한 소리들은 환영위원회가 또 우리를 노리고 있다는 걸 알려주었다. 그냥 돌아올 수밖에 없었다.

그리하여 우리는 잃어버린 무기를 주력을 동원해 회수하라는 명령을 받았다. 우리는 다음 날 밤, 30분간의 예비포격에 이어 12시에 적군의 초소를 공격해 무기를 되찾기로 되어 있었다. 나는 이미 기관총을 잃어버림으로써 우리가 곤경에 처하지 않을까 걱정했던 터였지만, 아무렇지도 않은 표정을 하고 오후에는 포탄의 사거리를 가늠하기 위해 포대에서 직접 몇 발을 쏘기도 했다.

11시에 나는 불행한 동료 슐츠와 함께 우리가 이미 수많은 모험과 곤경을 겪은 바 있는 불길한 곳에 돌아와 다시 한번 도착해 있었다. 눅눅한 공기 속에서 시체 썩는 냄새가 더 이상 참을 수 없을 만큼 강렬해졌다. 우리는 자루에 넣어 가져온 생석회를 그 시체들에 뿌렸다. 하얀 가루가 어둠 속에서 시체에 입힌 수의처럼 보였다.

작전은 아군이 쏜 기관총탄들이 우리 다리 사이를 날아가 경사면에 퍽하고 박히는 것으로 시작되었다. 나는 기관총수들에게 거리를 잡아주었던 슐츠와 심하게 다투었다. 하지만 슐츠가 덤불 뒤에서 적포도주를 마시고 있는 나를 발견했을 때 우리는 곧 화해했다. 나는 이 수상쩍은 모험을 위한 활력제로 적포도주를 가지고 왔던 것이다.

약속한 시간에 첫 포탄이 날아와 떨어졌다. 우리 뒤편으로 50미터 정도 떨어진 거리였다. 이 이상한 포격에 놀라기도 전에 두 번째 포탄이 우리 바로 옆의 경사면으로 떨어지면서 흙먼지를 뒤집어씌웠다. 이번에는 뭐라고 욕을 할 수도 없었다. 그 포격의 거리를 잡아준 것은 바로 나였기 때문이다.

우리의 사기를 그다지 높여주지 못한 이 서막이 지나간 뒤, 우리는 전진했다. 어떤 특별한 성공의 희망을 가졌다기보다는 명예를 위해서, 의무를 다하기 위해서였다. 다행히도 그들은 초소를 비우고 떠난 듯했다. 그러지 않았다면 우리는 이번에도 역시 아주 거친 환영을 받았음에 틀림없었다. 애석하게도 우리는 기관총을 다시 찾지 못했다. 사실 그리 오래 찾으려고도 하지 않았다. 기관총은 아마도 이미 오래전에 영국군의 손으로 넘어갔으리라.

돌아오는 길에 슐츠와 나는 툭 터놓고 잔소리를 주고받았다. 나는 그가 기관총수들에게 내린 지시에 대해, 그는 내 포격의 조준에 대해.

그러나 나는 아주 세심하게 거리를 정했으므로 뭐가 잘못된 건지 도저히 이해할 수가 없었다. 나는 조금 지나서야 모든 화포가 밤에는 사정거리가 짧아진다는 것, 따라서 내가 100미터의 거리를 더해서 조준해하도록 했다는 것을 알았다. 그리고 우리는 그 사건의 가장 중요한 측면, 곧 보고서에 관해 상의했고, 둘 다 만족스러운 방식으로 보고서를 작성했다.

다음 날 다른 사단의 부대들이 교대하러 왔기에 더 이상의 논쟁은 벌어지지 않았다. 우리는 일단 몽브레엥으로 돌아갔다가 거기서부터 캉브레로 행군했다. 그리고 거의 7월 한 달을 그곳에서 보냈다.

전초기지는 우리가 떠나온 다음 날 밤에 완전히 사라졌다.

12

랑게마르크

캉브레는 아르투아의 한적한 소도시였다. 그 이름은 여러 가지 역사적 연상을 불러일으킨다. 고색창연한 좁은 골목들이 인상적인 읍사무소 건물과 비바람에 풍화된 도시의 성문, 많은 성당을 중심으로 고불고불 이어져 있었다. 성당 안에서는 위대한 대주교 페늘롱이 설교를 했다. 육중한 첨탑들은 뾰족한 박공들 위로 솟아나 있었다. 넓은 가로수 길은 잘 정돈된 시립공원으로 이어졌고, 비행사이자 비행기제작자인 블레리오의 기념비가 공원을 장식했다.

주민들은 조용하고 친절했다. 그들은 크고, 소박하지만 가구가 잘 갖춰진 집에서 만족스러운 삶을 누렸다. 많은 연금수령인이 이곳에서 말년을 보냈다. 전쟁 전에는 이 소도시에 사는 백만장자가 마흔 명을 헤아려서 딱 어울리는 '백만장자의 마을'이라는 별명으로 불렸다.

제1차 세계대전이 이 장소를 마법에 걸린 잠에서 깨어나게 했고 큰 전투들의 핵으로 탈바꿈시켰다. 새로운 삶이 울퉁불퉁한 자갈 위를 덜그럭대며 지나가고 작은 창들을 덜컹이며 흔들었다. 그 뒤로는 겁먹은 얼굴들이 밖을 엿보고 있었다. 타인들이 침입해 지하실에 정성스럽게

담가둔 술을 다 마셨고, 마호가니 침대에 몸을 던졌으며, 끊임없이 변화를 일으키며 시민들의 아늑한 휴식을 방해했다. 이제 그들은 몰라보게 변한 작은 마을의 한 귀퉁이나 문간에 모여서, 조심스러운 목소리로 점령에 관한 무서운 소문과 자기네 나라가 최후의 승리를 거둘 가능성을 서로 이야기했다.

군인들은 막사에서 생활했고, 장교들은 리니에르 거리에 숙소를 마련했다. 우리가 있는 동안, 거리는 마치 학생들이 사는 지역 같았다. 창문 밖에서 나누는 일반적인 대화들, 밤의 노래들, 이런저런 작은 모험들이 우리의 관심사였다.

매일 아침에 우리는 커다란 광장으로 훈련을 받으러 나갔는데, 그곳은 훗날 유명하게 될 퐁텐 마을의 광장이었다. 나는 썩 마음에 드는 직무를 맡았다. 폰 오펜 대령이 자신의 돌격대를 조직하고 교육하는 일을 내게 맡겼던 것이다. 많은 병사들이 돌격대에 자원했지만, 나는 정찰과 다양한 임무들을 함께 수행했던 산전수전 다 겪은 동료들을 선호했다. 그것은 새로운 조직이었으므로, 규칙과 훈련 또한 내가 고안했다.

숙소는 아늑했다. 내 식사를 맡아준 보석상 플랑코-부를롱 부부는 점심식사 때마다 항상 뭔가 맛난 것을 올려보냈다. 저녁에는 모두 함께 차를 마셨고, 카드놀이를 하며 수다를 떨었다. 물론 아주 가끔 '인간은 왜 전쟁을 하는가' 같은 영원한 질문에 관해서도 이야기가 오갔다.

이런 시간이면 착한 플랑코 씨는 으레 여유롭고 해학적인 캉브레 시민들의 익살스러운 이야기들을 들려주었다. 평화롭던 시절에 거리와 술집, 시장 바닥을 웃음으로 가득 채웠던 이야기들이었다. 그 이야기들은 '베냐민 삼촌'을 떠올리게 해주었다.

예를 들면, 하루는 어느 못된 장난꾸러기가 주변의 모든 곱사등이에게 중요한 상속 문제가 생겼으니 공증 변호사 아무개 앞으로 모이라고 했다. 약속시간이 되자 그는 친구들과 함께 건너편 집 창문의 커튼 뒤에 숨어서, 성난 곱사등이 열일곱 명이 맞은편 길에서 떠들며 그 불쌍한 공증 변호사를 몰아붙이는 광경을 구경했다.

퉁명스러운 할망구 이야기도 재미있었다. 맞은편에 사는 할머니였는데, 이상하게도 옆으로 기운 긴 목을 하고 있었다. 20년 전에, 그녀는 시집가고 싶어서 안달하는 아가씨로 알려져 있었다. 그녀는 청년 여섯 명을 만났는데, 그들은 모두 그녀의 부모님을 찾아뵙고 결혼 허락을 받겠다고 약속했다. 다음주 일요일, 커다란 마차가 여섯 명의 청년을 싣고 문 앞에 도착했다. 여섯 명 모두 정장을 하고 손에는 꽃다발을 들고 있었다. 깜짝 놀란 아가씨는 문을 잠그고 숨어버렸고, 여섯 명의 구혼자들은 온 거리를 휘젓고 다니며 웃고 떠들어댔다.

이런 이야기도 있었다. 캉브레의 악명 높은 어느 젊은이가 시장에 와서, 부드럽고 동그랗고 초록색 파가 맛깔나게 송송 뿌려진 치즈를 가리키며 농부의 아내에게 물었다.

"이 치즈 얼마죠?"

"20수예요."

그는 그녀에게 20수를 주었다.

"이제 이 치즈는 내 거죠?"

"그럼요, 손님."

"그러니까 나는 이 치즈를 가지고 뭐든 내 맘대로 해도 되는 거죠?"

"네, 그럼요."

철썩! 그는 치즈를 그녀의 얼굴에 던지고는, 멍하니 서 있는 그녀를 두고 떠나갔다.

7월 25일, 우리는 이 정든 소도시에 작별을 고하고 플랑드르를 향해 북쪽으로 떠났다. 우리는 신문에서, 그곳에서 이미 몇 주째 포격전이 벌어지고 있고 그 강도는 몰라도 범위에서는 솜 전투를 능가한다는 기사를 읽은 터였다.

슈타덴에 도착한 우리는 멀리서 쿵쿵대는 대포 소리를 들으며 열차에서 내렸고, 익숙하지 않은 풍경을 지나 온당크의 막사로 행군했다. 일직선으로 난 군용도로 양쪽에는 지대가 높은 비옥한 초록 들판이 펼쳐지고, 울타리를 두른 초원이 이어졌다. 멀리 드문드문 보이는 깨끗한 농장들은 이엉이나 기와로 지붕을 이었고, 벽에는 담뱃잎 묶음을 걸어 햇빛에 말리고 있었다. 길에서 만난 사람들은 플랑드르 특유의 거칠고도 고향 냄새 물씬 풍기는 사투리로 대화를 주고받았다. 우리는 적군의 전투기에서는 보이지 않는 농장 앞마당들에서 오후를 보냈다. 이따금 멀리 함포에서 우르릉거리는 소리와 함께 포탄이 날아와 머리 위로 지나가거나 근처에 떨어졌다. 그중 하나는 수많은 작은 연못 중 한 곳으로 떨어지며 거기서 목욕을 하던 제91연대 사람 몇 명을 죽이기도 했다.

저녁 무렵에 나는 임무 교대를 준비하기 위해 선발대와 함께 전선으로 향했다. 우리는 호우툴슈트 숲과 쾨쿠이트 마을을 지나 예비대대로 갔는데, 중포탄 몇 개가 여러 차례 길을 막았다. 나는 어둠 속에서 아직 전장의 생활에 익숙하지 않은 한 신병의 목소리를 들었다. "저 소위님은 절대로 몸을 안 숨길 것 같아"

"뭐가 뭔지를 아시니까." 한 돌격대원이 말했다. "만약 제대로 된 게 한 방 날아오면 아마 제일 먼저 몸을 던질걸?"

우리는 이제는 꼭 필요할 때만 몸을 숨겼는데, 그땐 결코 어슬렁거리지 않았다. 그 필요성은 숙련된 고참들만이 판단할 수 있었다. 신병이 포탄이 날아올 때 나는 가볍게 떨리는 소리를 듣기도 전에, 고참은 그 포탄의 궤적을 감지할 수 있다. 민감한 상황이 되면, 나는 좀 더 잘 들을 수 있도록 철모를 벗고 작업모를 쓰기도 했다.

안내병들은 믿음이 가지 않았다. 그들은 끝도 없이 길게 꺾인 '상자참호' 안에서 지그재그로 계속해서 나아가기만 했다. 땅을 파면 물이 올라와서 땅바닥에 모래주머니와 섶나뭇단을 쌓아 만든 통로를 우리는 상자참호라고 불렀다. 그 뒤 우리는 형편없이 망가진 숲을 지났다. 안내병들 말로는, 며칠 전에 그곳으로 250밀리 포탄 1000개가 날아오는 바람에 한 연대본부가 쫓겨났다. '여기서는 아주 넉넉하게 쏘나보지?'라는 생각이 내 머리를 스쳤다.

우리는 촘촘한 잡목 사이를 이리저리 헤매다가 안내병들을 놓쳤고, 갈대가 수북이 자라난 늪 같은 진창에 빠져 어찌할 바를 모르고 서 있었다. 늪의 검은 수면 위로 달빛이 비쳤다. 포탄들은 부드러운 흙 속으로 떨어져 박혔고, 곧 높이 솟아오른 진흙더미가 철썩거리며 떨어져내렸다. 마침내 불행한 안내병이 돌아왔다. 그에 대한 우리의 분노가 점점 거세지고 있을 때였다. 그는 길을 찾았다고 말했다. 하지만 그는 응급치료소에 도착할 때까지 우리를 또 한번 헤매게 했다. 응급치료소 위로 매우 짧은, 정해진 간격을 두고 유산탄 두 개가 떨어졌고, 그 탄알과 유산탄 탄피들이 나뭇가지 사이로 후두둑후두둑 빗발쳤다. 당직 의사는 우리에게 예비 방어선의 사령부가 있는 마우제부르크로 데려갈 적당한 사람을 붙여주었다.

나는 즉시 우리 연대의 제2중대가 교대해야 할 제225연대의 어느 중대를 찾아나섰다. 포탄 구덩이들이 많이 패여 있는 지역에서 한참을 찾은 끝에 내부를 강화콘크리트로 용의주도하게 보강한 집 몇 채를 발견했다. 그 가운데 한 채는 그 전날 직격탄을 맞아 주저앉았는데, 지붕이 폭삭 무너져내리는 바람에 안에 있던 사람들이 쥐덫에 걸린 쥐들처럼 깔려버렸다고 했다.

나는 그날 밤이 지나도록 병사들로 미어터지는 중대장의 콘크리트 블록 안에 간신히 끼어 들어가 있었다. 전방에서 이골이 난 중대장은 우직한 사람이었다. 그는 부하들과 함께 앉아 술병을 비우고 커다란 돼지고기 통조림을 따 먹다가 동작을 멈추고는, 고개를 흔든 다음 계속해서 커져가는 포병대의 포격 소리에 귀를 기울이곤 했다. 마침내 나는 잠이 들었다.

무겁고 어지러운 잠이었다. 깜깜한 어둠 속에서 집 주위로 터지는 수많은 고성능 포탄들. 그 죽음의 풍경 한가운데에서 형용할 수 없는 고독감과 고립감이 밀려왔다. 나도 모르게 간이침대 옆에서 자고 있던 한 병사에게 몸을 바짝 붙였다. 한번은 강력한 충격에 놀라서 벌떡 일어난 적도 있었다. 우리는 벽에 불빛을 비추어 집에 구멍이 났는지 살펴보았다. 작은 포탄 하나가 외벽에 부딪혀 터진 것이었다.

다음 날 오후는 마우제부르크의 대대장과 함께 보냈다. 그의 부관과 당번병과 함께 카드놀이를 하며 싸구려 포도주병을 돌리는 동안에도 사령부 옆에서는 150밀리 포탄이 쉴 새 없이 떨어졌다. 이따금 그는 연락병을 보내기 위해 카드를 내려놓거나 걱정이 가득한 표정을 지으며 우리의 콘크리트 블록이 폭격에 안전한지를 놓고 대화를 나누었다. 그가 적극적으로 반대의견을 폈음에도, 우리는 결국 위에서 떨어지는 직격탄에는 어쩔 수 없이 당하게 된다는 사실을 납득시켰다.

저녁에는 포화가 미친 듯이 맹렬해졌다. 앞쪽에서는 쉬지 않고 조명탄이 솟아올랐다. 먼지를 뒤집어쓴 연락병들이 적군의 공격을 알려왔다. 몇 주 동안의 포격에 이어, 보병전이 시작되려 하고 있었다. 그러니까 우리가 아주 때맞추어 나타난 셈이었다.

나는 중대본부로 돌아가 제2중대가 도착하기를 기다렸다. 제2중대원들은 맹렬한 포격이 벌어지는 새벽 4시에 나타났다. 나는 내 소대를 이끌고, 끔찍하리만치 황폐한 거대한 포탄 구덩이 지대 한가운데에 있는, 부서진 집의 잔해들로 덮인 콘크리트 블록으로 갔다. 그곳이 우리 자리였다.

새벽 6시, 플랑드르의 짙은 안개가 걷히며 우리 눈앞에 주변의 끔찍한 광경이 드러났다. 곧이어 저공으로 비행하는 적군의 전투기 편대가 사이렌을 울리면서 난타당해 짓이겨진 땅 위를 정찰하고 지나갔다. 따로 떨어져 있던 보병들은 포탄 구멍들 안으로 몸을 던졌다.

30분쯤 뒤 포격이 시작되었다. 우리 피신처로 태풍이 밀려왔다. 우리 주위로 떨어지는 포탄들이 처음에는 숲을 이루었다면, 나중에는 소용돌이치는 벽으로 변했다. 우리는 함께 웅크리고 앉아서 순간순간, 포탄이 금방이라도 적중해 콘크리트 블록과 우리를 흔적도 없이 쓸어버리고, 우리 거점을 구덩이 사막으로 만들어버릴 거라고 상상했다.

정말로 그렇게 엄청난 포격 속에서 그날 하루가 지나갔고, 포화가 일시적으로 잠잠해질 때마다 우리는 앉아서 이를 악물었다.

저녁에 완전히 지친 연락병이 나타나 내게 명령을 전해주었다. 제1중대와 제3중대, 제4중대는 오전 10시 50분을 기해 반격을 개시하고, 제2중대는 교대시간을 기다려 전선으로 나가라는 것이었다. 몇 시간 동안 공격전을 치르려면 힘을 아껴두어야 했기에, 나는 바로 자리에 누위 잠을 청했다. 그때 나는, 아직도 하노버에 있는 줄 알았던 동생 프리츠가 바로 그 시간에 제3중대의 한 소대와 함께 포화의 폭풍 속에서 내 막사 근처를 지나 전진하고 있다는 사실을 알지 못했다.

부상자 한 명이 계속 비명을 질러대는 바람에 나는 한참 동안 잠을 이룰 수가 없었다. 그는 길을 잃고 구덩이 들판을 헤매던 작센인 두 명이 데리고 온 부상병이었다. 작센 출신의 병사들은 완전히 녹초가 되어 잠들어 있었다. 다음 날 아침에 그들이 깨어났을 때, 그들의 전우는 죽어 있었다. 그들은 시체를 근처 포탄 구멍으로 날라다가 삽으로 흙을 몇 번 퍼서 덮었다. 그리고 아침을 먹은 다음, 그 쓸쓸한 무덤을 뒤로 하고 길을 떠났다. 그 무덤은 전쟁터에 만들어진 수많은 무명 전사자들의 무덤 중 하나였다.

나는 11시가 되어서야 깊은 잠에서 깨어났다. 철모에 물을 받아서 세수한 뒤, 구체적인 지시를 받아오라고 부하를 중대 지휘관에게 보냈다. 하지만 놀랍게도 그는 우리에게 말 한마디 없이 떠나버린 뒤였다. 전쟁은 늘 그런 식이다. 훈련장에서는 감히 꿈도 꾸지 못했던 일들이 일어난다.

내가 욕을 퍼부으며 간이침대에 앉아 뭘 해야 할지를 궁리하고 있는데, 대대본부에서 연락병이 달려와 즉시 제8중대를 넘겨받으라는 명령을 전해주었다.

지난밤에 제1대대의 반격이 큰 손실을 입은 채 중단되었으며, 남은 이들이 우리 앞에 있는 돕슈츠 숲과 그 좌우 양쪽에서 방어전을 펼치고 있다는 사실을 알게 되었다. 제8중대는 숲으로 전진해서 지원하는 임무를 맡았는데, 숲에 도착하기도 전에 노지에서 집중사격을 받고 큰 타격을 입었다고 했다. 지휘관 뷔딩겐 중위도 부상을 당했으니, 이제나더러 그들을 통솔하라는 것이었다.

이제 지휘관을 잃게 된 소대와 작별을 한 나는 연락병과 함께 유산탄이 쏟아지는 황량한 지역을 가로질러 길을 떠났다. 절망에 빠진 목소리 하나가 고개를 숙이고 바삐 걷던 우리의 발걸음을 멈추어세웠다. 멀리 한 포탄 구덩이에서 반쯤 몸을 내민 형체가 팔이 잘려나간 피투성이 어깨를 흔들고 있었다. 우리는 막 떠나온 콘크리트 블록을 손으로 가리키고는 다시 걸음을 재촉했다.

나는 제8중대를 발견했다. 줄지은 콘크리트 블록들 뒤에 의기소침해서 웅크리고 있는 아주 작은 무리였다.

"소대 지휘관들, 나와!"

하사관 세 명이 앞으로 나섰다. 그들은 한 번 더 돕슈츠 숲으로 들어가려고 시도하다가 결국 불가능하다는 판단을 내렸다고 했다. 정말로, 중포탄의 강력한 폭발이 불의 벽처럼 우리 앞을 가로막고 있었다. 나는 일단 소대들을 콘크리트 블록 세 채 뒤로 모이게 했다. 아직 각 소대의 인원은 열다섯 명에서 스무 명 정도는 되었다. 그 순간, 포탄이 바로 우리 쪽으로 날아왔다. 뭐라 형용할 수 없는 대혼란이 일어났다. 왼쪽 콘크리트 블록 옆에 모여 있던 병사들이 한꺼번에 공중으로 날아갔다. 오른쪽 콘크리트 블록에 포탄이 적중하면서, 부상당한 몸으로 그 옆에 누워 있던 뷔딩겐 중위가 엄청난 무게의 잔해 속에 파묻혔다. 우리는 쉬지 않고 공이가 내리찍는 절구 속에 들어 있는 형국이었다. 우리는 시체처럼 허옇게 뜬 얼굴로 서로를 바라보았고, 부상자들이 사방에서 울부짖었다.

이제는 엎드려 있든, 앞으로 뛰어가든, 뒤로 뛰어가 몸을 피하든 다 마찬가지인 상태가 되었다. 그래서 나를 따르라는 명령을 내리고 불 한

가운데로 뛰어들었다. 몇 발자국 떼지도 않았는데 벌써 포탄 하나가 내게 흙을 뒤집어씌우며 몸을 뒤쪽으로 튕겨올려서는 마지막 구덩이로 내동댕이쳤다. 내가 왜 포탄에 맞지 않았는지, 알 수가 없었다. 포탄들이 너무나 촘촘하게 떨어져서 철모와 어깨를 스치고 지나가는 듯한 느낌이었고, 그러고도 마치 커다란 짐승들처럼 내 발 앞의 땅바닥을 들쑤셨기 때문이다. 내가 서둘러 포화를 뚫고 달리면서도 포탄에 맞지 않은 이유는 아마도 이미 포탄에 많이 맞아 움푹 파인 땅이, 땅의 저항이 포탄들을 폭발시키기 전에 그것들을 꿀꺽 삼켜버렸기 때문일 것이다. 그래서 포탄이 터지면 불기둥들이 땅에서 옆으로 비스듬히 퍼지는 덤불 모양이 아니라 마치 포플러처럼 창 모양으로 가파르게 뻗어 올라갔다. 다른 것들은 작은 종 모양을 이루다 말았다. 나는 더 앞쪽으로 갈수록 포탄의 힘이 줄어든다는 사실 또한 알아차렸다. 최악의 시간을 빠져나와, 나는 주위를 돌아보았다. 주변에 사람이라곤 없었다.

마침내, 연기와 먼지 구름 속에서 병사 두 명이 나타났다. 그러고는 또 한 명, 그리고 두 명 더. 나는 이 다섯 사람을 데리고 무사히 목적지에 도착했다.

반쯤 부서진 콘크리트 블록 안에 제3중대 지휘관 잔트포스 소위가 중기관총 세 정을 가지고 키 작은 슐츠와 함께 앉아 있었다. 나는 큰 소리로 "할로!"라고 외치는 인사와 함께 코냑 한 모금으로 환대를 받았다. 그리고 나서 대단히 유쾌하지 못한 전세에 대해 들었다. 영국군은 우리 바로 앞에 있었고, 왼쪽이나 오른쪽 아군과는 연락이 닿지 않았다. 우리는 이곳이 오직 화약연기 속에서 머리가 하얗게 샌 아주 노련한 전사들에게나 어울리는 구역이라고 판단했다.

잔트포스가 뜬금없이 내게 동생 소식을 들었느냐고 물었다. 동생이 지난밤 공격에 참여했다가 행방불명이 되었다는 것이었다. 그 말을 들으니 얼마나 걱정이 되던지. 그 기분을 누가 상상이나 할 수 있었을까. 무엇으로도 보상할 수 없는 상실감이 나를 엄습했다.

그때, 한 병사가 와서 부상을 당한 동생이 가까운 땅굴에 누워 있다고 알려주었다. 그러면서 뿌리가 뽑힌 나무들로 뒤덮인 황량한 오두막을 가리켰다. 방어군이 버리고 간 곳이었다. 나는 집중사격의 틈을 타급히 그리로 뛰었다. 세상에 이런 회우가 다시 있을까! 동생은 시체 냄새가 진동하는 곳에서, 중상을 입고 신음하는 부상병들 무리 한가운데에 누워 있었다. 동생의 부상은 매우 염려스러웠다. 돌격 때 유산탄 탄알 두 방을 맞았는데, 그중 하나는 허파를 관통했고 다른 하나는 오른쪽 어깨를 산산조각냈다. 동생의 눈은 열에 들떠 번들거렸고, 가슴에는 가스마스크가 열린 채로 매달려 있었다. 동생은 숨을 쉬는 것조차 힘들어했다. 우리는 서로 손을 꼭 잡고 그간의 이야기를 나누었다.

동생이 이곳에 머물러선 안 된다는 것은 확실했다. 금방이라도 영국군이 공격을 개시하거나, 그러지 않아도 심하게 망가진 오두막에 포탄이 날아와 완전히 부서질 것이 분명했다. 형으로서 할 수 있는 최선의 일은 동생을 곧장 데려가는 것이었다. 잔트포스가 전력이 약해진다며 한사코 말렸지만, 나는 내가 데려왔던 부하 다섯 명에게 동생을 '콜럼버스의 달걀'로 불리던 응급치료소로 데려갔다가, 그곳에서 다른 부상병들을 구할 사람들과 함께 돌아오라고 지시했다. 동생을 군용천막으로 묶은 다음 긴 막대를 꽂아서 두 사람이 어깨에 메었다. 내가 동생과 다시 악수를 나눈 뒤, 슬픈 행렬이 움직이기 시작했다.

나는 흔들리는 동생의 몸을 눈으로 좇았다. 그들은 탑처럼 높이 솟아오르는 포탄 기둥의 숲을 지나갔다. 나는 포탄이 터질 때마다 깜짝 놀라 몸을 움츠렸다. 이윽고 그 작은 행렬은 전투의 연기안개 속으로 사라졌다. 나는 어머니 대신 내가 어린 동생을 돌보아야 하고, 동생에게 어떤 일이 일어나든 책임지고 그것을 어머니에게 설명해야 한다고 생각했다.

숲 앞쪽 끝의 포탄 구덩이에서 천천히 침투해 들어오는 영국군과 얼마간 총격을 나눈 뒤에, 나는 그 사이에 인원이 조금 늘어난 부하들, 그리고 콘크리트 블록의 잔해 사이에 있는 기관총수 한 명과 함께 밤을 보냈다. 근처에선 끊임없이 엄청난 파괴력을 지닌 고성능 포탄이 떨어져내렸고, 그중 하나는 하마터면 그날 저녁에 나를 죽일 뻔하기도 했다.

아침 무렵에 갑자기 기관총이 요란한 소리를 내며 불을 뿜었다. 시커먼 형체들이 다가오고 있었기 때문이다. 하지만 그들은 우리와 연락을 취하려고 찾아오던 제76연대의 정찰대였다. 그중 한 명이 기관총에 맞아 죽고 말았다. 그 시기에는 그런 실수들이 아주 빈번하게 벌어졌고, 그걸 가지고 오랫동안 괴로워할 겨를도 없었다.

새벽 6시, 제9중대가 우리의 임무를 넘겨받고 교대했다. 중대는 내게 라텐부르크에서 전투태세를 갖추라는 명령을 내렸다. 그리로 가다가 사관후보생 한 명이 유산탄에 맞아 전투불능 상태가 될 정도로 부상을 입는 바람에, 나는 부하를 또 한 명 잃었다.

우리 앞에 모습을 드러낸 라텐부르크 성은 늪과도 같은 슈텐바흐 개울에 아주 가까운, 콘크리트판으로 강화하고도 포격과 총격에 심하게 당한 고둥처럼 생긴 건물이었다. '쥐의 성'이라는 뜻의 라텐부르크는 아주 적절한 이름이었다. 우리는 몹시 지친 몸으로 그곳에 입성했고, 곧 짚단을 깐 간이침대에 몸을 던졌다. 그리고 낮잠을 푹 잔 후 기분을 북돋는 파이프 담배를 한 대 피우고 나서야 다소간 기력을 회복할 수 있었다.

이른 오후에는 대구경 포탄이 쏟아지기 시작했다. 6시부터 8시까지는 줄을 이어 포탄이 터졌고, 근처에 떨어진 불발탄의 무지막지한 충격으로 건물이 금방이라도 무너질 것처럼 흔들리곤 했다. 우리는 이 건물이 안전할지에 대해, 그리고 그 밖에 이 건물과 관련된 화제들을 놓고 얘기를 주고받았다. 우리는 콘크리트 지붕이 아주 튼튼할 거라고 여겼지만, 라텐부르크 성이 개울의 가파른 둑에서 아주 가깝다는 점이 걱정이었다. 낮은 궤도를 그리는 중포탄이 우리 밑에서 터지면 콘크리트와 함께 개울 바닥으로 거꾸러질 수도 있었다.

저녁 무렵에 포화가 조금 잦아들자, 나는 유산탄 탄알들이 어지럽게 빗발치는 비탈을 몰래 기어올라 응급치료소인 '콜럼버스의 달걀'로 갔다. 의사에게 내 동생의 상태를 물어보기 위해서였는데, 그는 죽기 직전인 사람의 끔찍하게 훼손된 다리를 살펴보던 중이었다. 정말로 기쁘게도, 그는 동생이 비교적 양호한 상태로 접어들었다고 말해주었다.

나중에, 식사 당번병들이 와서 이제는 딱 스무 명으로 줄어든 중대에 따뜻한 수프와 쇠고기 통조림, 커피, 빵, 담배와 슈납스*를 나눠주었다. 우리는 실컷 먹고 '98프루프'짜리 술병을 돌렸다. 그러고 나서 모두 잠을 청했지만, 개울에서 떼로 날아오는 모기와 포탄, 그리고 이따금 터지는 가스탄에 끊임없이 방해를 받았다.

이 불안한 밤의 끝자락에서, 나는 깊은 잠에 곯아떨어졌다. 아침에 그들이 보기에는 걱정될 정도로 포화가 심해지자, 부하들이 나를 흔들

---

* 감자, 곡물로 만든 독일산 증류주다.

어 깨웠다. 전선에서 패배하고 줄곧 후퇴해온 병사들이 방어선은 이미 무너졌고 적군이 전진해오고 있다고 보고했다는 것이었다.

나는 '든든한 아침식사는 몸과 영혼을 지탱하는 힘이다'라는 병사들의 오랜 표어에 따라 요기를 한 뒤, 파이프에 불을 붙이고 바깥을 살펴보았다.

주위에 자욱한 연기가 시야를 가려서 잘 보이지 않았다. 포격은 시시각각으로 광포해졌고, 곧 정점에 이르렀다. 하도 격렬하게 쏟아져서 거의 즐거움에 가까울 만큼 무심해졌다. 흙더미들이 끊임없이 지붕 위로 떨어졌고, 건물 자체도 두 방이나 포탄을 맞았다. 소이탄들은 우윳빛이 도는 무겁고 하얀 연기를 내뿜었다. 연기에서 나온 불덩어리들이 땅으로 빗발쳤다. 인을 함유한 덩어리가 내 발 바로 앞에 있던 돌에 퍽 떨어지더니, 몇 분 동안이나 계속 타올랐다. 나중에 들은 바로는, 소이탄에 맞은 병사들은 땅바닥에 데굴데굴 굴렀는데도 불이 꺼지지 않았다고 했다. 지연신관을 장착한 포탄들이 천둥 같은 소리를 내며 땅바닥으로 떨어져서, 흙덩어리를 사방으로 뿜어냈다. 가스 연기와 안개가 들판 위에 무겁게 깔렸다. 우리 바로 앞에서 소총과 기관총 소리가 울렸다. 이미 적군이 가까이 다가왔다는 신호였다.

아래쪽의 슈텐바흐 개울 바닥에서는 한 무리의 병사들이 흙탕물이 튀어오르는 간헐천의 끊임없이 변화하는 풍경 속을 헤쳐 나아가고 있었다. 나는 대대장 폰 브릭슨 대위를 알아보았다. 그는 팔에 붕대를 감고 의무병 두 명의 부축을 받고 있었다. 서둘러 그에게로 갔다. 그는 내게 앞에서 적군이 압박해 들어오고 있으니 빨리 엄폐물을 찾으라고 주의를 주었다.

오래지 않아, 보병대의 첫 번째 총알들이 주위의 구덩이들과 무너지지 않고 남아 있던 담벼락을 맞춰 요란한 소리를 냈다. 앞쪽에서 버티고 있는 병사들을 확실하게 엄호하기 위해 소총들이 미친 듯이 불을 뿜었지만, 점점 더 많은 형체들이 우리 뒤의 연기 속으로 사라져 달아났다.

마침내 그 시간이 가까워졌다. 우리는 라텐부르크 성을 사수해야 했다. 나는 부하들에게—그중 몇몇은 걱정스러워 보였지만—후퇴는 절대 없다고 말했다. 부하들은 총안들 뒤로 나뉘어 배치되었고, 우리의 유일한 기관총이 창문에 설치되었다. 한 구덩이가 응급치료소로 정해졌고, 곧 할 일이 많아질 들것 운반병 한 명이 그 안에서 대기했다. 나도 주인을 잃고 바닥에 떨어져 있던 소총 한 자루를 집어들고 탄띠 한 줄을 목에 걸었다.

우리는 인원이 아주 적었으므로, 나는 지휘관을 잃고 헤매는 병사들을 모아 충원하려고 애썼다. 대부분은 우리의 호소에 기꺼이 응답했고 우리에게 합류할 수 있게 된 것을 기뻐했지만, 다른 병사들은 잠시 멈춰서서 우리의 빈약한 진용을 보더니 불신의 눈초리를 던지며 서둘러 길을 떠나려고 했다. 우아하게 대처할 시간이 없었다. 나는 그들에게 총을 겨누게 했다.

그들은 당연히 너무나도 내키지 않는 표정이긴 했지만, 소총의 총구라는 자석에 이끌려 천천히 다가왔다. 다양한 욕설과 변명, 그리고 다소간 설득력 있는 주장들이 뒤엉켰다.

"하지만 전 총 한 자루도 없는데요!"

"그럼 누군가가 총에 맞는 걸 기다리쇼!"

포격이 마지막으로 무지막지한 규모로 맹렬해지는 동안 건물들의 잔해는 여러 번 포격에 맞았고, 공중에서 기왓장이 날아와 우리 철모에 부딪쳤다. 그 사이에 나는 무시무시한 한 방을 맞고 땅바닥으로 내동댕이쳐졌다. 부하들에겐 놀랍게도, 나는 아무런 상처도 입지 않은 채 몸을 일으켰다.

그 엄청난 마지막 소용돌이가 지나가고, 사위가 조용해졌다. 포격은 이제 우리 머리 위를 지나 랑게마르크와 빅슈트를 잇는 도로로 쏟아지고 있었다. 기분이 썩 좋지 않았다. 지금까지 우리는 나무만 보고 숲을 보지 못했다. 위험이 그렇게 거대한 규모와 다양한 형태로 닥쳐왔기에, 우리는 사실 그 위험에 제대로 대처하는 걸 시작조차 하지 못했다. 폭풍이 우리 머리 위로 지나간 뒤에, 우리는 시간을 가지고 앞으로 반드시 다가올 것에 대비했다.

그리고 올 것이 왔다. 우리 앞의 소총수들이 조용해졌다. 우리 방어군은 궤멸당한 것이다. 자욱한 연기 속에서 촘촘하게 늘어선 적군 병사들이 다가오기 시작했다. 내 부하들은 폐허 뒤에 숨어서 총을 쏘았고, 기관총이 불을 뿜었다. 빗자루로 쓸어내듯이 쏘아댔지만, 공격자들은 갑자기 구덩이 안으로 사라졌다가 다시 대응사격을 퍼부어 우리를 꼼짝하지 못하게 묶어놓았다. 양쪽 측면에서 강력한 파견대가 앞으로 행군하기 시작했다. 우리는 곧 소총수들에게 포위되었다.

전혀 가망이 없는 상황이었다. 부하들을 쓸데없이 희생할 수는 없었다. 나는 후퇴 명령을 내렸다. 이제는 완강하고 헌신적인 병사들을 멈추게 하기가 어려웠다.

우리는 수면 가까이 내리깔린 긴 연기구름을 이용해, 얼마 동안은 허벅지까지 물이 차오르는 개울을 지나 그곳을 빠져나왔다. 협로가 거의 봉쇄되었지만, 그래도 우리는 고불고불하게 휘어진 길을 조심스럽게 돌아 빠져나왔다. 나는 작은 진지를 빠져나온 마지막 주자였다. 머리에 중상을 입고 피를 흘리면서도 우스갯소리 몇 마디로 무력한 자신을 애써 감추었던 휠레만 소위를 부축해야 했기 때문이었다.

도로를 건넜을 때 우리는 제2중대를 만났다. 키우스는 후퇴하는 부상병들에게 우리 상황을 전해들었다고 했다. 본인의 생각도 생각이지만, 부하들이 더 적극적으로 나서서 우리를 구하러 왔다는 것이었다.

그것은 마음에서 우러나온 행동이었다. 우리는 감동했고 행복감에 들떴다. 나무둥치라도 뽑을 수 있을 듯한 기분이었다.

짧은 회의를 거쳐, 우리는 그곳에서 적군이 우리를 쫓아오기를 기다리기로 했다. 여기에도 포병대원, 신호병, 통신병과 부대를 잃고 흩어진 이런저런 낙오병들이 있었고, 무력을 동원하지 않고는 그들이 총을 잡고 사격선에 엎드리게 하기 어려울 터였다. 그들에게 부탁하고 명령하고, 때로는 개머리판으로 때린 뒤에야 겨우 새로운 방어선을 구축할 수 있었다.

그러고 나서 우리는 흔적만 남은 참호 안에 앉아 아침을 먹었다. 키우스는 어김없이 자신의 사진기를 꺼내어 사진을 찍었다. 우리 왼쪽으로, 랑게마르크 외곽에서 다가오는 갑작스러운 움직임이 포착되었다. 부하들은 이리저리 배회하는 형체들에게 내가 '사격 중지!'를 외칠 때까지 사격을 퍼부었다. 불행히도, 곧 하사 한 명이 나타나, 수발총병 수비대의 한 중대가 도로에 구덩이를 파고 있었는데 우리가 쏜 포화로 사상자가 발생했다고 보고했다.

나는 곧바로 전진 명령을 내려, 맹렬한 소총 사격을 뚫고 그들과 합류했다. 몇 명이 쓰러졌고, 제2중대의 바르트머 소위는 중상을 입었다. 내 옆자리를 지키던 키우스는 앞으로 나아가던 중에도 남아있던 버터 바른 빵을 끝까지 먹었다. 슈텐바흐 개울로 내려가는 지점의 도로를 점령했을 때, 우리는 영국군도 막 똑같은 행동을 하려던 중임을 알았다. 이미 국방색 형체들이 20미터 앞까지 접근해 있는 상황이었다. 눈길이 가 닿는 곳 어디나 병사들의 행렬로 가득했다. 라텐부르크 주위에도 이미 그들이 득실거렸다.

그들은 아무것도 신경쓰지 않은 채 일에만 몰두하고 있었다. 한 병사는 등에 지고 있던 둘둘 만 전선에서 한 가닥을 천천히 풀어내고 있었다. 거의 사격을 받은 적이 없는 병사들이라 그런지, 그들은 매우 신이 나서 전진해왔다. 그들의 병력이 훨씬 많기는 했지만, 우리는 그들을 저지할 수 있으리라고 생각했다. 우리는 사격을 대량으로 퍼부었다. 하지만 엄밀히 조준한 사격이었다. 나는 제8중대의 한 건장한 상병이 자신의 소총을 산산조각난 나무둥치 위에 침착하게 걸쳐놓는 것을 보았다. 한 발씩 발사될 때마다 공격군이 한 명씩 쓰러졌다. 다른이들은 놀라서 멈칫거리다가 토끼들처럼 포화 속에서 이리저리로 몸을 던졌다. 그들 사이로 먼지구름이 뿌옇게 솟아올랐다. 일부는 총에 맞아서 쓰러졌고, 나머지는 포탄 구덩이로 기어 들어가 어둠이 올 때까지 그 안에 숨어 있었다. 공격은 금세 실패로 끝났다. 그들이 지불한 대가는 컸다.

11시경에 장미 모양의 장식을 단 비행기들이 우리가 있는 곳까지 낮게 날아왔으나, 우리의 맹렬한 사격에 쫓겨 사라졌다. 이 혼란스러운 사격 와중에도 나를 웃게 한 병사가 있었다. 그는 나를 찾아와서, 자신이 소총을 쏘아 전투기 한 대에 불이 붙었으니 그 증명서를 써달라고 요구했다.

나는 도로를 점령한 즉시 연대본부에 보고를 올려 지원을 요청해둔 터였다. 오후가 되자 포병과 공병과 기관총수들이 도착했다. 프리드리히 대왕의 전술교범에 따라, 이미 병사들이 차고도 넘치는 제1선에 그들을 모두 투입했다. 가끔씩, 영국군 저격수들이 부주의하게 도로를 건너는 사람 한두 명을 쏘아 쓰러뜨렸다.

4시경, 아주 끔찍한 유산탄 공격이 개시되었다. 탄알은 한 치의 오차도 없이 도로로 떨어졌다. 의심의 여지도 없이 전투기들이 우리의 방어선을 파악했을 것이었다. 힘겨운 시간이 눈앞에 있었다.

그리고 곧 격렬한 포격이 뒤따랐다. 우리는 병사들로 꽉 찬, 도로를 따라 쭉 뻗은 도랑 안에서 옆사람에게 몸을 바짝 붙이고 엎드려 있었다. 불이 눈앞에서 춤을 추었고, 나뭇가지와 흙덩이들이 휙휙 소리를 내며 머리 위로 쏟아졌다. 내 왼쪽에서 불꽃이 피어났다 사그라지면서 희고 매캐한 증기를 남겼다. 나는 옆사람에게로 기어갔다. 그는 움직이지 않았다. 가늘고 뾰족한 파편들이 수도 없이 박혀 피가 스며나왔다. 더 오른쪽에서도 큰 피해가 발생했다.

30분 뒤, 주위가 조용해졌다. 우리는 서둘러 도랑의 평평한 쪽들을 깊이 팠다. 두 번째 공격 때는 적어도 파편을 피하기 위해서였다. 삽이 1914년에 쓰였던 소총과 검대, 탄피들에 부딪혔다. 이 땅이 피를 마신 게 이번이 처음이 아니라는 증거였다. 여기서는 랑게마르크의 지원병들이 우리보다 먼저 싸웠다.

땅거미가 졌다. 우리에게 온 두 번째 지원이었다. 나는 굳은살까나 배여가며 파낸 작은 땅굴에 키우스와 함께 쪼그리고 앉았다. 바닥이 가까운 곳과 아주 가까운 곳에서 터지는 포탄들 때문에 뱃전처럼 기우뚱거렸다. 우리는 이것이 마지막이 될지도 모른다고 생각했다.

나는 이마를 덮은 철모를 쓴 채 거리를 응시했다. 쇳조각들이 날아와 거리 위의 돌들에 부딪쳐 불꽃이 튀었다. 나는 파이프를 잘근잘근

섭으며 나 자신에게 용기를 불어넣으려고 했다. 이상한 생각들이 머리를 스쳐 지나갔다. 나는 캉브레에서 우연히 집어들었던 프랑스 대중소설 『사막의 독수리』에 대해 골똘히 생각했다. 그리고 여러 차례 아리오스토의 말을 중얼거렸다. "그 죽음이 영예로운 것이라면, 위대한 심장은 죽음이 언제 찾아오더라도 두려워하지 않는다." 그러자 아마도 마치 롤러코스터를 탔을 때 느끼는 종류의, 일종의 유쾌한 도취감에 빠져들었다. 포격이 잠시 멈추어 귀를 쉬게 하는 사이에, 내 옆에서 누군가가 〈아스칼론의 검은 고래〉라는 노래 중에서도 가장 아름다운 구절을 흥얼거렸다. 나는 내 친구 키우스가 미쳐버렸다고 생각했다. 그러나 누구에게나 자신만의 특이한 방법이 있는 법이다.

포격이 끝날 무렵에 커다란 파편에 손을 맞았다. 하지만 키우스가 손전등으로 비추어보니, 약간의 찰과상을 입었을 뿐이었다.

자정이 지나 비가 부슬부슬 내리기 시작했다. 지원하러 온 연대의 정찰대가 슈텐바흐 개울까지 나아갔는데, 구덩이들은 진흙으로 가득 차 있을 뿐 영국군은 개울 너머로 물러가고 없었다.

이 중대한 날의 긴장 속에서 완전히 녹초가 된 우리는 보초를 빼고는 모두 간이호 안에 자리를 잡고 앉았다. 나는 내 옆에서 죽은자의 갈기갈기 찢긴 외투를 끌어당겨 머리 위로 뒤집어쓴 후 불안한 잠에 빠져들었다. 빛이 밝아올 무렵 추위에 떨며 깨어난 나는 매우 난감한 상황에 빠져 있다는 것을 깨달았다. 비가 억수같이 내렸고, 도로의 틈에서 흘러 들어온 물은 모두 내가 앉은 간이호 안으로 쏟아져내렸다. 나는 작은 둑을 만들었고, 식기 뚜껑으로 내 자리에 고인 물을 퍼냈다. 도로에서 흘러내리는 물이 늘어남에 따라 흙으로 만든 둑을 점점 더 높이 쌓아야 했다. 내가 지은 빈약한 축조물은 급기야 심해지는 압력을 이기지 못하고 무너졌고, 더러운 흙탕물이 콸콸거리며 흘러내려 내가 앉아 있던 간이호의 맨 윗부분까지 가득 찼다. 내가 진흙탕에서 권총과 철모를 건져 올리려고 애쓰는 동안 내 빵과 담배가 도랑을 따라 둥둥 떠내려갔다. 그곳에 있던 다른 병사들도 대략 나와 비슷한 불행을 겪고 있었다. 입고 있던 옷까지 푹 젖은 채 추위에 벌벌 떨면서 거리의 흙탕물 속에 서 있던 우리는, 아무런 엄폐물도 없이 다음번 사격에 완전히 노출되어 있다는 사실을 깨달았다. 모든 게 엉망인 아침이었다. 다시 한번, 저항을 완벽하게 무너뜨리는 데에 습기와 추위라는 자연의 힘보다 강력한 포격은 없다는 사실을 뼈저리게 느꼈다.

그러나 전투라는 더 넓은 틀에서 보자면 이 폭우는 우리한테는 그야말로 신이 내린 선물이었다. 영국군의 공격이 초기의 아주 결정적인 며칠 동안 바로 이 폭우로 인해 가로막혀버렸기 때문이다. 적군은 대포를 가지고 늪지대로 변한 구덩이 지대를 지나야 했고, 반면 우리는 온전한 도로를 통해 탄약들을 옮겨올 수 있었다.

오전 11시, 절망의 구렁텅이에 빠진 우리에게 연락병의 모습을 한 구원의 천사가 나타났다. 그는 연대가 쾨쿠이트로 집결하라는 명령을 전해주었다.

돌아가는 길에, 우리는 공격 기간 동안 앞쪽과 연락하는 것이나 보급이 왜 그렇게 어려운 일이었는지를 알게 되었다. 거리는 병사와 말들로 가득했다. 강판처럼 구멍이 숭숭 뚫린 몇 대의 화포견인차 옆으로, 끔찍하게 총포에 당한 말 열두 마리가 길을 막고 있었다.

유산탄 몇 개에서 터져나온 우윳빛 탄알들이 비가 와서 축축해진 초원을 구름처럼 떠돌고 있었다. 거기에 연대의 잔여 인원이 모였다. 일개 중대 정도나 될까말까한 병력이었는데, 그중에 장교 두 명이 포함되어 있었다. 이런 심각한 피해가! 두 대대의 거의 모든 장교와 병사를 잃다니. 쏟아지는 빗속에 선 생존자들은 음울한 눈으로 숙소를 정해주기를 기다렸다. 그 후 우리는 나무로 지은 오두막에서 몸을 말렸고, 불꽃이 이글거리는 화덕을 에워싸고 푸짐한 아침식사를 하고 원기를 되찾았다.

저녁 무렵, 마을에 포탄들이 떨어졌다. 오두막 한 채가 맞았고, 제3중대에서 몇 명이 죽었다. 우리는 포격에도 불구하고 반격이나 증원이나 다른 뭔가를 위해 또 다시 빗속으로 내던져지지 않기만을 바라면서 몸을 뉘었다.

새벽 3시, 출발 명령이 떨어졌다. 우리는 시체들과 총에 맞아 만신창이가 된 차량으로 뒤덮인 거리를 지나 슈타덴으로 행군했다. 저 멀리까지도 포화의 불길이 일고 있었다. 우리는 따로 떨어진 한 구덩이 주변에 시체 열두 구가 쓰러져 있는 것을 보았다. 우리가 도착했을 때까지만 해도 활기찼던 슈타덴의 집들은 이미 집중포격에 심하게 당한 상태였다. 황폐해진 시장터는 산산조각난 가재도구들로 가득했다. 한 가족은 우리와 함께 이 소도시를 떠났는데, 유일한 재산으로 젖소 한 마리를 끌고 갔다. 그들은 평범한 시민이었다. 남자는 의족을 하고 있었고, 여자는 우는 아이들의 손을 잡고 이끌었다. 우리 등 뒤에서 들려오는 거친 소리들이 그 슬픈 광경에 짙은 먹구름을 드리웠다.

제2대대의 잔여 인원들은 한 외딴 농장으로 안내되었다. 곡식이 높이 자라난 비옥한 들판 한가운데에서 촘촘하게 짠 울타리 뒤에 숨어 있는 농장이었다. 그곳에서 내게 제7중대장의 임무가 주어졌고, 나는 그때부터 전쟁이 끝날 때까지 제7중대원들과 기쁨과 슬픔을 함께 나누게 되었다.

저녁에 우리는 타일을 붙인 오래된 벽난로 앞에 앉아 독한 그로그 주를 마시며 힘을 북돋고, 우르릉거리는 소리와 함께 다시 개시된 전투의 소음에 귀를 기울였다. 최근의 신문에 실린 전황 보고 기사들 중에서 내 눈을 사로잡는 문장이 있었다. '슈텐바흐 전선에서 적군을 막아내다.'

우리가 깜깜한 밤중에 어찌할 줄을 모르고 마구잡이로 한 행동들이 그렇게 확연하고 공적인 결과를 가져왔다는 걸 보니 기분이 묘했다. 우리는 그렇게도 막강한 공격을 중지시키는 데에 나름대로 일조했던 것이다. 동원된 인원과 물자가 아무리 엄청나더라도, 결정적인 시점에서의 성과는 한줌의 전사들에 의해 달성되었다.

곧 우리는 짚단을 깐 바닥에서 휴식을 취했다. 잠을 청하기 위해 넉넉하게 술을 마셨지만, 대부분은 다시 한번 플랑드르 전투를 치르는 환상에 시달리는 듯 이리저리 몸을 뒤척였다.

8월 3일, 우리는 주인 잃은 가축과 과일을 잔뜩 싣고 인접한 기츠 마을의 기차역으로 행군을 시작했다. 인원이 줄어든 대대는 역사 내 매점에서 다시 한번 즐겁게 커피를 마셨다. 플랑드르 토박이인 예쁜 여종업원 두 명은 커피를 나르는 동안에도 군인들과 걸쭉한 대화를 나누며 분위기를 돋웠다. 군인들이 특히 재미있어했던 것은, 그들이 그 지방 관습대로 장교들을 포함해서 누구에게나 '너'라고 하는 것이었다.

며칠 뒤에, 겔젠키르헨의 군인병원에 있던 내 동생 프리츠의 편지를 받았다. 동생은 어쩌면 한쪽 팔이 마비될지도 모르며, 죽을 때까지 온전하지 않은 허파를 가지고 살아가게 될 것이라고 썼다.

나는 동생 편지에서 다음의 단락들을 골라보았다. 내가 지금 쓰고 있는 이 이야기를 보완해줄 수도 있을 것이고, 물량전의 폭풍 속에 던져진, 경험이 부족한 한 병사가 느낀 바를 적절히 묘사하는 내용이기 때문이다.

"'돌격 준비!' 소대장이 작은 동굴 안으로 얼굴을 들이밀며 외쳤다. 내 옆에 있던 병사 세 명이 대화를 멈추었고, 욕을 하며 재빨리 일어섰다. 나도 몸을 일으키고 철모를 똑바로 쓴 후 어둠 속으로 길을 나섰다.

"안개가 자욱했고 추웠다. 그동안 주위의 풍경은 변해 있었다. 포탄의 불길은 다른 데로 자리를 옮겨 거대한 전쟁터 내의 어느 다른 곳에서 천둥소리를 내고 있었다. 비행기들은 굉음을 내면서 공기를 가르며 지나갔는데, 독일군임을 알리는 철십자 표시가 어느 편 비행기인지를 살피는 겁먹은 눈들을 안심시켰다. 철십자 표시는 비행기의 날개 아랫면에 그려져 있었다.

"나는 다시 한번 우물로 갔다. 전투의 잔해와 잿더미 속에서 용케도 건재한 우물이었다. 그곳에서 물병을 채웠다.

"중대의 인원이 소대별로 나뉘어 줄을 섰다. 나는 허겁지겁 수류탄 네 개를 검대에 걸고 내 분대로 갔다. 분대원 두 명이 오지 않았다. 모든 것이 움직이기 시작했을 때는 그들의 이름을 적을 시간조차 빠듯했다. 소대들이 일렬종대로 구덩이 지대를 통과했다. 나무들을 돌고 울타리에 몸을 바짝 붙이며 나아갔다. 우리는 덜거덕거리는 소리와 군홧발 딛는 소리를 남기며 적진을 향해 나아갔다.

"이번 공격은 두 대대가 벌이는 작전이었다. 이웃 연대에 속한 한 대대가 우리 대대와 함께 투입되었다. 명령은 굵고 짧았다. 운하를 건너 쳐들어온 영국군 부대들을 격퇴하라는 것이었다. 나는 분대를 이끌고 우리가 차지하고 있던 앞쪽의 진지를 지키며 영국군의 역습을 막는 임무를 맡았다.

"우리는 폐허가 된 어느 마을에 도착했다. 총탄에 맞아 끔찍한 흙 터로 가득한 플랑드르 땅에 시꺼멓게 그을리고 산산이 부서진 나무등 치들이 솟아나 있었다. 큰 숲이 남긴 잔해였다. 엄청난 연기 덩어리가 공중에 떠올라 저녁 하늘을 음울하고 무거운 구름으로 장식했다. 찢기 고 또 찢겨 벌거숭이가 된 땅 위로 숨 막히는 가스가 퍼졌다. 누렇거나 갈색의 가스가 느릿느릿 사방으로 퍼져나갔다.

"가스 공격에 준비하라는 명령이 떨어졌다. 그 순간 엄청난 포격이 시작되었다. 영국군이 우리의 진격을 알아차린 게 틀림없었다. 분수처 럼 흙먼지가 솟아올랐고, 쏟아지는 파편들이 소나기처럼 들판을 휩쓸 고 지나갔다. 잠깐 동안 얼어붙어 있던 사람들이 모두, 사방으로 뛰기 시작했다. 나는 대대장 뵈켈만 대위의 목소리를 들었다. 그러지 않아 도 성량이 매우 풍부한 그가 그 어느 때보다도 크게 고함을 지르며 명 령을 전달했지만, 나는 알아들을 수가 없었다.

"부하들은 사라지고 없었다. 나는 낯선 소대에 끼어 다른 이들과 함께 마을의 폐허 쪽으로 밀려나고 있었다. 마을은 무자비한 포탄 공 격으로 인해 땅바닥에 서 있던 모든 것이 파괴된 상태였다. 우리는 가 스마스크를 꺼냈다.

"모두가 바닥으로 몸을 던졌다. 내 왼쪽에는 엘레르트 소위가 무릎 을 꿇고 있었다. 그는 솜에서부터 알던 장교였다. 그의 옆에는 하사 한 명이 엎드려 주위를 살피고 있었다. 집중포격의 끔찍한 파괴력은 내 상 상을 넘어서는 것이었음을 인정하지 않을 수 없었다. 우리 앞에선 노란 불꽃이 벽이 되어 타올랐다. 흙덩이와 깨진 기왓장과 쇳조각들이 우박 이 되어 우리 위로 떨어졌고, 철모에 부딪힌 것들은 불꽃을 튀겼다. 나는 호흡이 가빠지는 것을 느꼈다. 무거운 쇳덩이로 가득 찬 대기가 더 이상 허파에 공기를 충분히 공급하지 못하는 것 같았다.

 "오랫동안 나는 불타는 마녀의 화덕을 들여다보았다. 영국군의 기관총 총구가 뿜어내는 불의 화환을 통해 그 화덕의 둥그런 둘레를 볼 수 있었다. 머리가 수천 개나 달린 괴물처럼 불을 뿜어내는 기관총의 벌집 세례는 귀로는 들을 수 없었다. 나는 단 30분 동안의 집중사격으로 준비했던 우리의 공격작전이 이 엄청난 규모의 방어 포격으로 인해 아예 제대로 시작도 해보기 전에 이미 박살나고 말았다는 걸 깨달았다. 연이은 두 번의 굉장한 소음이 다른 모든 소리를 삼켜버렸다. 가장 큰 구경의 포탄들이 폭발했다. 들판을 뒤덮은 고철들이 한꺼번에 공중으로 날아올라 회오리를 돌며 뒤죽박죽으로 섞이다가 후두둑후두둑 바닥으로 떨어졌다.

 "엘레르츠가 고함을 쳐서 나는 오른쪽으로 고개를 돌렸다. 그는 왼쪽 손을 들어 뒤쪽 사람들에게 손짓을 한 번 하고는 앞으로 펄쩍 뛰었다. 나는 무겁게 몸을 일으켜 그를 따라 달렸다. 내 발은 여전히 불처럼 화끈거렸다. 하지만 찌르는 듯한 통증은 수그러들었다.

 "구덩이에서 밖으로 나와 스무 걸음도 채 떼지 않았을 때였다. 갑자기 눈이 부셔서 앞을 볼 수가 없었다. 유산탄의 타는 듯한 빛이었다. 그것은 내 앞으로 열 걸음도 떨어지지 않은 곳에서 3미터 높이로 튀어 올라 폭발했다. 나는 가슴과 어깨에 두 번의 타격을 느끼고, 소총을 떨어뜨렸다. 그리고 뒤쪽으로 넘어져서 구덩이 안으로 굴러 떨어졌다. 엘레르츠의 목소리가 어렴풋하게 들렸다. '이 사람, 맞았어!'

 "엘레르츠는 다음 날을 넘기지 못하고 전사했다. 공격은 실패했고, 그는 후퇴하는 동안 사방에서 나타난 적에 의해 살해당했다. 뒤통수를 관통한 총탄이 이 용감한 장교의 인생을 끝장냈다.

"얼마 동안이나 기절해 있었는지는 알 수 없지만, 깨어나 보니 주위가 어느 정도 진정되어 있었다. 머리가 아래쪽으로 처박혀 있어서 몸을 일으키려는데, 어깨가 무척 아프고 움직일 때마다 통증이 더 심해졌다. 나는 짧은 숨을 헉헉대며 내쉬었다. 허파가 공기를 충분히 들이마시지 못했다. 나는 통증이 없었던 두 번의 둔탁한 타격을 떠올리고 아마 먼저 다른 곳에 맞고 튕겨나간 총알이 허파와 어깨를 맞힌 모양이라고 생각했다. 나는 배낭과 검대를 던져버리고, 완전히 무관심해져서 가스마스크마저 벗어버렸다. 철모는 그대로 쓰고 있었고, 물병은 외투의 제복 고리에 걸었다.

"나는 용케도 구덩이 밖으로 나왔다. 하지만 다섯 걸음쯤 어렵게 기어간 뒤에는 더 움직이지 못하고 근처의 다른 구덩이 안에 누워 있을 수밖에 없었다. 1시간 뒤, 나는 또 한번 다른 곳으로 기어가려고 했다. 전장에 다시 집중사격이 빗발쳤기 때문이었다. 그 시도 역시 실패였다. 나는 귀중한 물병을 잃어버렸고, 완전한 탈진 상태에 빠졌다. 한참 뒤, 나는 타는 듯한 갈증 때문에 깨어났다.

"비가 부슬부슬 오기 시작해서 지저분한 물을 철모에 조금 받을 수 있었다. 나는 방향감각을 완전히 잃었고, 독일군의 전선이 어디인지를 알 수가 없었다. 그곳에는 포탄 구덩이가 구덩이로 이어졌고, 나중 구덩이는 앞 구덩이보다 넓고 깊었으며, 이 구덩이들의 깊은 바닥에서 볼 수 있는 것이라고는 진흙 벽과 잿빛 하늘뿐이었다. 폭풍이 한바탕 지나갔다. 벼락 치는 소리는 새로 시작된 집중사격의 소음에 묻혀버렸다. 나는 구덩이 벽에 몸을 바짝 붙였다. 진흙 덩어리 하나가 어깨 위로 떨어졌다. 무거운 파편들이 머리 위로 지나갔다. 나는 차츰 시간감

각도 잃어버렸다. 아침인지 저녁인지 알 수가 없었다.

"병사 두 명이 나타나 큰 보폭으로 들판을 뛰어갔다. 나는 독일어와 영어로 그들을 불렀다. 하지만 그들은 내가 부르는 소리를 듣지 못하고 안개 속으로 그림자처럼 사라져버렸다. 마침내 다른 병사 세 명이 내게 다가왔다. 나는 그들 중 한 명이 전날 내 옆에 앉아 있던 하사라는 걸 알아차렸다. 그들은 나를 근처에 있는 작은 구덩이로 데려갔다. 그곳에는 부상자들이 넘쳐났는데, 의무병 두 명이 그들을 돌보고 있었다. 나는 열세 시간을 그 구덩이 안에 누워 있었다.

"전투의 엄청난 포격은 거대한 파쇄기와 압연기처럼 쉬지 않고 작동했다. 포탄이 계속해서 우리 주위에 떨어졌고, 지붕이 자꾸 모래와 흙으로 덮였다. 병사들은 나를 붕대로 감고 새 가스마스크를 주었으며, 대충 만든 빨간 잼을 바른 빵과 물을 조금 주었다. 의무병이 아버지처럼 정성스럽게 돌봐주었다.

"영국군이 앞으로 밀고 들어오기 시작했다. 그들은 착착 다가와서 구덩이로 쑥 뛰어 들어갔다. 밖에서 비명과 외침들이 들려왔다.

"신발부터 철모까지 흙탕물을 뒤집어쓴 젊은 장교 한 사람이 갑자기 뛰어 들어왔다. 그 전날 본부에서 죽었다고 했던 형 에른스트였다. 우리는 인사를 나누었고, 묘한 감동으로 미소를 지었다. 형은 주위를 돌아본 뒤 두려움에 가득 찬 얼굴로 나를 보았다. 눈물이 그렁그렁했다. 비록 같은 연대 소속이기는 했지만, 이 거대한 전쟁터에서의 재회는 뭔가 특별하고 감동적인 사건이었다. 그때의 일은 지금도 귀하고 소중한 기억으로 내 마음에 남아 있다. 몇 분 뒤 형은 나를 떠났고, 자기 중대의 부하 다섯 명을 데려왔다. 그들은 나를 군용천막 위로 들어 올리고는, 천막 끈에 긴 막대기를 끼워 어깨에 메고 전장 밖으로 날라주었다.

"들것을 옮기는 병사들은 두 명씩 교대했다. 그 작은 들것은 곧 오른쪽으로, 그리고 왼쪽으로 길을 바꾸었고, 무지막지하게 쏟아지는 포탄을 피하느라 지그재그로 바쁘게 나아갔다. 어쩔 수 없는 상황에서 몸을 빨리 숨기기 위해 그들이 나를 구덩이 안으로 거칠게 던져넣은 적도 몇 번 있었다.

"우리는 마침내 콘크리트와 양철로 외장을 입힌 응급치료소에 다다랐다. '콜럼버스의 달걀'이라는 이상한 이름을 붙인 땅굴이었다. 병사들이 나를 그 안으로 데려가 목제 간이침대에 눕혔다. 이 공간에는 내가 잘 모르는 장교 두 명이 말없이 앉아 태풍 소리 같은 포병대의 음악회에 귀를 기울이고 있었다. 나중에 들으니, 그중 한 명은 바르트머 소위였고, 다른 한 명은 헬름스라는 이름의 의무장교였다. 누군가가 내 입 안으로 빗물과 적포도주가 섞인 음료수를 흘려넣었다. 그보다 맛있는 것은 세상에 없을 듯했다. 내 몸에선 불길이 솟듯 갑자기 열이 났다. 나는 심한 호흡곤란을 느끼며 숨을 훅훅 몰아쉬었다. 나는 곧 땅 밑에 산다는 정령 알프처럼 내 가슴 위에 땅굴의 콘크리트 지붕을 올려놓은 것 같다는 상상을 했다. 숨을 쉴 때마다 가슴으로 그 지붕을 받쳐서 들어올리는 것 같았다.

"보조 외과의 쾨펜이 숨도 돌리지 못하고 서둘러 들어왔다. 그는 포탄에 쫓기며 전장을 가로질러 달려왔다. 그는 나를 알아보았고, 내 위로 몸을 숙였다. 안심하라는 듯 미소를 짓는 그의 얼굴이 보였다. 대대장이 그를 따라왔다. 그가, 그 엄격한 사나이가 내 어깨를 부드럽게 두드렸으므로, 이제는 황제 폐하가 들어와 내 상태를 물을 차례겠다는 상상을 하면서 미소 짓지 않을 수가 없었다.

"그 네 명은 함께 앉아 야전물병의 음료를 나누어 마시며 소곤거렸다. 나는 순간 그들이 나에 대해 말한다는 것을 깨달았고, 띄엄띄엄 끊어지는 말 속에서 '형', '허파', '부상' 같은 단어들을 들었다. 나는 그 단어들을 이어줄 수 있는 맥락을 곰곰이 생각했다. 그들은 큰 소리로 전투 상황에 관해 떠들기 시작했다.

"죽을 것처럼 녹초 상태였던 내게 행복감이 엄습했다. 그 느낌은 시간이 가면 갈수록 더해져서 몇 주 동안이나 내 마음속에 그대로 머물렀다. 나는 죽음에 대해 생각했고, 그 생각에 불안해하지 않았다. 내 안의 모든 것, 그리고 나를 둘러싼 모든 것은 놀라울 만큼 단순했다. 나는 '다 괜찮아'라는 기분 속에서 잠으로 미끄러져 들어갔다."

13
레니에빌

1917년 8월 4일, 우리는 유명한 마르스라투르 역에서 내렸다. 제7중대와 제8중대는 동쿠르에서 묵기로 되어 있었다. 우리는 이곳에서 며칠 동안 매우 조용한 시간을 보냈다. 다만 너무 모자라는 군량 배급이 나를 적이 당황하게 했다. 식량을 징발하는 것은 엄격하게 금지되었다. 그런데도 헌병들이 아침마다 간밤에 감자 서리를 하다 들킨 병사들의 이름을 보고해왔다. 그들을 처벌하지 않을 도리가 없었다. "그들이 들켜버린 것을 어떻게 하느냐"는 게 내가 둘러댄 이유였다. 물론 공식적인 이유가 될 수는 없었다.

나 역시 정당하지 않은 방법으로 얻은 재산은 절대로 축적되지 않는다는 것을 배운 게 이 시기였다. 테베와 나는 어느 버려진 플랑드르 저택에서 유리 창문이 달린 화려한 마차 한 대를 슬쩍 훔쳤고, 그것을 옮기는 동안 감시의 눈을 용케 피했다. 그 후 우리는 다시 한번 인생을 제대로 즐겨볼 요량으로 마차를 타고 메츠로 가는 멋진 소풍을 계획했다. 그래서 어느 날 오후, 마차에 말을 묶고 길을 떠났다. 애석하게도 그 마차에는 브레이크가 없었다. 마차는 로렌의 구릉지가 아니라 플랑드르의 평야에 적합하게 만들어졌던 것이다. 마차는 이미 마을 안에서부터 속도를 냈고, 곧 무섭게 질주했다. 결국 불행한 사고로 이어질 수밖에 없었다. 마부와 테베가 차례로 농기구더미 위로 나가떨어졌다. 나는 혼자 남아 명주 천으로 덮인 좌석에 앉아 있었는데, 느낌이 몹시 좋지 않았다. 문 하나가 홱 열리더니 전봇대에 부딪혀 부서졌다. 이윽고 마차는 가파른 언덕길을 굴러 내려가서는 막다른 길의 담벼락에 요란스럽게 부딪쳤다. 다 찌그러지고 망가진 마차의 창문을 통해 밖으로 나왔는데, 놀랍게도 나는 아무 상처도 입지 않았다.

8월 9일, 사단장 폰 부세 소장이 중대를 시찰하러 나왔다. 그는 중대원들이 최근의 전투에서 모범을 보였다고 칭찬했다. 다음 날 오후, 우리는 기차를 타고 티오쿠르 근처까지 갔고, 거기서부터 새 진지로 행군했다. 진지는 수목이 우거진 코트로렌의 구릉지에 구축되어 있었다. 그곳은 잦은 포격 때문에 벌집이 된 레니에빌 마을의 맞은편이었다. 며칠 동안의 작전으로 이미 친숙한 마을이었다.

첫날 아침, 나는 내 구역을 돌아보았다. 일개 중대가 맡기에는 굉장히 긴 구역인 데다가 반쯤 허물어진 참호들이 엉망으로 얽혀 있어서 한눈에는 파악하기 어려운 구조였다. 교전참호는 이곳에서는 흔했던 다리가 세 개 달린 중박격포탄들에 시달려 여기저기 사방군데가 평평해져 있었다. 내 대피호는 이른바 '상업 참호'에서 100미터쯤 뒤였고, 레니에빌을 빠져나오는 주 도로와 가까웠다. 우리는 아주 오랜만에 프랑스군을 마주하고 있었다.

지질학자가 좋아할 만한 곳이었다. 교통호들에서는 산호초 석회암에서 '그라블로트 이회토'에 이르는 여섯 개의 지층을 차례차례 볼 수 있었고, 이회토 안으로 교전참호가 구축되어 있었다. 황갈색 바위는 화

석으로 가득했는데, 그중에서도 특히 제멜 빵 모양의 납작한 성게 화석
이 많았다. 참호 벽을 따라 말 그대로 수천 개의 화석이 박혀 있었다. 이
구역에 발을 들여놓을 때마다 나는 조개와 성게, 암모나이트를 주머니
에 가득 넣어 돌아왔다. 이회토는 진흙보다 궂은 날씨를 훨씬 더 잘 견
딘다는 장점도 가지고 있었다. 심지어는 안쪽을 이회토 벽돌로 정성스
럽게 쌓아올린 참호도 있었고, 바닥은 이회토 콘크리트를 발라서 아주
심한 폭우가 쏟아져도 물이 잘 빠지도록 만들었다.

내 깊은 대피호에는 물이 뚝뚝 떨어졌다. 그리고 전혀 반갑지 않았
던 특징 하나가, 이 지역에는 우리가 익숙한 이가 아니라 훨씬 더 움직
임이 빠른 종류의 벌레들이 산다는 점이었다. 이와 그 벌레들은 곰쥐
와 집쥐처럼 서로 대립적인 관계에 있는 모양이었다. 여기선 속옷을 갈
아입는 걸로는 아무런 도움도 되지 않았는데, 그 뜀박질에 능한 불한당
들이 잠자리에 깔아놓은 지푸라기 안에서 음흉하게 기회를 노리고 있
었기 때문이다. 그놈들은 잠자고 있는 사람을 절망으로 몰아갔다. 결
국 이불을 젖히고 사냥에 나서지 않을 도리가 없었다.

식량 배급도 사정이 썩 좋지 않았다. 점심식사는 묽은 수프 외에는
빵 삼분의 일 조각뿐이었는데, 거기에 발라 먹을 것들조차 한심하게 적
은 양이었다. 대부분은 반쯤 썩은 잼이었다. 내 몫의 반은 언제나 살찐
쥐들이 훔쳐갔고, 나는 번번이 그놈들을 잡는 데에 실패했다.

예비중대와 휴식 중인 중대들은 숲속 깊이 숨은 묘한 오두막 마을
에 기거했다. 나는 보이지 않는 한쪽 구석에 마련된 우리 예비중대 본
부가 특히 마음에 들었는데, 그곳은 수목이 우거진 계곡의 가파른 경
사면에 붙어 있었다. 나는 건물이 반쯤 안으로 들어가게 지은 아주 작
은 막사에서 지냈다. 막사는 무성한 개암나무와 산수유나무들로 뒤덮

여 있었다. 창문을 통해 나무가 우거진 맞은편 경사면을 볼 수 있었고, 그 주변 땅에는 개울물이 흐르는 좁다란 초원이 있었다. 수많은 산왕 거미들이 엄청나게 큰 거미줄을 덤불에 쳐놓았는데, 거미들에게 먹이를 주는 일은 내 즐거운 소일거리였다. 막사 뒷벽에 높이 쌓인 온갖 종류의 병들을 보면, 이곳에서 머물고 간 사람들이 나름대로 아늑한 시간을 보냈다는 것을 알 수 있었다. 나 역시 이 지역의 자랑스러운 관습을 지키려고 애썼다. 저녁 무렵, 나무 땔감으로 지핀 불에서 자욱한 흰 연기가 피어오르고 개울 바닥에서 솟아오른 안개가 섞여들면, 나는 문을 열어둔 채로 서늘한 가을 공기와 따뜻한 불 사이에 웅크리고 앉아 황혼을 맞이했다. 나는 볼록한 유리잔에 애드보카트와 적포도주를 반씩 섞어 만든 평화로운 술 한 잔이 이 분위기에 아주 잘 어울린다고 생각했다. 그렇게 술을 마시면서 책을 읽거나 전쟁터의 나날을 기록했다. 이 조용한 휴식은 보충대대에서 온 선임 한 명이 내 중대를 넘겨받은 뒤에 나를 소대장으로 임명하고, 또 한번 지루한 참호 근무를 맡겼다는 사실마저 잊게 해주었다. 나는 끝없는 보초 근무에 변화를 주기 위해 오랜 버릇대로 정기적인 오지 여행에 나서곤 했다.

8월 24일, 용감한 뵈켈만 대위가 포탄 파편을 맞아 부상을 당했다. 그는 연대가 아주 짧은 시간에 잃은 세 번째 대대장이었다.

나는 참호 근무를 하면서 투지가 아주 강한 클룹만 하사와 친해졌다. 나이가 지긋한 유부남인 그는 용기라는 면에서는 한 치의 허점도 발견할 수 없는, 백 명에 한 명 나올까말까한 인물이었다. 우리는 프랑스군의 참호를 함께 들여다보러 가기로 약속했고, 날짜를 8월 29일로 잡았다.

우리는 적군의 철조망이 끊어져서 생긴 구멍 쪽으로 기어갔다. 클롭만이 간밤에 미리 철사를 잘라두었다고 했다. 그러나 놀랍고 불쾌하게도, 철조망은 다시 이어져 있었다. 그래서 우리는 꽤 큰 소리를 내며 다시 철조망을 끊고 참호 안으로 기어 내려갔다. 가장 가까운 엄폐호 뒤에서 오랫동안 잠복해 있다가 우리는 전화선을 따라 좀 더 앞으로 나아갔다. 전화선은 땅바닥에 꽂힌 총검에서 끝나 있었다. 우리는 철조망으로 여러 번 둘러싸고 육중한 문으로 막아놓은 진지를 발견했지만, 그 안은 텅 비어 있었다. 우리는 그곳을 꼼꼼히 돌아본 뒤에 갔던 길을 따라 되돌아와서, 우리가 침투했던 흔적을 감추기 위해 철조망에 난 틈을 다시 이어두었다.

다음 날 저녁에 클룹만은 그 지점 주위로 다시 정찰을 나갔는데, 이번에는 적군이 소총 사격과 일명 '오리알'로 불리는 레몬 모양의 수류탄 투척으로 그를 맞아주었다. 그 수류탄 중 하나가 바닥에 바짝 엎드린 그의 머리 바로 옆으로 떨어졌다. 천만다행히도, 불발탄이었다. 그는 재빨리 도주해야 했다. 그다음 날 저녁에는 우리 둘이 함께 다시 그곳으로 갔는데, 앞쪽 참호에 병사들이 들어와 있는 것이 보였다. 우리는 보초병들의 말을 엿들어 그 위치를 파악했다. 한 병사가 정겨운 멜로디로 휘파람을 불었다. 마침내 그들이 사격을 퍼부었고, 우리는 살금살금 기어서 그곳을 빠져나왔다.

내가 참호에 돌아왔을 때 동료 포이크트와 하버캄프가 갑자기 나타났다. 그들은 한바탕 재밌게 논 모양이었는데, 우리의 아늑한 막사를 떠나 칠흑같이 어두운 숲을 통과해서 전선으로, 그들 말로는 정찰을 다녀오겠다는 기괴한 생각을 하고 있었다. 뭔가를 원하는 사람은 그에 따르는 위험도 감수해야 한다는 게 내 원칙이었으므로, 적군이 뭔가에 아직 흥분한 상태이긴 했지만 그들이 참호를 떠나도록 내버려두었다.

사실 정찰이라고 해봐야, 프랑스군 로켓의 낙하산을 발견하고는 그 하얀 명주 천을 흔들며 적군 철조망 앞에서 이리저리 뛰어다니는 게 다였다. 물론 적군은 총격을 퍼부었다. 그런데도 그들은 한참 뒤에 무사히 신이 나서 돌아왔다. 바쿠스 신이 보호해준 게 분명했다.

9월 10일, 나는 휴가를 신청하기 위해 막사를 나와 연대본부로 갔다. "진작 자네 생각을 하긴 했지"라고 대령이 말문을 열었다. "하지만 연대는 지금 엄청난 정찰을 감행해야 해. 나는 그 일을 자네에게 맡기려고 하네. 그러니 적당한 자들을 물색해서 저 아래에 있는 수즈뢰브르 진영에서 훈련을 받게."

우리는 적군의 참호 내부 중 두 지점으로 침투해, 거기서 포로를 데리고 와야 했다. 정찰대는 세 조로 나뉘었는데, 두 조는 돌격대이고 한 조는 적의 첫 번째 전선을 점령해 우리 뒤쪽에서 엄호를 맡게 될 터였다. 나는 정찰대를 책임질 뿐만 아니라 왼쪽 부대의 지휘권을 맡게 되었고, 오른쪽 부대의 지휘권은 폰 키니츠 소위가 맡았다.

내가 지원병을 모집하자 대대에 속한 모든 중대에서 거의 사분의 삼이나 되는 인원이 앞으로 나섰다. 그 시기가 이미 1917년 말이었다는 것을 감안한다면 실로 놀라운 일이었다. 나는 늘 하던 방식대로 참가자들을 뽑았는데, 그들 앞을 쭉 지나가면서 '좋은 인상'의 병사를 고르는 것이었다. 뽑히지 못한 이들 중에선 거의 울상을 짓는 병사들도 있었다.

내 부대는 나까지 쳐서 열네 명이었고, 그중에는 초급장교 폰 츠글리니츠키와 하사 클롭만, 메피우스, 두예지프켄, 그리고 두 명의 공병대원이 들어 있었다. 제2대대에서도 제일 껄렁껄렁한 사나이들이 다 모인 셈이었다.

우리는 열흘 동안 수류탄 던지는 법을 익혔고, 실제와 똑같이 만든 돌격 설치물에서 가상훈련을 실시했다. 실제 상황과 그렇게 흡사한 훈련이었는데도, 놀랍게도 병사 세 명이 파편에 부상당한 것을 빼고는 모두 무사했다. 우리는 이 훈련 외에는 다른 근무를 하지 않았다. 그렇게 9월 22일 오후가 되었고, 나는 다소 거칠지만 쓸모있는 남자들을 데리고 두 번째 진지로 이동했다. 우리는 거기서 밤을 새우기로 되어 있었다.

저녁에 키니츠와 나는 컴컴한 숲을 가로질러 연대본부로 갔다. 슈마허 대위가 힘든 일을 앞둔 우리를 최후의 만찬에 초대했기 때문이었다. 그리고 나서 우리 대피호에 누워 몇 시간 정도 휴식을 취했다. 다음 날 아침이면 삶과 죽음이 갈리는 전투를 벌여야 한다는 것을 알고 잠들기 전에 자신의 내면을 들여다볼 때면 누구나 묘한 느낌에 사로잡히게 된다.

새벽 3시에 누군가가 우리를 잠에서 깨웠다. 우리는 일어나서 세수를 한 다음, 아침식사 준비에 임했다. 곧 아주 언짢은 일이 일어났다. 이날을 기념하고 힘을 북돋울 요량으로 특별히 달걀부침을 먹으려고 했는데, 내 부하가 거기에 소금을 너무 많이 뿌린 것이었다. 참 시작 한번 좋았다.

우리는 접시를 물리고 난 후, 작전 시에 닥칠 수 있는 여러 가지 세부사항들을 백 번쯤 외워보았다. 그 사이에 우리는 체리 증류주를 돌려 마셨고, 키니츠는 아주 오래된 몇 가지 농담으로 분위기를 돋우었다. 5시가 되기 20분 전, 우리는 병사들을 앞 전선의 교전참호로 데리고 갔다. 철조망은 이미 끊어져 있었다. 석횟가루를 뿌려서 그린 긴 화살표는 시간을 가리키는 시곗바늘처럼 우리의 공격지점을 가리켰다.

우리는 악수를 하고 헤어진 후 앞으로 닥칠 일들을 기다렸다.

나는 우리가 실행해야 하는 작업에 적당한 복장을 갖추었다. 가슴에 모래주머니 두 자루를 걸고 한 주머니당 네 개의 막대형 수류탄을 넣었다. 왼쪽에는 착발신관수류탄을, 오른쪽에는 예화신관수류탄을 소지하고, 오른쪽 외투 주머니 안의 긴 띠에는 8밀리 권총 한 자루를 걸었으며, 오른쪽 바지 주머니에는 작은 마우저 권총을, 왼쪽 외투 주머니에는 달걀형 수류탄 다섯 개를 넣었다. 왼쪽 바지 주머니에는 야광나침반과 호루라기를, 검대에는 수류탄과 도끼와 철사용 가위를 뽑아내어 쓸 수 있도록 카라비너를 넣었다. 그러고도 외투 안쪽의 가슴 주머니에 돈이 든 지갑과 내 고향집 주소를 넣어두었고, 바지 뒷주머니에는 납작한 병에 체리 증류주를 채워넣었다. 우리는 적군이 우리의 출신성분을 알지 못하도록 견장을 떼고 지브롤터 띠를 벗어놓았다. 아군을 서로 알아볼 수 있도록 팔에는 하얀 완장을 달도록 했다.

5시 4분 전, 우리 왼쪽에 있던 사단이 적의 시선을 다른 데로 끌기 위한 포격을 개시했다. 5시 정각, 우리 전방의 뒤편 하늘에서 불길이 치솟았다. 포탄들이 우리 머리 위로 둥그런 연기지붕을 만들면서 포물선을 그렸다. 나는 클룹만과 함께 대피호 바깥에 서서 마지막 시가를 피웠다. 수많은 포탄이 짧게 떨어졌기 때문에 우리는 몸을 숨겨야 했다. 우리는 시계를 손에 들고 분침이 돌아가는 횟수를 셌다.

정확히 5시 5분, 우리는 대피호를 출발해 장애물을 통과한 뒤 미리 정해둔 길로 향했다. 나는 수류탄 하나를 높이 들고 앞으로 달려나갔고, 첫 여명 속에서 오른쪽 정찰대원들이 앞으로 돌격하는 것을 보았다. 적의 철조망은 조악했다. 나는 그것을 두 걸음 만에 사뿐히 넘었다. 하지만 그 뒤에 처져 있던 철사뭉치에 걸려 넘어지면서 어느 구덩이로 빠져버렸다. 클롭만과 메피우스가 나를 끌어당겨 꺼내주었다.

"안으로!" 우리는 아무런 저항도 받지 않은 채 첫 번째 참호 안으로 뛰어 들어갔다. 오른쪽에선 벌써 요란한 소리가 들리며 수류탄전이 벌어지는 중이었다. 우리는 거기에 신경쓰지 않고 모래주머니 장애물을 넘어 구덩이 속으로 몸을 숙이며 사라졌다가 두 번째 참호의 장애물이 있는 곳에서 다시 모습을 드러냈다. 이 두 번째 참호도 완전히 파괴되어 포로를 생포해갈 가망이 전혀 없어 보였으므로, 우리는 그곳에 머물지 않고 요새화된 어느 교통호를 통해 서둘러 앞으로 나아갔다. 나는 먼저 공병들을 보내어 길을 트도록 했다. 하지만 그 속도가 마음에 들지 않아 내가 직접 앞장섰다. 우리는 포화 속에서도 멈출 수가 없었다.

세 번째 참호에 도착했을 때 우리는 숨이 턱 막힐 뭔가를 발견했다. 땅바닥에 떨어진 꺼지지 않은 담배꽁초는 적군이 근처에 있다는 걸 알려주는 신호였다. 나는 부하들에게 신호를 보낸 뒤 수류탄을 꼭 쥐고서 잘 구축된 참호들을 통해 기어나갔다. 참호 벽에는 버려진 수많은 소총들이 기대어 서 있었다. 그런 상황이 닥치면 우리의 기억회로는 아주 작은 세부사항까지도 저장하는 법인데, 나는 바로 이 지점에서 마치 꿈속에서처럼 한 식기의 그림을 기억 속에 저장했다. 식기 안에는 숟가락이 하나 꽂혀 있었다. 나는 이 물건을 목격한 일로 인해 20분 후에 내 목숨을 건지게 된다.

갑자기 우리 앞에 그림자 같은 형체들이 나타났다 사라졌다. 우리는 그들을 쫓다가 막다른 길에 다다랐다. 그 길의 벽 안으로 대피호가 있었는데, 그 입구는 막혀 있었다. 나는 그 앞에 서서 고함을 질렀다. "나와!" 대답 대신 안에서 수류탄이 날아왔다. 그것은 분명히 시한신관이었다. 나는 작은 폭발음을 들었는데, 뒤로 뛸 수 있는 시간은 충분했다. 마주보이는 벽의 내 머리 높이에서 수류탄이 터지면서 내 명주 모자를 갈기갈기 찢었다. 나는 왼손 여러 군데에 상처를 입었고, 약지 끄트머리가 날아갔다. 폭탄은 내 옆에 서 있던 공병대 장교의 코를 뚫었다. 우리는 몇 걸음 뒤로 물러나 수류탄으로 그 위험한 곳을 폭파했다. 열의가 지나쳤던 한 병사가 입구 안으로 신관을 던지는 바람에 다음 공격은 어떤 식으로도 불가능했다. 우리는 뒤로 돌아나와 이제는 정말 적을 한 명이라도 잡을 요량으로 반대편 방향에 있던 세 번째 선을 따라갔다. 사방에 버리고 간 무기와 장비들이 즐비했다. '이렇게 많은 무기를 가지고 있던 병사들은 도대체 다 어디로 간 거지? 어디서 우리를 엿보고 있는 거지?'라는 물음이 마음을 점점 더 불길하게 만들었다. 우리는 그래도 결연히 수류탄을 쥐고 권총을 앞으로 내민 채 화약 연기와 증기로 자욱한 참호 안으로 깊숙이 들어갔다.

거기서부터 간 길은 나중에서야 머릿속에 정확한 윤곽이 잡혔다. 우리는 모르는 사이에 세 번째 교통호로 꺾어 들어갔고, 아군의 엄호 사격을 받으며 네 번째 선에 근접하고 있었다. 이따금 우리는 벽을 안쪽으로 파고 그 안에 서랍처럼 설치해둔 무기상자를 빼내어 기념으로 수류탄 하나를 꺼낸 후 우리 주머니에 넣었다.

몇 번이나 참호 안을 종횡무진 이동하고 나니 누구도 우리가 어디에 있는지, 독일 진지가 어느 방향에 있는지도 알 수가 없었다. 모두가 점점 격앙되었다. 야광나침반 바늘은 이러저리 흔드는 손들 안에서 춤을 추었고, 북극성을 찾으려고 해도 흥분한 상태였던지라 학교에서 배운 지식이 아무런 소용도 없었다. 근처 참호에서 들려오는 목소리들을 들어보니 적군은 첫 공격의 충격에서 벗어난 것 같았다. 적은 우리가 어디 있는지를 금방 알아챌 터였다.

우리는 또 한번 방향을 돌려 뒤로 이동했다. 대열의 맨 뒤에서 걸어가던 나는 갑자기 내 앞에 있던 모래주머니로 쌓은 엄폐호 위에서 기관총 총구가 이리저리 움직이는 것을 보았다. 그쪽으로 뛰어든 나는 한 프랑스군의 시체에 걸려 넘어졌고, 거기서 클룹만 하사와 초급장교 폰 츠클리니츠키를 보았다. 수발총병 할러가 너덜너덜해진 시체에서 신분증을 뒤지고 있는 동안 그 두 사람은 기관총을 떼어내느라 정신이 없었다. 전리품 몇 개는 가져가고 싶다는 생각에, 우리는 지금 어디에 있는지도 거의 의식하지 못한 채 황급히 무기를 뜯어내는 데에 몰두했다. 나는 고정 나사를 풀려고 애썼다. 다른 이는 철사용 가위로 총알 클립을 따고 있었다. 마침내 우리는 세 발이 달린 어떤 물건 위에 꽂혀 있던 그 총을 챙겨넣었다. 분해하지 않고 한꺼번에 운반할 작정이었다. 이 순간 우리와 평행선에 있던 참호에서 무슨 소리가 들려왔다. 참호가 있던 곳은 아군의 전선일 거라고 생각했던 방향이었다. 적군의 목소리 하나가 매우 격앙되고 위협적인 어조로 물었다. "거기, 뭐야?" 그러고는 검은 폭탄이 날아오르더니 어둑어둑한 하늘에 불명확한 윤곽으로 큰 포물선을 그리면서 우리 쪽으로 떨어졌다. "조심해!" 메피우스와 나 사이에서 뭔가가 번쩍 터졌다. 파편 하나가 메피우스의 손을 파고들었다. 우리는 각자 반대편으로 흩어졌고, 점점 더 깊은 참호의 미로로 빠져들었다. 내 옆에는 이제 코피를 줄줄 흘리는 공병대 하사와 손에 부상을 당한 메피우스밖에 남지 않았다. 당황한 프랑스군이 자신들의 구덩이에서 선뜻 나오지 못하는 상황만이 우리의 종말을 지연시켰다. 하지만 단 몇 분 뒤에는 신나게 우리를 쓸어버릴 더욱 강력한 적군과 맞부딪쳐야 할지도 몰랐다. 사과를 하거나 받아줄 분위기는 전혀 아니었다.

나는 이 벌집에서 무사히 살아나가리라는 희망을 포기했다. 하지만 그때 갑자기 내게서 기쁨의 비명이 터져나왔다. 내 시선이 숟가락이 꽂힌 식기에서 멈추었기 때문이었다. 그제야 머릿속으로 내가 있는 위치의 지도를 그릴 수 있었다. 이미 사위가 밝아졌기 때문에 더 지체할 시간이 없었다. 첫 소총의 총알들이 주위를 휙휙 지나는 가운데 우리는 무인지대를 뛰어넘어 아군의 전선으로 향했다. 우리는 프랑스군의 앞쪽 참호에서 폰 키니츠 소위의 정찰대를 만났다. 맞은편에서 '뤼티에 라게'*라는 암호를 들은 우리는 이제 최악의 상황에서 벗어났다는 것을 깨달았다. 나는 불행하게도 발을 헛디뎌 한 중상자 위로 넘어졌다. 키니츠가 서둘러 이야기해준 바에 의하면, 그는 수류탄을 던져 첫 참호에 있던 공병들을 몰아냈는데, 계속 전진하다가 아군의 포병대에 의해 사상자가 났다는 것이었다.

오래 기다린 후 부하 두 명이 더 나타났다. 두예지프켄 하사와 수발총병 할러였다. 할러는 내게 작은 위로의 선물을 가져다주었다. 그는 길을 잃고 헤매던 중에 멀리 떨어진 구덩이에서 기관총 세 대가 버려진 것을 발견하고, 그중 하나를 설치대에서 빼내어 가져왔던 것이다. 날이 점점 더 밝아지고 있었으므로, 우리는 황급히 무인지대를 건너 전선으로 돌아왔다.

내가 모집해서 데리고 간 열네 명 가운데 네 명만이 돌아왔다. 키니츠의 정찰대 역시 사상자를 많이 냈다. 올덴부르크 출신의 우직한 두예지프켄의 말에 의기소침했던 기분이 그나마 약간 밝아졌다. 내가 대피호에서 손에 붕대를 감고 있을 때, 입구 밖에 서서 동료들에게 우리

---

* 하노버 사람들이 맥주와 브랜디를 섞어마시는 칵테일의 이름이다.

가 겪은 일을 들려주던 그는 마지막으로 이렇게 말했다. "그리고 윙거 소위님을 존경하게 됐어요. 세상에 기가 막혀서! 바리케이드를 넘어서 그렇게 빨리 달려갈 수가 있다니!"

그 후 우리는 거의 모두 손과 머리에 부상을 당한 몸으로 숲을 통과해 연대본부로 행군했다. 폰 오펜 대령이 우리를 맞아 커피를 마시도록 해주었다. 그는 우리 작전이 실패한 데에 몹시 실망하긴 했지만, 그래도 그 수고만큼은 인정했다. 그것이 큰 위로가 되었다. 그 후 나는 차에 실려 사단으로 향했다. 사단에서 내 자세한 보고를 듣고 싶어했다. 적들이 던진 수류탄의 황량한 폭발음들이 여전히 귀에 쟁쟁했지만, 나는 그래도 등을 좌석에 편안히 기대고 시골길을 달리는 기분을 만끽했다.

사단 참모장교가 자신의 집무실로 나를 불렀다. 그는 악의에 가득 찬 인물이었고, 작전의 실패를 내 책임으로 돌리려고 했다. 그가 지도를 손으로 짚으며 "자네는 왜 이 오른쪽 교통호로 꺾어지지 않은 건가?"라는 질문을 할 때마다 나는 그가 오른쪽, 왼쪽 같은 개념이 더 이상 존재하지 않는 대혼란에 대해 전혀 알지 못하는 인물임을 알 수 있었다. 그에게는 모든 것이 하나의 계획이었지만, 우리에게는 강렬하게 체험한 현실이었던 것이다.

사단장이 내게 친절하게 인사를 건넸고, 곧 내 기분을 좋게 해주었다. 점심식사 때 나는 꽉 잠근 야전외투 차림에 부상당한 팔로 그의 옆에 앉아 지나치게 겸손해지지 않도록 조심하면서, 아침에 있었던 우리 활동의 진상을 똑바로 부각시키려고 노력했다. 물론 내 노력은 성공했다.

다음 날 폰 오펜 대령은 정찰대를 다시 한번 순시한 뒤에 철십자훈장을 수여했으며, 각 작전 참가자에게 이 주간의 휴가를 내주었다. 오후에는 전사자들을 티오쿠르의 군인묘지에 묻었다. 이 전쟁의 희생자들 사이에는 1870년과 1871년에 벌인 프로이센-프랑스 전쟁의 전사들도 잠들어 있었다. 이 옛 무덤 중 하나에는 이끼 낀 돌에 새겨진 "눈에서는 멀어졌지만 마음으로는 영원히 우리 곁에"라는 비문이 눈에 들어왔다. 또 다른 어느 커다란 비석에는 이렇게 새겨져 있었다.

영웅적인 행동들과 영웅들의 무덤,
낡고 새로운 무덤들 사이에서 그대는 보리라.
제국은 어떻게 창조되었으며,
제국은 어떻게 보존되었는지를.

저녁에 나는 "독일군의 레니에빌 공격작전은 분쇄되었다. 우리는 포로들을 생포했다"라는 프랑스의 공식 발표문을 읽었다. 늑대들이 양떼들의 울타리 너머로 들어갔다가 방향을 잃은 것뿐이었다. 어쨌든 나는 그 짧은 글에서 우리와 헤어진 전우들 중에 생존자가 있다는 것을 알았다.

몇 달 뒤, 나는 행방불명되었던 수발총병 마이어에게서 편지 한 통을 받았다. 그는 수류탄 전투 중에 다리 하나를 잃었다. 동료 세 명과 함께 긴 방황 끝에 한 전투에 휘말려들었고, 중상을 당한 채 포로가 되었다. 다른 이들 중 클롭만 하사는 전사한 뒤였다. 물론 클롭만 같은 인물이 포로가 되어 사로잡힌다는 건 상상하기 어려운 일이었다.

나는 전쟁에서 별의별 모험을 다 겪었다. 하지만 이번만큼 불길한 느낌이 든 적은 없었다. 낯선 참호들 안에서 차가운 새벽빛을 받으며 헤매던 생각을 하면 아직도 식은땀이 나곤 한다. 그건 미로에 갇히는 꿈과 같았다.

며칠 뒤, 예비포격으로 유산탄 여러 발을 발사한 후에 도마이어 소위와 취른 소위가 여러 명의 동행을 데리고 적의 교전참호로 뛰어들었다. 도마이어는 수염을 덥수룩하게 기른 한 프랑스 예비군과 마주쳤다. "항복하라!"라는 그의 요구에 그 예비군은 "싫다!"라고 외치면서 그를 덮쳤다. 도마이어는 치열한 몸싸움 끝에 권총으로 그의 목을 쏘았고, 나처럼 포로 없이 그냥 돌아올 수밖에 없었다. 이번 작전에 들어간 탄약만 해도 1870년에 벌어진 전투 전체를 감당할 수 있었을 만큼 많았다.

14

다시 한번 플랑드르

내가 휴가를 마치고 돌아온 날 바이에른 부대가 우리에게서 임무를 넘
겨받았고, 가까운 라브리 마을에 우리의 임시 숙소가 정해졌다.

1917년 10월 17일, 차에 실려 하루 반나절 정도 이동한 후 두 달 전
에 떠났던 플랑드르 땅을 다시 밟게 되었다. 우리는 소도시인 이제겜
에서 하룻밤을 보내고 다음 날 아침에 룰레, 플랑드르어로는 루셀라레
라고 부르는 곳으로 행군했다. 도시는 파괴의 초기 단계에 접어들어 있
었다. 상점에서 여전히 물건들을 팔고 있긴 했지만 주민들은 이미 지하
실로 대피한 상태였고, 거듭되는 총격으로 소시민의 생활은 만신창이
가 되어 있었다. 내 숙소 맞은편에 있던 여성용 모자 상점의 진열장은
전쟁의 난리통 속에서 유령처럼 무표정하게 서 있었다. 밤마다 약탈자
들이 빈집에 침입했다.

오스트스트라트에 있는 내 임시 숙소에는 살아 있는 것이라곤 나뿐
이었다. 이 건물은 어느 포목상의 집이었는데 그는 전쟁 초기에 피난
을 갔고, 늙은 가정부 한 명이 딸과 함께 집을 지키고 있었다. 두 여자
는 우리가 행군해 들어갔을 때 거리를 헤매던 어린 고아 소녀를 돌봐

주었다. 그들은 그 어린 꼬마의 나이와 이름조차 몰랐다. 그들은 폭격을 당할까 봐 벌벌 떨었고, 못된 비행기들의 눈길을 끌면 안 되니까 위층에는 절대로 불을 켜두지 말라고 정말로 무릎을 꿇고 애원했다. 하지만 나 역시 얼굴에서 웃음이 싹 가실 수밖에 없는 일을 목격했다. 친구 라인하르트와 함께 창가에 서서 조명등 불빛 속에서 지붕 위로 스쳐 날아가는 영국 비행기를 보고 있었는데, 그때 거대한 폭탄이 그 집 가까이에서 터지고 그 공기압력 때문에 깨진 창유리 파편들이 우리 귓가로 빗발쳤던 것이다.

앞으로의 전투들을 앞두고 나는 정보장교로 임명되고, 연대참모로 발령받았다. 나는 지시사항을 전달받기 위해 우리 부대가 투입되기 전에 제10 바이에른 예비연대로 갔다. 우리가 그 연대의 임무를 넘겨받도록 되어 있었다. 그곳의 지휘관은 나를 맞이하면서 내가 규정을 어기고 '모자의 빨간 끈'을 두르고 있다고 투덜대기는 했지만, 사실은 매우 친절한 신사였다. 원래는 머리에 총탄을 맞아 치명적인 상처를 입는 것을 피하기 위해 그것을 회색 천으로 가리라는 규정이 있었던 것이다.

연락병 두 명이 나를 통신본부로 데려갔다. 통신본부에 가면 상황을 잘 파악할 수 있다는 것이었다. 우리가 본부를 벗어나기가 무섭게 포탄 하나가 초원 위로 높이 솟아올랐다. 하지만 내 안내자들은 수많은 어린 포플러 나무들로 뒤덮인 지대에서 정오쯤 되면 쉴 새 없이 촘촘히 퍼붓는 그 포화를 피해가는 방법을 잘 알고 있었다. 그들은 오랜 물량전에 길들여진 전사의 본능으로 그 포화 속에서도 가을의 금빛 땅을 통과해 어느 정도 안전한 길을 찾아낼 줄 알았던 것이다.

한 외딴 농장으로 들어가는 문간에 폭탄이 떨어진 흔적이 몇 군데 있었다. 우리는 그곳에서 얼굴을 땅바닥에 묻고 쓰러져 있는 시체를 발견했다. "치명탄을 맞았네!" 우직한 바이에른 사람이 말했다. 그의 동행이 "분위기가 살벌해"라고 말하며 주위를 두리번거리면서 서둘러 앞으로 나아갔다. 통신본부는 충격을 심하게 받은 파스샹달과 베스트 로제베케를 잇는 거리의 반대편에 있었는데, 프레누아에 있던 것과 비슷했다. 통신본부는 포격과 총탄을 맞아 고철더미가 되어버린 한 주택 근처에 설치되어 있었고, 엄폐물이 너무 적어서 맨 처음 날아오는 강력한 포탄에 당장이라도 무너져버릴 게 분명했다. 그곳에서 함께 땅굴 생활을 하고 있던 장교 세 명은 곧 임무를 넘겨받을 후임자가 올 거라는 소식을 듣자 매우 기뻐했다. 나는 그들에게서 적과 진지와 진입에 관해 보고받았고, 로드크뤼즈와 오스트뉴베르케를 잇는 길을 통해 룰레로 돌아갔다. 나는 대령에게 보고를 올렸다.

나는 도시의 도로를 지나면서 수많은 작은 선술집의 친밀한 이름들을 살펴보았다. 플랑드르인의 여유로운 성품을 표현하는 이름들이었다. '연어', '왜가리', '새 트럼펫', '동방박사 세 사람', '코끼리'와 같은 술집 간판을 보고 누가 들어가보고 싶다는 유혹을 받지 않겠는가? 반말로 다정하게 말을 걸며 강한 어투로 당신을 맞이할 때부터 벌써 기분이 좋아질 것이다. 신이여, 그러지 않아도 너무나 자주 전투 현장이 되었던 이 비옥한 땅을 이번 전쟁에서도 무사히 보존하시어, 이 땅이 다시금 예전의 모습으로 부활하게 하소서.

저녁이 되자 도시에는 다시 폭탄이 쏟아졌다. 나는 여자들이 한쪽 구석에 붙어서 벌벌 떨고 있는 지하실로 내려가 손전등을 켜고는 어린 소녀를 안심시켰다. 폭발이 전등 불빛을 꺼버렸기 때문에 그 아이는 두려움의 비명을 질렀다. 여기서 다시 한번 인간이 얼마나 강하게 고향에 집착하는지를 볼 수 있었다. 그 여자들은 위험한 상황에서 느꼈던 그 심한 두려움에도 불구하고 언제 무덤으로 변할지 모르는 고향을 떠나지 않고 지키고 있었다.

10월 22일 아침, 나는 네 명으로 구성된 정찰대를 통솔해 칼베로 떠났다. 칼베에서는 연대참모가 오전에 임무를 넘겨받도록 되어 있었다. 전방에선 거대한 불길이 날뛰고 있었다. 그 번쩍거리는 빛이 안개를 핏빛으로 물들였다. 오스트뉴베르케의 입구에선 우리 옆에 있던 집 한 채가 중포탄을 맞고 큰 소리를 내며 무너졌다. 잔해 덩어리가 도로를 가로질러 굴러다녔다. 우리는 이 장소를 피해가려고 애썼지만, 로드크뤼즈에서 칼베로 향하는 방향을 몰라서 어쩔 수 없이 그곳을 통과해야만 했다. 나는 그 앞을 바삐 지나가는 동안 지하실 입구에 기대고 서 있던 한 낯선 하사에게 길을 물었다. 그는 대답 대신 손을 주머니에 넣고 어깨를 으쓱했다. 총탄이 퍼붓는 곳에서 시간을 지체할 수는 없는 노릇이므로, 나는 즉시 그에게로 달려들어 코에 권총을 들이대고 필요한 정보를 알아냈다.

전투 중에 비겁해서가 아니라 심한 무기력 때문에 곤란한 상황을 만들었던 병사를 만난 건 그때가 처음이었다. 물론 최근 몇 년 동안 그런 무관심이 점점 늘어나기도 했고 일반적인 현상이 되기도 했지만, 작전 개시 중에 그런 증세가 나타나는 것은 매우 드문 일이었다. 전투는 남자들을 모으지만, 무기력은 그들을 떨어트린다. 전투가 벌어지면 상황에 따른 강제적인 구속력이 생긴다. 그에 반해 물량전을 끝내고 돌아가는 대열 한가운데에서 행군하는 동안에는 전쟁의 군기가 가장 뚜렷하게 해이해진다.

로드크뤼즈 근처, 도로가 몇 갈래로 갈라지는 곳의 한 작은 농장에 이르자 상황은 심각해졌다. 집중사격이 퍼붓는 도로 위로 화포 견인차들이 무섭게 달렸고, 보병대들이 그 지대를 통해 양쪽으로 긴 대열을 이루며 지나갔다. 앞쪽에서부터 셀 수 없이 많은 부상자들이 아픈 몸을 끌고 힘겹게 돌아오고 있었다. 우리는 젊은 포병대원 한 명과 마주쳤는데, 길고 뾰족뾰족한 파편이 부러진 창 촉처럼 어깨에 박혀 있었다. 그는 고개를 숙인 채 몽유병자처럼 우리 옆을 스쳐 지나갔다.

우리는 거리에서 오른쪽으로 꺾어져 화환처럼 둥그렇게 불에 휩싸인 연대본부로 향했다. 그 근처 어느 배추밭에서는 통신병 두 명이 전화선을 까는 중이었다. 그중 한 사람 옆으로 포탄이 떨어졌다. 우리는 그가 쓰러지는 것을 보고서 죽었다고 생각했다. 하지만 그는 금세 몸을 일으키더니 태연하게 전화선을 계속해서 깔았다. 콘크리트 덩어리로 이루어진 아주 작은 오두막 본부는, 사령관이 그의 부하와 연락병을 데리고 들어가 있기에도 좁았으므로, 나는 그 근처에 숙소를 물색했다. 나는 정보장교, 가스공격 방어 담당 장교, 박격포 장교와 함께 나무로 된 판잣집으로 들어갔다. 물론 폭탄이 떨어질 때 안전을 보장할 수 있는 곳은 아니었다.

오후에 나는 수비태세에 들어갔다. 아침에 적군이 우리 편의 제5중대를 공격했다는 연락을 받았기 때문이다. 나는 통신본부에서 거의 형체를 알아볼 수 없을 만큼 집중사격을 당한 노르트호프 농장까지 가야 했다. 농장의 잔해 아래에서 예비군대대의 사령관이 숙소를 마련하고 있었다. 거기서부터는 거의 흔적뿐인 한 오솔길이 전투부대 사령관의 숙소로 이어졌다. 최근 며칠 동안 폭우가 쏟아지는 바람에 구덩이 들판은 늪으로 변해 있었다. 그중 특히 파델바흐에 형성된 진창은 목숨을 위협할 정도로 깊었다. 이리저리 헤매던 중에 쓸쓸히 버려진 시체들 옆을 지나갔다. 구덩이의 더러운 수면 밖으로 머리만 내민 주검도 있었고, 손만 밖으로 내민 시체도 있었다. 그렇게 친지나 친구들이 무덤을 만들고 비석을 세워주는 가운데 땅에 묻히는 복을 누리지 못한 채 잠든 이가 수천 명이었다.

파델바흐는 포탄을 맞아 쓰러진 포플러나무들을 통과해야만 가로지를 수 있었다. 이곳을 가로지른 후 나는 거대한 포탄 구덩이 안에서 제5중대장 하인스 소위를 발견했다. 그는 충직한 부하들 무리 한가운데에 있었다. 구덩이 진지는 한 언덕에 있었는데, 완전히 물에 잠기지는 않았으므로 이것저것 따지지 않는 전방의 병사들이 지낼 만한 곳이라고 판단했다. 하인스에 따르면, 아침에 영국군 한 무리가 모습을 드러냈다가 총격을 받고 사라졌다. 그들은 자신들이 접근해왔을 때 달아났던 제164연대 소속 병사들 몇몇에게 총을 쏘았다. 그 외에는 아무 문제도 없다고 했다. 나는 본부로 돌아가 대령에게 보고를 올렸다.

그다음 날, 나무 벽 옆에 떨어진 포탄 몇 개 때문에 우리의 점심식사가 거칠게 중단되었다. 포탄이 분수처럼 솟아올린 오물들이 천천히 소용돌이치며 타르 종이로 만든 지붕 위로 후두둑후두둑 떨어졌다. 모두가 문밖으로 튀어나왔다. 비가 오고 있었으므로 가까운 농장으로 몸을 피했다. 저녁에도 똑같은 일이 벌어졌다. 단지 이번에는 그냥 밖에 있었다는 것만이 달랐다. 날씨가 맑았기 때문이었다. 그다음 포탄은 무너져내리는 농장 건물 한가운데로 떨어졌다. 전쟁에서는 이런 식으로 우연이 운명을 좌우한다. 그 어느 다른 장소보다 엄격한 법칙이 있다. 즉 작은 원인에서 큰 결과가 초래되는 것이다.

10월 25일, 이미 8시부터 우리 판잣집들이 공격당했다. 우리와 마주보고 있던 판잣집이 두 번째 포격에 정확하게 명중당했다. 판잣집이 산산조각나는 듯싶더니 그 자리에 커다란 구덩이가 생겼다. 나는 그 전날의 경험을 교훈 삼아 연대본부 뒤에 있는 거대한 배추밭으로 가서 믿을 만한 구덩이를 찾아냈다. 나는 매번 안전해질 때까지 적당한 시간이 지나고 나서야 구덩이 밖으로 나가곤 했다. 그날 나는 브레히트 소위의 참담한 사망 소식을 접했다. 그는 사단 관측장교로서 전투 중 노르트호프 농장의 오른쪽 구덩이 들판에서 전사했다. 그는 이 물량전에서조차 특별한 광휘를 발하는 군인이었으며, 우리는 그 무엇도 그를 다치게 할 수는 없을 거라고 여겼다. 그와 같은 사람들은 언제나 군중 속에서도 뚜렷이 드러나 보인다. 그들은 공격 명령이 떨어질 때마다 웃는 사람들이었다. 그와 같은 인물의 사망 소식을 접하고 나면 우리 역시 그리 오래 버티지는 못하겠다는 생각이 들 수밖에 없다.

10월 26일 아침 시간에 맹렬한 포격을 받았다. 앞쪽에서 높이 솟아오르는 포격 신호에 우리 편 포병대가 두 배의 분노로 화답했다. 그 어떤 숲과 울타리도 포탄이 뚫고 지나갔고, 그 뒤에서 반쯤 귀머거리가 된 포병들이 자신들의 직무를 다하고 있었다.

돌아온 부상병들이 영국군에 관해 부정확하고 과장된 진술만을 전했으므로, 나는 11시에 정확한 정보를 수집하기 위해 부하 네 명과 함께 앞쪽 전선으로 파견되었다. 맹렬한 포화를 뚫고 나아가야 하는 길이었다. 우리는 수많은 부상자와 마주쳤다. 그중에는 스피츠 소위도 있었는데, 제12중대의 지휘관이었던 그는 턱에 총을 맞았다. 우리는 이미 사령관의 대피호 앞에서 정확하게 조준된 기관총 사격을 받았다. 그건 적군이 우리 전선으로 이미 밀고 들어와 있다는 증거였다. 제3대대의 지휘관인 디틀레인 소령이 내 의심을 사실로 확인해주었다. 그 노인은 우리가 도착했을 때 본인 키의 사분의 삼 높이로 물에 잠긴 오두막 입구에서 기어나오는 중이었다. 그는 진창에 가라앉은 해포석 담배 파이프를 극성스럽게 건져올리려 하고 있었다.

영국군은 우리 전선까지 밀고 들어와 있었고, 구릉의 경사지를 점령해 그곳에서 파델바흐 분지와 우리 대대본부를 포화 속으로 쉽게 몰아넣을 수 있었다. 나는 그 전세의 변화를 지도에 빨간 연필로 기록한 뒤, 진창을 통과해 또다시 장거리달리기를 하도록 부하들을 독려했다. 우리는 조사를 마친 땅을 숨 가쁘게 빨리 넘어가 다음번 구릉이 시작되는 곳까지 갔고, 그곳에서는 천천히 노르트호프로 갔다. 포탄들이 좌우 양쪽에서 진창으로 떨어졌으며, 진창의 젖은 흙뭉치들이 공중으로 솟아올라 거대하고 더러운 물줄기를 사방으로 내뿜었다. 노르트호프는 고폭탄의 포화 속에 있었기 때문에 띄엄띄엄 헤쳐나갈 수밖에 없었다. 이 포탄들은 특별히 끔찍하면서도 귀를 먹먹하게 하는 폭발음을 냈다. 그것들은 무리를 지어 짧은 간격으로 날아갔다. 매번 주변 지대로 몸을 던져 구덩이 안에서 다음번 폭탄 투하를 기다리는 수밖에 없었다. 우리의 육체는 멀리서 흐느끼듯 들려오는 소리와 아주 가까이에서 들리는 폭발음 사이에서 완전히 무방비 상태가 되어 꼼짝할 수가 없었다. 수동적으로 운명을 기다릴 수밖에 없는 이런 상태에선 살고 싶다는 의지가 특별히 고통스럽게 밀려왔다.

집중포격에 유산탄도 섞여들었다. 유산탄 하나가 다양한 소음을 내면서 우리에게 탄알들을 쏟아부었다. 나와 동행한 부하 중 한 명이 철모 뒤통수의 가장자리 부분에 탄알을 맞아 바닥으로 내동댕이쳐졌다. 그는 마비가 된 듯 한참 동안 꼼짝하지 않고 엎드려 있다가 이윽고 몸을 일으켜 계속 행군했다. 노르트호프 주위 지대는 끔찍한 상태의 수많은 시체들로 뒤덮였다.

우리는 첩보병의 임무를 열성적으로 수행한 나머지, 아직은 발을 들여놓아서는 안 된다는 장소에도 자주 갔다. 그런 곳에서는 전투 현장에서 아무도 모르게 일어나는 은밀한 일들을 볼 수 있었다. 곳곳에서 죽음의 흔적과 마주쳤다. 이 황량한 땅에는 살아 있는 영혼이라곤 전혀 없는 것처럼 보였다. 한쪽에는 완전히 망가진 울타리 뒤에 한 무리의 주검이 누워 있었다. 그들의 육체는 바로 얼마 전에 터진 폭탄 때문에 솟아오른 흙으로 뒤덮여 있었다. 다른 곳에는 연락병 두 명이 구덩이 근처 바닥에 쓰러져 있었는데, 그 안에서는 여전히 폭발물의 매캐한 연기가 피어올랐다. 또 다른 곳에는 좁은 장소에 많은 시체가 있었다. 포격의 소용돌이에 빠져들었던 들것 운반병들이나 길을 잃은 예비군소대가 이곳에서 생을 마감한 것이리라. 우리는 이 죽음의 모퉁이에 잠시 나타나 그 장소의 은밀한 비밀들을 한눈으로 파악한 뒤, 다시 연기 속으로 사라졌다.

파스샹달에서 베스트로제베케를 잇는 도로 반대쪽에는 맹렬한 포격이 퍼부어지고 있었다. 우리는 또 한번 무사히 그 땅을 황급히 지나갔고, 나는 폰 오펜 대령에게 보고를 올릴 수 있었다.

다음 날 아침, 나는 6시부터 새로운 명령을 수행하느라 앞 전선으로 파견되었다. 연대가 군대와 접선을 하고 있는지, 있다면 어디에서 하는지를 알아내라는 명령이었다. 그리로 가는 길에 페르흐란트 상사를 만났다. 그는 제8중대에 명령을 전달하는 임무를 맡고 있었다. 구드베르크로 진출해서 우리와 우리 왼쪽에 근접한 연대 사이에 틈이 생겼다면 그것을 메우라는 명령이었다. 내 직무를 가능한 한 빨리 수행하기 위해서는 그와 동행하는 것보다 더 좋은 일은 없을 것 같았다. 우리는 한참을 애쓴 끝에 통신본부 근처의 구덩이 지역 중에서도 황량한 장소에서 제8중대의 지휘관이며 내 친구인 테베를 찾아냈다. 그는 벌건 대낮에 쉽게 눈에 띌 활동을 하라는 지시를 받은 것을 달가워하지 않았다. 우리는 아침 햇살이 비쳐드는 구덩이 지역에서 중대원들이 모두 모일 때까지 아주 또렷한 정신으로 말수가 적은 대화를 나누며 시가를 피워 물었다.

몇 발자국 지나지 않아, 우리는 맞은편 구릉들에서 정확하게 조준된 보병대의 공격을 받았다. 우리는 사방으로 흩어지며 각자 여기저기에 난 구덩이로 뛰어들 수밖에 없었다. 다음 구릉의 경사면을 지날 때 사격은 더욱 심해졌다. 테베는 안전한 밤이 될 때까지 기다릴 요량으로 병사들에게 구덩이에 진을 치고 대기하라고 명령했다. 그는 시가를 피워물고 자기 구역을 순찰했다.

나는 앞쪽의 틈이 얼마나 넓은지를 계속해서 알아보기로 하고, 테베의 구덩이 안에서 잠시 휴식을 취했다. 벌써 적군의 포병대는 아군 중대의 대범한 작전에 벌이라도 주려는 듯, 길게 띠를 이룬 그 지대에 집중포격을 개시했다. 나는 우리의 작은 피신처 가장자리에 떨어진 폭탄을 경고로 받아들여 출발 계획을 포기했다. 폭탄 때문에 지도와 눈에 진흙이 잔뜩 묻었다. 나는 테베와 작별하며 다음 몇 시간을 위해 큰 행운을 빌었다. 그가 뒤에서 나를 불렀다. "맙소사, 저녁까지 기다리자. 가만히 있어도 아침은 저절로 오니까!"

우리는 조사를 마친 후 파델바흐 분지를 조심스럽게 지나갔다. 집중사격으로 짓이겨진 양버들나무의 잎사귀더미 뒤에 몸을 숨기고 그 줄기는 균형을 잡는 데에 썼다. 이따금 우리 중 한 명이 허벅지까지 진창에 잠겼다. 동료들이 총대를 건네어 도와주지 않았다면 그는 틀림없이 익사하고 말았을 것이다. 나는 행군 방향을 잡기 위한 이정표로 한 무리의 병사들이 에워싸고 있는 오두막을 골랐다. 우리 앞에선 들것 운반병 네 명이 들것 하나를 들고 우리와 같은 방향으로 걸어가고 있었다. 부상자를 전선 쪽으로 나르는 것을 보고 어리둥절했지만, 쌍안경을 통해 납작한 철모를 쓴 카키색의 형체들을 보고 사태를 파악할 수 있었다. 바로 그 순간 첫 번째 총성이 울렸다. 몸을 숨길 수가 없었으므로 우리는 온 길을 되돌아 달렸다. 총탄들이 주변에 떨어지며 진창의 흙탕물이 튀었다. 수렁을 빠져나가는 일은 몹시 힘에 부쳤다. 하지만 우리가 숨이 턱까지 차올라 어쩔 수 없이 잠시 영국군의 목표물이 되어버린 동안, 고폭탄이 떼로 날아와 우리에게 새로운 활력을 불어넣었다. 그것은 자욱한 연기 속에 몸을 숨길 수 있다는 장점이 있었다. 이렇게 뛰는 동안 가장 기분 나빴던 것은 부상을 당하면 진창에 빠져죽을 거라는 생각이었다. 우리는 벌집의 좁은 벽을 따라가듯이 구덩이 경사면을 따라 다급하게 뛰어갔다. 갈라진 틈새에 피가 밴 것으로 이미 이곳에서 사라져간 사람들이 있다는 걸 짐작할 수 있었다.

우리는 죽을 듯이 지친 상태로 연대본부에 도착했다. 나는 거기서 내가 그린 스케치를 제출하고 상황에 대한 보고를 올렸다. 우리는 틈을 조사했다. 테베는 밤중에 앞으로 나아가 그 틈을 메울 것이다.

10월 28일, 제10 바이에른 예비연대가 또 한번 우리의 근무를 넘겨받았다. 그리고 우리는 언제라도 출동할 수 있도록 전선 바로 뒤에 있는 마을들로 이동했다. 사령부는 모스트로 옮겨갔다.

밤에 우리는 버려진 한 선술집의 방에 앉아 취른 소위의 승진과 약혼을 축하했다. 그는 휴가에서 막 돌아와 있었다. 이 경솔한 행동에 대해 벌이라도 받는 것처럼, 우리는 다음 날 아침에 무지막지한 집중사격을 받으며 잠에서 깼다. 거리는 멀었지만 내 방 유리창이 깨질 정도였다. 즉시 경보음이 울렸다. 그 틈 사이에서 갑작스러운 불상사가 생긴 모양이었다. 영국군이 침입했다는 소문이 돌았다. 나는 명령을 기다리며 감시초소에서 하루를 보냈다. 그 주변에 떨어지는 포격은 비교적 약했다. 소형 포탄 하나가 어느 작은 건물의 창문으로 날아 들어갔다. 그 안에서 벽돌가루를 뒤집어쓴 포병대원 세 명이 부상을 입고 튀어나왔다. 다른 세 명은 잔해 아래에서 죽은 채로 발견됐다.

다음 날 아침, 나는 바이에른 연대의 사령관에게서 다음과 같은 전투 임무를 부여받았다. "여러 차례에 걸친 적의 공격으로 우리 왼쪽의 연대 진지가 더 뒤로 밀려났고, 두 연대 간의 틈이 많이 벌어졌다. 연대 진지가 왼쪽에서 공격받을 위험이 있으므로 어제 저녁에 제73수발총병연대의 제1대대가 방어전을 개시했지만, 융단폭격을 받고 산산조각이 났는지 적군으로 돌진하지 못했다. 오늘 아침에 제2대대를 그 틈으로 보냈다. 아직 소식이 오지 않았다. 제1대대와 제2대대의 진지를 조사하라."

나는 출발했다. 노르트호프에서 그곳에 와 있던 폰 브릭슨 대위를 만났다. 그는 제2대대의 대대장이었고, 이미 진지의 약도를 주머니에 가지고 있었다. 나는 그것을 베꼈다. 사실은 그것으로 내 임무는 끝났지만, 대략의 상황을 직접 판단하기 위해 전투부대의 본부로 갔다. 그리로 가는 길에는 전사자들이 쓰러져 있었다. 그들은 창백한 얼굴로 물이 가득 찬 구덩이 안에서 밖을 응시하고 있거나 이미 진창이 몸 전체를 덮어, 그것이 인간의 형체라는 것을 겨우 짐작할 수 있을 뿐이었다. 전사자 대부분의 소매에서 파란 지브롤터 완장이 반짝였다.

전투부대 사령관은 바이에른 출신의 라틀마이어 대위였다. 매우 분주한 이 장교는 내게 폰 브릭슨 대위가 이미 서둘러 간략하게 말해주었던 내용을 상세하게 알려주었다. 아군의 제2대대는 많은 사상자를 냈다. 그중 대대부관과 용감한 제7중대장은 전사했다. 레미에르 부관은 프레누아에서 전사한 제8중대장의 형이었다. 두 형제는 리히텐슈타인 사람이었는데, 자진해서 독일 군인으로 싸웠다. 두 사람은 총탄을 입에 맞는 똑같은 방식으로 전사했다.

라틀마이어 대위가 한 오두막을 가리켰다. 그 오두막은 전날 억척스럽게 지켜낸 우리 편 오두막에서 200미터 떨어진 곳에 있었다. 공격 직후, 작은 요새의 지휘관이었던 한 하사가 독일 병사 세 명을 끌고 가는 영국군 한 명을 보았다. 그는 영국군에게 총을 쏘아 부하 세 명을 되찾았고, 그들을 자신의 부대에 합류시켰다. 총알이 다 떨어지자 그들은 문 앞에 부상당한 영국 병사 한 명을 앉혀놓아 사격이 더 이상 계속되는 것을 막았고, 어둠이 깔린 뒤에 그곳을 몰래 빠져나올 수 있었다.

또 다른 오두막은 어느 소위의 지휘 아래 있었는데, 영국군이 항복하라고 외치는 소리를 들었다. 그는 대답 대신 뛰어나가서 그 영국 병사를 붙잡아 끌고 들어옴으로써 부하들을 놀라게 했다.

이날 나는 들것 운반병들의 작은 부대들이 깃발을 높이 들고 전장을 돌아다니는 것을 보았다. 아무도 그들을 질책하지 않았다. 자주 땅속에서 벌어지는 이 전투에서 전사들이 이런 광경을 보게 되는 경우란 오직 그들이 절실하게 필요할 때뿐이었다.

돌아오는 길에는 영국군이 사과 썩는 냄새가 나는 불쾌한 독가스 포탄들을 쏘는 바람에 몹시 어려움을 겪었다. 가스는 땅바닥으로 스며들었다. 숨이 막히고 눈물이 쏟아지는 가스였다. 나는 본부에 보고를 올린 뒤 응급치료소 바로 앞에서 나와 친분이 있던 장교 두 명이 중상을 입은 것을 보았다. 그중 한 사람은 바로 이틀 전에 승진과 약혼을 함께 축하했던 취른 소위였다. 그는 이제 반쯤 벌거벗은 몸으로 죽음을 확실히 알리는 밀랍 같은 창백한 얼굴을 하고 뜯겨진 문짝 위에 누워 있었다. 내가 그의 손을 쓰다듬어주려고 가까이 갔을 때도 그는 멍한 눈으로 나를 바라볼 뿐이었다. 또 다른 중상자는 하베르캄프 소위였다. 수류탄 파편이 그의 팔과 다리를 산산조각으로 부수어놓아 절단하지 않을 수 없는 모양이었다. 그는 죽은 사람처럼 경직된 창백한 얼굴로 들것에 누워 담배를 피우고 있었다. 그를 운반하는 의무병이 불을 붙여 입에 꽂아준 담배였다.

또 한번 우리는 끔찍한 손실을 보았고, 특히 젊은 장교들을 많이 잃었다. 이 두 번째 플랑드르 전투는 단조로웠다. 이 전투는 끈적거리고 진흙투성이인 땅바닥에서 벌어졌고, 엄청난 사상자를 낳았다.

11월 3일, 우리는 기차를 타고 플랑드르를 처음 방문했을 때의 기억이 여전히 새로운 기츠 역으로 갔다. 플랑드르 여자 두 명을 다시 보았다. 하지만 그들에게서 예전의 그 생기발랄함은 찾아볼 수 없었다. 그들 역시 대전투를 온몸으로 체험한 것처럼 보였다.

우리는 며칠 동안 휴식을 취하기 위해 투르쿠앙으로 갔다. 릴르의 쾌적한 자매도시였다. 이곳에서는 처음이자 마지막으로 제7중대의 모든 병사가 스프링 침대에서 잠을 잤다. 그리고 릴르 거리에 있는 어느 부유한 기업가의 화려한 방에 머물렀다. 나는 대리석 벽난로 앞에 놓인 안락의자에 앉아 첫날 밤을 느긋하게 즐겼다.

우리는 얼마 안 되는 이 휴가 기간을, 힘겹게 싸워서 지켜낸 삶을 기뻐하며 보냈다. 죽음을 피해갔다는 사실은 여전히 믿기 어려웠지만, 새로 얻은 생명은 가능한 모든 방식으로 그것을 즐기는 동안 확실한 사실로 다가왔다.

15

캉브레에서의 이중 전투

투르쿠앙의 아름다운 날들은 금세 지나가버렸다. 우리는 빌레르오테르트르에 얼마간 더 머물렀다. 우리는 여기서 인원을 보충받아 1917년 11월 15일에 레클뤼즈로 갔다. 아군에게 지정된 진지에서 각각의 예비대대가 체류하는 곳이었다. 레클뤼즈는 아르투아의 호수들로 둘러싸인 좀 더 큰 마을이었다. 길게 늘어선 갈대밭에는 오리와 물새가 숨어 있었고, 물에는 물고기가 가득했다. 낚시는 엄격히 금지되었지만 밤이면 물 위에서 수상한 소리가 들렸다. 어느 날 지역 사령부에서 내 중대 몇몇 병사들의 군인수첩 몇 개를 내게 건네주었다. 폭탄으로 물고기를 잡다가 들킨 병사들의 것이었다. 하지만 나는 일을 크게 벌이지 않았는데, 나한테는 대원들의 사기가 프랑스의 어업권이나 지역 세력가들의 식탁보다 훨씬 더 중요했기 때문이었다. 그 후로 거의 저녁마다 누군가가 커다란 강꼬치고기를 내 방문 앞에 가져다놓았다. 그래서 정오가 되면 내 부하 장교 두 명과 함께 '로엔그린의 강꼬치고기'라는 이름을 붙인 주요리를 먹었다.

　11월 19일, 나는 소대장들을 데리고 우리가 앞으로 며칠 동안 배치될 진지를 둘러보았다. 진지는 비엥아르투아 앞에 있었다. 하지만 우리는 생각만큼 빨리 참호에 들어가지 못했다. 거의 매일 밤 경보음이 울렸는데, 우리는 진지 내에서도 가장 중요한 핵심 진지나 포병대의 집중포격망 속, 그도 아니면 뒤리 마을에서 대기해야 했기 때문이었다. 숙련된 전사들은 이런 상태로는 오래 버티지 못한다는 것을 알았다.

11월 29일, 정말로 무슨 일이 일어날지를 알려준 사람은 폰 브릭스 대위였다. 그는 우리가 반원형의 진지에서 대규모로 계획된 반격에 참여하게 될 거라고 했다. 진지는 캉브레의 탱크 공격으로 인해 아군의 전선까지 밀려나 있었다. 우리는 마침내 모루의 역할을 관두고 망치의 역할을 맡게 된 것을 기뻐하긴 했지만, 플랑드르에서 지칠 대로 지쳐서 돌아온 대원들이 이 새로운 시험을 견뎌낼 수 있을지가 걱정스러웠다. 하지만 나는 내 중대를 믿었다. 그들은 한 번도 실패한 적이 없었다.

11월 30일에서 12월 1일로 넘어가던 밤, 우리는 화물차에 실렸다. 그때 한 병사가 떨어뜨린 수류탄이 원인을 알 수 없이 폭발하는 바람에 그와 동료들이 중상을 입는 피해가 발생했다. 또 다른 한 명은 전투에 참여하지 않으려고 정신 나간 척을 하기도 했다. 한참 법석을 떨다가 한 하사가 그의 배에 몇 방을 먹인 뒤에야 그는 다시 정신을 차렸고, 우리는 차에 오를 수 있었다. 그런 연극이 먹혀들기는 어려웠다.

우리는 좁은 화물차 안에서 서로 몸을 밀착한 채 바랄르 바로 앞까지 갔다. 그곳에서는 도랑 안에 들어가 몇 시간이나 명령을 기다려야 했다. 나는 추위에도 불구하고 어찌어찌 자리에 누워 새벽까지 잤다. 우리가 배속된 제225연대는 돌격 때 우리를 끼워주지 않았다. 우리는 공격을 위한 만반의 채비를 갖추고 있었기에 조금 실망하지 않을 수 없었다. 우리는 바랄르 성에서 계속 대기해야 했다.

아침 9시, 아군의 포병대는 엄청난 위력으로 포격을 개시했다. 11시 45분에서 50분 사이에는 포격의 간격이 매우 좁혀지면서 빈틈없는 집중포화로 변했다. 하도 엄중하게 지키고 있어서 정면에서 공격하지 않고 놔두었던 부를롱 숲이 어느새 연초록빛이 감도는 가스구름 아래로 사라졌다. 우리는 11시 50분에 쌍안경을 통해 포탄 구덩이 투성이의 텅 빈 풍경 안으로 적들의 사격선이 나타나는 것을 보았다. 그 사이 뒤편 지대에서는 포병대가 잠시 채비를 갖추고, 새로운 진지로 돌진했다. 독일 전투기 한 대가 영국군의 계류기구를 쏘아 불이 붙었고, 기구에 타고 있던 관측병들이 낙하산을 타고 뛰어내렸다. 전투기가 공중에 붕 떠 있는 그 기구 주위를 몇 차례 더 돌며 예광탄을 마구 쏘았다. 이 또한 전쟁이 더욱 무자비해졌다는 것을 보여주는 증거였다.

성의 높은 곳에서 초긴장 상태로 공격 장면을 지켜본 뒤, 우리는 국수가 담긴 식기를 비우고 꽁꽁 얼어붙은 땅바닥에 누워 낮잠을 청했다. 3시경, 연대본부까지 전진하라는 명령을 받았다. 본부는 물이 마른 운하 바닥의 갑실閘室에 숨어 있었다. 우리는 아주 약하게 산발적으로 날아오는 총탄을 뚫고 소대별로 그곳으로 나아갔다. 거기서 제7중대와 제8중대는 예비대 지휘관에게 찾아가 제225연대의 두 중대와 교대하라는 명령을 받았다. 운하 바닥으로 가는 500미터 길에는 촘촘한 간격으로 저지포격이 쏟아졌다. 우리는 한 덩어리가 되어 달려감으로써 아무 피해도 입지 않고 무사히 목적지에 도착했다. 수많은 주검들은 이곳에서 이미 여러 중대가 피의 희생을 치렀음을 말해주었다. 예비군들은 둑에 몸을 바짝 붙인 채 운하 벽에 간이호를 파느라 바빴다. 이미 모든 자리를 다른 이들이 차지한 후였다. 게다가 운하는 눈에 띄는 주요한 지형지물이라 포화를 끌어당기는 자석이었다. 그래서 나는 그 오른쪽의, 포탄 구덩이 투성이 들판으로 중대를 인솔해 각자가 편하게 자리를 잡도록 내버려두었다. 파편 하나가 내 총검을 스치고 날아갔다. 나는 제8중대를 이끌고 우리 중대가 하는 대로 따라하던 테베와 함께 적당한 구덩이를 찾았다. 우리는 구덩이를 군용천막으로 가리고는 촛불을 붙이고 저녁을 먹었다. 그리고 파이프를 피우면서 서로를 위로하며 대화를 나누었다. 이 황량한 환경 속에서도 어딘가 멋쟁이 티가 났던 테베는, 로마에서 자신을 위해 모델이 되어준 아가씨 이야기를 길게 늘어놓았다.

11시, 나는 이전에 전선이었던 곳으로 이동해 전투부대 지휘관을 만나라는 명령을 받고, 중대원들을 모아 전진했다. 강력한 포탄들이 이따금 하나씩 떨어질 뿐이었다. 하지만 그때 그중 하나가 지옥에서 보내온 인사처럼 우리 발 앞으로 거세게 내리꽂히더니, 운하 바닥을 검은 연기로 채웠다. 대원들은 차가운 주먹에 멱살이라도 잡힌 듯 침묵했다. 그들은 철조망이나 부서진 돌무더기에 걸려 넘어져가면서 서둘러 내 뒤를 따랐다. 밤늦은 시각에 알지 못하는 진지를 통과하노라면 포화가 심하지 않아도 불길한 느낌이 엄습했다. 눈과 귀는 너무나도 희한한 환영들로 과민해졌다. 온 세상이 우리를 저주하는 양, 모든 것이 차고 낯설었다.

마침내 우리는 전선과 운하가 만나는 곳을 발견했고, 사람으로 붐비는 참호들을 통과해 대대본부 쪽으로 나아갔다. 그 안으로 들어가자 한 무리의 장교와 연락병이 팽팽한 긴장감 속에 모여 있었다. 그곳에서 나는 이 진지에서 한 공격이 그리 큰 성과를 거두지 못했다는 것을, 그리고 다음 날 아침에 우리가 다시 앞으로 나아가야 한다는 것을 알게 되었다. 방안 분위기는 전혀 희망적이지 않았다. 대대 지휘관 두 명이 부관들과 긴 회의를 시작했다. 닭장 속의 닭들처럼 간이침대 위에 가득 모여 있던 특수무기 담당 장교들이 간간이 몇 마디 말을 던지며 대화에 끼어들었다. 담배 연기가 꽉 차서 질식할 정도였다. 부관들은 사람들이 복잡하게 모여든 와중에도 장교들에게 빵을 썰어주려고 애썼다. 부상병 한 명이 뛰어 들어와 적군이 수류탄 공격을 개시했음을 알리자 대혼란이 벌어졌다.

마침내 내게 내려진 공격 명령을 메모할 수 있었다. 새벽 6시에 내 중대를 이끌고 '용의 길'에 도착한 후, 거기서부터 가능한 한 멀리까지 '지크프리트선'을 따라 이동하며 측면공격을 하라는 것이었다. 진지의 연대에 속한 두 대대는 7시에 우리 오른쪽에서 공격을 개시할 예정이었다. 두 작전이 시간차를 두고 개시된다는 말을 듣자, 뜨거운 요리를 덥석 집어먹는 걸 주저한 상부에서 우리를 먼저 실험실 토끼로 쓰려는 게 아닐까 하는 의구심이 들었다. 나는 산발적인 공격에 이의를 제기했고, 우리 또한 7시에 공격을 개시하겠다는 계획을 관철했다. 다음 날 아침, 상황은 그 계획 변경이 어떤 차이를 만들어내는지를 여실히 보여주었다.

'용의 길'이 어디인지 전혀 알 수가 없었으므로, 나는 떠날 때 지도를 부탁했다. 그러나 상부에서는 나눠줄 지도가 없다고 했다. 나는 그들을 이해하려고 애쓰면서 시원한 공기를 쐬러 밖으로 나갔다. 낯선 지휘관의 명령에서 호강을 바랄 수는 없다.

중무장한 대원들과 함께 오랫동안 진지 주변을 헤맨 뒤, 한 병사가 앞쪽으로 뻗은 작은 대호對壕에서 번지고 바래서 잘 보이지도 않는 '용의 길'이라는 글자가 적힌 푯말을 발견했다. 대호는 칼 받침대들로 막혀 있었다. 그 안으로 들어가 몇 발짝 떼지도 않았는데 벌써 웅성거리는 낯선 목소리들이 들렸다. 나는 가만히 뒤로 물러났다. 우리는 영국군 공격의 선봉을 맞닥뜨린 것이었다. 그들은 지나치게 자신만만했기 때문인지 아니면 자신들이 어디에 있는지를 몰랐기 때문인지, 어쨌든 부주의했다. 나는 즉시 일개 소대로 대호를 봉쇄하도록 했다.

용의 길에서 아주 가까운 곳에 거대한 구덩이가 있었다. 아마 탱크가 빠지도록 만든 함정이었을 것이다. 나는 전 중대원을 데리고 그 안으로 들어가서 전투 임무를 설명한 후 공격을 위해 조를 나누었다. 내 말은 경포탄 때문에 몇 번이나 중단되었다. 불발탄 하나가 뒤쪽 벽으로 날아든 적도 있었다. 나는 구덩이 가장자리에 서서, 포탄이 터질 때마다 내 발 아래에 줄줄이 서 있는 병사들의 철모가 달빛에 반짝거리는 것을 보았다.

포탄으로 인해 사상자가 날까 봐 걱정이 된 나는 제1소대와 제2소대를 참호로 돌려보내고 제3소대와 함께 구덩이 안에 자리를 잡았다. 그날 오전에 용의 길에서 굴욕을 당했던 다른 부대 대원들이 우리 병사들에게 겁을 주었다. 영국군의 기관총 한 대가 50미터쯤 앞에 있는데, 그것 때문에 도저히 참호를 가로지를 수가 없다는 얘기였다. 그래서 우리는 첫 공격 때 좌우 양쪽으로 퍼져서 동시에 집중적으로 폭탄을 투척하기로 결정했다.

나는 구덩이 안에서 호프 소위 바로 옆에 붙어 몸을 옹송그린 채 끝없이 긴 저녁 시간을 보냈다. 그러다 6시에 몸을 일으켰고, 공격을 앞둘 때마다 엄습하곤 하는 묘한 기분에 휩싸여 마지막 지시들을 내렸다. 그럴 때는 누구나 뱃속이 어쩐지 허전한 느낌이고, 소대장들과 이야기를 나누며 농담을 하려고 애쓰면서도 최고사령관 앞에서 벌이는 퍼레이드라도 앞둔 양 이리저리 초조하게 서성이기 마련이었다. 한마디로 말해서 목전에 다가온 위험한 상황을 잊기 위해 가능한 한 바삐 움직이려고 노력하는 것이다. 어느 병사가 등유난로에 데운 커피 잔을 건네주었다. 그것은 온기와 자신감을 뼛속까지 불어넣어준 마술 같은 한 잔이었다.

7시 정각, 우리는 정해진 순서대로 길게 줄을 지어 앞으로 나아갔다. 용의 길에는 아무도 없었다. 바리케이드 뒤에서 북을 두드리듯 들려오는 텅 빈 탄약통 소리들은 그 악명 높은 기관총이 철수했다는 뜻이었다. 그 소리가 우리 사기를 진작시켰다. 오른쪽으로 뻗은 튼튼하게 만들어진 참호에 집중사격을 퍼부은 후 우리는 한 협로에 들어섰다. 그 길은 완만한 오르막길이었고, 얼마 후 딱 날이 희끄무레하게 밝아올 무렵에 우리는 한 너른 들판에 이르렀다. 우리는 방향을 돌려 오른쪽 참호로 들어갔다. 그곳에는 어제 실패한 공격의 흔적이 잔뜩 남아 있었다. 바닥에는 영국군의 시체와 무기들이 흩어져 있었다. 이곳이 지크프리트선이었다. 갑자기 돌격부대 지휘관 호펜라트 소위가 한 병사의 총을 빼앗아 쏘았다. 그는 수류탄 몇 개를 던진 후 도망가는 영국군 보초병과 맞닥뜨렸던 것이다. 우리는 계속 이동했고, 곧 더 큰 저항에 부딪쳤다. 양쪽에서 수류탄이 날아들었고, 우지끈하는 폭발음이 여러 차례 울렸다. 돌격부대가 공격을 개시했다. 폭탄이 병사들의 손에서 손으로 전해졌다. 저격수들은 수류탄을 던지는 적병들을 겨누기 위해 엄폐호 뒤에 몸을 숨기고 자세를 잡았다. 소대장들은 언제 반격이 있을지를 알기 위해 참호 너머를 응시했다. 경기관총을 지닌 병사들은 적당한 자리에 무기를 설치했다. 우리는 수류탄으로 참호를 앞쪽에서부터 공격하기 시작했고, 참호를 따라가며 소총으로 빈틈없는 사격을 퍼부었다. 이제는 도처에서 요란한 전투가 시작되어 우리 머리 위로 총탄이 날아들었다.

짧은 전투가 끝나자, 건너편에서 흥분한 목소리들이 들려왔다. 우리가 무슨 일인지를 미처 파악하기도 전에 첫 영국 병사들이 손을 번쩍 들고 우리에게 걸어왔다. 우리가 그들에게 위협적으로 소총과 권총을 겨누고 있는 동안 그들은 한 명씩 엄폐호를 돌아나와 허리띠에 찬 무기를 바닥에 내려놓았다. 모두 새 군복을 입은 아주 젊고 건장한 청년들이었다. 나는 영어로 "손 내려!"라고 명령한 다음 그들을 일렬로 걸어가게 했고, 한 소대가 데려가도록 했다. 그들 대부분은 낙천적인 미소를 지으면서 우리가 비인간적인 짓을 하지는 않으리라는 믿음을 내보였다. 다른 병사들은 꿍쳐놓았던 담배와 초콜릿 바 등을 내밀며 우리 기분을 맞추려고 했다. 나는 사냥꾼의 기쁨이 점점 커지는 것을 느끼며 우리가 거둔 승리를 만끽했다. 포로의 행렬은 끝이 없었다. 헤아린 숫자가 이미 150명을 넘기고 있었는데도, 계속 새로운 병사들이 손을 들고 나타났다. 나는 한 영국군 장교를 불러세우고는 진지에 남아 있는 사람 수와 그 방어시설에 관해 물었다. 그는 매우 예의 바르게 대답했다. 내 앞에서 부동자세까지 취할 필요는 없었는데 말이다. 그는 나를 자기 중대의 지휘관에게로 데려갔다. 그는 대위였는데, 상처를 입고 가까운 간이호에 있었다. 얼굴선이 고운, 스물여섯이나 되었을까 싶은 청년이었다. 그는 종아리에 총을 맞고 땅굴 입구에 기대어 있었다. 내 소개를 하자 그가 모자에 손을 올렸고, 그때 손목의 금팔찌가 힐끗 눈에 띄었다. 그는 이름을 말한 후 자신의 권총을 건네주었다. 그리고 남자답게 말했다. "우리는 포위되었소." 그는 자신의 중대가 왜 그렇게 빨리 항복할 수밖에 없었는지를 상대에게 설명하지 않으면 안 된다고 느꼈던 것이다. 우리는 프랑스어로 여러 이야기를 나누었다. 그는 자기네가 상당수의 독일 부상병들을 치료하고 돌봐주었으며, 그들은 가까운 땅굴에 누워 있다고 알려주었다. 내가 지크프리트선 후방의 방어군은 얼마나 강한 전력인지를 물었을 때는, 그는 입을 다물었다. 그와 다른 부상병들이 돌아갈 수 있도록 해주겠다는 약속을 하고, 우리는 악수를 하고 헤어졌다.

나는 대피호 밖에서 우연히 만난 호펜라트에게서 우리가 잡은 포로가 약 200명이라는 말을 들었다. 인원이 80명인 중대에게는 벅찬 숫자였다. 우리는 초소를 설치한 후 점령한 참호를 둘러보았다. 무기와 온갖 장비로 가득했다. 사격호 안에는 기관총, 박격포, 수류탄, 총류탄, 물병, 짐승털 조끼, 방수복, 군용천막, 고기 통조림, 잼, 차, 커피, 코코아, 담배, 코냑 병, 연장, 권총, 조명총, 속옷, 장갑 등, 한마디로 말해 상상할 수 있는 것은 거의 다 있었다. 나는 중세시대의 지휘관처럼 약탈할 수 있는 시간을 정해, 병사들이 시간을 가지고 숨을 돌리면서 좋은 물건들을 가까이에서 살펴보게 해주었다. 나 역시 유혹을 떨칠 수가 없었기에 대피호 입구에 아침식사를 마련하게 한 후 질 좋은 살담배를 파이프에 넣어 입에 물었다. 그동안 돌격부대 지휘관에게 제출할 보고서를 갈겨썼다. 나는 조심성 많은 사내였으므로, 대대장에게도 사본을 보냈다.

30분쯤 뒤에 우리는 사기가 충천해 다시 출발했다. 물론 영국제 코냑이 일조를 했다는 사실을 부정하지는 않겠다. 우리는 지크프리트선을 따라 엄폐호에서 엄폐호로 살금살금 이동했다.

참호 안으로 지은 사격진지에서 총격이 시작되었다. 우리는 상황을 살피기 위해 가장 가까운 디딤판 위로 올라갔다. 우리가 그 안에 있던 적군과 몇 발의 총탄을 주고받는 동안 한 병사가 마치 보이지 않는 주먹에 강타당한 것처럼 바닥으로 쓰러졌다. 총알이 그의 철모 윗부분을 뚫고 두개골을 관통했던 것이다. 그의 두개골에는 길고 깊은 고랑이 생겼다. 뇌가 심장 박동에 따라 상처 안에서 올라왔다 가라앉기를 되풀이했다. 그런데도 그는 용케 혼자서 돌아갔다. 나는 배낭을 메고 가겠다고 고집을 부리는 그에게 배낭을 벗어놓으라고 명령했다. 그러고는 천천히 조심해서 가라고 당부했다.

나는 들판을 가로질러 공격해서 적군의 저항을 꺾을 심산으로 지원자를 모집했다. 병사들은 주저하면서 서로 얼굴만 쳐다보았다. 내가 평소에 조금 멍청하다고 생각했던 폴란드인 한 명만이 참호 밖으로 기어 올라가서 사격진지를 향해 느릿느릿 나아갔다. 애석하게도 나는 이 순진한 병사의 이름을 잊어버렸다. 그에게 배운 것이 하나 있다면, 누구든 위험 속에서 그가 어떻게 행동하는지를 보지 않고는 그의 진짜 됨됨이를 알 수 없다는 점이다. 우리가 참호를 따라서 전진하려고 할 때, 초급장교 노이페르트도 자신의 분대를 데리고 진지 밖으로 뛰쳐나왔다. 영국군은 우리를 향해 몇 발을 쏜 뒤 사격진지를 남겨둔 채 달아났다. 우리 공격군 가운데 한 명이 돌격 중에 쓰러져서 그 사격진지 몇 발짝 앞의 땅바닥에 누워 있었다. 그는 심장 부위 중에서도 마치 깊은 잠에 빠지듯이 한 번에 푹 쓰러지게 만든다는 곳에 총을 맞았다.

전진하는 동안 우리는, 보이지 않는 곳에서 수류탄을 던져대는 적군의 완강한 저항에 부딪혔다. 우리는 사격진지가 있던 곳까지 서서히 뒤로 밀려났다. 그곳에서 바리케이드를 쳤다. 아군과 적군이 서로 차지하려고 격전을 벌였던 참호에는 양편 모두 시체를 많이 남겨두었다. 애석하게도 그중에는, 레니에빌에서 보낸 어느 밤에 그가 매우 용감한 전사라는 걸 알게 되었던 메피우스 하사도 있었다. 그는 피가 흥건히 흘러든 땅에 얼굴을 묻고 쓰러져 있었다. 나는 그의 몸을 돌렸다. 그의 이마에 난 큰 구멍을 보니 이제 어떤 도움도 소용이 없을 듯했다. 겨우 몇 마디 말을 주고받았는데, 갑자기 그가 내 질문에 아무 대답도 하지 않았다. 몇 초 후 그가 괜찮은지 살피려고 엄폐호를 둘러봤을 때는 그는 이미 죽어 있었다. 어쩐지 섬뜩한 기분이었다.

적군이 어느 정도 뒤로 물러난 후에도 사격전은 끈질기게 계속되었다. 우리가 있는 곳에서 50미터쯤 떨어진 곳에 위치한 루이스 경기관총 한 정 때문에 머리를 숙이지 않을 수 없었다. 우리 편의 경기관총이 적군의 결투 제의를 받아들였다. 약 30초 동안 사방으로 총탄이 튀는 가운데 두 무기가 요란한 소리를 내며 서로를 향해 불을 뿜었다. 그후 우리의 사격수 모툴로 일병이 머리에 총을 맞고 쓰러졌다. 그는 뇌수가 얼굴을 지나 턱까지 흘러내리고 있었는데도 우리가 그를 가장 가까운 땅굴로 데려갈 때까지 정신이 말짱했다. 모툴로는 나이가 지긋한 사내로, 절대 전쟁에 자원 입대할 사람이 아니었다. 하지만 나는 언젠가 기관총 뒤에 선 그의 얼굴을 자세히 살펴본 적이 있었다. 그는 총알이 빗발치는데도 한 치도 머리를 숙이는 법이 없었다. 내가 기분이 어떠냐고 묻자, 그는 그런대로 알아들을 수 있는 문장으로 대답했다. 치명적인 상처가 그에게 큰 고통을 주지는 않은 모양이었다. 아니, 그는 부상을 당했다는 것조차도 알지 못하는 듯했다.

조금씩 주위가 진정되어갔다. 영국군도 바리케이드를 만드느라 분주했기 때문이었다. 12시에 폰 브릭슨 대위, 테베 소위, 포이크트 소위가 나타났다. 그들은 우리 중대의 성공을 축하했다. 우리는 사격진지 안에 앉아서 영국군의 보급품으로 점심을 먹으며 진지에 관한 이야기를 나누었다. 이따금 나는 대략 스물다섯 명의 영국 병사들과 협상을 하기도 했다. 100미터 정도 앞에 있던 참호에서 그들이 갑자기 얼굴을 내밀었기 때문이다. 항복하려는 자들이었다. 하지만 내가 흉벽 밖으로 얼굴을 내밀자마자 더 뒤편 어딘가에서 총알이 날아들었다.

갑자기 영국군 바리케이드에서 어떤 소동이 일어났다. 수류탄이 날아올랐고, 소총이 발포되었으며, 기관총이 불을 뿜었다. "그들이 온다! 그들이 온다!" 우리는 모래주머니 뒤로 뛰어들어 총을 쏘기 시작했다. 내 부하 중 한 명이었던 킴펜하우스 상병은 전투의 열기에 도취되어 흉벽 위로 뛰어 올라갔다. 그는 적이 쏜 총에 팔을 맞아 중상을 입고 쓰러질 때까지 계속 참호 안으로 총을 쏘아댔다. 나는 순간을 빛낸 그 영웅을 기억해두었고, 기쁘게도 2주 뒤에 1급 철십자훈장으로 그를 축하해줄 수 있었다.

우리가 중단되었던 점심식사를 하던 곳으로 채 돌아가기도 전에, 대혼란이 벌어졌다. 상황 전체를 갑자기 예측할 수 없는 방식으로 바꿔버릴 수 있는 이상한 사건 중 하나였다. 우리 왼쪽에 있는 연대에서 어느 장교가 우리와 연락을 취하려고 고함을 질렀던 것이었다. 그는 격노에 휩싸인 것 같았다. 천성적으로 타고난 용기가 술 때문에 광기로 발전한 듯했다. "영국놈들은 어디 있나? 제군, 저놈들을 박살내러 가자! 빨리! 누가 같이 갈 건가?" 격분한 그는 우리의 멋진 바리케이드를 파괴했고, 수류탄으로 길을 내면서 앞으로 돌진했다. 당번병이 그의 앞에서 참호를 따라 미끄러지듯 달리면서, 수류탄을 피한 자들을 소총으로 쏘아 쓰러뜨렸다.

두려움을 모르고 과감하게 자신의 몸을 던지는 용기는 언제나 감동을 준다. 우리 역시 그의 도취 상태에 전염되어 수류탄 몇 개를 거머쥐고 그 미친 전투에 뛰어들었다. 곧 나는 진지를 따라 질주하는 그의 옆에 있었고, 다른 장교들 역시 내 중대의 소총수들을 데리고 주저 없이 달려나갔다. 폰 브릭슨 대위마저, 자신이 대대장이라는 걸 잊고 소총을 들고 선두에서 달리면서, 적군의 수류탄 투척병들을 쏘아 거꾸러뜨렸다.

영국군은 용감하게 맞섰다. 엄폐호 하나하나를 두고 교전이 벌어졌다. 검은 공처럼 생긴 적군의 밀스 수류탄과 아군의 막대형 수류탄이 공중에서 교차하며 날아다녔다. 우리가 점령한 엄폐호들의 뒤에는 시체나 아직도 꿈틀거리는 몸뚱이가 있었다. 우리는 제대로 보지도 않고 서로를 죽였다. 우리 편에서도 사상자들이 나왔다. 당번병 옆으로 쇳덩어리 하나가 떨어졌는데, 그는 미처 피하지 못하고 고꾸라졌다. 여러 군데에 난 상처에서 피가 흘러나와 점토에 스며들었다.

우리는 그의 시체를 넘어 계속 앞으로 뛰어나갔다. 천둥소리 같은 굉성이 우리와 동행했다. 이 죽음의 땅에서 수백 개의 눈이 소총과 기관총 뒤에서 우리를 겨냥하고 있었다. 우리는 이미 아군의 전선에서 멀리 떨어져 있었다. 사방에서 날아온 총탄이 휘파람 소리를 내며 우리 철모를 스치거나, 참호 흉벽에 맞아 날카로운 소리를 냈다. 지평선 위로 달걀 모양의 검은색 쇳덩어리가 솟아오를 때마다, 우리는 생사가 걸린 순간에만 가질 수 있는 밝은 눈으로 그것을 정확히 포착할 수 있었다. 이런 결정적인 순간에는 가능한 한 하늘을 가장 많이 볼 수 있는 위치를 차지해야 한다. 오직 희끄무레한 하늘에서만 삐죽삐죽한 달걀 모양을 한 그 치명적인 폭탄의 검은 윤곽이 선명하게 드러나기 때문이었다. 그러고는 각자의 수류탄을 던지며 앞으로 달려나갔다. 쓰러진 적군의 뒤틀린 몸에 눈길을 줄 여유가 없었다. 그의 역할은 이미 끝났고, 이제 새로운 결투가 벌어지고 있었다. 수류탄 교전은 펜싱의 플뢰레를 연상시켰다. 그것은 발레를 할 때처럼 도약해서 팔다리를 뻗는 경기다. 그것은 둘 중 한 사람이 공중으로 날아가 산산조각나는 것으로 끝나는 가장 치명적인 결투다. 둘 다 죽기도 한다.

나는 그 순간에 우리가 한 발 한 발 뛰어넘었던 주검들을 두려움 없이 바라볼 수 있었다. 그들은 모두 땅바닥에 쓰러진 자세 그대로 편안하게 누워 있었다. 생명이 이별을 고하는 순간에 취하는 특별한 자세였다. 이렇게 앞으로 뛰어가는 동안에 나는 그 장교와 말싸움을 벌였는데, 그는 진짜 별난 녀석이었다. 그는 자신이 맨 앞자리에 서야 하고, 나는 수류탄을 직접 던지지 말고 자신에게 전해달라고 했다. 나는 수류탄을 던지고 다른 병사들에게 적의 움직임을 알리는 짧고도 무서운 외침들 사이로 그의 목소리를 들었다. "한 명이 던지는 거야! 나는 돌격대 훈련교관이었다고!"

오른쪽으로 뻗은 참호 하나가 우리를 뒤따라오던 제225연대 병사들에게 점령되었다. 진퇴양난에 빠진 영국군은 너른 들판을 가로질러 퇴각하려고 했지만, 사방에서 그들을 겨냥하고 쏜 총격에 살육당하고 말았다.

지크프리트선은 우리가 바짝 뒤쫓던 다른 영국군 병사들에게도 점점 더 불길해졌다. 그들은 오른쪽으로 꺾어지는 한 교통호를 통해 그 진지를 피해가려고 했다. 초소의 계단 위로 뛰어오른 우리 눈에, 요란한 환성을 터뜨리게 만드는 광경이 펼쳐졌다. 영국군 병사들이 빠져나가려고 했던 참호는 마치 리라의 우아한 팔처럼 우리 쪽으로 되돌아오도록 구축되어 있었는데, 가장 좁은 지점은 우리에게서 열 걸음도 채 떨어지지 않은 곳에 있었다. 그래서 그들은 우리 옆을 또 한번 지나가야 했다. 우리는 그 높은 위치에 서서 허둥대며 넘어지는 영국군의 철모들을 내려다볼 수 있었다. 나는 그들의 발치에 수류탄을 던졌다. 그들은 깜짝 놀라서 그 자리에 멈추었고, 뒤따르던 이들도 앞사람들의 발에 걸려 멈추어설 수밖에 없었다. 이제 그들은 너무나 좁은 협로로 빠져들었다. 수류탄들이 눈싸움을 할 때처럼 공중으로 날아올랐고, 모든 것이 자욱한 우윳빛 연기로 뒤덮였다. 병사들이 아래에서 우리에게 새로운 폭탄을 계속해서 전해주었다. 서로 엉켜서 한 덩이가 된 영국군 사이로 번갯불이 번쩍거리면서 살점과 군복, 철모들이 솟아올랐다. 분노와 공포의 비명이 섞여들었다. 눈앞에서 불이 번쩍하는 바람에 우리는 참호 가장자리로 뛰었다. 일대의 모든 소총이 우리를 겨누고 있었다.

나는 이런 망연자실한 상태에서 망치로 한 대 얻어맞기라도 한 듯 갑자기 바닥으로 거꾸러졌다. 정신을 차린 후 철모를 벗어 살펴보니 놀랍게도 큰 구멍 두 개가 철모를 뚫은 상태였다. 사관후보생 모르만이 뛰어오더니 내 뒤통수에 약간의 찰과상이 났을 뿐이라고 나를 안심시켜주었다. 먼 거리에서 쏜 총알이 내 철모를 뚫고 두개골을 스쳐간 것이었다. 나는 반은 의식을 잃은 상태로 대충 붕대를 감은 채 이 폭풍의 눈에서 벗어나기 위해 비틀대며 뒤로 물러났다. 가장 가까운 엄폐호를 지나기가 무섭게 뒤에서 한 병사가 달려오더니, 테베가 방금 똑같은 자리에서 머리에 총을 맞고 전사했다는 소식을 알려주었다.

그 소식에 나는 어안이 벙벙해졌다. 고고한 성품의 소유자로 몇 년 동안 기쁨과 슬픔과 위험을 함께 나누었던 친구, 불과 몇 분 전까지만 해도 내게 농담을 건네던 그 친구가 작은 납조각 하나 때문에 삶을 마감해야 하다니! 나는 그의 죽음을 인정할 수가 없었다. 하지만 그건 애석하게도 사실이었다.

이 살인적인 참호 구역 안에서 모든 부사관과 내 중대의 삼분의 일에 해당하는 인원이 피를 흘리며 죽어갔다. 머리를 겨냥한 총탄이 빗발쳤다. 호프 소위도 쓰러졌다. 그는 나이가 지긋한 사내로, 전직 교사였다. 글자 그대로 독일의 학교 선생님이었다. 내 초급장교 두 명과 다른 많은 병사들도 부상을 당했다. 그런데도 제7중대는 호펜라트 소위의 지휘 아래에서 점령한 진지를 끝까지 지켰다. 교대할 때까지, 그는 몸이 성한 유일한 장교였다.

전쟁의 그 모든 흥분된 순간 가운데, 진지의 좁은 점토벽들 사이에서 두 편의 돌격부대 지휘관들이 만나는 것보다 강렬한 인상을 남기는 사건은 없다. 그곳엔 후퇴도 없고, 동정도 없다. 그들의 왕국 안에서, 냉정하고 단호한 얼굴로, 어리석다고 할 만큼 용감하게, 민첩하게 앞뒤로 도약하면서, 날카롭고 피에 굶주린 눈빛으로 쏘아보는 참호의 귀족들을 목격한 사람이라면 누구나 안다. 그들은 시대의 요청에 응답한 사내들이며, 어떤 연대기에도 그 이름이 기록되지 않은 영웅들이다.

나는 돌아오는 길에 폰 브릭슨 대위 앞에 잠시 멈추어 섰다. 그는 병사 몇 명과 함께 우리와 평행선상에 있는 가까운 참호 밖으로 머리를 내민 적들과 총격전을 벌이고 있었다. 나는 그와 다른 저격병들 사이에 서서 총알들이 명중하는 장면을 보았다. 부상의 충격에 뒤따르는 몽환적인 상태로 인해, 내 머리에 감긴 하얀 터번 같은 붕대가 멀리에서도 보인다는 것을 나는 미처 생각하지 못했다.

나는 갑자기 이마에 타격을 입고 바닥에 쓰러졌다. 양쪽 눈 속으로 피가 흘러들어 앞을 볼 수가 없었다. 내 옆에 있던 사내도 동시에 고꾸라져서 신음을 하기 시작했다. 철모와 관자놀이를 뚫은 총상이었다. 폰 브릭슨 대위는 하루에 중대장 두 명을 잃는 게 아닐까 걱정했지만, 자세히 살펴보니 이마의 머리선 근처의 피부에 상처가 두 개 났을 뿐이었다. 그 상처들은 총알이 터지면서 생겼거나, 다른 부상자의 철모를 맞고 튕겨나온 파편 때문에 생긴 것 같았다. 같은 총알에서 나온 쇳조각들을 나와 나누어가졌던 그 부상자는 전쟁이 끝나고 나를 찾아온 적이 있다. 그는 담배공장에서 일하던 노동자였는데, 이 부상을 당한 후로 병약하고 조금은 별난 사람이 되었다.

피를 더 흘려서 쇠약해진 나는 사령부로 돌아가는 대위의 대열에 합류했다. 우리는 심한 포격을 받았던 뢰브르 마을까지 꾸준히 달려 운하 바닥의 대피호에 도착했다. 나는 거기서 붕대를 감고 파상풍 주사를 맞았다.

오후에는 화물차를 타고 레클뤼즈로 이동했다. 거기서 폰 오펜 대령과 저녁식사를 하며 보고를 올렸다. 나는 반쯤 잠든 상태로, 하지만 매우 좋은 분위기 속에서 그와 와인 한 병을 비웠다. 그러고는 작별인사를 하고, 이 엄청난 날에 뭔가 공을 세웠다는 뿌듯한 기분으로, 믿음직스러운 부하 빈케가 마련해준 침대에 몸을 던져 잠에 빠져들었다.

이틀 뒤, 대대가 레클뤼즈에 입성했다. 12월 4일, 사단장 폰 부세 장군이 전투에 참여한 대대들 앞에서 연설을 했는데, 그중에서도 제7중대를 특별히 언급했다. 나는 붕대를 감은 머리를 꼿꼿이 들고 사열단 앞을 행진했다.

물론 내게는 부하들을 자랑스러워할 권리가 있었다. 80명이 채 안 되는 인원으로 긴 구간을 점령한 데다가, 다량의 기관총과 박격포, 그 밖의 물자들을 노획했으며, 약 200명을 포로로 잡았다. 나는 수많은 승진자와 훈장 수령자를 발표하는 기쁨을 누렸다. 그렇게 해서 돌격부대장 호펜라트 소위와 사격진지의 돌격대원인 초급장교 노이페르트, 그리고 용감하게 바리케이드를 지킨 킴펜하우스가, 그들이 받아 마땅한

1급 철십자 훈장을 가슴에 달았다.

나는 다섯 번째의 이중 부상을 가지고 병원을 귀찮게 하지 않고 성탄절 휴가를 받아 집에서 치료를 받게 되었다. 뒤통수에 생긴 찰과상은 빨리 아물었고, 이마에 박힌 파편은 살 속에 뿌리를 내리고 자리를 잡아 레니에빌에서 박힌 왼손과 귓바퀴의 파편과 동료가 되었다. 이 기간에, 놀랍게도, 집으로 호엔촐레른가의 기사십자훈장이 도착했다.

대대의 다른 중대장 세 사람이 이 금테를 두른 훈장과 함께 '뫼브르의 승리자에게'라는 글이 새겨진 은트로피를 보내주었다. 이 훈장과 트로피는 나 개인에게는 캉브레의 이중 전투를 기념하는 물건이지만, 역사책에는 참호전의 정체 상태를 새로운 방법으로 깨뜨린 최초의 시도로 기록될 것이다.

나는 구멍이 난 철모를 집으로 가져다가 인도 창기병연대의 중령이 부하들을 이끌고 우리와 맞섰을 때 썼던 철모와 함께 보관했다. 전쟁의 중요한 기념품 한 쌍이었다.

16

코쵤 강에서

1917년 12월 9일, 나는 아직 휴가를 떠나지 않은 상태였다. 우리는 며칠 동안 휴식을 취한 후 전선에 있던 제10중대와 교대하라는 명령을 받았다. 진지는 이미 얘기한 것처럼 비엥아르투아 마을 앞에 구축되어 있었다. 내 구역은 오른쪽으로는 아라스와 캉브레를 잇는 도로와, 왼쪽으로는 코쵤 강의 늪지대와 접해 있었다. 우리는 밤마다 이 늪지대를 오가며 순찰을 도는 정찰병을 통해 인접한 중대와 연락을 취할 수 있었다. 적의 진지는 앞쪽에 있는 참호 두 개 사이에 솟은 둔덕에 가려 보이지 않았다. 밤에 몇 번인가 침입했다가 우리 편 철조망을 넘지 못해 애를 먹었던 정찰대와 근처의 위베르튀스 농장에 세워진 발전기가 윙윙대는 소리를 빼고는, 적진의 보병대에선 기척이 거의 없었다. 우리를 불쾌하게 한 것은 빈번한 독가스탄 공격이었다. 그 때문에 꽤 많은 희생자가 나왔다. 땅속에 깐 수백 개의 쇠파이프에 전기로 불을 붙이면 불꽃과 함께 독가스가 뿜어져나왔다. 불꽃이 보이면 즉시 가스경보로 여겨야 했고, 제때에 가스마스크를 착용하지 못하면 낭패를 당했다. 하지만 몇몇 지점에서는 가스가 하도 자욱해서 가스마스크조차도 보탬이 되지 않았다. 공기 중에 들이마실 산소 자체가 남아 있지 않았기 때문이다. 그렇게 해서 우리는 인명의 손실을 피할 수 없었다.

내 땅굴은 진지 뒤에 있는, 자갈채취장의 수직 벽에 하품이라도 하듯 입을 쩍 벌린 틈 안에 판 구덩이였다. 거의 날마다 심한 포격이 퍼부어졌다. 그 뒤로는 파괴된 설탕공장의 시커먼 철제 뼈대가 높이 솟아 있었다.

자갈채취장은 실로 불길한 장소였다. 쓰고 버린 무기와 전쟁 물품으로 가득 찬 구덩이들 사이로, 무너져내린 무덤의 십자가들이 바람에 쓸려 비스듬히 기운 채 꽂혀 있었다. 밤에는 손을 얼굴로 바짝 가져다 대도 보이지 않았고, 하나의 조명탄이 꺼지고 나면 코쾰 강의 진창에 빠지지 않기 위해 다음번 조명탄이 솟아오를 때까지 기다려야 했다.

참호를 쌓는 일로 바쁘지 않을 때면, 나는 낮 시간을 얼음처럼 차가운 땅굴 안에서 보냈다. 그곳에서 책을 읽거나, 한기를 조금이라도 쫓기 위해 대피호의 틀을 발로 툭툭 찼다. '크렘 드 망트*'를 가득 채운 술병을 석회암 틈새에 숨겨둔 것도 같은 목적에서였다. 연락병들과 내가 그 효력을 확실히 인정한 방법이었다.

우리는 몹시 추웠다. 하지만 우리가 자갈채취장 안에서 불을 피워 희멀건 12월의 하늘로 연기를 올려보냈더라면 그곳은 곧바로 아무도 살 수 없는 곳이 되고 말았을 것이다. 적군은 설탕공장을 우리 본부로 여기는 듯, 그들이 쏜 포탄 대부분은 그 오래된 고철 건물에 떨어졌다. 어두워진 후에야 얼어붙은 우리 몸에 차츰 생명력이 돌아왔다. 작은 화덕에 불을 지피면 자욱한 연기 외에도 기분 좋은 온기가 퍼졌다. 곧 비

---

* 박하향이 나는 투명 또는 초록색의 술 종류다.

Vis에서 돌아온 식사 당번병들의 식기가 땅굴 계단에서 덜그럭대는 소리를 냈다. 학수고대의 순간이었다. 순무와 보리쌀, 마른 채소를 끝도 없이 씹는 사이로 아주 간간이 콩이나 국수가 지나가고 나면, 기분은 더할 나위 없이 고조되었다. 이따금 나는 작은 탁자에 앉아서, 당번병들이 화덕 주위에 모여앉아 자욱한 담배연기에 휩싸인 채 걸쭉한 대화를 나누는 모습을 즐거이 지켜보았다. 화덕 위에선 코펠에 한가득 담긴 그로 그주의 강렬한 향이 퍼졌다. 그들은 전쟁과 평화, 전투와 고향, 휴양지와 휴가에 관한 주제로 아주 세세한 사항까지 열띤 토론을 했고, 나는 그 외에도 몇 가지 간결하지만 함축적인 말들을 들을 수 있었다. 예를 들어, 한 당번병은 휴가를 떠나면서 이런 말을 남겼다. "이봐, 집에 돌아간 첫날 밤에 침대에 누웠는데 엄마가 네 옆으로 바짝 달라붙는다고 생각해봐. 좋은 것도 넘치면 없는 것만 못하거든!"

1월 19일, 우리는 새벽 4시에 근무 교대를 하고 거친 눈보라를 헤치며 구이로 행군했다. 얼마간 그곳에 머물면서 공격 준비를 해야 한다고 했다. 아래로 중대장에게까지 루덴도르프의 훈련 명령이 하달된 것을 보면, 아군의 지휘본부가 빠른 시일 내에 대공격을 감행함으로써 전쟁의 승패를 가르려 한다는 것을 알 수 있었다.

우리는 거의 잊고 있었던 사격 훈련과 기동전 훈련을 받았고, 소총과 기관총으로 사격 연습도 많이 했다. 전선 뒤쪽의 모든 마을이 마지막 다락방까지 다 찬 상태였고, 모든 길가가 사격장으로 쓰였다. 우리가 쏜 총알들은 때론 진짜 전투 현장에서처럼 그 일대를 어지럽게 날았다. 내 중대의 기관총 사수 한 명은 몇몇 부대를 사열하고 있는 타 연대의 지휘관을 쏴서 말에서 떨어뜨리기도 했다. 다행히 그는 다리에 아주 가벼운 상처를 입었을 뿐이었다.

나는 중대원들과 함께 얼기설기 엮여 있는 참호망 안으로 수류탄을 던지며 여러 번 공격 훈련을 실시했다. 캉브레 전투에서의 경험을 활용해보기 위해서였다. 이번에도 역시 부상자가 나왔다.

1월 24일, 팔레스타인에서 대대를 지휘하게 된 폰 오펜 대령이 우리와 작별했다. 그는 우리 연대를 1914년 가을부터 중단 없이 계속 지휘해왔고, 연대가 체험한 전쟁의 역사에는 그의 이름이 절대로 빠질 수 없을 터였다. 폰 오펜 대령은 이 세상에 명령을 내리기 위해 태어난 사람이 있다는 것을 말해주는 살아 있는 증거였다. 그의 주위에는 언제나 원칙과 확신의 기운이 감돌았다. 연대는 구성원끼리 개인적으로 얼굴을 아는 가장 큰 군 단위였다. 군대에서 병사들이 일종의 가족을 이루는 단위 중에서는 가장 크다고 볼 수 있다. 그래서 폰 오펜 대령 같은 사나이가 남긴 흔적은 보이지 않는 와중에 수천 명의 병사들에게 영향을 미쳤다. 하지만 유감스럽게도 "하노버에서 다시 보자!"던 그의 작별인사는 실현되지 못했다. 그는 얼마 후에 아시아콜레라에 전염되어 죽었기 때문이다. 그의 부음을 듣고 난 직후에 나는 그가 내게 쓴 편지 한 통을 받았다. 그에게 감사할 것이 많았다.

2월 6일에 우리는 레클뤼즈로 돌아갔고, 22일부터 나흘 동안은 뒤리와 엥데쿠르를 잇는 도로 왼쪽에 있는 구덩이 지대로 배치되었다. 밤마다 앞쪽 전선에 참호를 파서 진지를 구축하는 작업을 하기 위해서였다. 황폐화된 뷜쿠르 마을에 쌓인 잔해더미와 마주하고 있는 진지를 보고, 나는 온 서부전선 병사들이 큰 기대를 걸며 수군대던 엄청난 대공세의 일부가 이곳에서 감행되리라는 것을 깨달았다.

도처에서 공사가 열광적으로 벌어져서, 대피호가 구축되고 새 길이 놓였다. 구덩이 들판의 인적 없는 외딴 곳에는 암호화된 문자와 숫자들이 적힌 작은 푯말들이 꽂혀 있었는데, 짐작컨대 포병대와 전투지 휘소를 위해 만들어둔 표식들이 분명했다. 아군의 비행기들은 쉼 없이 날아 적의 시야를 가렸다. 매일 정오 12시 정각에는 모두에게 정확한 시간을 알려주기 위해 계류기구에서 검은 풍선이 내려왔다가 12시 10분쯤 사라졌다.

월말에 우리는 다시 구이의 예전 숙소로 돌아갔다. 대대와 연대 차원의 여러 가지 훈련을 받은 뒤, 하얀 띠로 표시된 넓은 터에서 사단 단위로 전개하는 돌파작전의 예행연습을 두 번 했다. 그 후 지휘관이 우리 앞에서 연설을 했는데, 그것을 들은 사람이라면 누구라도 며칠 안으로 돌격이 개시될 것임을 짐작할 수 있었다.

나는 지금도 우리가 둥근 탁자에 둘러앉아 곧 닥칠 기동전에 대해 열띤 토론을 벌였던 마지막 날 저녁을 떠올리길 좋아한다. 흥분한 나머지 포도주를 마시는 데에 마지막 동전까지 다 날려버리긴 했지만, 우리에게 돈이란 게 무슨 소용이란 말인가. 우리는 곧 적진 너머의 피안, 아니면 다음세상의 어딘가에 존재하게 될 터였다. 그래도 여전히 후방 지역들은 살아남기를 바란다는 생각을 상기시키지 않았더라면, 대위는 잔이나 병 또는 사기그릇들을 벽으로 집어던져버리는 우리를 막지 못했을 것이다.

우리는 이 원대한 계획이 성공하리라는 것을 티끌만큼도 의심하지 않았다. 물론 설사 성공하지 못하더라도, 그것은 결코 우리 잘못이 아닐 터였다. 대원들의 사기도 높았다. 그들이 무뚝뚝한 니더작센 말투로 곧 다가올 '힌덴부르크 경주'에 관해 이야기를 나누는 것을 목격한 사람이라면, 그들이 여느 때와 다름없이 쓸데없이 호들갑떨지 않고 억세고 믿음직스럽게 행동할 것임을 확신했을 것이다.

3월 17일, 우리는 해가 진 뒤에 그새 정이 들어버린 숙소를 떠나 브뤼네몽으로 행군했다. 모든 도로는 쉼 없이 전진하는 군대의 행렬과 수많은 대포, 끝도 없이 이어지는 수송차량으로 넘쳐났다. 그런데도 미리 치밀하게 준비된 기동계획에 따라 모든 것이 질서정연하게 움직였다. 예정된 행로와 행군 시간을 엄격히 지키지 않은 부대에게는 여간 낭패가 아니어서, 그들은 곧 배수로 안으로 떠밀려 들어가, 겨우 빠져나갈 틈을 찾아 다시 전진할 수 있을 때까지 인파 속에서 몇 시간이고 꼼짝없이 기다려야 했다. 우리 역시 인파 속으로 떠밀려 들어간 적이 한 번 있었는데, 그 때문에 폰 브릭슨 대위의 말이 철제 수레 굴대에 찔리는 바람에 내버리고 갈 수밖에 없었다.

17

대전투

대대는 브뤼네몽 성 안에 배치되었다. 우리는 카니쿠르 근처, 구덩이 지대의 대피호에서 예비병력으로 대기하기 위해 3월 19일 밤에 전진하기로 되어 있다는 말을 들었다. 1918년 3월 21일 아침에 대공세가 시작될 거라고 했다. 연대는 에쿠스트생멩과 노뢰이유 마을 사이를 뚫고 진격해서 첫째 날 모리에 도착하라는 명령을 받았다. 이 지역은 몽시에서 참호전이 벌어지는 동안 우리의 후방이었기에, 우리는 이미 이곳 지형을 잘 알고 있었다.

나는 슈미트 소위를 먼저 보내 중대의 숙소를 확보하게 했다. 슈미트는 모두 '꼬마 슈미트'라고 부르는 아주 매력적인 친구였다. 정해진 시간에, 우리는 브뤼네몽을 출발했다. 한 교차로에서 길을 안내할 안내병들이 기다리고 있었다. 그곳에서 중대들이 산개해서 전진했다. 우리가 넷으로 쪼개지기로 되어 있었던 제2선에 이르렀을 때, 안내병들이 길을 잃었다는 걸 알게 되었다. 늪이 많고 빛도 거의 없는 구덩이 지대에서 방황이 시작되었고, 다른 부대에 물어봐도 방향을 정확히 모르기는 마찬가지였다. 나는 병사들이 너무 지치지 않도록 정지 명령을 내리고, 안내병들을 여러 방향으로 보내서 길을 찾게 했다.

슈프렝거 소위와 내가 작은 구덩이의 가장자리에 앉아 있는 동안 병사들은 분대별로 무기를 쌓아놓고는 커다란 구덩이 안으로 몰려들었다. 내가 앉아 있는 곳에서는 마치 극장 발코니에 서 있는 것처럼 병사들이 모여 있는 구덩이를 잘 내려다볼 수 있었다. 한동안 우리 앞으로 백 보쯤 떨어진 곳에 포탄들이 떨어지고 있었다. 포탄 하나가 아주 가까이에 떨어져 파편들이 구덩이의 진흙 벽을 때리며 쏟아졌다. 한 남자가 비명을 지르며 발을 다쳤다고 호소했다. 나는 진흙 범벅인 그의 군화를 양손으로 살펴보면서 병사들에게 주위에 있는 구덩이들로 흩어지라고 명령했다.

공중 높은 곳에서 또 다른 휘파람 소리가 났다. 모두에게 숨 막히는 느낌이 엄습했다. 이리로 온다! 곧이어 귀를 찢을 듯한 폭발음이 쾅 하고 울렸다. 포탄은 우리 한가운데로 떨어졌다.

나는 귀가 먹먹한 상태로 몸을 일으켰다. 커다란 구덩이에서 발사되는 기관총의 탄띠들이 요란한 분홍색 빛을 뿌렸다. 그것은 폭탄이 떨어져서 뭉게뭉게 솟아오른 자욱한 연기 속에서 밝게 빛났다. 연기 속에서 검은 형체들이 몸부림치고 있었다. 아직 살아서 사방으로 도망치는 생존자의 그림자들도 보였다. 동시에, 소름 끼치는 비명과 도움을 청하는 고함소리가 울려퍼졌다. 마치 즉각적인 살육이 벌어지는 지옥의 광경인 듯 연기와 불꽃으로 들끓는 가마솥 안에서 요동치는 검은 형체들의 몸부림은 극단적인 공포의 심연을 열어놓았다.

큰 충격으로 딱딱하게 굳어버린 한 순간의 마비 상태가 지나간 뒤, 나는 벌떡 일어나 다른 이들과 마찬가지로 밤의 어둠 속으로 무작정 달리기 시작했다. 그러다가 포탄 구덩이 안으로 머리를 거꾸로 처박고 굴러 떨어졌고, 거기서야 겨우 무슨 일이 일어났는지를 파악했다. 더 이상 아무것도 듣지도 보지도 말고, 이곳을 빠져나가서 깊은 어둠 속으로 달려야 해! 하지만 병사들은! 난 그들을 돌봐야 해. 내가 책임져야 할 부하들이니까. 나는 가까스로 힘을 내어 그 끔찍한 곳으로 되돌아갔다. 가는 길에 레니에빌에서 기관총을 노획했던 수발총병 할러를 만나, 그를 함께 데리고 갔다.

부상자들은 아직도 끔찍한 비명을 지르고 있었다. 몇 명은 내게 기어와 내 목소리를 알아듣고는 고통을 호소했다. "소위님, 소위님!" 내가 정말 좋아하는 신병 가운데 한 명인 야진스키는 파편에 맞아 허벅다리가 부러졌다. 그가 내 다리를 붙잡았다. 나는 그를 도와주지 못하는 내 무능력을 저주하면서 말없이 그의 어깨를 두드려주었다. 그런 순간들은 기억에서 쉬이 사라지지 않는다.

나는 불운한 이 부상자들을 유일하게 살아남은 들것 운반병 한 명에게 맡기고 떠날 수밖에 없었다. 부상을 입지 않고 내 주위로 모여들었던 얼마 안 되는 인원을 그 위험한 곳에서 데리고 나가야 했기 때문이다. 30분 전만 해도 사기충천한 중대의 선두에 있던 나는 이젠 사기가 완전히 땅에 떨어진 소수의 병사들만을 데리고 미로처럼 얽힌 참호 안에서 길을 잃고 헤매고 있었다. 며칠 전에 훈련을 받을 때만 해도 탄약상자가 너무 무겁다며 울다가 동료들의 조롱을 샀던 동안의 청년은 이제 이 처참한 전투에서 어렵게 구해낸 그 무거운 짐을 끌면서 험난한 길을 따라 충직하게 우리를 따라오고 있었다. 그 장면을 보니 더는 참을 수가 없었다. 나는 바닥으로 털썩 쓰러져서 발작하듯이 흐느꼈다. 병사들은 내 주변에 침울하게 서 있었다.

자꾸 떨어지는 포탄의 위협 속에서 몇 시간에 걸쳐 진흙과 물이 발

목까지 차오르는 참호들을 서둘러 통과한 후, 우리는 죽을 듯이 지친 몸을 끌고 참호 벽에 뚫어놓은 탄약 저장용 공간으로 기어들었다. 빈케가 자신의 담요로 나를 덮어주었다. 그런데도 좀처럼 눈을 붙일 수가 없었다. 나는 시가를 피우면서 아주 심드렁하게 여명을 기다렸다.

아침의 첫 햇살은 전혀 예상치 못했던 생명체들로 꽉 찬 구덩이들 판 풍경을 보여주었다. 병사들은 자신들의 부대를 찾아 헤맸다. 포병대는 탄약상자들을 날랐고, 박격포병은 박격포를 끌었다. 통신병과 발광신호병은 전선망을 연결하려고 애썼다. 적진에서 1킬로미터도 떨어지지 않은 곳에서 벌어진 그야말로 혼란스러운 풍경이었다. 이상하게도 적군은 아무것도 눈치채지 못하는 것처럼 보였다.

마침내 나는 기관총중대 지휘관 팔렌슈타인 소위를 만났다. 노련한 전선 장교인 그는 우리에게 숙소를 가르쳐주었다. 그의 첫 마디는 "아이고, 이 사람, 꼴이 이게 뭔가? 얼굴이 아주 노랗게 떴어!"였다. 그는 커다란 대피호 하나를 가리켰는데, 우리가 밤에 열두 번도 넘게 지나쳤던 곳이었다. 거기서 나는 우리의 불행을 전혀 알지 못하는 꼬마 슈미트를 만났다. 우리를 안내해주기로 되어 있었던 병사들도 그곳에 있었다. 이날 이후로 나는, 새로운 진지로 옮길 때마다 내가 직접 안내병들을 선택했다. 그것도 매우 신중하게. 전쟁에서는 무엇이든 확실히 배울 수 있지만, 그 배움을 위해 치르는 대가는 크다.

부하들을 숙소에 데려다놓은 나는 지난밤의 끔찍한 현장으로 돌아갔다. 보기에도 처참한 곳이었다. 포탄이 떨어져 그을린 곳 주위로 시커멓게 탄 시체가 스무 구도 넘게 흩어져 있었고, 거의 모든 시체의 피부가 녹아버린 탓에 누구인지 알아볼 수도 없었다. 전사자들 중 몇 명은 나중에 '행방불명자'에 넣어야 했다. 신원을 밝힐 수 있는 단서를 찾을 수 없었기 때문이었다.

인접한 참호에서 온 병사들은 그 끔찍한 아비규환 속에서도 죽은자들의 피 묻은 소지품들을 챙겨넣고 전리품을 찾느라 바빴다. 나는 그들을 쫓아버리고, 당번병에게 나중에 유가족에게 전해줄 수 있도록 지갑이나 가치 있는 물건들을 모으라고 지시했다. 하지만 다음 날 돌격 때 우리는 그 모든 것을 그대로 놔두고 갈 수밖에 없었다.

기쁘게도, 슈프렝거가 근처 대피호에서 간밤을 보낸 아주 많은 병사들을 데리고 나타났다. 보고로, 예순세 명이 살아남았다는 것을 알았다. 그 전날 밤에 나는 백오십 명을 데리고 의기양양하게 출발했다! 조사 결과 전사자는 스무 명이었고, 부상자가 예순 명이 넘었다. 나중에는 부상자들 중에서도 많은 수가 그 상처 때문에 죽었다. 사상자들을 조사하느라 참호와 구덩이들을 빈번하게 오가야 했지만, 그 일은 적어도 끔찍한 현장에서 눈길을 돌릴 수 있게 해주었다.

미약하나마 유일한 위안은, 그보다 훨씬 더 나쁜 결과를 낼 수도 있었다는 사실이었다. 일례로 수발총병 루스트는 어깨끈으로 탄약상자를 메고 있었는데, 포탄이 떨어진 곳과 너무 가까이 서 있어서 어깨끈에 불이 붙었다. 그리고 프레가우 하사는 동료 두 명 사이에 서 있었는데, 그 두 동료의 몸이 갈기갈기 찢기는 동안에도 작은 찰과상 하나 입지 않고 멀쩡했다. 하지만 그도 다음 날 전사했다.

우리는 그날의 남은 시간을 침울한 분위기 속에서 보냈다. 대부분은 잠을 잤다. 나는 자주 대대장에게 불려가서 공격작전의 수많은 세부사항에 관해 논의했다. 그 외의 시간에는 침대에 누워서, 괴로운 생각을 떨쳐버리기 위해 부하 장교 두 명과 함께 온갖 사소한 일들에 관해 이야기를 나누었다. "다행이지 뭐! 포탄에 맞아 죽기밖에 더하겠어!"라는 말이 후렴처럼 늘 따라다녔다. 내가 병사들의 사기를 돋우려고 애쓰며 했던 몇 마디 말들은 별로 효과를 발휘하지 못했다. 그들은 아무 말 없이 대피호 계단에 웅크리고 앉아 있었다. 나 역시 사기를 북돋울 기분이 아니었다.

밤 10시에 연락병이 전선으로 행군하라는 명령을 가지고 왔다. 아마도 들짐승이 굴속에서 밖으로 내몰릴 때나 뱃사람이 발밑의 배가 가라앉는 것을 느낄 때, 안전하고 따뜻한 대피호를 떠나 험한 어둠 속으로 나가야 하는 우리 심정과 비슷했을 것이다.

그곳에는 이미 뭔가가 벌어지고 있었다. 우리는 빗발치는 유산탄의 포화를 뚫고 펠릭스 거리로 돌진해 내려가 사상자 없이 전선에 도착했다. 우리가 참호들을 따라 천천히 나아가고 있을 때, 포병대가 우리 머리 위로 놓인 다리를 가로질러 시끄러운 소리를 내며 앞쪽의 진지들을 향해 가고 있었다. 우리가 맨 앞에 배치된 대대로 가야 했던 이 연대는 전선의 아주 좁은 구간을 맡고 있었다. 순식간에 모든 땅굴이 병사들로 들끓었다. 바깥의 차가운 구덩이에 남은 자들은 참호 벽에 구멍을 팠다. 적들의 공격 전에 퍼부어질 것으로 예상되는 포병대의 집중포격에 맞서 조금이나마 안전한 곳을 마련하기 위해서였다. 여러 번 왔다갔다하는 동안에 누구나 간이호 구멍 하나씩은 발견했다. 폰 브릭슨 대위가 다시 한번 중대장들을 소집해 계획 전반에 대한 논의를 했다. 우리는 마지막으로 서로 시계를 맞춘 뒤, 악수를 하고 헤어졌다.

나는 부하 장교 두 명과 함께 대피호 계단에 앉아 5시 5분을 기다렸다. 그 시각에 예비포격이 시작될 예정이었다. 비가 그치고 별이 밝게 빛나는 밤은 맑은 아침을 약속했으므로, 분위기가 조금 밝아져 있었다. 우리는 담배를 피우거나 잡담을 나누며 시간을 보냈다. 3시에 아침식사가 배급되고, 물병이 손에서 손으로 전달되었다. 적군 포병대가 새벽에 꽤 거센 포격을 퍼부어서, 그들이 무슨 낌새를 알아차린 건지 걱정이 되었다. 그 지역 여기저기에 놓아두었던 많은 탄약더미들 중 몇 개가 폭발했다.

공격 개시 직전에 발광신호가 전해졌다. "황제 폐하와 힌덴부르크 참모총장께서 작전 현장에 오셨다." 모두가 박수로 그 소식을 맞았다.

시곗바늘이 계속해서 돌았다. 우리는 마지막 몇 분을 함께 세었다. 드디어 시계가 5시 5분을 가리켰다. 폭풍이 몰아칠 시간이었다.

불꽃 장막이 치솟고, 한 번도 들어본 적 없는 날카로운 괴성이 뒤따랐다. 미친 듯이 우르릉거리는 천둥소리가 그 어떤 맹렬한 총소리라도 삼켜버릴 듯 지축을 뒤흔들었다. 우리 뒤에서 들려오는 수많은 총들의 엄청난 포효가 얼마나 무시무시했던지, 지금까지 겪은 그 어떤 대전투도 어린애 장난처럼 느껴졌다. 그때 우리가 감히 바랄 수도 없었던 일이 벌어졌다. 적군의 포병대가 잠잠해진 것이다. 어마어마한 한 방이 포병대를 때려눕혀 버렸다. 우리는 더 이상 대피호에 머물러 있을 수가 없었다. 엄폐물 위에 올라서서, 영국군 참호들 위로 솟아오르는 거대한 불꽃의 벽을 보았다. 그 진지들은 뭉게뭉게 피어오르는 진홍빛 구름 뒤로 흐릿하게 사라져갔다.

눈물이 흐르고 목의 점막이 타들어가는 것처럼 따갑게 만드는 연기가 우리의 구경을 방해했다. 뒤쪽에서 거꾸로 불어온 아군의 가스포탄 구름이 청산가리 냄새를 풍기며 우리 주위를 감쌌다. 기침이 나오거나 숨이 막힌 병사 몇 명이 가스마스크를 얼굴에서 떼어버리는 모습이 보였다. 그래서 나는 기침을 억누르고 숨을 조심스럽게 천천히 쉬려고 애를 썼다. 연기는 차츰차츰 흩어졌고, 1시간 뒤 우리는 안심하고 마스크를 벗을 수 있었다.

날이 밝았다. 이보다 심한 소음은 있을 수 없을 거라고 생각했지만, 우리 뒤쪽에서는 무시무시한 굉음이 계속 커지고 있었다. 연기와 먼지, 가스가 만들어낸 벽이 시야를 가렸다. 바쁘게 지나가는 자들은 우리에게 환호성을 질렀다. 보병과 포병, 공병과 통신병, 프로이센 출신과 바이에른 출신, 장교와 병사 모두 불의 폭풍이 보여주는 거대한 자연력에 압도당한 채, 공격을 개시하기로 한 9시 40분이 되기를 초조하게 기다렸다. 8시 25분에는 우리 전선들 뒤편에 집결해 대기하고 있었던 중박격포가 투입되었다. 우리는 위압적인 90킬로그램짜리 포탄들이 포물선을 그리며 높은 공중으로 날아가다 적들의 전선으로 떨어져 화산처럼 폭발하는 것을 보았다. 포탄이 떨어진 곳들은 용암이 사방으로 뿜어져나온 분화구처럼 둥그런 띠를 이루었다.

자연법칙조차 그 효력을 잃는 것 같았다. 공기가 뜨거운 한여름날처럼 아른거렸고, 자꾸 변하는 밀도 때문에 고정된 사물들도 앞뒤로 춤을 추는 것처럼 보였다. 자욱한 연기 속에서 그림자들이 바삐 지나갔다. 소음은 이제 절대적인 높이에 이르러, 사람들은 더 이상 아무 소리도 듣지 못했다. 우리 뒤에서 기관총 수천 정이 납으로 만든 총탄들을 파란 공기 속으로 무더기로 쏘아대고 있다는 걸 어렴풋이 알 수 있을 뿐이었다.

준비를 위한 마지막 시간은 지난 네 시간보다 훨씬 위험했다. 하지만 우리는 개의치 않고 흉벽 위를 돌아다녔다. 적군은 중포를 투입해서, 병사들이 넘치는 우리 편 참호로 포격을 퍼부었다. 그것을 피하려고 왼쪽으로 가다가 하인스 소위와 마주쳤다. 그는 내게 졸레마허 소위를 보았느냐고 물었다. "그가 즉시 지휘를 맡아야 해. 폰 브릭슨 대위가 쓰러졌거든." 이 끔찍한 소식에 충격을 받은 나는 돌아오는 길에 어느 깊은 간이호에 주저앉았다. 그러나 그리로 가는 짧은 길에서 나는 벌써 그 사실을 잊어버렸다. 나는 꿈을 꾸듯이, 폭풍 속에서 몽유병자처럼 방황했다.

내 간이호 앞에, 레니에빌의 전우인 두예지프켄 하사가 서 있었다. 그는 내게 근처에 작은 포탄 하나만 떨어져도 흙더미가 쏟아져내릴 테니 참호 안으로 들어오라고 간청했다. 그때 뭔가가 터지면서 그의 말이 끊겼다. 다리 한쪽이 날아가버린 그가 땅바닥에 큰 대자로 나가 떨어졌다. 이미 손을 쓸 수 없는 상태였다. 나는 그를 넘어 오른쪽에 있는 간이호로 뛰어들었다. 그곳에는 이미 공병 두 명이 몸을 숨기고 있었다. 우리 주위로 중포탄들이 비처럼 쏟아졌다. 갑자기 하얀 구름 속에서 검은 흙덩이가 소용돌이치는 게 보였다. 포탄이 터지는 소리는 주위의 소음에 묻혀버렸다. 우리 왼쪽 구역에 있던 내 중대원 세 명이 갈기갈기 찢겼다. 마지막으로 떨어진 포탄들 가운데 하나는 불발탄이었는데, 그것이 대피호 계단에 앉아 있던 가여운 꼬마 슈미트를 죽였다.

나는 내 간이호 앞에 서서 시계를 손에 들고 슈프렝거와 함께 대작전의 순간을 기다렸다. 우리 주위로 중대의 생존자들이 모여서 웅성거렸다. 우리는 거칠고 조야한 농담으로 분위기를 띄우며 관심을 조금이나마 다른 데로 돌릴 수 있었다. 잠시 머리를 찔러넣어 엄폐호 주위를 살펴보던 마이어 소위는 나중에 우리가 미친 줄 알았다고 말했다.

9시 10분, 우리의 진군을 엄호해줄 장교 정찰대가 참호를 떠났다. 두 진지는 아마도 800미터쯤 떨어져 있었으므로, 우리는 포병대가 예비포격을 하는 동안에 앞으로 나아가서, 9시 40분이 되면 적군의 제1선으로 뛰어들 수 있도록 무인지대에 엎드려 대기해야 했다. 슈프렝거와

나 역시 몇 분 뒤에 중대원들을 이끌고 엄폐물 위로 올라갔다.

"제7중대의 능력을 보여줄 때가 왔다!", "이젠 어찌 되든 상관없다!", "제7중대의 복수를!", "폰 브릭슨 대위의 복수를!" 우리는 모두 권총을 뽑아들고 철조망을 넘었다. 그 철조망을 넘다가 생긴 첫 부상자들은 스스로 뒤쪽으로 물러났다.

나는 좌우를 살폈다. 교전을 앞둔 순간은 잊을 수 없는 광경이었다. 공격군 대대는 지금까지도 계속되는 여러 차례의 집중포격으로 초토화된 적군의 전선을 마주하는 구덩이들 안에 중대별로 무리를 지어 대기하고 있었다. 한 덩어리를 이룬 병사들의 무리를 보니, 적들의 저항을 뚫고 나갈 수 있을 거라는 확신이 들었다. 하지만 우리에게 적의 예비병력까지 분산시키고 그들을 쳐부술 힘과 에너지가 있을까? 나는 그렇다고 확신했다. 결정적인 전투, 마지막 돌격의 순간이 왔다. 이곳에서 국가들의 운명이 결정되고, 세계의 미래가 이 전쟁에 달려 있었다. 나는 이 시간의 무게를 느꼈다. 내 생각에, 그때는 모든 이가 개인이라는 개념이 사라지는 걸 느꼈을 테고, 두려움도 사라졌을 것이다.

긴장과 병적일 만큼 고양된 사기가 기묘한 분위기를 자아냈다. 장교들은 선 채로 농담을 주고받았다. 외투를 입은 졸레마허가, 어느 추운 날 몰이꾼들이 사냥감을 몰아오기를 기다리는 사냥꾼처럼 초록색 대통의 짧은 파이프를 손에 들고 몇몇 참모들 가운데에 서 있는 모습이 보였다. 우리는 형제처럼 서로에게 손을 흔들었다. 과녁에 미치지 못한 박격포탄이 교회 첨탑만큼이나 높이 솟아오른 흙더미를 우리에게 쏟아붓곤 했지만, 움찔하는 사람 하나 없었다. 전투의 소음이 너무나도 끔찍하게 커져서 아무도 제정신이 아니었던 것이다.

공격 3분 전, 빈케가 꽉 채워진 물병을 흔들어 나를 불렀다. 나는 그것을 잡아당겨 마치 마지막 남은 물이라도 마시는 것처럼 벌컥벌컥 들이켰다. 이제 담배가 필요했다. 기압 때문에 성냥불이 세 번이나 꺼졌다.

마침내 중요한 순간이 다가왔다. 불기둥이 제1선들을 휩쓸었다. 우리는 공격에 나섰다.

분노가 폭풍처럼 터져나왔다. 이미 수천 명이 쓰러졌을 것이다. 그건 분명했다. 포화는 계속되었지만, 이제는 불이 지배권력을 잃었는지 사위가 조용해져갔다.

무인지대는 크고 작은 무리를 지어 불의 장막으로 전진하는 공격자들로 빽빽이 들어찼다. 그들 사이로 어마어마한 불기둥이 솟아오를 때도 그들은 뛰거나 몸을 숨기지 않았다. 그들은 무거운 발걸음으로, 그러나 멈추지 않고 적진을 향해 나아갔다. 이젠 더 이상 아무것도 그들을 상처 입힐 수 없는 듯했다.

떨쳐 일어선 군중 한가운데에 서면 고독이 밀려오기도 한다. 이제 모든 부대가 한데 뒤섞였다. 나는 부하들을 시야에서 놓쳤다. 그들은 마치 파도에 휩쓸리듯 군중 속으로 사라져버렸다. 하케라는 1년 된 지원병과 빈케만이 내 옆을 지켰다. 나는 오른손으로는 권총 자루를 꽉 쥐고, 왼손으로는 대나무로 만든 말채찍을 들고 있었다. 몹시 더웠지만 긴 외투를 입고 있었고, 규정대로 장갑까지 끼고 있었다. 행진하던 우리의 마음에 불현듯 격렬한 분노가 엄습했다. 내 발걸음은 살생에 대한 압도적인 열망으로 고무되었다. 분노 때문에 쓰디쓴 눈물이 줄줄 흘러내렸다.

전쟁터를 꽉 채운 거대한 파괴의 욕망은 우리 머릿속에 붉은 안개를 몰아넣었다. 우리는 훌쩍이고 더듬거리면서 조각말을 주고받았다. 누군가 제3자가 그 모습을 보았다면, 우리가 무아지경의 행복감에 빠져 있는 거라고 단정했을 것이다.

우리는 여러 군데가 끊어져 너덜너덜해진 철조망을 큰 어려움 없이 통과해 첫 참호를 한달음에 뛰어넘었다. 참호라고 하기도 어려울 지경이었다. 공격군의 물결은 줄지어 늘어선 유령들처럼 춤을 추면서 거의 평평해져버린 얕은 구덩이들 위로 너울대는 하얀 안개 속을 통과했다. 이곳에 더 이상 적병은 없었다.

뜻밖에도, 제2선에서 기관총 사격 소리가 들려왔다. 나는 동료들과 함께 구덩이로 몸을 날렸다. 1초 후에 무서운 충돌음이 났고, 나는 앞으로 고꾸라졌다. 빈케가 내 목덜미를 잡아 등을 바닥으로 향하도록 돌려뉘었다. "소위님, 어디 다치셨습니까?" 다친 곳은 없었다. 1년 된 지원병은 위팔에 구멍이 뚫리고 등에도 총알이 박혀 신음하고 있었다. 우리는 얼른 그의 군복을 벗기고 붕대를 감았다. 매끄럽게 한 줄로 생겨난 고랑을 보니, 유산탄이 구덩이 가장자리에서 우리 얼굴 높이로 터졌다는 것을 알 수 있었다. 우리가 아직 살아 있다는 게 기적이었다. 적군은 우리가 생각했던 것보다 강했다.

이제 다른 이들이 우리를 앞질러가고 있었다. 우리는 그들 뒤를 따라 뛰었다. 중상자 옆에는 하얀 누더기 천조각을 매단 나뭇가지를 꽂아두었을 뿐, 모든 것을 운명에 맡길 수밖에 없었다. 들것 운반병들이 뒤따라와서 그 표식을 보고 그를 응급치료소로 데려가리라. 우리의 반쯤 왼쪽 방향으로 안개 속에서 에쿠스트와 크루아지에를 잇는 거대한 철둑이 나타났다. 우리는 그 철길을 넘어야 했다. 벽을 파서 만든 총안과 땅굴 창을 통해 소총과 기관총 총알들이 빗발쳤다. 총알들이 하도 촘촘하게 쏟아져서 마치 자루에 담긴 완두콩을 와르르 쏟아붓는 것 같았다. 치밀하게 조준된 사격이었다.

빈케마저도 어디론가 사라지고 없었다. 나는 협로를 따라갔다. 그 옆으로 납작해진 대피호들이 입을 벌리고 있었다. 화가 난 나는 우리 편 포탄의 매캐한 연기가 아직 떠돌고 있는 검고 탁 트인 땅 위로 걸어 나갔다. 혼자였다.

바로 그때, 처음으로 적병이 보였다. 갈색 군복을 입은 그는 상처를 입었는지, 나와 스무 걸음쯤 떨어진, 포화가 퍼붓고 지나간 길 한가운데에서 손으로 땅을 짚은 채 쭈그리고 앉아 있었다. 내가 모퉁이를 돌 때 우리는 서로를 인지했다. 내가 다가가자, 그는 흠칫 놀라며 두 눈을 동그랗게 뜨고 나를 바라보았다. 나는 권총을 들어올리고 차가운 표정으로 천천히 그에게 접근했다. 증인 없는 살인 장면이 연출될 찰나였다. 마침내 적을 내 눈앞에, 내 힘이 미치는 거리 안에 두게 된 것이다. 그것은 구원이었다. 나는 공포에 질려 꼼짝도 못 하고 굳어버린 그 사내의 관자놀이에 총구를 갖다대고, 다른 손으로는 훈장과 계급장이 달린 그의 군복을 움켜잡았다. 그는 장교였다. 아마 이 참호들 어딘가에서 지휘를 맡았던 자일 것이다. 그는 애처로운 비명을 지르며 주머니에 손을 넣더니, 무기가 아닌 사진 한 장을 꺼내어 내 눈앞에 내밀었다. 그가 네 식구에 둘러싸여 테라스에 서서 찍은 가족사진이었다.

그것은 이미 무너진, 동시에 믿을 수 없을 만큼 먼 다른 세계로부터 온 애원이었다. 훗날 나는 그를 놓아주고 앞으로 달려나갔던 일을 큰 행운으로 여겼다. 그 남자는 내 꿈에 종종 나타난다. 나는 그 꿈이 그가 고향 땅을 다시 밟았다는 뜻이기를 바란다.

중대원들이 위에서 협로로 뛰어 내려왔다. 타는 듯한 더위를 느낀 나는 외투를 벗어 멀리 던져버렸다. 내가 몇 번인가 힘차게 고함을 질렀던 모습을 아직도 기억하고 있다. "윙거 소위가 외투를 벗어던진다!" 그러자 들어본 적이 없는 우스운 농담이라도 된다는 듯이 수발총병들이 웃음을 터뜨렸다. 모두가 몰려나와, 최대 400미터 정도밖에 떨어지지 않은 곳에 있던 기관총에는 아무런 주의도 기울이지 않고 개활지를 가로질렀다. 나 역시 불을 뿜어대는 철둑으로 겁 없이 달려갔다. 그러다 어느 구덩이에서 갈색 맨체스터 코듀로이 외투를 입고 권총을 쏘는 한 형체에게 다다랐다. 키우스였다. 나와 비슷한 기분에 사로잡혀 있던 키우스는 내게 인사 대신 총알을 한 줌 쥐여주었다.

그로부터 나는, 철둑의 철로 앞 구덩이 지대로 침투했던 우리가 어떤 저항에 부딪힌 거라고 결론을 내렸다. 나는 돌격에 나서기 전에 권총 탄환을 충분히 공급받았기 때문이다. 아마도 참호들에서 쫓겨난 부대들의 잔당이 이곳에 자리를 잡고 공격자들 사이로 여기저기에 출몰한 것이리라. 그러나 이 대목에 관해서는 기억이 떠오르지 않는다. 내가 아는 사실이라고는, 철둑에서 아군과 적군을 가릴 것 없이 벌떼처럼 총알을 쏘아댄 것은 말할 것도 없고 포탄 구덩이들로부터도 사방에서 총알이 날아왔는데도 내가 이 구간을 아무 탈 없이 통과했다는 것이다. 그곳의 적군은 탄약을 무한정 많이 비축한 모양이었다.

우리의 주의는 이제 마치 사악한 벽처럼 우리 앞에 흐릿하게 솟아 있는 그 장애물로 집중되었다. 우리와 그 장애물 사이의, 무수한 흉터가 남은 들판에는 아직도 영국군 수백 명이 흩어져 있었다. 일부는 허둥지둥 퇴각하려고 했고, 다른 병사들은 이미 전방의 우리 부대와 백병전을 벌이고 있었다.

키우스가 나중에 상세한 정황을 설명해주었다. 내가 취중에 날린 멋진 일격이나 멍청한 행동을 목격자의 입을 통해 듣는 것 같은 기분으로 그의 이야기를 들었다. 예를 들어, 수류탄을 들고 참호 안을 내달리며 영국 병사 한 명을 쫓던 그는 수류탄이 떨어지자 상대에게 쉴 틈을 주지 않을 요량으로 흙덩어리를 던지며 추격을 계속했는데, 그동안 나는 엄폐물 위에 서서 포복절도하고 있었다는 것이다.

그런 일들이 벌어지는 동안에, 우리는 어느새 철둑에 이르렀다. 철둑은 여전히 거대한 기계처럼 불을 뿜고 있었다. 이쯤의 매우 유리한 상황에서부터 내 기억이 다시 이어진다. 우리는 총에 맞지 않았고, 지금은 철둑과 마주보고 서 있었으므로 원래는 장애물이었던 철둑이 우리의 엄폐물로 변했다. 마치 깊은 꿈에서 깨어나듯이, 나는 독일군의 철모들이 구덩이 들판을 지나서 가까이 다가오는 것을 보았다. 그것들은 포화로 써레질한 땅에서 싹을 틔워 자라나는 강철의 작물처럼 보였다. 그와 동시에 나는 내 발 오른쪽에 있는 거친 마포로 가린 대피호 창문에서 중기관총의 총구가 슬며시 밖으로 나오는 것을 보았다. 주위의 소음이 너무 커서, 총열이 떨리는 것을 보고서야 총을 쏘고 있다는 것을 알 수 있었다. 방어군은 겨우 팔만 뻗으면 닿을 거리에 있었다. 그렇게 가까운 거리에 우리의 안전이 달려 있었다. 그리고 그 거리가 그에게 파멸을 가져왔다. 무기에서 뜨거운 김이 피어올랐다. 그것은 수많은 사람들을 맞추었을 것이고, 여전히 쓰러뜨리고 있었다. 총열은 거의 움직이지 않았다. 조준사격이었다.

나는 죽음의 씨를 흩뿌리며 떠는 뜨거운 쇳조각을 홀린 듯이 응시했다. 그 죽음의 씨 하나가 거의 내 발을 스치듯 지나갔다. 나는 마포를 향해 권총을 쏘았다. 내 옆에 나타난 병사가 마포를 벗겨버린 후 구멍 안으로 수류탄을 던져넣었다. 한 번의 큰 충격과 뿜어져나오는 허연 구름이 그 위력을 말해주었다. 수단은 거칠었지만, 효과는 만족스러웠다. 총구는 더 이상 움직이지 않았고, 무기는 발포를 멈추었다. 우리는 철둑을 따라 뛰면서 그다음 구멍들도 똑같은 방식으로 처리했고, 그렇게 해서 방어군의 등마루에서 등뼈 몇 대는 부러뜨렸을 것이다. 부하들이 가까운 거리에서 쏘는 총알이 요란한 소리를 내며 귓가를 스쳐 지나갔다. 나는 그들과 교신하기 위해 손을 높이 들었다. 그들도 즐겁게 손을 마주 흔들었다. 그리고 우리는 수백 명의 다른 병사들과 함께 철둑에 올랐다. 나는 전쟁에 참가한 후 처음으로 수많은 군인들이 서로 달려들어 육박전을 벌이는 장면을 목격했다. 영국군은 철둑의 다른 쪽에서 테라스 모양의 참호 두 개를 방어하고 있었다. 총격은 직사거리에서 벌어졌고, 수류탄은 포물선을 그리며 떨어져내렸다.

나는 가장 가까운 참호로 뛰어 들어갔다. 그리고 엄폐호 주위를 돌진하다가 상의와 넥타이를 풀어헤친 영국군 장교 한 명과 마주쳤다. 나는 그를 움켜잡아 모래주머니 포대로 밀어붙였다. 뒤에서 어느 나이든 백발의 소령이 내게 외쳤다. "그새끼, 죽여버려!"

하지만 그럴 필요까지는 없었다. 나는 영국 병사들로 들끓는 아래쪽 참호로 몸을 돌렸다. 꼭 조난사고 현장 같았다. 그중 몇 명은 '오리알' 수류탄을 던지고 또 다른 병사들은 콜트 권총을 쏘아댔지만, 대부분은 도망치기 바빴다. 이제 우리 편이 우세했다. 나는 권총의 총알이 다 떨어진 지 오래인데도 꿈이라도 꾸듯 자꾸만 방아쇠를 당겼다. 내 옆에 있던 병사는 도망가는 영국군을 향해 수류탄을 던졌다. 철모 하나가 접시처럼 빙글빙글 돌면서 공중으로 날아올랐다.

1분이 지나자, 모든 게 끝났다. 영국군은 참호에서 튀어나와 들판을 가로질러 달아났다. 둑 위에서부터 미친 듯한 추격사격이 시작되었다. 걸음아 날 살려라 도망치던 자들이 차례차례 고꾸라졌다. 몇 초 지나지 않아 땅 위는 전사자들로 가득했다. 그곳은 철둑의 반대편이었다.

독일군도 그들 사이로 달려들었다. 내 옆에 선 하사 한 명이 입을 쩍 벌린 채 전투를 바라보고 있었다. 나는 그의 총을 뽑아들고 독일군 두 명과 육탄전을 벌이던 영국군 한 명을 쏘았다. 두 사람은 보이지 않는 도움에 놀라 멈칫했다가, 이내 계속 앞으로 나아갔다.

우리의 성공은 마술적인 효과를 불러왔다. 통일된 지휘체계 따위는 이미 무너진 지 오래였지만, 그곳에는 오직 한 방향이 있을 뿐이었다. 앞으로! 모두가 곧장 앞을 향해 뛰었다.

나는 무너진 집과 십자가, 그리고 망가진 비행기 한 대가 보이는 낮은 언덕을 목표로 정했다. 다른 이들은 내 옆에 있었다. 우리는 한 무리를 이루어 아군의 포격이 펼치는 불의 장막 안으로 열정적으로 뛰어들었다. 우리는 포탄 구덩이로 몸을 던지고 포격이 더 앞으로 나아가기를 기다려야 했다. 내 옆에는 나처럼 첫 돌격의 성공을 기뻐하는 다른 연대의 젊은 장교가 있었다. 그 강렬한 열의가 몇 분 안에 우리 두 사람을 오래전부터 아는 가까운 사이처럼 느끼게 했다. 하지만 다시 뛰어올라 돌격한 뒤로, 우리는 두 번 다시 만나지 못했다.

이런 끔찍한 순간에도 우스꽝스러운 일은 일어났다. 내 옆에 있던 한 사내가 소총을 자기 뺨에 갖다대더니, 우리 전선을 뚫고 불쑥 뛰어들어온 토끼를 쏘는 척했다. 모든 게 순식간에 벌어진 일이었는데, 웃음을 터뜨리지 않을 수가 없었다. 어느 터무니없는 친구 하나가 전투에만 모든 걸 걸지 않는다는 게 그리 나쁠 건 없지 않는가.

폐허가 된 집터 근처에는 저 너머에서 퍼부은 기관총의 집중사격으로 말끔히 쓸려나간 참호가 있었다. 나는 참호 안으로 뛰어 내려가 그 안이 비어 있는 걸 확인했다. 곧이어 키우스와 베델슈타르트가 나타났다. 베델슈타르트의 당번병 한 명이 마지막으로 뛰어 들어오다가 한쪽 눈에 총을 맞고 쓰러졌다. 자기 중대의 마지막 병사가 죽는 걸 본 베델슈타트는 참호 벽에 머리를 박고 울었다. 그 역시 이날이 지나가기 전에 죽을 운명이었다.

우리 밑에는 협로를 가로질러 강력하게 요새화된 진지가 있었다. 그 앞의 경사면 양쪽에는 기관총이 한 정씩 설치되어 있었다. 포병대의 포화는 이미 이 진지를 지나 저 앞쪽까지 나아가 있었는데, 적군은 어느 정도 힘을 되찾았는지 닥치는 대로 총탄을 쏘아댔다. 우리와 적군은 긴 띠 모양의 지대를 경계로 500미터 정도 떨어져 있었고 그 위로 탄환과 포탄이 벌떼처럼 날아들었다.

잠시 숨을 돌린 뒤, 나는 인원이 많지도 않은 우리 병사들과 함께 참호를 나와 적들에게 돌진했다. 생사가 걸린 뜀박질이었다. 몇 걸음 뛰지 않아, 나와 부하 한 명은 왼쪽의 기관총을 마주했다. 나는 납작한 철모를 쓴 머리 하나가 토루 뒤에 있는 것을 똑똑히 보았다. 그 옆으로 김이 피어오르고 있었다. 나는 조준할 시간을 주지 않으려고 잰걸음으로 다가가서, 총구가 나를 정확히 겨냥할 수 없도록 지그재그로 뛰었다. 내가 땅바닥에 납작 엎드릴 때마다 부하가 새 탄창을 던져주었고, 덕분에 나는 계속 싸울 수가 있었다. "탄창! 탄창!" 하지만 어느 순간, 반응이 없어서 뒤를 돌아보니, 부하는 옆으로 쓰러져 경련을 일으키고 있었다.

저항이 그리 심하진 않았던 왼쪽에서 몇 명이 달려왔다. 그들은 방어를 하고 있는 적군의 수류탄이 거의 도달할 수 있는 거리 안에 있었다. 나는 마지막 걸음을 떼다가 철조망에 걸려 넘어져서 바로 참호 안으로 떨어졌다. 사방에서 사격을 받은 영국군은 진지와 그 기관총을 내버리고 다음 참호로 도망쳤다. 기관총은 거대한 탄피더미에 반쯤 묻혀 있었다. 시뻘겋게 달아오른 총열에서 김이 피어올랐다. 그 앞에 내 적수였던 건장한 영국 병사가 몸을 뻗고 누워 있었다. 머리에 총을 맞아 한쪽 눈이 패여나가고 없었다. 연기로 검게 그을린 두개골에 커다랗고 하얀 눈알을 가진 거인의 모습이 섬뜩했다. 나는 목이 말라 죽을 지경이었으므로, 그곳에서 서성거리지 않고 곧바로 물을 찾아나섰다. 한 대피호의 입구가 유망해보였다. 그래서 머리를 들이밀고 구석을 돌아보니, 병사 한 명이 바닥에 앉아 탄띠를 무릎에 올려놓고 총알을 채워넣고 있었다. 그는 지금 전세가 어떻게 돌아가는지 모르는 게 분명했다. 나는 침착하게 그를 권총의 가늠쇠 안으로 겨냥했다. 하지만 조심해야 한다는 내면의 목소리에도 불구하고, 곧장 방아쇠를 당기는 대신 큰 소리로 그를 향해 외쳤다. "손들어!" 그는 벌떡 일어나 굳은 표정으로 나를 보더니, 대피호 뒤쪽으로 날쌔게 사라졌다. 나는 그에게 수류탄을 던졌다. 대피호에는 또 다른 출구가 있는 모양이었다. 한 병사가 엄폐호를 돌아 다가오더니 짤막하게 말했기 때문이다. "그는 이제 더 이상 총을 못 쏠 겁니다."

드디어 나는 찬물이 가득 든 양철통을 발견했다. 나는 기름기가 도는 그 액체를 단숨에 들이마시고는, 영국군의 야전물병 하나를 가득 채워서 갑자기 참호 안을 가득 메운 전우들에게 건네주었다.

기묘한 이야기를 하나 덧붙여두자면, 이 기관총 기지로 밀고 들어가서 내가 맨 처음 떠올린 생각은 내가 앓고 있던 감기에 관한 것이었다. 나는 예전부터 편도선이 자주 부어서 걱정이었다. 그래서 엄지로 턱 밑을 만져보았는데, 아까 내가 한 격렬한 운동이 마치 사우나에서처럼 땀을 흘리게 해서 감기가 나았다는 것을 알았다.

그동안에도 오른쪽 기관총 기지와 우리 앞으로 60미터쯤 떨어진 협로에 있던 병사들은 여전히 혼신의 힘을 다해 저항하고 있었다. 병사들은 정말이지 훌륭하게 방어하고 있었다. 우리는 영국군의 기관총을 그들에게 조준하려고 애썼으나 성공하지 못했고, 그 대신 총알 하나가 내 머리 바로 옆으로 날아오더니 내 뒤에 서 있던 저격대 소위를 스치고 어느 일병의 허벅지에 치명적인 상처를 입혔다. 그나마 다행히도, 경기관총 사수들이 작은 반달 모양의 우리 진용 가장자리에 총좌를 만들고 영국군의 측면에 사격을 퍼부어주었다.

오른쪽을 공격하고 있었던 돌격대가 우리가 만들어낸 놀라운 순간을 기회로 활용했다. 그들은 협로를 향해 정면으로 돌격했다. 전원이 무사한 우리 제9중대가 깁켄스 소위의 지휘하에 선두에 섰다. 모든 포탄 구덩이에서 병사들이 쏟아져나와 총을 흔들며 무시무시한 함성과 함께 적진으로 돌진했다. 적진에서 수많은 방어군 병사들이 나타났다. 그들은 첫 번째 돌격대의 맹렬한 집중사격을 피하기 위해 양손을 번쩍 든 채 뒤쪽으로 서둘러 달아났다. 그들이 특히 무서워했던 용맹한 전사는 깁켄스의 당번병이었다. 나는 우리의 작은 토루들 바로 너머에 펼쳐진 대치 상황을 주의 깊게 살폈다. 이곳에서 나는, 불과 네다섯 걸음 떨어진 곳까지 접근한 우리 공격군에게 총알이 다 떨어질 때까지 권총을 쏘아대는 방어군 병사 한 명을 보았는데, 그는 결코 자비를 바랄 수 없을 터였다. 돌격하면서 자기 눈앞에 흩뿌려지는 피보라를 본 전사는 적을 죽이지, 포로로 잡으려고 하지 않는다.

우리가 점령한 협로 양쪽으로 무기와 군복과 보급품이 즐비했다. 그 사이로 갈색과 회색 군복을 입은 전사자들이 누워 있고 부상자들이 신음했다. 여러 부대의 병사들이 한데 엉켜서 마구 소리를 지르고 떠들썩한 대화를 나누며 서 있었다. 장교들은 그들에게 땅이 여기저기 움푹 팬 분지를 가리켰고, 전사들은 놀랍도록 무표정하게 다시 앞으로 천천히 나아가기 시작했다.

분지는 한 언덕으로 이어졌는데, 그 언덕에 적군의 행렬이 나타났다. 이따금 멈추어 총을 쏘아가면서, 우리는 맹렬한 사격 때문에 더 이상 나아가지 못할 때까지 계속 전진했다. 총알이 머리를 스치고 지나가 땅에 박히는 모습을 보니 정신이 번쩍 들었다. 내 옆에 다시 나타난 키우스가 바로 코앞에 떨어진 총알 하나를 집어들었는데, 총알이 납작하게 눌려 있었다. 그 순간 우리 왼쪽으로 멀리 있었던 한 남자가 철모에 총을 맞았고, 그 소리가 사방으로 울려퍼졌다. 우리는 사격이 잠잠해진 틈을 이용해 그 근처에는 그리 많지 않은 포탄 구덩이 중 한 군데로 서둘러 이동했다. 그곳에는 우리 대대에서 살아남은 장교들이 모여 있었다. 폰 졸레마허 소위 역시 철둑으로 돌격하던 중에 배에 치명적인 총탄을 맞고 뒤로 물러나야 했으므로, 이제 대대의 지휘관은 린덴베르크 소위였다. 재미있게도, 작은 계곡의 오른쪽 끝에서는 브라이어 소위—제10저격대에서 우리를 지원하러 와 있었다—가 산책용 지팡이를 손에 들고 긴 사냥꾼 파이프를 입에 문 채 소총을 어깨에 둘러메고서 마치 토끼사냥이라도 나가듯이 포화 속을 어슬렁거리고 있었다.

우리는 몇 마디 짧은 말로 그동안 겪은 일을 주고받고, 물병과 초콜릿을 서로 나누었다. 그리고 '대중의 요구에 따라' 다시 전진했다. 측면에서 위협을 받아 기관총들이 철수했다. 그때까지 우리는 5, 6킬로미터쯤 점령한 것 같았다. 분지는 이제 공격자들로 넘쳐났다. 뒤쪽으로 시야 가득히 그들이 종대, 횡대로 밀려오고 있었다. 하지만 안타깝게도 너무 밀집해 있었다. 얼마나 많은 사상자를 뒤에 두고 왔는지, 다행히도 돌격 중에 우리가 그걸 알 수는 없었다.

우리는 아무런 저항도 받지 않고 언덕을 점령했다. 오른쪽에서 국방색 형체들이 참호 안에서 튀어나왔다. 입에서 파이프를 떼지 않은 채로 말을 하는 브라이어의 모범에 따라, 우리는 잠시 멈추어서서 한두 방 쏘고는 계속해서 앞으로 나아갔다.

언덕은 불규칙하게 지어진 대피호들로 요새화되어 있었다. 대피호 안에 있는 방어군이 우리의 접근을 알아차리지 못했는지, 그곳을 지키는 자는 없었다. 몇몇 대피호에서 솟아오르는 연기구름이 그들이 이미 밖으로 도망쳐나왔다는 것을 알려주었고, 다른 대피호에서는 창백한 얼굴의 적군 병사들이 양손을 들고 막 밖으로 나오고 있었다. 그들은 물병과 담배를 우리한테 건네주고 우리의 뒤쪽으로 민첩하게 사라져야 했다. 이미 내 앞에서 항복한 젊은 영국 병사 한 명이 갑자기 몸을 돌려 자신의 대피호로 들어갔다. 그러고는 밖으로 나오라는 내 지시를 명백히 무시하고 계속 숨어 있었으므로, 우리는 그자의 머뭇거림을 수류탄 몇 개로 끝내고 다시 우리 길을 재촉했다. 좁은 오솔길이 언덕 뒤로 이어졌다. 이정표가 브로쿠르로 가는 길임을 말해주었다. 다른 병사들이 여전히 대피호들을 살펴보느라 바쁜 동안, 나는 하인스와 함께 언덕을 넘었다.

아래쪽에 브로쿠르 마을의 폐허가 있었다. 마을 앞에 늘어선 포대의 포구에서 불빛이 반짝였다. 하지만 포병들은 아군이 접근하며 사격을 시작하자 재빨리 도망쳐버렸다. 길을 따라 지은 대피호들에 있던 자들도 밖으로 뛰쳐나왔다. 그들 중 한 명이 첫 대피호의 입구를 빠져나오는 순간에 나와 마주쳤다.

그동안 내게 보고를 해온 중대원 두 명을 따라 협로로 들어갔다. 협로 오른편으로 늘어선 요새화된 대피호들에서 맹렬한 포화가 쏟아졌다. 우리는 첫 대피호 안으로 물러났는데, 그 위로 한동안 양편에서 쏜 총알들이 교차했다. 모든 정황으로 미루어볼 때, 그 대피호는 포병대가 끼어들기 전까지 연락병들과 자전거병들의 숙소였을 것이다. 대피호 바깥에는 겨우 소년 티를 벗었을까 말까 한 아까의 영국 병사가 관자놀이에 총을 맞고 쓰러져 있었다. 총탄은 그의 두개골을 비스듬히 뚫고 지나갔다. 그는 아주 편안한 얼굴로 누워 있었다. 나는 억지로 그를 자세히 들여다보려고 애썼다. 이젠 더 이상 '너 아니면 나'의 상황이 아니었다. 그 뒤에도 나는 그를 자주 생각했고, 해가 가면 갈수록 더 자주 그를 떠올렸다. 국가가 살인의 책임으로부터 우리를 구해준다고는 하나, 우리의 회한까지 가져가지는 못한다. 우리는 슬픔을 감내해야만 한다. 슬픔과 후회는 꿈속 깊이까지 들어와 박혔다.

우리는 점점 더 맹렬해지는 포화에도 아랑곳하지 않고 대피호 안에 자리잡고 앉아 남아 있던 보급품으로 배를 채웠다. 우리의 위가 공격이 시작된 뒤로 우리가 아무것도 먹지 않았다는 사실을 떠올려주었기 때문이다. 우리는 햄과 흰 빵, 잼과 돌로 만든 병에 가득 든 진저비어를 발견했다. 나는 원기를 조금 회복한 뒤에 빈 비스킷 상자 위에 앉아, 우리 독일인을 비아냥거리며 일컫는 '훈족'에 대한 경멸로 가득 찬 영국 잡지 몇 권을 읽었다. 잠시 후, 따분해진 우리는 재빨리 협로의 초입으로 돌아갔는데, 거기에는 많은 병사들이 집결해 있었다. 그곳에서 제164연대의 한 대대가 이미 브로쿠르 왼쪽으로 접근해 있는 것을 보았다. 우리는 마을을 쓸어버리기로 하고 서둘러 다시 협로로 나아갔다. 마을에 진입하기 직전, 우리는 고집스럽게 한 지점만을 계속해서 쏘아대던 우리 포병대 때문에 정지하지 않으면 안 되었다. 중포탄 하나가 길 한복판에서 터져 우리 편 네 명을 쓰러뜨렸다. 다른 이들은 뒤로 내달렸다.

나중에 들은 바로는, 아군 포병대는 최대 사정거리에 맞추어 계속 발포하라는 명령을 받았다고 한다. 이런 이해할 수 없는 명령이 우리에게서 승리의 열매를 앗아갔다. 우리는 분노로 이를 갈며 포화의 벽 앞에서 멈추어야 했다.

우리는 틈을 찾아 오른쪽으로 이동했는데, 제76한자연대의 한 중대장이 막 브로쿠르를 공격하라는 명령을 내리고 있었다. 우리도 뜨거운 함성을 지르며 합류했다. 하지만 마을로 들어가기도 전에 또 다시 우리 포병대의 포격이 쏟아졌다. 우리는 세 번이나 돌진했고, 세 번이나 물러서야 했다. 그 후 욕을 퍼부으며 포탄 구덩이 몇 개를 찾아 들어갔는데, 그 안에서 포격 때문에 풀에 불이 붙어 많은 부상자가 생기는 이상하게 불쾌한 일이 벌어졌다. 영국군의 소총 사격 역시 우리 편 몇 사람을 죽였다. 내 중대원 그뤼츠마허 상병도 전사했다.

서서히 어둠이 깔렸다. 가끔 불꽃을 내뿜기도 했지만, 소총 사격은 차츰 잦아들었다. 지친 전사들은 밤을 지낼 곳을 물색했다. 장교들은 목이 쉬도록 자신의 이름을 외쳐서 흩어진 중대원들을 끌어모았다.

지난 몇 시간 동안 제7중대의 열두 대원이 내 주위로 집결했다. 추워지기 시작했으므로, 나는 그들을 다시 그 영국 병사가 밖에 누워 있는 작은 대피호로 데려갔고, 밖으로 내보내어 전사자들의 외투와 담요를 모아오게 했다. 모두에게 숙소를 마련해주고 나서, 나는 호기심을 가누지 못하고 계곡 아래에 있는 포병대를 재빨리 한번 보기로 했다. 그것은 내 개별행동이었으므로, 나는 모험을 좋아하는 수발총병 할러만을 데리고 갔다. 우리는 소총에 실탄을 장전하고 계곡 쪽으로 걸어갔다. 그곳에는 아직도 아군 포병대의 포화가 극성을 부리고 있었다.

우리는 맨 먼저 한 대피호를 조사했는데, 분명히 영국군 포병대 장교들이 아주 최근까지 쓰던 곳이었다. 할러가 탁자 위에 놓여 있는 커다란 축음기를 틀었다. 명랑한 왈츠 가락이 우리에게 유령 같은 느낌을 불러일으켰다. 나는 축음기를 땅바닥에 내던져버렸고, 축음기는 얼마간 윙윙거리며 울리다가 곧 소리가 멈추었다. 대피호는 작은 벽난로까지 갖추었을 만큼 호사스러웠고, 벽난로 선반 위에는 파이프와 담배가 놓여 있었다. 빙글빙글 도는 안락의자도 빠지지 않았다. 메리 올드 잉글랜드! 물론 우리는 주저하지 않고 마음에 드는 건 뭐든지 다 가졌다. 나는 배낭과 속옷, 위스키가 가득 든 납작한 금속제 술병, 지도 가방과 의심할 것도 없이 낭만적인 파리 휴가의 기념품일 로저에갈레 상표의 조그만 물건 몇 개를 챙겨넣었다. 이곳에 있던 사람들은 아주 다급히 도망친 게 분명했다.

그 옆에는 주방도 마련되어 있었는데, 그 안에 저장된 것들을 본 우리 마음속에는 경외심이 일어날 지경이었다. 상자 하나에는 달걀이 가득 들어 있었는데, 우리는 그것을 뭐라고 부르는지조차 잊어버릴 지경이었던지라 그 자리에서 몇 개를 집어 쪽쪽 빨아마셨다. 벽을 따라 설치한 선반들에는 고기 통조림과 맛있는 영국산 잼 통조림, 캠프 커피 병들, 토마토와 양파가 올려져 있었다. 한마디로 식도락가가 원할 만한 모든 것이 다 있었다.

나중에 몇 주 내내 소량의 빵과 희멀건 수프, 형편없는 잼을 배급받으며 참호에 누워 있을 때, 이때 본 광경이 자주 머릿속에 떠올랐다.

부러울 정도로 좋은 적군의 경제사정을 엿본 뒤, 우리는 대피호에서 빠져나와 계곡을 조사했다. 그곳에서 광이 나도록 새것인 대포 두 문을 발견했다. 번쩍거리는, 발포하고 얼마 되지 않은 엄청난 탄피더미들은 아군의 공격을 막는 데에 막강한 힘을 발휘했다는 걸 말해주었다. 나는 분필로 대포에 우리 중대 번호를 적어서 표시를 해두었다. 그때는, 이 승자의 권리는 뒤따라온 부대들에게 별로 존중받지 못한다는 걸 몰랐다. 오는 사람마다 전임자의 표식을 지우고 자기 부대 번호를 써넣었고, 결국 마지막에 남은 표식은 어느 공병중대의 것이었다.

그러고는, 아군 포병대가 여전히 우리 주위에 쇳조각을 던지고 있었으므로, 동료들이 있는 곳으로 돌아갔다. 이제 예비부대들로 구축되된 우리 전선은 우리 뒤 200미터쯤에 있었다. 나는 대피호 앞에 보초 두 명을 세우고, 다른 병사들에게는 소총을 손에서 가까운 곳에 두라고 명령했다. 교대 순서를 지정해준 후 뭘 좀 먹고, 하루 일과를 단어 몇 개로 요약해서 적은 후 잠이 들었다.

우리는 새벽 1시에 와하는 함성과 오른쪽에서 퍼붓는 포화로 인해 잠에서 깨어났다. 각자 총을 챙겨들고 대피호 밖으로 나와 커다란 포탄 구덩이에 모여 섰다. 흩어졌던 우리 독일군 몇 명이 앞쪽에서 돌아오고 있는데, 우리 전선에서 그들을 향해 총을 쏘았다. 그중 두 명은 길바닥에 엎드린 채 남아 있었다. 이 일을 교훈 삼아, 우리는 뒤쪽에서 초기의 흥분이 어느 정도 가시기를 기다렸다가 먼저 우리가 아군이라는 것을 소리쳐서 알린 뒤에 전선으로 되돌아왔다. 거기엔 제2중대의 지휘관인 코지크 소위가 앉아 있었는데, 그는 팔에 부상을 입은 데다가 심한 감기에 걸려 거의 아무 말도 할 수 없는 상태였다. 그는 제73연대 병사 약 60명과 함께 있었다. 그는 응급치료소로 돌아가야 했으므로, 내가 그를 대신해서 장교 세 명이 포함된 그 무리의 지휘를 맡았다. 비슷하게 급조된 다른 중대들은 깁켄스과 포르벡의 지휘를 받았다.

나는 남은 밤을 제2중대의 하사 몇 명과 함께 작은 대피호 안에서 보냈다. 거의 얼어죽을 지경이었다. 아침에는 전날 노획한 보급품으로 식사를 했고, 연락병을 케앙으로 보내 주방에서 커피와 음식을 가져오도록 했다. 아군 포병대가 다시 한번 그 저주받을 연속포격을 시작했다. 아침 첫 인사로 날아온 포탄이 기관총중대원 네 명이 있던 구덩이에 적중했다. 동이 트자마자 쿰파르트 중사가 몇 명을 더 데려와 우리의 병력을 늘렸다.

지난밤의 한기가 몸에서 채 가시기도 전에 명령이 떨어졌다. 제76연대의 남은 병사들과 함께 오른쪽으로 계속 행군해 브로쿠르 진지로 돌격하라는 것이었다. 일부분은 우리가 이미 점령하기 시작한 곳이었다. 우리는 자욱한 아침안개 속에서 에쿠스트 남쪽 고원에 있는 공격 개시 지점의 진지로 이동했다. 그곳에는 전날 죽은 많은 전사자들이 누워 있었다. 명령이 명확하지 않을 때 늘 그렇듯이 장교들 사이에서 약간의 언쟁이 벌어져서, 기관총알들이 우리 다리 주위로 휘파람 소리를 내며 날아와 박히고야 비로소 멈추었다. 모두 가까운 구덩이 안으로 뛰어들었는데, 쿰파르트 중사만이 그 자리에 쓰러져서 신음을 흘렸다. 나는 얼른 붕대를 감아주기 위해 의무병과 함께 급히 달려갔다. 그는 무릎에 총알을 맞고 중상을 입었다. 우리는 구부러진 집게로 그의 상처에서 부서진 뼛조각을 여러 개 빼냈다. 하지만 그는 며칠 뒤에 죽었다. 그는 3년 전에 르쿠브랑스 훈련소에서 나를 가르친 교관이었기에, 나는 평소보다 더 힘겨웠다.

남은 병사들로 새로 편제한 부대들을 통솔하는 최고 지휘관인 폰 레데부르 대위와 의논하던 중에, 나는 정면돌격은 무모하다고 주장했다. 이미 일부분이 우리 손에 들어온 브로쿠르 진지를 왼쪽부터 측면공격한다면 사상자를 줄이면서도 훨씬 더 쉽게 점령할 수 있었기 때문이다. 우리는 병사들에게 그런 시련을 안겨주지 않기로 결정했고, 그다음에 일어난 사건들은 우리가 옳았음을 증명해주었다.

잠시 동안 우리는 언덕 위의 구덩이들 속에서 편안하게 대기했다. 해가 점점 높이 솟아올랐고, 영국군 비행기가 나타나 우리가 있던 구덩이에 먼지를 일으키며 기관총을 쏘아댔다. 하지만 우리 편 비행기들의 반격으로 곧 물러갔다. 에쿠스트 계곡에 포병대가 포진하는 것이 보였다. 오래된 참호전의 전사들에게는 낯선 풍경이었다. 그것 또한 아주 신속하게 파괴되었다. 말 한 마리가 대열에서 벗어나 그 일대를 통과해 달려갔다. 그 핼쓱한 말은 그 종잡을 수 없고 가변적인 포격의 연기구름에 휩싸인 광활하고 외로운 평야를 유령처럼 지나갔다. 적군의 비행기들이 다시 날아와 우리를 폭격했다. 처음에는 유산탄 몇 개가 터지더니, 이어서 크고 작은 폭탄들이 쏟아졌다. 우리는 접시에 오른 요리나 다름없었다. 겁 많은 자들 중에는 어느 구덩이에 들어가 머리를 숙이고 축복을 기다리는 대신 경솔하게 마구 뛰어다니면서 포화의 효과를 몇 배로 증폭시켜주는 이도 있었다. 그런 상황에서는 운명론자가 되어야 한다. 나는 영국군의 가게들에서 집어온 식료품 중에서 깡통에 가득 든 구즈베리 잼을 먹어치우며 그 교훈을 다시 한번 굳게 되새겼다. 그러고 나서 대피호에서 발견한 스코틀랜드산 모직 양말을 꺼내 신었다. 서서히 해가 더 높이 솟아올랐다.

한동안 브로쿠르 진지 왼쪽에서 움직임이 포착되었다. 이제는 활모양을 그리며 날아가는 독일제 막대형 슈류탄들의 궤도와 그것들이 터지면서 내는 하얀 연기가 보였다. 절호의 순간이었다.

나는 전진 명령을 내렸다. 아니, 그보다는 오른손을 들고 적의 진지를 향해 출발했다는 게 맞는 말일 것이다. 우리는 별다른 포화에 맞닥뜨리지 않고 적군의 참호에 이르러, 그 안으로 뛰어들었다. 거기서 제 76연대의 한 돌격대의 환영을 받았다. 우리는 캉브레에서와 마찬가지로 수류탄으로 전선을 밀어올리며 천천히 앞으로 나아갔다. 불행하게도, 적군 포병대 또한 어느 순간 우리가 그들의 전선을 점점 잠식해 들어가고 있다는 것을 알아차렸다. 유산탄과 경포탄의 날카로운 포화가 선봉에 선 병사들의 바로 뒤로 떨어졌다. 하지만 우리 뒤쪽에서 탁 트인 들판을 가로질러 참호를 향해 달려오던 예비대에게는 상황이 훨씬 심각했다. 우리는 포병들이 우리를 직접 겨냥해서 발포하고 있다는 걸 알았다. 그것은 실로 강력한 자극이 되었다. 우리는 포화를 파하기 위해서라도 적군과의 싸움을 가능한 한 빨리 끝내야 했다.

브로쿠르 진지는 여전히 구축 중이었다. 풀을 제거해야 겨우 윤곽이 드러나는 참호들도 있었기 때문이다. 우리가 그런 참호를 뛰어넘을 때마다 여러 방향에서 포화가 쏟아졌다. 우리 역시 마찬가지로 이 죽음의 띠를 넘어 맹렬히 달려오는 적군을 향해 같은 방식으로 되돌려주었다. 그래서 아직 파이지 않은 이 구간에는 곧 부상당하거나 죽은 자들로 두텁게 씨가 뿌려졌다. 유산탄의 구름 아래에서 벌어진 격렬한 사냥이었다. 우리는 여전히 따뜻하고 짧은 킬트 스커트 아래로 단단한 무릎을 가진 건강한 형체들을 지나 앞으로 뛰어가거나 혹은 그 형체들 위로 기어가기도 했다. 그들은 스코틀랜드의 하일랜드 사람들이었는데, 그들은 진짜로 사나이답게 싸웠다.

그런 식으로 몇백 미터를 전진한 뒤에는 점점 더 짧은 간격으로 쏟아지는 수류탄과 총류탄 때문에 멈춰설 수밖에 없었다. 기로였다. 불길한 느낌이 들기 시작했다. 나는 흥분한 외침들을 들었다.

"영국놈들의 반격이다!"

"거기 가만히 있어!"

"연락을 취하려는 것뿐이야!"

"수류탄을 앞으로 더 줘! 수류탄! 하느님, 맙소사! 수류탄!"

"조심하세요, 소위님!"

참호전에서는 소규모 반격이 아주 위험할 수 있다. 작은 돌격부대가 선봉에 서서 총을 쏘고 수류탄을 던진다. 수류탄을 던진 병사들이 치명적인 포탄과 탄환을 피하려고 앞이나 뒤로 달리면, 그들은 곧 바짝 뒤쫓아오던 이들과 부딪힌다. 그러면 대혼란이 일어난다. 몇몇은 참호 위로 뛰어 올라가겠지만, 그래 봐야 저격수들의 밥이 될 뿐이다. 그러면 적군은 즉각 사기가 충천해진다.

나는 겨우 소수의 병사들을 불러모아, 그들을 데리고 넓은 엄폐호 뒤에 작은 방어선을 구축했다. 참호는 우리와 하일랜드 사람들 사이로 이어져 있었다. 우리는 몇 미터를 사이에 두고 보이지 않는 적들과 총탄을 교환했다. 탄환이 빗발치는데도 머리를 똑바로 들고 있으려면 큰 용기가 필요했다. 그동안에도 엄폐호의 모래가 사정없이 우리를 때렸다. 내 옆에 있던 제76연대 소속 병사는 함부르크에서 항구노동자로 일하던 거대한 덩치의 사내였는데, 매서운 얼굴로 몸을 숨길 생각도 하지 않은 채 피투성이가 되어 쓰러지는 순간까지 정신없이 총을 쏘아댔다. 총탄 한 발이 큰 소리를 내며 널판지를 부수고는 그의 이마에 적중했다. 그의 몸이 참호 한 구석으로 푹 꺾이더니, 구부정한 자세로 머리를 참호 벽에 박았다. 피가 양동이로 쏟아붓듯이 참호 바닥으로 흘러내렸다. 그에게서 죽어가는 사람들이 내는 코를 고는 듯한 그르렁거리는 소리가 점차 긴 간격으로 들려오더니, 결국 아무 소리도 나지 않게 되었다. 나는 그의 총을 집어들고 계속 쏘았다. 드디어 소강상태가 왔다. 우리 바로 앞에 쓰러져 있던 병사 두 명은 다시 돌아오려고 애썼는데, 한 명은 머리를 맞아 참호 안으로 떨어졌고, 다른 한 명은 배를 맞고 기어서 겨우겨우 도착했다.

우리는 참호 바닥에 주저앉아 기다리며 영국군의 담배를 피웠다. 이따금 조준이 잘 된 총탄이 날아왔다. 우리는 그것을 잘 볼 수 있었으므로 그때마다 몸을 던져 피할 수 있었다. 배를 맞은 부상자는 아주 어린 청년이었는데, 우리 사이에 누워서 저물어가는 따뜻한 햇볕을 쬐는 고양이처럼 나른하게 몸을 뻗었다. 그는 아이 같은 미소를 띠며 죽음의 잠에 빠졌다. 그를 보니 슬프다기보다는 죽어가는 자에게 느끼는 형제애 같은 호감으로 마음이 벅차올랐다. 참호 안으로 떨어졌던 다른 병사의 신음도 점점 잦아들었다. 그는 오한으로 몸을 떨다가 우리들 한가운데에서 죽었다.

우리는 하일랜드 사람들의 시체 사이로 기어들어 어떻게든 파이지 않은 구간으로 나아가려고 애썼다. 하지만 저격수의 사격과 총류탄 때문에 매번 후퇴하지 않을 수 없었다. 내가 지켜본 모든 타격이 치명적이었다. 그래서 참호 앞쪽은 서서히 부상자와 사망자로 가득 찼다. 그러나 뒤쪽에서 지원병이 계속 충원되었다. 곧 엄폐호 뒤마다 경기관총이나 중기관총이 설치되었다. 우리는 이 무기들의 도움으로 영국군을 참호 끝에 저지해두었다. 나 역시 이 총알을 토해내는 기계 뒤에 서서 화약연기 때문에 검지가 시꺼멓게 변할 때까지 사격을 퍼부었다. 내가 전쟁이 끝난 후 글래스고에서 친절한 내용의 편지를 보내준 스코틀랜드인을 쏜 곳이 아마 여기였을 것이다. 그가 자신이 부상을 입은 장소를 정확히 묘사했기 때문이다. 냉각수가 다 날아가버리면, 기관총은 손에서 손으로 전달되어 종종 상스러운 농담이 오가는 가운데

자연스러운 생리과정, 즉 소변을 통해 다시 채워졌다. 무기는 곧 뻘겋게 달아올랐다.

해가 기울어 지평선에 걸렸다. 전투의 두 번째 날이 저물고 있었다. 나는 처음으로 주위 경관을 자세히 둘러보면서 보고서를 쓰고 약도를 그려 돌려보냈다. 우리의 참호는 오백 보쯤 떨어진 곳에서 브로쿠르와 모리를 잇는 도로와 교차했다. 그 도로는 긴 천으로 위장되어 있었다. 그 뒤편의 한 경사면에서는 적군 부대가 여기저기 포탄이 떨어지는 들판을 바삐 가로지르고 있었다. 우리의 검고 하얗고 붉은 마크가 그려진 전투기 편대가 구름 한 점 없는 저녁 하늘을 갈랐다. 막 저문 해의 빛줄기가 그것을 옅은 분홍색으로 칠해 꼭 플라밍고 무리처럼 보였다. 우리는 하늘의 비행기들에게 우리가 적지 안으로 얼마나 멀리 침투했는지를 알려주기 위해 지도를 꺼내어 뒷장의 하얀 면이 위로 오도록 뒤집어놓았다.

서늘한 바람이 매서운 밤을 예고했다. 나는 따뜻한 영국군의 외투를 두른 채 참호 벽에 기대어 키 작은 슐츠와 이야기를 나누었다. 슐츠는 나와 함께 정찰을 나갔다가 인도인들과 전투를 벌였던 동료였다. 그는 세월이 흘러도 변치 않는 오랜 전우의 모습으로, 형세가 가장 엄중할 때 중기관총 네 정을 가지고 나타났다. 디딤판 위에서는 날카로운 얼굴선을 가진 중대의 모든 젊은 병사가 철모를 쓰고 적진을 살폈다. 나는 참호 안의 어스름 속에서 작은 탑처럼 미동도 없이 서 있던 그들의 윤곽을 보았다. 지휘관들은 전사했지만, 그들은 자신의 힘으로 정확히 있어야 할 장소에 서 있었다.

우리는 이미 밤에 있을 방어전에 대비하고 있었다. 나는 권총과 영국제 '오리알' 수류탄 여남은 개를 내 옆에 두었다. 어느 누가 침범해

온다 해도, 설사 그자가 냉혹한 스코틀랜드인이라 할지라도 무찌를 수 있을 듯한 느낌이 들었다.

이때 오른쪽에서 수류탄이 새로 터졌고, 왼쪽에서는 독일군의 조명탄이 솟았다. 어스름 속에서 가느다란 함성이 바람을 타고 희미하게 들려왔다. 함성은 불을 붙이는 심지가 되었다. "아군이 저들의 배후를 쳤어! 배후를!" 위대한 행동을 감행하기 전마다 엄습했던 그 벅찬 감동의 순간, 모두 총을 쥐고 참호를 따라 앞으로 돌진했다. 짧은 수류탄 교전 후에 한 무리의 하일랜드 사람들이 도로로 도망치는 것이 보였다. 이제는 그 어떤 것도 우리를 멈출 수 없었다. 우리는 "조심해! 왼쪽에서 기관총이 아직도 총알을 퍼붓고 있어!"라는 경고의 외침에도 불구하고 참호 밖으로 뛰쳐나가 순식간에 도로에 이르렀다. 혼란에 빠진 하일랜드 사람들이 들끓고 있었다. 그들은 기를 쓰고 달아났지만, 도중에 자신들이 설치해놓은 철조망에 부딪혔다. 그들은 놀라서 잠깐 멈추어섰다가 곧 철조망을 따라 도망쳤다. 우리는 고막이 터질 만큼 우렁찬 함성과 함께 맹렬한 포화를 퍼부으며 죽음의 추격전을 벌였다. 그 순간 키 작은 슐츠도 기관총들을 가지고 도착했다.

도로에선 아비규환의 풍경이 벌어졌다. 죽음은 큰 수확을 거두어들였다. 먼 곳까지 울리는 전쟁의 외침, 맹렬한 권총 사격, 폭탄의 육중한 무게는 공격군의 사기를 높였고, 방어군의 반격을 마비시켰다. 긴 하루 내내 연기만 피워내던 전투가, 이제는 불꽃이 일어 활활 타올랐다. 시간이 흐를수록 우리가 우세해지고 있었다. 쐐기 모양으로 좁게 치고 들어갔던 돌격대의 진용이 이제 지원부대들의 뒷받침을 받아 부챗살처럼 산개하고 있었기 때문이다.

도로에 도착했을 때 나는 가파른 둑 위에 서서 그들을 내려다보았다. 스코틀랜드인들의 진지는 건너편에 깊이 파인 참호 안에 구축되어 있었다. 결국 그들의 진지는 우리 발아래에 있었던 것이다. 하지만 처음 몇 초 동안 우리의 시선은 다른 곳으로 쏠렸다. 철조망을 따라 뛰어가는 하일랜드 사람들에게 시선을 완전히 빼앗긴 것이다. 우리는 둑 위에서 달려 내려가며 사격을 퍼부었다. 우리는 적군을 막다른 골목으로 몰아넣었고, 동시에 여기저기 모든 곳에 있고 싶다는 불타는 욕망을 느꼈다. 전쟁 중에도 몇 안 되는 아주 드문 순간이었다.

욕을 내질러가며 총알이 장전 안 되는 권총을 고치려고 용을 쓰고 있는데, 누군가가 내 어깨를 세게 때리는 느낌을 받았다. 뒤로 몸을 돌리자 키 작은 슐츠의 일그러진 얼굴이 보였다. "저놈들이 아직도 쏘고 있어요, 저 빌어먹을 새끼들이!" 나는 그가 가리키는 곳으로 시선을 옮겼다. 우리 앞으로 길 하나를 사이에 둔 참호들의 한 작은 토끼굴 안에 일렬로 서 있는 형체들이 보였다. 일부는 장전 중이었고, 일부는 총을 뺨에 갖다대고 바쁘게 움직이고 있었다. 오른편에서 첫 수류탄들이 날아들었고, 한 스코틀랜드인의 몸뚱이가 공중으로 떠올랐다.

이성은 그 자리에 그대로 머물면서 적을 위에서 공격해 제압하라고 명령하고 있었다. 적은 맞히기 쉬운 과녁이었다. 하지만 나는 소총을 던져버리고 주먹을 불끈 쥔 채 그들 사이로 뛰어들었다. 불행히도 나는 여전히 영국군의 외투를 걸친 채 둘레를 빨간 띠로 두른 군용 모자를 쓰고 있었다. 나는 이미 적군 편에 있었다. 그것도 적군의 옷을 입고! 승리의 쾌감 한가운데에서, 가슴 왼쪽에 날카로운 충격이 느껴졌다. 밤이 내 위로 내려앉았다! 나는 끝났다.

나는 심장에 총을 맞은 것이라고 생각했다. 하지만 나는 죽는 게 고통스럽지도 두렵지도 않았다. 쓰러지면서 나는 흙탕길에 떨어져 있는 하얗고 매끄러운 조약돌들을 보았다. 그것들이 배치된 모양은 의미심장하면서도 별자리만큼이나 운명적으로 보였고, 분명히 어떤 큰 비밀을 담고 있었다. 그것은 나와 관련된 것이었고, 내 주위에서 벌어지고 있는 살육보다 훨씬 중요한 것이었다. 나는 땅바닥으로 쓰러졌지만, 놀랍게도 바로 벌떡 일어날 수 있었다. 내 셔츠에서 구멍을 발견하지 못했으므로 다시 적진으로 몸을 돌렸다. 내 중대에서 병사 한 명이 달려왔다. 그는 "소위님, 외투 벗으세요!"라고 말하더니 내 어깨에서 그 위험한 옷을 벗겨냈다.

또 한번 함성이 하늘을 갈랐다. 오후 내내 수류탄을 맞고 초토화된 오른편 지역에서 독일 병사 여러 명이 도로를 건너 우리를 지원하러 왔다. 갈색 코듀로이를 입은 한 젊은 장교가 그들을 이끌었다. 키우스였다. 영국군이 마지막 기관총알들을 발사하는 순간에 그가 마침 철조망에 걸려 넘어진 것은 큰 행운이었다. 기관총에서 줄줄이 뿜어져나온 총알들은 그의 몸을 지나쳐갔다. 매우 가까이 지나간 총알 하나는 그의 바지 주머니 속에 있던 지갑을 찢어놓았다. 스코틀랜드인들은 이제 순식간에 소탕되었다. 얼마 남지 않은 생존자들이 계속해서 총알들에 쫓기는 한편, 도로 주변은 전사자들로 뒤덮였다.

내가 의식을 잃었던 몇 초 사이에, 운명은 키 작은 슐츠에게도 손을 뻗쳤다. 나중에 안 사실인데, 그는 내게도 영향을 미친 예의 그 광기로, 참호 안으로 뛰어들어 모든 것을 단번에 쓸어버릴 기세로 미쳐 날뛰었다. 항복하려고 이미 허리띠를 풀었던 어느 스코틀랜드인이 그렇게 자신에게 달려드는 슐츠를 보더니, 바닥에서 주인 없는 소총을 집어들어 치명적인 한 방으로 그를 쓰러뜨렸다.

나는 키우스와 이야기를 나누면서 우리가 점령한 참호 안에서 몸을 일으켰다. 참호 안은 수류탄 연기로 자욱했다. 우리는 아주 가까운 곳에 있을 야포를 어떻게 손에 넣을 수 있을지를 논의했다. 갑자기 그가 내 말을 막았다. "너, 부상당했어? 외투 아래로 피가 흘러내리잖아!" 정말이었다. 나는 이상한 허전함과 함께 어쩐지 가슴 부위가 축축한 것 같은 느낌을 받았다. 우리는 내 셔츠를 찢어버리고 철십자훈장 바로 아래의 가슴 부위에서 심장 바로 위로 비스듬히 지나간 총알 자국을 보았다. 오른쪽에는 총알이 들어간 작고 둥근 상처가 나 있었고, 왼쪽에는 총알이 빠져나가면서 생긴 조금 더 큰 상처가 있었다. 내가 왼쪽에서 오른쪽으로 예각을 이루며 뛰어 도로를 건넜을 때, 우리 쪽 병사 중 한 명이 나를 영국군으로 착각하고 몇 걸음 떨어지지 않은 가까운 곳에서 총을 쏜 게 분명했다. 나는 내 외투를 벗겼던 그 병사를 강하게 의심했지만, 그것은 어쨌든 정당한 행동이었다. 잘못은 내게 있었다.

붕대를 감아주면서 키우스가, 하필이면 이 중요한 순간에, 당장 전투 현장에서 벗어나라고 어렵게 나를 설득했다. 우리는 "잘 가! 하노버에서 보자!"라는 인사말로 작별했다.

나는 동행할 병사를 한 명 골라 포화가 쓸고 지나간 도로로 돌아갔다. 지도 가방을 찾기 위해서였다. 나를 도와준 그 이름 모를 병사가 영국군 외투를 벗길 때 그 안에 들어 있던 지도를 함께 잃어버렸기 때문이다. 일기장도 그 안에 들어 있었다. 그러고는 우리가 점령하기 위해 그리도 격렬하게 싸웠던 참호로 걸어서 돌아갔다.

우리가 내지른 전투의 함성이 너무 커서 적군 포병대가 일제히 포격을 개시했다. 도로 뒤의 지역과 참호가 보기 드물 만큼 두터운 탄막으로 덮여 있었다. 조금 전에 당한 부상만으로도 충분했으므로, 나는 엄폐호에서 엄폐호로 몸을 숨기며 조심스럽게 돌아왔다.

갑자기 참호 가장자리에서 귀청이 터질 듯한 굉음이 들렸다. 나는 머리에 충격을 느끼며 의식을 잃고 앞으로 고꾸라졌다. 정신이 들었을 때, 나는 머리를 아래로 향하고 중기관총의 총대에 거꾸로 매달려 있었다. 참호 바닥에 고인 피 웅덩이를 가만히 내려다보니 놀랄 만큼 빠르게 커지고 있었다. 피가 그치지 않고 계속 바닥으로 흘러내리는 걸 보고 나는 모든 희망을 버렸다. 하지만 나와 동행했던 병사가 머리에서 뇌가 보이지는 않는다고 확인해주었기에 용기를 내어 몸을 일으켰다. 그리고 그의 부축을 받으며 걸음을 재촉했다. 여기서 나는 철모를 쓰지 않고 전투 현장으로 갔던 경솔함의 대가를 톡톡히 치렀다.

피를 두 번이나 흘리고도, 몹시 흥분한 나는 참호에서 누군가와 마주칠 때마다 서둘러 전선으로 돌아와 전투에 참가하겠다고 맹세했다. 곧 경포의 사정거리를 벗어나서 속도를 줄일 수 있었다. 이제는 중포탄이 산발적으로 떨어질 뿐이었으므로 정말로 운이 없는 자가 아니라면 맞을 리가 없었기 때문이다.

노뢰이유로 이어지는 도로가 함몰된 곳에서 나는 여단본부의 회벨 소장에게 들러 우리의 전과를 보고했다. 그리고 돌격대의 인원을 보충해달라고 부탁했다. 소장은 내가 어제 전사한 것으로 보고받았다고 말했다. 이번 전쟁에서 처음 있는 일도 아니었다. 아마도 누군가가 첫 참호를 공격할 때 내가 쓰러지는 걸 본 모양이었다. 하케가 유산탄에 부상당한 곳이었다.

나는 게다가 우리의 전진이 기대했던 것보다 느렸다는 사실을 알게 되었다. 우리는 분명히 영국군의 정예부대들과 싸운 것이었다. 우리는 적들의 핵심적인 방어 거점들을 뚫고 전진했다. 철둑은 우리의 맹렬한 포격에도 거의 해를 입지 않았다. 우리는 모든 전쟁 규칙을 무시하고 철둑을 공격했다. 우리는 모리에는 닿지 못했다. 아군 포병대가 길을 막지만 않았더라도 벌써 그곳을 접수했을 것이다. 적군은 하룻밤 사이에 증강되었다. 어찌 되었든 인간의 의지로 할 수 있는 일은 다 해냈다. 아니 그보다 더 많은 것을 해냈다. 소장도 그 점을 인정했다.

노뢰이유의 길가에선 엄청난 양의 수류탄 상자더미가 활활 타고 있었다. 우리는 만감이 교차하는 가운데 그 옆을 지나갔다. 마을을 막 지난 곳에서 텅 빈 군수품 수송차를 몰고 가던 운전수가 나를 태워주었다. 나는 군수품 수송 행렬의 책임자인 어느 장교와 심한 말다툼을 벌였다. 그가 여정의 마지막에 나를 부축해준 영국군 부상자 두 명을 차에서 내쫓으려고 했기 때문이다.

노뢰이유와 케앙을 잇는 도로는 이루 말할 수 없이 혼잡했다. 직접 보지 않은 사람은 그 끝없는 수송차와 사람의 행렬을 떠올릴 수도 없을 것이다. 공격에 필요한 모든 것을 공급하는 수송차들이었다. 케앙을 지나자 혼잡이 신화적인 경지에 이르렀다. 뼈대조차 알아볼 수 없게 부서져버린 어린 잔의 집을 지나칠 때는 한순간 비애를 느끼기도 했다.

흰 완장을 두른 한 교통장교에게 도와달라고 하니, 그는 내게 소시-코시 야전병원으로 가는 자가용에 자리를 하나 잡아주었다. 화물차들과 자동차들이 밀려들어 길이 꼬이거나 막히면 30분씩 기다려야 할 때도 잦았다. 야전병원 의사들은 정신없이 바빴지만, 내과의사는 내 상처가 뜻밖에도 괜찮은 상태라며 놀라워했다. 머리에 맞은 총알 또한 들어갔다가 나가면서 부상을 입히긴 했지만 두개골을 파열시키지는 않았다. 둔탁하게 한 대 얻어맞는 느낌이었던 부상 자체보다 그 부상에 대한 처치가 훨씬 더 고통스러웠다. 의사가 장난이라도 치듯 능숙하게 양쪽 상처를 탐침으로 그리며 지나가자, 조수들이 상처 주위를 비누거품도 바르지 않은 채 잘 들지도 않는 칼로 박박 밀어버렸던 것이다.

단잠을 자고 나서 아침을 맞이한 나는 캉텡에 있는 부상자치료소로 이동했다. 기쁘게도 거기서, 돌격작전이 시작된 후로는 한 번도 보지 못했던 슈프렝거를 만났다. 그는 허벅지에 총상을 입은 상태였다. 게다가 내 짐도 되찾았다. 빈케가 얼마나 믿음직스러운 사람인지를 또 한번 보여주는 증거였다. 그는 나를 시야에서 놓친 후에 철둑에서 부상을 당했는데, 야전병원으로 갔을 때도 그렇고 그 후에 베스트팔렌에 있는 그의 농장으로 가기 전에도 그렇고, 자신이 맡은 물건을 내 손에 쥐여주기 전까지는 절대로 마음을 놓지 않았던 것이다. 참으로 빈케다운 행동이었다. 나보다 나이가 많은 그는 부하라기보다는 전우였다. 배급이 부족할 때마다 '이름을 밝히지 않은 중대원 한 명'이 내 탁자 위에 버터를 가져다놓은 일이 자주 있었는데, 그게 누군지 알아내는 건 그리 어려운 일이 아니었다. 그는 할러처럼 모험심에 불타지는 않았지만, 기사를 따르는 오랜 종자처럼 나를 충직하게 따랐고 나를 보살피는 일을 자신의 직무로 여겼다. 전쟁이 끝나고 한참이 지난 후, 그는 '손자들에게 소위님 얘기를 꼭 해줄 수 있도록' 내 사진을 한 장 달라고 했다. 나는 그 덕분에 국민병으로서 전쟁에 함께 참여한 민중의 조용한 저력을 조금이나마 이해할 수 있었다.

바이에른에 있는 몽티니 야전병원에 짧게 머무른 나는 두에에서 병원열차를 타고 베를린으로 향했다. 그곳에 이 주간 입원해 있는 동안, 내 여섯 번째 이중부상은 그전에 입었던 다른 부상들과 마찬가지로 말끔히 치료되었다. 단지 불쾌한 후유증처럼 귓가에서 끊임없이 환청이 울렸다. 하지만 그것도 몇 주가 지나자 차츰 잦아들었고, 마침내 완전히 사라졌다.

나는 하노버에 와서야 비로소 다른 많은 동료들 외에도 슐츠가 전사했다는 사실을 알게 되었다. 키우스는 배에 대수롭지 않은 상처를 입은 것 외에는 무사했다. 하지만 그의 사진기가 부서져버리는 바람에, 우리가 철둑을 향해 돌진하는 장면을 찍은 수많은 사진들 또한 연기처럼 사라지고 말았다.

하노버의 작은 바에서 우리가 재회를 기념하는 모습을 목격한 사람이 있었다면, 우리가 이 주 전만 해도 샴페인 뚜껑이 터지는 명랑한 소리와는 전혀 다른 음악을 들었다는 것을 상상조차 하지 못했을 것이다. 바의 즐거운 술자리에는 팔이 마비된 내 동생과 무릎이 마비된 바흐만도 참석했다.

하지만 이런 나날들에도 어두운 그림자가 드리웠다. 오래 지나지 않아, 이번 공격작전이 끝까지 진행되지 못하고 중단되었으며 전략적으로 평가할 때 실패했다는 뉴스 보도를 접했기 때문이다. 내가 베를린의 카페에서 펼쳐본 영국과 프랑스 신문은 그 소식으로 들끓었다.

대전투는 내게도 하나의 전환점이 되었는데, 그것은 내가 그때부터 이 전쟁에서 질 수도 있겠다는 생각이 들었기 때문만은 아니었다.

먼 미래를 건 운명의 시간에 한꺼번에 모여들었던 군대들과 갑작스럽고도 충격적으로 촉발된 폭력은, 나를 난생처음으로 초개인적인 영역 깊은 곳으로 인도했다. 그것은 그동안 겪은 모든 경험과 달랐다. 그것은 일종의 비밀의식이었다. 그 비밀의식은 내게 두려움으로 불타는 방들을 열어서 보여주었을 뿐만 아니라, 나를 그 안으로 이끌었다.

18

영국군의 진격

1918년 6월 4일, 나는 다시 연대에 합류했다. 연대는 이제 전선에서 멀리 떨어진 브로쿠르 근처에 조용히 자리잡고 있었다. 새 연대장 폰 뤼티카우 소령은 내게 옛 제7중대의 지휘를 맡겼다.

숙영지로 찾아가자, 병사들이 달려나와 짐을 날라주며 영웅처럼 맞아주었다. 가족의 품으로 돌아온 기분이었다.

숙소는 황폐해진 초원 한가운데에 둥그렇게 늘어선, 골함석으로 지붕을 인 오두막들이었다. 초원의 초록색 바탕 위에 무수한 노란 꽃들이 수를 놓았다. 우리가 '왈라키아'라고 이름붙인 초원에서는 말떼가 한가로이 풀을 뜯고 있었다. 오두막을 나서면, 카우보이나 베두인족에게, 혹은 다른 황무지의 주민에게 엄습했을 법한 허허벌판에 대한 두려움이 다가왔다. 우리는 저녁에 오두막 주위를 오랫동안 산책했고, 자고새 둥지나 풀 속에 반쯤은 묻힌 무기, 또는 대전투를 기념할 만한 물건들을 찾아다녔다. 어느 날 오후, 나는 두 달 전에 치열한 전투가 벌어졌던 브로쿠르의 협로로 말을 몰았다. 협로의 가장자리는 묘비로 가득했고, 그중에는 내가 아는 이름도 있었다.

곧 연대는 퓌시유오몽 마을 바로 앞에 있는 전선으로 들어가라는 명령을 받았다. 우리는 화물차에 올라 하루 밤길을 달려서 아시에르그랑까지 갔다. 폭격기에서 떨어뜨리는 낙하산조명탄의 불빛이 어둠에 묻혀 있던 도로의 하얀 차선을 드러낼 때마다 차를 길가에 세워야 했다. 무거운 폭탄들이 떨어지며 바람을 가르는 다양한 휘파람 소리들은 그것들이 폭발하는 쾅쾅 소리에 묻혀버렸다. 그러고 나면 탐조등이 사악한 밤의 새들을 찾기 위해 하늘을 훑었고, 유산탄 총알들이 장난감처럼 터졌다. 예광탄들이 불의 늑대들처럼 긴 사슬을 이루며 날았다.

점령지에는 썩어가는 고기 냄새가 집요하게 떠돌았다. 때로는 참을 수 없을 만큼 심하고 때로는 견딜 만했지만, 마치 다른 나라에서 온 사절처럼 계속 신경을 건드리는 건 마찬가지였다.

몇 분 동안을 줄줄이 이어지는 전사자들의 합장묘지 사이로 걸어가는 기분이었다. 내 옆에서 나이 많은 어느 고참 병사가 "공격의 향수香水군!"이라고 중얼거렸다.

우리는 아시에르그랑에서 바폼으로 향하는 철길을 따라 행군하다가 들판을 가로질러 진지로 향했다. 포화가 맹렬했다. 잠시 쉬는 동안 중中포탄 두 개가 아주 가까이 떨어졌다. 끔찍했던 3월 19일 밤의 기억이 우리를 괴롭혔다. 우리가 전선에 다다랐을 때, 분명히 막 교대를 하고 돌아가는 어느 중대가 왁자지껄하게 우리 곁을 스쳐 지나갔다. 곧 수십 개의 유산탄이 그들의 입을 막았다. 내 부하들은 욕지거리를 퍼부으며 머리를 숙이고 가까운 참호로 뛰어들었다. 운이 나빴던 두 명은 간단한 처치를 받으러 응급치료소로 가야 했다.

내가 완전히 녹초가 되어 대피호에 도착한 것은 새벽 3시였다. 비좁은 공간이 여기서 그리 쾌적하게 지내기는 어려울 거라고 말해주었다.

숨막힐 만큼 탁한 공기 속에서 불그레한 촛불이 타올랐다. 나는 아무렇게나 얼기설기 얽혀 있는 병사들의 다리에 걸려 넘어져가며 "교대!"라는 주문을 외쳐 대피호 안에 활기를 불어넣었다. 오븐 모양을 한 구멍 속에서 욕이 먼저 튀어나오고, 뒤를 이어 면도를 하지 않은 얼굴이, 낡아서 초록빛으로 녹슨 견장 한 쌍이, 다 떨어진 군복이, 그 안에 군화가 들어 있으리라고 짐작되는 진흙덩어리 두 개가 차츰차츰 밖으로 나왔다. 우리는 허술한 탁자 앞에 마주앉아 교대식을 치렀는데, 그런 자리에서는 누구나 상대방에게서 비상식량 여남은 개나 조명총 한두 개를 빼앗아가려고 옥신각신했다. 내 전임자는 좁은 입구의 통로를 통해 밖으로 빠져나가면서 이 형편없는 구멍은 사흘을 채 넘기지 못하고 무너질 거라고 예언했다. 나는 A구간의 새 지휘관이 되어 뒤에 남았다.

다음 날 아침에 둘러본 진지에선 유쾌한 광경이라곤 접하지 못했다. 대피호를 나서자마자 나는, 커피를 받아오다가 교통호에서 유산탄에 맞아 피투성이가 된 당번병 두 명과 마주쳤다. 몇 걸음 더 걸었을 때는, 수발총병 아렌스가 튀어오르는 탄환에 맞아 근무를 계속할 수 없다고 스스로 보고해왔다.

우리 앞에는 뷔쿠아 마을이 있었고, 뒤에는 퓌시유오몽이 있었다. 우리 중대는 얕은 진지에 들어가 있었고, 이웃에 있는 지원부대라고는 오른쪽으로 군대가 주둔하지 않은 넓은 공간을 사이에 두고 멀찍이 자리잡은 제76보병연대뿐이었다. 우리 지구의 왼쪽 끝에는 작은 숲 제125호로 불리는 조각난 삼림지대가 있었다. 깊은 대피호를 파지 말라는 명령이 내려진 지역이었다. 우리는 땅을 파지 않고 공격태세를 유지해야 했다. 진지 앞에 가시철조망도 설치하지 않았다. 두 명씩 조를 이루어 이른바 '지크프리트 깡통'을 가지고 땅에 작은 구덩이들을 팠을 뿐이었다. 우리는 타원형으로 구부린 1미터 높이의 이 골함석판을 오븐 모양의 아주 멋진 우리 은신처 앞에 세워놓았다.

내 대피호는 다른 구역 뒤에 있어서, 새 숙소를 찾는 일부터 시작했다. 다 무너진 참호 안에 있는 오두막처럼 생긴 한 구조물이 딱이라고 생각했다. 나는 다양한 살상무기들을 한데 끌어다가 그곳을 방어가 가능한 상태로 만들었다. 나는 당번병 한 명과 함께 그 안에서 이따금 찾아오는 연락병 말고는 아무에게도 방해를 받지 않는 은둔생활을 했다. 연락병들은 이 외딴 동굴 안까지 서류뭉치를 가지고 왔다. 그러면 나는 고개를 절레절레 흔들면서, 포탄이 마구 떨어지는 와중에, 이를테면 X라는 지역 사령관이 검은색과 갈색 털을 가진 지피라는 이름의 테리어를 잃어버렸다든가 식모였던 마케벤이 마이어 상병을 상대로 부양청구소송을 걸었다는 유의 깜짝 놀랄 만한 소식들을 읽었다. 약도를 그리거나 빈번하게 연락을 주고받는 일은 기분전환을 위해서도 꼭 필요했다.

대피호 이야기로 돌아가서, 나는 그 대피호에 '반프리트 하우스'*라는 이름을 붙였다. 한 가지 걱정은 그곳이 상대적으로 구멍이 뻥뻥 뚫려 있다는 점이었다. 포탄이 바로 위로 떨어지지 않는 한 충분히 안전하긴 했지만 말이었다. 어쨌든 나는 다른 중대원들보다 나을 게 없는 형편이라는 생각에 마음이 편했다. 할러가 점심 때마다 나를 위해 커다란 포탄 구덩이 안에 담요를 깔아주었는데, 우리는 그 구덩이로 이어지는 길을 파서 햇빛을 쬐는 곳으로 썼다. 물론 내 일광욕은 이따금

---

* 리하르트 바그너가 만년에 살았던 집으로, 지금은 바그너 기념관이다.

근처로 떨어진 포탄이나 휘파람 소리를 내며 날아온 쇳조각들로 방해를 받았다.

밤에는 사납게 빗발치는 한여름 뇌우처럼 맹렬한 포격이 머리 위로 떨어졌다. 그러고 나면 나는 아무런 근거도 없이 이상하게도 안전하다는 느낌에 빠져서, 싱싱한 풀을 푹신하게 깔아둔 침대에 누워 사방에서 포탄이 터지고 벽에서 흙모래가 줄줄 흘러내리는 소리에 귀를 기울이곤 했다. 아니면 밖으로 걸어나가 디딤판에 서서 우울한 밤 풍경을, 광폭한 불놀이와 유령의 저주에라도 걸린 듯한 고요의 기묘한 대조를 바라보았다.

그런 순간에는 그때까지 한 번도 경험하지 못했던 기분이 엄습했다. 짐작할 수 없을 만큼 오랜 기간 동안 낭떠러지 끝에서 격한 삶을 살아낸 뒤에 오는 엄청난 심경의 변화 같았다. 계절이 바뀌고 또 바뀌었다. 겨울이 지나고 다시 여름이 왔지만, 우리는 여전히 전투 중이었다. 나는 지쳤고, 전쟁의 얼굴에 익숙해졌다. 하지만 이 익숙함이 내 앞에 있는 것을 새롭고 은은한 빛 속에서 바라보게 해주었다. 상황은 이전처럼 눈부시지도 뚜렷이 구별되지도 않았다. 그리고 우리는 집을 떠나올 때 간직했던 의미가 다 소진되었음을, 더 이상 유지될 수 없음을 감지했다. 전쟁은 새롭고 더 깊은 질문을 던졌다. 너무나도 낯선 시간이었다.

전선은 적군이 퍼붓는 포화에 비해선 그리 큰 피해를 입지 않았다. 그렇지 않았다면 더 이상은 길게 버틸 수 없었을 것이다. 주로 퓌시유와 주변의 분지들이 포격의 과녁이었고, 저녁이 되면 지독하게 흉포해졌다. 그래서 식사를 가져오거나 교대를 하는 데에 큰 방해를 받았다. 한 번은 여기서, 또 한 번은 저기서 우연히 날아온 포격에 맞아 우리 병사들의 사슬에서 고리가 하나씩 떨어져나갔다.

6월 14일 새벽 2시에, 역시 나처럼 다시 돌아와 제2중대의 지휘를 맡고 있었던 키우스가 내 임무를 넘겨받았다. 우리는 남은 기간을 아시에르그랑의 철둑에서 보냈다. 그곳의 벌크가 바람을 막아주는 장소에 우리의 막사와 대피호들이 있었다. 영국군은 자주 저탄도 중포탄을 쏘아보내 우리를 괴롭혔다. 제3중대의 라케브란트 병장이 그중 하나의 희생자가 되었다. 그는 철둑 위의 엉성한 오두막의 벽을 뚫은 파편에 맞아 죽었는데, 그 오두막은 자신이 중대 사무실로 만든 것이었다. 그 며칠 전에는 정말로 큰 불상사가 일어났다. 폭격기 조종사가 청중에게 둘러싸여 연주 중인 제76연대 군악대의 머리 위로 폭탄을 떨어뜨렸던 것이다. 희생자 중에는 우리 연대 병사도 많았다.

철둑 주변에는 좌초된 배를 연상시키는 망가진 탱크들이 많이 있었는데, 무수한 총탄 자국으로 벌집이 된 상태였다. 나는 산책을 하러 나갈 때마다 그 탱크들을 눈여겨보았다. 그리고 그 옆에 중대원들을 모아놓고 탱크와 맞서 싸우는 방법과 전술, 그리고 기술전에 점점 더 많이 투입되고 있는 이 전쟁코끼리의 약점에 대해 가르쳤다. 탱크들은 비꼬거나 위협적인, 혹은 행운을 가져다주는 다양한 이름과 상징, 그림을 달고 있었다. 클로버 잎도 보였고, 행운의 돼지와 하얀 해골도 늘 빠지지 않고 등장하는 소재였다. 올가미가 매달려 달랑거리는 교수대로 유달리 눈에 띈 탱크 한 대는 '판사 제프리'*라는 이름을 달고 있었다. 아무튼 모든 그림이 흉측했다. 이런 탱크가 마치 의지할 데 없는

---

* 영국의 명예혁명 3년 전인 1685년에 일어난 몬머스 반란 참가자 수백 명에게 교수형과 참수형 판결을 내려 '목 매다는 판사'로 불렸던 조지 제프리를 가리킨다.

거대한 무당벌레 같은 모양으로 포병대의 포격을 피하기 위해 지그재그로 방향을 바꾸어가면서 싸움터를 지나가는 동안, 그 좁은 몸통 안에서 관이니 철봉이니 철사 같은 것들과 얽히고설켜서 지낸다는 것은 매우 고역이었을 것이다. 나는 그 불타는 화로 안에 들어가 있는 사내들에게 깊은 동정심을 느꼈다. 이 교외에는 또한 뼈대만 남은 비행기의 잔해들이 여기저기에 흩어져 있었다. 기계들이 전쟁에서 점점 더 큰 비중을 차지해가고 있다는 증거였다. 어느 날 오후에는 커다란 하얀 낙하산이 우리와 멀지 않은 곳에 내려앉았다. 비행기에 불이 붙어서 탈출한 조종사였다.

6월 18일 아침, 제7중대는 불확실한 상황 때문에 또 한번 퓌시유로 향해야 했다. 그곳에 미리 가서 병력 배치와 그 밖의 임무들을 맡은 전선 부대 지휘관의 지시에 따르게 되어 있었다. 우리는 뷔쿠아 쪽으로 향하는 땅굴들과 지하실들을 통해 이동했다. 우리가 막 도착했을 때 중포탄 한 무더기가 주위 정원들에 떨어져내렸다. 그렇다고 내 땅굴 앞에 있는 작은 정자에서 하던 아침식사를 그만두고 싶지는 않았다. 잠시 후 또 하나가 휘파람 소리를 내며 날아왔다. 나는 땅바닥으로 바짝 엎드렸다. 내 바로 옆에서 불꽃이 솟구쳤다. 내 중대의 켄치오라라는 의무병이 여러 식기에 물을 가득 담아 가져오다가 아랫배를 맞고 고꾸라졌다. 나는 즉시 달려가서, 통신병의 도움을 받아 그를 응급치료소로 데려갔다. 그곳의 입구는 다행히도 포탄이 떨어진 곳 반대편이었다.

"그래, 아침은 든든히 먹었나?" 쾨펜 박사가 상처가 크게 난 그의 배에 붕대를 감아주면서 물었다. 쾨펜 박사는 나도 여러 번 치료해준 나이 많은 외과의사였다.

"네, 그럼요. 식기에 국수를 가득 담아서 먹었지요." 불행한 젊은

이가 신음소리를 내며 대답했다. 아마 한 줄기 희망이라도 잡고 싶었을 것이다.

"좋아. 그럼 괜찮을 걸세." 쾨펜 박사는 걱정 말라는 듯이 말했지만, 나를 보고는 근심스러운 얼굴로 고개를 저었다.

하지만 심각한 부상을 입은 자들은 몹시 예민한 직감을 갖는 법이다. 그가 갑자기 이마에 식은땀을 흘리면서 신음 섞인 한마디를 내뱉었다. "포탄 파편이 절 망쳐버렸어요. 전 곧 죽을 겁니다. 제가 알아요." 이 예언을 뒤엎고, 나는 반년 후 연대가 하노버로 돌아가는 길에서 그와 악수를 나눌 수 있었다.

오후에 나는 완전히 황폐해진 퓌시유 마을로 홀로 산책을 나갔다. 마을은 이미 솜 전투 때 맹공격을 받은 적이 있었다. 폭탄이 터지면서 생긴 구덩이와 폐허는 진초록의 수북한 풀로 뒤덮여 있었다. 특히 폐허를 좋아하는 덧나무꽃의 빛나는 하얀 꽃송이들이 여기저기 흐드러지게 피었다. 수많은 새로운 폭발이 땅바닥에 구멍을 뚫고 또 다시 곳곳에 흙을 드러내놓았다.

최근의 우리의 진군이 교착상태에 빠지면서 나온 전쟁 쓰레기들이 마을의 중심 도로를 따라 줄줄이 쌓였다. 벌집이 된 화물차, 버려진 군수품, 녹슨 총, 반쯤 해체되어버린 말 사체의 윤곽은 윙윙거리며 어지럽게 날아다니는 파리떼에 휩싸인 채 전투의 모든 것이 무의미하다고 말해주고 있었다. 마을의 가장 높은 곳에 서 있었던 교회도 이제는 다만 황량한 돌무더기에 지나지 않았다. 반은 야생으로 자라고 있는 장미꽃을 꺾고 있는데, 이 죽음의 무도장을 조심하라는 경고의 포탄이 떨어졌다.

며칠 뒤에 우리는 저항선에 있는 제9중대와 교대했다. 이 저항선은 전선에서 500미터쯤 뒤에 있었다. 이 과정에서 우리 제7중대의 병사 세 명이 다쳤다. 다음 날 아침, 내 대피호 바로 옆에서 폰 레데부르 대위가 유산탄 총알에 맞아 발을 다쳤다. 그는 폐결핵을 앓고 있었음에도 전쟁을 자신의 소명으로 여겼다. 그는 이 작은 상처에 굴복할 운명이었다. 그는 얼마 지나지 않아 병원에서 죽었다. 28일에는 내 식사 당번병들의 책임자인 그루너 병장이 포탄 파편을 맞았다. 짧은 기간에 일어난 중대의 아홉 번째 사고였다.

우리는 일주일 동안 전선에 머문 뒤, 다시 저항선으로 후진 배치되었다. 우리를 교대해줄 대대가 스페인독감 때문에 거의 전멸할 지경에 이르렀기 때문이다. 우리 중대에서도 날마다 몇 명의 병사들이 독감에 걸렸다고 보고해왔다. 이웃 사단은 독감에 휩쓸린 정도가 너무 심해서, 적군 전투기가 그 부대가 철수하지 않는다면 영국군들이 곧 찾아와서 구해주겠다는 전단을 뿌리기도 했다. 하지만 우리는 적군 쪽에도 독감이 차츰 퍼지고 있다는 걸 알고 있었다. 그렇긴 해도 열악한 배급 때문에 우리 쪽이 훨씬 더 취약했다. 가끔은 특히 젊은 청년들이 하룻밤 사이에 죽어나가기도 했다. 그동안에도 우리는 계속해서 전투태세를 갖추고 대기해야 했는데, 그것은 '마녀의 가마솥'에서 나는 것처럼 자욱한 검은 연기가 항시 작은 숲 제125호 위를 떠돌고 있었기 때문이다. 그곳에 퍼부어지는 포화는 너무나 잦고 맹렬해서, 바람 한 점 없는 날에는 폭발성 증기가 제6중대 사람들 일부를 중독시킬 만큼 강했다. 우리는 잠수부처럼 산소마스크를 쓰고 땅굴로 들어가서 의식을 잃고 쓰러진 동료들을 땅 위로 데리고 나와야 했다. 그들은 얼굴이 버찌처럼 빨갛게 변해 있었고, 악몽이라도 꾸듯 숨을 거칠게 몰아쉬었다.

어느 날 오후에 나는 내 구역을 통과하다가 반쯤 묻혀 있던 영국군의 탄약상자 여러 개를 우연히 발견했다. 나는 총류탄의 구조를 살펴보기 위해 그중 하나를 분해해서 기폭장치를 빼냈다. 내가 화약종이라고 생각했던 것만이 남았다. 하지만 내 손톱으로 그것을 빼내려고 노력하는 동안 그것이 쾅 소리를 내며 터지는 바람에 또 하나의 기폭장치였음을 알았다. 이 폭발로 인해 내 왼쪽 검지의 끄트머리가 날아갔고, 얼굴에도 여러 군데 상처가 나서 피가 흘렀다.

그날 저녁에 내 대피호 꼭대기에 서서 슈프렝거 소위와 이야기하고 있는데, 중포탄 하나가 가까이에 떨어졌다. 우리는 그곳까지의 거리가 얼마나 될지에 관해 토론을 벌였다. 슈프렝거는 열 보, 나는 삼십 보쯤이라고 생각했다. 이런 문제에서 내 추정이 얼마나 정확한지 보기 위해 걸어보았는데, 구덩이는 우리가 있던 지점에서 이십오 보 떨어진 곳에서 발견되었다. 구덩이의 크기로 보아 폭발력이 막강하기로 유명한 상호의 제품임이 분명했다.

7월 20일, 나는 중대를 이끌고 다시 퓌시유로 갔다. 그리고 오후 내내 부서진 담장의 잔해 위에 서서 전선의 상황을 관찰했는데, 조금 불길해 보였다. 이따금 세부사항을 수첩에 적기도 했다.

작은 숲 제125호는 솟아오르고 떨어지는 붉고 푸른 조명탄 아래에서 벌어지는 맹렬한 포격으로 인해 주기적으로 자욱한 연기에 휩싸였다. 포격이 잠잠할 때면 기관총 소리와 거리가 조금 떨어진 곳에서 던지는 수류탄의 둔탁한 폭발음이 들려왔다. 내가 서 있는 곳에서는 그 모든 것이 놀이처럼 보였다. 큰 전투의 짐승 같은 면모는 없었지만, 그래도 집요한 싸움임을 감지할 수는 있었다.

이 작은 숲은 양편 모두에게 성가시고 걱정되는 곪은 상처 같았다. 양편의 포병대가 마치 맹수들이 사냥감을 두고 싸우듯 숲을 둘러싸고 혈전을 벌였다. 그들은 숲의 나무둥치들을 뽑아내고, 나무들을 갈갈이 조각내어 공중으로 튀겼다. 숲에는 언제나 그리 많지 않은 병사들만 들어갔지만, 그들만으로도 충분히 방어할 수 있었다. 그리고 숲은 사방이 황무지여서 눈에 잘 띄었으므로, 그것은 힘과 힘의 가장 거대한 대립조차도 오늘날, 역사의 어느 시대에도 그렇듯이, 한 인간의 무게를 재는 기구에 지나지 않는다는 사실을 보여주는 사례였다.

저녁 무렵, 나는 예비대들의 지휘관에게 불려가 적군이 우리 왼쪽 측면의 참호망을 뚫고 침투했다는 소식을 들었다. 우리 앞쪽의 작은 공간을 다시 확보하기 위해, 페테르젠 소위는 돌격중대를 이끌고 생울타리 참호를 회수하고 나는 부하들과 함께 생울타리 참호와 평행으로 구축되어 있는 분지 안의 교통호를 접수하라는 명령을 받았다.

우리는 새벽의 여명을 틈타 출발했지만, 곧바로 보병대의 맹렬한 사격을 받아 임무 수행을 일단 연기할 수밖에 없었다. 나는 엘빙거 길을 차지하라고 명령을 내린 후 어느 대피호의 거대한 동굴 안에서 모자라는 잠을 보충했다. 오전 11시에 왼쪽에서 들려오는 수류탄 터지는 소리가 나를 단잠에서 깨웠다. 우리가 바리케이드를 세웠던 곳이었다. 서둘러 그곳으로 달려간 나는 백병전의 익숙한 장면을 목격했다. 바리케이드 위로 흰 수류탄 구름이 자욱이 솟아올랐다. 몇몇 엄폐호 뒤에 설치된 양쪽 기관총들이 서로 따다다다 소리를 냈다. 그 사이에 있던 병사들이 상체를 숙이고 앞쪽이나 뒤쪽으로 몸을 던졌다. 물론 영국군의 그 대수롭지 않은 시도는 곧 막아냈지만, 우리 편에서 한 명의 사상자가 나왔다. 그는 수류탄 파편들에 찢겨 바리케이드 뒤편에 쓰러져 있었다.

저녁에 나는 중대를 이끌고 퓌시유로 복귀하라는 명령을 받았고,

그곳에 도착하고 나서는 다음 날 아침에 두 개 분대와 함께 소규모의 계획에 참여하라는 지시를 받았다. 빨간 지점 K에서 빨간 지점 Z까지의 이른바 '계곡참호'를 측면에서 공격해 점령하는 것이 목적으로, 대포와 박격포가 5분간 일제포격을 퍼부은 다음 새벽 3시 40분에 공격을 시작하게 되어 있었다. 접근할 수 있는 다른 모든 교통호와 마찬가지로 이 참호에도 적군이 침투해 바리케이드 뒤편에 자리를 잡고 있었다. 포이크트 소위가 돌격부대를 이끌고 나와 두 개 분대가 함께 실행할 예정이었던 이 대담한 계획은, 불행히도 지도 위에서 구상해낸 작전임이 분명해 보였다. 왜냐하면 그 '계곡참호'는 이름이 암시하듯이 가장 낮은 곳들을 따라 구축되어, 많은 관측지점에서 꼭대기부터 바닥까지 훤히 내려다볼 수 있었기 때문이다. 나는 그 작전이 전체적으로 마음에 들지 않았고, 적어도 내 일기장에는 그 명령 뒤에 이렇게 적어두었다. "글쎄, 운이 좋으면 내일은 이것에 대해 쓸 수 있을 것이다. 이번 명령에 관한 비판은 시간이 없으므로 일단 보류한다. 나는 지금 F구간의 벙커에 앉아 있고, 지금 12시인데 3시에는 나를 또 깨우러 올 테니까."

어쨌거나 명령은 명령이었다. 이미 모든 준비를 마치고 여명 속에서 엘빙거 길 옆의 출발지에 대기하고 있던 포이크트와 나, 부하들에게 새벽 3시 40분이 찾아왔다. 우리는 계곡을 내려다볼 수 있는 무릎 깊이의 참호 안에 있었다. 계곡은 정해진 시각에 맞추어 연기와 불꽃에 휩싸이기 시작했다. 번쩍거리며 들끓는 그 포화 속에서 우리의 위치까지 날아온 커다란 파편 하나가 수발총병 클라페스의 손에 상처를 입혔다. 나는 그동안 공격에 나서기 전에 그리도 자주 마음에 새겼던 익숙한 장면을 여기서도 보았다. 어두운 빛 속에서 기다리던 무리가 둘로 나뉘어, 긴장은 점점 고조되어가는데 총알이 모자라서 머리를 깊이 숙이거나, 혹은 땅바닥에 바짝 엎드리는 영상이다. 그것은 인간 제물을 예고하는 끔찍하고도 고요한 의식처럼 정신을 송두리째 뒤흔들었다.

우리는 정시에 출발했다. 계곡참호를 덮은 포격으로 인해 짙은 연기가 드리웠던 것이 유리하게 작용했다. Z에 도착하기 직전에, 적군의 저항에 부딪힌 우리는 수류탄을 던지며 헤치고 나아갔다. 이미 목적지에 도착했고, 전투만을 열망하지는 않았으므로, 우리는 바리케이드를 세우고는 한 소대를 기관총으로 무장시켜 그 뒤에 남겨놓았다.

이 일에서 그나마 한 가지 즐거웠던 것은 돌격부대 요원들의 태도였다. 그들은 그 옛날의 짐플리치시무스를 강하게 연상시켰다. 나는 여기서 새로운 전사의 유형을 보았다. 그들은 1918년의 지원병들로, 체계적인 훈련을 받지는 못했지만 본능적으로 용맹한 자들이었다. 이 젊은 사나이들은 하나같이 덥수룩한 머리를 하고 각반을 둘렀는데, 적진을 20미터 앞에 둔 곳에서도 서로 싸웠다. 그중 한 사람이 다른 사람을 '순겁쟁이'라고 놀렸기 때문이었다. 그들은 걸핏하면 욕을 했고 끝도 없이 잘난 듯 날뛰었다. 누군가가 결국 "이보라고. 모두가 너처럼 무서워서 벌벌 떨지는 않는단 말이야!"라고 고함을 지르더니 혼자서 45미터 길이의 참호 안으로 돌진해 들어갔다.

오후가 되자 벌써 바리케이드에 남겨두었던 소대가 돌아왔다. 그들은 사상자가 생겨서 더 이상 버틸 수가 없었다. 고백하건대 나는 그들을 이미 포기했던 터라, 누군가가 밝은 대낮에 계곡참호의 그 긴 통로를 통과해서 살아 돌아왔다는 사실 자체가 놀라웠다.

이번뿐만 아니라 다른 수많은 반격들에도 불구하고, 적군은 우리 전선의 왼쪽 날개에서, 그리고 바리케이드를 친 교통호 안에서 끈질기게 버티고 있었다. 그들은 우리의 저항선을 위협했다. 더 이상 무인지대로 나뉘어 있지 않은 벽 하나를 사이에 둔 이웃은 시간이 갈수록 서로에게 점점 더 불편한 존재가 되어갔다. 심지어 우리 전선 안에서도 어쩐지 마음이 편하지 않았다.

7월 24일, 나는 저항선의 새로운 C구역을 정찰하러 나갔다. 다음 날 내가 그 저항선을 인수받기로 되어 있었다. 나는 중대장 깁켄스 소위에게 생울타리 참호의 바리케이드를 보여달라고 했다. 망가진 탱크들을 영국군 쪽에 줄줄이 세워서 구축한 이상한 바리케이드였는데, 마치 거점처럼 방어시설에 통합되어 있었다. 우리는 상황을 자세히 살피기 위해 엄폐호 안에 판자를 끼워넣어 만든 작은 의자에 앉았다. 얘기를 나누는 도중에, 갑자기 누군가가 나를 덥석 붙잡아 끌어내렸다. 다음 순간, 총알 하나가 내가 앉아 있었던 곳으로 날아와 박혀 모래가 사방으로 튀었다. 다행히도 깁켄스가 겨우 사십 보 떨어진 적군 바리케이드의 총안에서 천천히 바깥으로 나오는 소총의 총열을 보았고, 화가 였던 그의 날카로운 눈이 내 목숨을 구했다. 그 거리에선 그 어떤 멍청이라도 나를 쏘아 맞힐 수 있었을 것이다. 우리는 아무것도 모르는 채 두 바리케이드 사이의 짧은 구간에 앉아 있었고, 영국군 보초병에게는 우리가 마치 탁자 너머에 마주앉아 있기라도 한 것처럼 잘 보였다. 깁켄스는 재빠르고 현명하게 행동했다. 나중에 그때 상황을 떠올려보았던 나는 그때 소총을 보고 일시적으로 몸이 굳어버렸던 게 아닐까 하고 자문하지 않을 수 없었다. 다른 이들에게 들은 바로는, 이 안전해 보이는 장소에서 벌써 제9중대원 세 명이 머리에 총을 맞고 죽었다. 참으로 불길한 곳이었다.

오후에 나는 특별히 맹렬할 것도 없는 포격 때문에 내 독방에서 불려나왔다. 막 커피 한 잔을 앞에 놓고 앉아 편안하게 책을 읽던 중이었다. 우리의 앞쪽에선 일제사격의 신호가 마치 진주목걸이의 진주들처럼 일정한 간격으로 줄줄이 솟아올랐다. 절뚝거리며 돌아오는 중상자들의 말에 따르면, 영국군이 저항선의 B구역과 C구역으로 치고 들어왔고, 그들은 이제 A구역으로 다가오고 있었다. 바로 그다음에, 포르벡 소위와 그리스하버 소위가 전사했다는 비보를 받았다. 그들은 자신의 구역을 사수하다가 전사했으며, 카스트너 소위는 중상을 입었다. 그는 며칠 전에 이미 기묘한 총상을 입은 상태였다. 총알이 다른 상처는 전혀 남기지 않은 채 마치 수술용 메스로 도려내듯이 오른쪽 젖꼭지만 잘라냈던 것이다. 8시에는 제5중대를 임시로 지휘하고 있었던 슈프렝거가 등에 파편을 맞고 내 대피호로 왔다. 그는 '관 들여다보기' 또는 '망원경 들여다보기'라고 부르는 술로 힘을 북돋은 뒤에 "뒤로, 뒤로 가, 돈 로드리고!"라는 구절을 외치며 의무병이 있는 곳으로 갔다. 곧 그의 친구 도마이어가 손이 피투성이가 되어 뒤따랐다. 그의 고별사는 슈프렝거만큼 문학적이진 않았다.

다음 날 아침, 우리는 적군의 포격으로 또 한번 초토화된 C구역을 다시 점령했다. 그곳에서 보예와 키우스가 이끄는 제2중대의 일부, 집켄스가 지휘하는 제9중대의 남은 대원들을 만났다. 참호 안에는 독일군 시체 여덟 구와 모자에 '남아프리카-오타고 소총부대'라고 적힌 배지를 단 영국군 시체 두 구가 있었다. 모두가 수류탄을 맞은 처참한 상태였다. 그들의 일그러진 얼굴은 심하게 훼손되어 있었다.

나는 곳곳에 병사들을 배치해 참호를 정리하도록 했다. 11시 45분에 우리 포병대가 앞에 놓인 진지들을 향해 집중포격을 퍼부었다. 하

---

* 여기서 관과 망원경은 술병을 비유하는 말이다.

지만 영국군보다 아군이 맞는 경우가 더 많았다. 불행이 닥치기까지는 오랜 시간이 걸리지 않았다. "들것 운반병!"이라는 외침이 왼쪽에서 들려왔다. 그리로 달려간 나는 생울타리 참호의 바리케이드 앞에서 내가 가장 아끼는 소대장의 주검이 찢겨 흩어져 있는 것을 보았다. 아군의 포탄 하나가 그에게 직격탄을 날린 것이다. 폭발의 위력 때문에 그의 몸에서 벗겨져나간 군복과 속옷 쪼가리들이 산사나무 생울타리의 뾰족뾰족한 가지들 위에 걸려 있었다. 이 산사나무 생울타리 때문에 생울타리 참호라는 이름이 생긴 것이었다. 나는 그 처참한 모습을 보지 못하도록 군용천막으로 그를 덮으라고 했다. 곧이어 똑같은 지점에서 세 명이 부상을 당했다. 엘러스 일병은 폭발로 인한 기압 때문에 귀청이 터져서 땅바닥을 뒹굴며 몸부림쳤다. 또 다른 병사는 파편들에 맞아 양 손목이 잘려나갔다. 그는 들것 운반병의 어깨에 양팔을 얹은 채 사방으로 피를 흩뿌리면서 비틀거렸다. 이 작은 행렬은 조각품에서나 볼 수 있는 영웅적인 분위기를 풍겼다. 포격에 부상당한 이는 억지로 상체를 똑바로 유지하려고 애쓰고, 그를 업은 이는 상체를 구부리고 걸었다. 부상당한 병사는 흑발의 어린 청년이었는데, 멋지고 결연했던 그는 이제 얼굴이 대리석처럼 창백했다.

　나는 본부에 연락병을 계속 보내서 포격을 즉각 중단하거나 포병장교를 전선에 배치해달라고 요청했다. 하지만 대답 대신 더욱 강력한 중박격포가 전선을 완벽한 도살장으로 바꿔놓았다.

　7시 15분, 나는 너무나 늦어진 명령을 받았다. 7시 30분에 강력한 포격을 시작할 것이니, 8시에 포이크트 소위의 지휘 아래 돌격중대의 두 분대가 생울타리 참호의 바리케이드를 넘어 진격하라는 것이었다. 그들은 A지점까지 측면을 돌파해서, 그들의 오른쪽에서 평행선을 이루며 전진하는 특공대와 만나야 했다. 내 중대의 두 분대는 뒤에서 따라가 참호를 점령하게 되어 있었다.

포병대는 이미 일제 엄호포격을 퍼붓기 시작했다. 나는 서둘러 필요한 명령을 내리고 두 분대를 선별한 다음, 포이크트와 짧은 대화를 나누었다. 몇 분 뒤, 그는 내가 받은 지시에 따라 출발했다. 이번 일 전체가 그저 미화된 저녁 산책처럼 느껴진 나는, 더 이상 신경을 쓰지 않고 모자를 쓰고 막대형 수류탄 하나를 옆구리에 긴 채 내 두 분대의 뒤를 어슬렁어슬렁 걸어갔다. 폭발 구름과 함께 시작된 공격의 순간에는 근처의 모든 소총이 생울타리 참호를 겨냥했다. 우리는 상체를 숙이고 엄폐호에서 엄폐호로 뛰어다니며 잘 헤쳐나갔다. 영국군은 전사자 한 명을 남기고 뒤쪽에 있는 전선으로 후퇴했다.

그 뒤에 일어난 사건을 이해하려면, 우리가 참호선이 아니라 수많은 교통선 가운데 하나를 따라 움직였다는 것을 상기해야만 한다. 그 교통선에는 영국군, 아니 뉴질랜드군의 거점이 구축되어 있었다. (전쟁이 끝난 뒤, 나는 지구 반대편에서 날아온 편지들을 읽고 우리가 뉴질랜드의 파견부대에 맞서 싸웠다는 사실을 알게 되었다.) 이 교통선, 즉 생울타리 참호는 산등성이를 따라 이어졌고, 그 왼쪽과 아래로 계곡참호가 있었다. 내가 포이크트와 함께 7월 22일에 측면공격으로 점령했던 계곡참호는, 앞에서 말한 바와 같이 우리가 그곳에 남겨두었던 분대가 포기하고 온 터였다. 그곳은 이제 뉴질랜드군의 손에 들어갔거나 적어도 그들의 통제하에 있었다. 두 개의 선은 다양한 십자참호들로 연결되어 있었지만, 생울타리 참호의 낮은 부분에 있었던 우리는 계곡참호를 내려다볼 수 없었다.

나는 선두에서 길을 뚫고 나아가는 분대를 따라가면서 기분이 한결 좋아지는 것을 느꼈다. 그때까지 적군이라고는 위로 기어올라 달아나는 자들밖에 보지 못했기 때문이다. 내 앞에선 마이어 하사가 그의 분대 뒤쪽을 지키며 걸어갔고, 참호가 구부러지고 꺾일 때면 그의 앞으로 이따금 키 작은 내 중대원 빌첵이 보였다. 우리는 좁은 대호를 통과했다. 대호는 계곡을 빠져나와 산등성이 쪽으로 마치 강의 지류가 본류에 합류하듯이 생울타리 참호와 이어졌다. 대호의 서로 떨어진 두 입구 사이에는 길이 다섯 보쯤 되는 흙더미로 이루어진 일종의 삼각주가 남아 있었다. 내가 막 첫 번째 입구를 지났을 때, 마이어는 두 번째 입구에 다가가고 있었다.

참호전에서는, 이런 분기점이 있을 때 보통 보초병 두 명을 배치해 뒤쪽을 경계한다. 포이크트는 그걸 잊었거나 아니면 너무 서두르다가 아예 대호 자체를 간과한 모양이었다. 아무튼 나는 갑자기 바로 앞에 가던 하사가 깜짝 놀라서 조심하라고 외치는 소리를 들었고, 그가 소총을 들어올려 내 머리 바로 위로 대호의 두 번째 분기점을 향해 총을 쏘는 것을 보았다.

흙더미에 시야가 가려서 그 뒤로 무슨 일이 벌어졌는지는 볼 수 없었지만, 얼떨떨했다. 하지만 한 발짝만 뒤로 물러나면 첫 번째 분기점을 내려다볼 수 있었다. 그 순간, 나는 놀라서 몸이 뻣뻣하게 굳었다. 손에 닿을 듯이 가까운 거리에 건장한 뉴질랜드 병사 한 명이 서 있었기 때문이다. 그와 동시에 여전히 보이지 않는 공격자들의 고함이 울렸다. 그들은 우리를 소탕하려고 계곡으로부터 달려 올라오고 있었다. 그 뉴질랜드인은 꼭 마술이라도 부린 듯이 우리 뒤에 나타났지만, 내가 속수무책으로 얼빠져서 쳐다보고 있는데도, 그에게는 불행하게도 내 존재를 알아차리지 못했다. 그는 총을 쏜 하사에게 온통 주의를 빼앗겨, 그의 사격에 수류탄을 던져 대응했다. 나는 그가 왼쪽 품에서 레몬 모양의 폭탄 하나를 꺼내 마이어에게 던지려는 것을 보았다. 마이어는 죽지 않으려고 앞쪽으로 몸을 날렸다. 그와 동시에 나 역시 막대형 수류탄을 뽑아들었다. 그것은 내가 지니고 있던 유일한 무기였다. 나는 그것을 던진다기보다는 짧은 호를 그리며 뉴질랜드 병사의 발치로 떨어지도록 밀어넣었다. 나는 거기서 그가 죽는 모습을 지켜보지는 못했는데, 그때가 출발지점으로 되돌아갈 수 있는 마지막 기회였기 때문이었다. 그래서 뒤쪽으로 황급히 뛰어가며 빌첵을 언뜻 보았다. 그는 뉴질랜드 병사가 던진 수류탄을 피해 침착하면서도 민첩하게 몸을 숙이고 마이어를 지나 내 쪽으로 달려왔다. 빌첵이 있던 곳으로 거세게 날아든 쇠달걀은 그의 허리띠와 바지의 엉덩이 부분을 찢어놓은 것 말고는 별다른 피해를 주지 않았다. 하지만 우리가 걸린 올가미가 얼마나 꽉 조여왔는지, 포이크트와 다른 공격군 마흔 명은 포위를 당해 불행한 운명의 순간을 맞고 있었다. 아무도 내가 목격했던 그 이상한 사건을 전혀 짐작하지 못한 채, 그들은 뒤에서 자신들을 죽음으로 몰아넣는 압력을 느꼈다. 비명과 수많은 폭발은 그들이 적들에게 값비싼 대가를 치르게 하면서 목숨을 버리고 있음을 말해주었다.

나는 그들을 지원하기 위해 사관후보생 모르만의 분대를 이끌고 생울타리 참호를 따라 앞으로 나아갔다. 하지만 우리는 우박처럼 쏟아지는 스토크스 박격포탄 때문에 멈추지 않을 수가 없었다. 파편 하나가 내 가슴으로 날아들었지만, 바지 멜빵의 버클에 부딪혔다.

이제 포병대의 포격이 맹렬하게 개시되었다. 색색의 연기 속에서 흙먼지가 사방으로 튀어올랐고, 땅속 깊은 곳에서 터지는 폭탄의 둔탁한 굉음이 전기톱으로 통나무를 자를 때 나는 듯한 높은 쇳소리와 섞였다. 쇳덩이들이 격렬하게 터져나갔고, 그 사이로 파편의 구름들이 휘파람 소리를 내며 빗발쳤다. 공격을 받을 게 틀림없었으므로, 나는 주위에 굴러다니던 철모 하나를 집어서 머리에 쓴 후 부하 몇 명을 데리고 교전참호로 서둘러 돌아갔다.

우리 앞에 형체들이 나타났다. 우리는 엉망으로 부서진 참호 벽에 기대어 총을 쏘았다. 내 옆에선 아주 어린 병사 한 명이 허둥지둥하는 손으로 기관총의 방아쇠를 만지작거리고 있었다. 한 발도 쏘지 못하는지라, 총을 빼앗았다. 내가 몇 발을 쏘고 나자, 마치 악몽을 꾸는 것처럼 기관총이 다시 꿈쩍도 하지 않았다. 그러나 다행스럽게도, 포병대의 포화가 뜨거워지자 공격자들은 참호와 포탄 구덩이 안으로 숨어버렸다. 포병대는 적군과 아군을 더 이상 구별하지 못했다.

당번병을 따라 내 벙커로 돌아왔을 때 뭔가가 우리 사이를 지나 벽을 때렸다. 그것은 엄청난 힘으로 내 머리에서 철모를 벗겨 멀리 던져버렸다. 나는 유산탄에 맞은 것이라고 생각하며 반쯤 귀머거리가 되어 간이호 바닥에 엎드렸다. 몇 초 뒤에 그 주위로 포탄이 떨어졌다. 그 작은 공간은 연기로 가득 찼다. 기다란 파편 하나가 내 발 가까이에 있던 오이 피클 통조림을 산산이 부수어버렸다. 나는 압사당하는 걸 피해 다시 참호 안으로 기어 들어갔고, 아래로부터 당번병 두 명과 부하에게 정신을 똑바로 차리라고 독려했다.

고역스러운 30분이었다. 이미 인원을 많이 잃은 중대는 또 한번 난도질을 당했다. 포화가 잦아든 뒤, 나는 전선을 걸으며 피해상황을 점검했다. 그리고 우리가 열다섯 명으로 줄어들었음을 확인했다. 그 인원으로 긴 구역을 감당하기는 어려웠다. 그래서 나는 모르만에게 병사세 명과 함께 바리케이드를 방어하도록 하고, 나머지 인원으로는 뒷벽 뒤에 있는 깊은 포탄 구덩이에 산개대형으로 사격선을 구축했다. 바리케이드를 사수하기 위한 전투가 벌어지면 우리는 거기서 방어에 가담할 수 있었고, 적군이 우리 전선을 돌파해 들어오더라도 위에서 수류탄을 던질 수 있었다. 하지만 그 이후의 전투행위는 경박격포 몇 문과 총류탄을 사용하는 수준을 넘어서지 않았다.

7월 27일, 제164연대의 한 중대가 우리와 교대했다. 우리는 몹시 지쳐 있었다. 그 중대의 지휘관은 도착하자마자 중상을 입었다. 며칠 뒤에는, 내 벙커가 포격에 맞아 그의 후임자를 묻어버렸다. 마침내 퓌시유와 마지막 강철 폭풍을 등 뒤에 두고 돌아섰을 때, 우리는 모두 안도의 한숨을 내쉬었다.

적들의 진격은 그들의 힘이 얼마나 강해지고 있는지를 보여주었다. 적군은 지구 구석구석에서 징집되어 전선으로 밀려오고 있었다. 우리 편에는 그들과 맞설 남자들이 점점 줄어들었다. 거의 소년이라고 할 수밖에 없는 젊은 병사들까지 동원되었고, 무기와 훈련은 턱없이 부족했다. 우리가 아무리 의기충천하다 해도 파도처럼 밀려드는 그들을 그저 우리의 몸으로 막아내는 것이 전부였다. 이젠 캉브레에서처럼 대반격을 펼칠 자금도 없었다.

훗날 내가 뉴질랜드인들이 의기양양하게 모습을 드러내어 우리 분대원들을 죽음의 협곡으로 몰아넣었던 일을 떠올렸을 때, 1917년 12월 2일에 캉브레에서 우리가 맡았던 위대한 승리자 역할을 바로 그들이 넘겨받았다는 생각이 들었다. 우리는 거울에 비친 자신의 모습을 보았던 것이다.

19

내 마지막 돌격

1918년 7월 30일, 우리는 소시레스트리의 휴식처로 이동했다. 물에 둘러싸여 반짝이는 아르투아의 보배 같은 곳이었다. 며칠 뒤, 우리는 더 멀리 에스코되브르로 돌아갔다. 그곳은 주로 노동자들이 사는 조용한 교외 지역으로, 말하자면 고상한 캉브레에서 밀려난 곳이었다.

나는 부셰 거리에 있는 북프랑스 출신 노동자계급 집안의 가장 좋은 침실에 묵었다. 중요한 가구라고는 평범한 대형 침대뿐이었고, 벽난로 위 선반에는 빨갛고 파란 유리꽃병이 놓여 있었다. 그 외에는 둥근 탁자와 의자들이 있었고, 벽에는 '계급 만세', '첫 영성체식 기념' 같은 제목의 컬러로 인쇄된 그림 몇 점이 걸려 있었다. 그리고 엽서 몇 장이 실내장식을 마무리했다. 창밖으로는 묘지가 보였다.

훤한 보름달 밤은 적군의 전투기가 공격하러 오기에 유리했다. 적의 전투기 공격은 우리에게 점점 더 커지는 무력의 우세라는 것이 뭔지를 가르쳐주었다. 밤이면 밤마다 여러 전투기 편대가 날아와 캉브레와 근교에 엄청난 폭발력을 가진 폭탄을 떨어뜨렸다. 나를 괴롭히는 것은 모기 소리 같은 엔진음이나 쾅 터져서 긴 울림을 남기는 폭탄의 폭발음이 아니라, 내가 묵고 있는 집 가족들의 "지하실로 뛰어!"라는 겁먹은 비명과 지하실 계단으로 허둥지둥 뛰어 내려가는 소리였다. 내가 도착하기 하루 전에도 폭탄 하나가 창문 앞에 떨어졌다. 그때 마침 집 주인이 지금의 내 침대에서 자고 있었는데, 폭탄은 그를 거칠게 방 반대편으로 내동댕이치고는, 침대 기둥 하나를 부러뜨리고 벽에 구멍을 숭숭 뚫어놓았다. 하지만 이 우연한 사건이 내게는 오히려 안전하다는 느낌을 주었는데, 그것은 내가 갓 생긴 포탄 구덩이 안이 제일 안전하다는 전사들의 오랜 미신에 어느 정도 동의했기 때문이다.

하루 동안 쉰 뒤, 오래된 훈련 프로그램이 다시 실행되었다. 훈련, 강의, 점호, 토의, 사열이 하루의 대부분을 채웠다. 어느 날은 군법회의의 판결에 내리는 데에만 오전 시간을 다 썼다. 급식은 너무나 빈약하고 형편없었다. 얼마 동안은 저녁식사로 오이만 나오기도 했는데, 병사들의 유머감각은 거기에 '정원사의 소시지'라는 아주 정확한 별명을 붙였다.

나는 무엇보다도 한 작은 돌격부대의 훈련에 힘을 쏟았다. 최근의 몇몇 교전들이 벌어지는 동안, 진행 중인 아군 전력의 재배치가 더욱 가속되고 있다는 걸 알게 되었기 때문이다. 실제로 적의 방어선을 돌파해 진격할 수 있는 병사들은 이제는 아주 소수에 지나지 않았다. 적에게 강력한 타격을 입힐 수 있는 전사의 몸으로 단련되는 특수훈련을 받은 그들에 비해, 평범한 병사들은 고작해야 그들을 지원하는 역할을 맡을 수 있을 뿐이었다. 이런 면에서는, 벌벌 떠는 중대의 중대장이 되기보다는 결연한 분대의 분대장이 되는 편이 나았다.

휴식 시간에는 책을 읽거나, 수영을 하거나, 사격과 승마 연습을 하면서 시간을 보냈다. 오후 시간에는 가끔 병과 깡통을 놓고 총을 백 발

넘게 쏘기도 했다. 말을 타고 나갔을 때는 무수히 뿌려진 전단을 보았다. 적군은 심리전의 수단으로 전단을 점점 더 많이 찍어 뿌려댔다. 전단은 정치적이거나 군사적으로 유혹적인 내용을 담았을 뿐만 아니라, 영국군 포로수용소의 멋진 생활을 열정적으로 묘사했다. 어떤 전단에는 "그리고 이것만 기억하라. 어둠 속에서 식사 배급을 타오거나 참호에서 돌아올 때면 얼마나 길을 잃기 쉬운가!"라는 문장이 들어 있었다. 또 다른 전단에는 '자유로운 영국'을 노래한 실러의 시구가 적혀 있기도 했다. 이 종이들은 순풍이 불 때 열기구에 실려 전선을 넘었고, 정해진 시간이 지나면 도화선에 불이 붙어 열기구가 터지고 전단들이 떨어져내렸다. 전단 한 장에 30페니히의 현상금이 걸렸다는 사실만으로도 사령부가 이 전단이 주는 위협을 결코 과소평가하지 않았다는 것을 알 수 있다. 그 엄청난 비용은 점령지의 주민들에게 물렸다.

어느 날 오후, 나는 자전거를 타고 캉브레를 향해 페달을 밟았다. 정답던 옛 소도시는 황폐하고 삭막하게 변해 있었다. 상점과 카페는 문을 닫았다. 녹회색 독일 군복의 물결이 끊임없이 거리를 씻어냈지만, 그래도 거리는 죽어 있었다. 나는 1년 전에 그리도 친절하게 보살펴주었던 플랑코 부부를 방문했는데, 그들은 나를 다시 만나게 된 것을 매우 기뻐했다. 그들은 캉브레의 상황이 모든 면에서 악화되었다고 말했다. 특히 잦은 공습 때문에 생기는 고충을 털어놓는데, 첫 번째 지하실에서 폭탄에 맞아 즉사하는 것과 두 번째 지하실에서 산 채로 묻히는 것 중에 어느 쪽이 더 나을지를 두고 말다툼을 벌이면서 하룻밤에도 몇 번이고 계단을 오르락내리락 뛰어다니지 않으면 안 된다는 것이었다. 노부부의 걱정으로 가득한 얼굴을 보니 마음이 몹시 아팠다. 몇 주가 지난 뒤에 총소리가 나기 시작하자, 두 사람은 끝내 평생 살아온 집을 버리고 떠나야만 했다.

8월 23일 밤 11시, 막 잠이 들었는데 누군가가 문을 세차게 두들기는 소리에 깜짝 놀라 일어났다. 행군 명령을 들고 온 당번병이었다. 하루 종일 포병대가 전에 없이 요란하게 포화를 퍼부어 우르릉대고 쿵쿵대는 소리가 전선에서 들려왔기에, 훈련을 받거나 식사를 하거나 카드놀이를 하던 우리는 이 휴식기간이 오래갈 거라는 희망을 버린 터였다. 멀리서 들리는 이 대포 소리를 두고 우리는 '쿵쾅거린다'라는 음감 풍부한 전방의 속어로 표현했다.

서둘러 짐을 꾸린 우리는 폭우를 뚫고 캉브레로 향했다. 새벽 5시경, 목적지 마르키옹에 도착했다. 다 부서진 커다란 축사들로 둘러싸인 넓은 마당을 중대의 숙소로 배정받았다. 그 안에 각자 좋을 대로 자리를 잡으라는 것이었다. 나는 우리 중대의 유일한 장교인 슈라더 소위와 함께 작은 벽돌건물로 기어 들어갔는데, 매캐한 냄새가 지독한 것을 보니 평화롭던 시절에는 염소 우리였던 게 분명했다. 하지만 지금은 커다란 쥐 몇 마리만 살고 있었다.

오후에는 장교회의가 있었는데, 그날 밤에 뵈뉘에서 멀지 않은, 캉브레와 바퐁을 잇는 주 도로의 오른쪽에서 대기하라는 명령을 받았다. 빠르고 유연한 신형 탱크의 공격을 조심하라는 경고도 들었다.

나는 어느 작은 과수원에 중대를 전투대형으로 정렬시키고, 사과나무 아래에 서서 내 앞에 편자 모양으로 늘어선 병사들에게 몇 마디 말을 전했다. 그들의 얼굴은 진지하고 사내다웠다. 할 말은 많지 않았다. 마지막 며칠 동안, 그리고 단순히 병사들이 무기를 드는 데에 그치지 않고 동시에 그들이 공통의 목적의식으로 융합되었을 때 군대가 된다는 사실을 통해서만 설명할 수 있는 일종의 혼연일체감 속에서, 모두 우리가 지금 매우 험난한 길에 들어섰음을 알아차렸을 터였다. 적군은 공격 때마다 더욱더 강력한 무기를 들이댔다. 적의 공격은 점점 더 빨라졌고, 점점 더 파괴적이었다. 우리 편이 이길 수 없다는 걸 이젠 누구나 알고 있었다. 그래도 우리는 완강히 버틸 것이었다.

나는 손수레와 문짝으로 엉성하게 조립한 탁자를 마당에 놓고 슈라더와 함께 저녁을 먹으며 포도주 한 병을 마셨다. 그러고는 염소 우리로 들어가, 새벽 2시에 보초병이 시장 광장에서 트럭이 대기하고 있다고 보고하러 올 때까지 잤다.

우리는 유령 같은 빛 속에서 작년에 캉브레 전투로 초토화된 지역을 덜커덩거리며 지났고, 허물어진 벽들이 늘어선 마을길을 이리저리 돌았다. 마을은 무시무시한 폐허가 되어 있었다. 뵈뉘 바로 앞에서, 우리는 짐을 풀고 진을 칠 곳으로 인도되었다. 대대는 뵈뉘와 보Vaux를 잇는 도로의 협곡을 점령하고 있었다. 오전에 전투 현장에서 당번병이 명령을 들고 왔다. 중대가 프레미쿠르와 보를 잇는 도로로 전진하라는 것이었다. 이 갑작스러운 전진 명령은 내게 일몰 전에 피의 전투를 치르게 되리라는 확신을 안겨주었다.

내 휘하의 삼 개 소대를 이끌고 그 지역을 가로질렀다. 전투기들이 선회하며 폭격을 하고 머리 위로 기총소사를 했다. 우리는 목적지에 도착해 포탄 구덩이와 대피호로 흩어져 들어갔다. 포탄들이 드문드문 도로를 가로질러 날아왔기 때문이다.

이날 나는 몸 상태가 그리 좋지 않았기에 참호의 한 작은 공간에 누워 곧바로 잠이 들었다. 잠에서 깨어난 후 지도 가방에 넣고 다니던 『트리스트럼 샌디』를 읽고, 따뜻한 햇볕 아래에 누워 병든 사람처럼 무심하게 오후 시간을 보냈다.

6시 15분, 연락병이 중대장들은 모두 폰 바이혜 대위 앞으로 모이라는 명령을 전했다.

"여러분에게 중대한 소식을 전하겠다. 이제부터 공격에 들어간다. 대대는 포병대가 30분 동안 준비포격을 하고 나면 7시에 파브뢰이유의 서쪽 끝에서 진격한다. 행군 방향은 사피니의 교회 첨탑을 기준으로 한다."

짧은 토론이 오간 뒤, 우리는 굳은 악수를 나누고 각자의 중대로 뛰어갔다. 포격은 10분 안에 시작될 것이고, 우리가 행군할 길은 멀었기 때문이다. 나는 소대장들에게 모이라고 연락했다.

"분대별로 일렬종대로 20미터씩 간격을 두고 행군한다. 파브뢰이유의 나무 꼭대기에서 반쯤 왼쪽 방향이다."

우리가 여전히 사기가 높았다는 증거는, 뒤에 남아서 취사병들에게 우리의 행선지를 알려줄 병사 한 명을 내가 직접 지명해야만 했다는 사실이다. 자원자가 한 명도 없었기 때문이다.

나는 내 연락병과 라이니케 상사와 함께 선두에 섰다. 라이니케는 이 지역을 잘 알고 있었다. 울타리와 폐허 뒤에서 아군의 대포가 쏜 포탄이 솟아올랐다. 그 소리는 파괴의 폭풍이라기보다는 흥분해서 마구 짖어대는 것에 가까웠다. 뒤를 돌아보니 우리 분대들이 일사불란하게 전진하고 있었다. 그들 옆으로는 전투기들이 떨어뜨린 폭탄이 먼지구름을 솟아올렸고, 유산탄의 탄알과 탄피와 동력벨트들은 병사들의 대열 사이의 좁은 공간을 쌩 하고 지나가며 사악한 소리를 냈다. 오른쪽 멀리서 맹렬한 공격을 받고 있던 뵈나트르 마을에서 삐죽삐죽한 쇳덩어리들이 윙윙거리며 날아와 진흙 바닥에 내리꽂혔다.

뵈나트르와 바폼을 잇는 거리를 지나자, 행군은 더더욱 힘들어졌다. 갑자기 고폭탄들이 우리 앞과 뒤, 중간에서 줄줄이 터졌다. 우리는 황급히 흩어져 구덩이로 뛰어들었다. 나는 겁에 질려 뒤에 남아 있던 전임자의 몸 어느 부분에 무릎으로 내려앉았다. 그리고 칼로 제일 곤란한 상황에 처한 내 당번병을 구출해냈다.

파브뢰이유 마을 끝 언저리에서 수많은 포탄들이 터지면서 먼지구름이 자욱하게 솟아올랐다. 그 사이로 분출된 갈색 흙기둥들이 몹시 빠른 속도로 솟아올랐다 내려가기를 되풀이했다. 나는 중대가 자리잡을 진지를 찾아 첫 번째 폐허가 있는 곳까지 계속 나아가서, 단장으로 부하들에게 따라오라는 신호를 보냈다.

마을 주변에는 총탄 구멍이 심하게 난 오두막들이 서 있었다. 그 뒤로 제1대대와 제2대대의 병사들 일부가 점차 모여들고 있었다. 행군의 마지막 구간에서 여러 명이 기관총에 희생당했다. 유리한 위치를 확보한 뒤에 나는 먼지가 뿜어져나오면서 그리는 섬세한 선을 주시했는데, 이따금 새로 도착한 병사들 중 한 명이 마치 그물에 걸리듯이 그 구름 안으로 들어가곤 했다. 그중에서 내 중대의 발크 중사는 총탄에 다리를 관통당했다.

갈색 코듀로이 외투를 입은 형체 하나가 총탄이 휩쓸고 지나간 땅을 침착하게 가로질러 걸어오면서 내게 손을 흔들었다. 키우스와 보예, 융커 대위와 사퍼, 슈라더, 슐래거, 하인스, 핀다이젠, 횔레만, 호펜라트는 납과 쇠의 총탄 세례를 받은 생울타리 뒤에 서서, 공격에 대해 열띤 토론을 벌이고 있었다. 우리는 수많은 분노의 날들을 같은 싸움터에서 보냈고, 이미 서쪽 하늘로 저물고 있는 저 태양은 오늘도 우리 모두의, 혹은 거의 모두의 피를 황금빛으로 빛나게 할 터였다.

제1대대의 일부는 성의 정원으로 들어갔다. 제2대대 중에서 우리 중대와 제5중대만이 전혀, 또는 거의 다치지 않고 불의 장막을 통과했다. 우리는 폭탄 구덩이와 건물 잔해를 뚫고 마을 서쪽 끝의 지대가 낮은 도로로 나아갔다. 그 길에서 나는 머리를 보호하기 위해 바닥에 떨어져 있던 철모를 집어들었다. 아주 위험한 상황에서만 취하는 행동이었다. 놀랍게도 파브뢰이유는 완전히 죽은 마을이었다. 방어선을 지키던 병사들이 떠난 모양이었다. 폐허에는 빈 공간에서 느껴지는 묘한 긴장감이 떠돌아 경계심을 극도로 자극했다.

바이헤 대위—그때 우리는, 그가 치명적인 부상을 입고 마을의 어느 포탄 구덩이 안에 홀로 쓰러져 있었다는 걸 몰랐다—는 사전에 제5중대와 제8중대가 제1선에서, 제6중대가 제2선에서, 그리고 제7중대가 제3선에서 공격하라는 명령을 내린 터였다. 그러나 제6중대와 제8중대가 어디에도 보이지 않았으므로, 나는 전투계획에 지나치게 얽매이지 않고 바로 공격에 나서기로 결심했다.

어느덧 7시가 되어 있었다. 나는 조금 느슨해진 소총 사격 속에서 건물 잔해와 나무둥치들을 배경으로 들판을 가로질러 줄을 지어 전진하는 병사들을 보았다. 제5중대가 틀림없었다.

나는 지대가 낮은 도로에 병사들을 세워놓고 이열횡대로 전진하라는 명령을 내렸다. "두 열의 거리는 100미터다. 나 자신은 첫 열과 둘째 열 사이에 있을 것이다."

이것은 마지막 돌격이었다. 지난 몇 년 사이에 우리는 얼마나 자주 이와 비슷한 분위기 속에서 석양을 향해 전진했던가! 레제파르주, 기유몽, 생피에르바스트, 랑게마르크, 파스샹달, 뫼브르, 브로쿠르, 모리! 또 한번의 피의 향연이 손짓하고 있었다.

내가 방금 쓴 표현대로 '나 자신'이 슈라더 소위와 함께 갑자기 탁 트인 벌판의 공격 대열 선두에 서서 걸었다는 사실을 제외한다면, 우리는 마치 훈련소에서 훈련이라도 받듯 아무 일 없이 지대가 낮은 도로를 벗어났다.

나는 상태가 조금 나아지긴 했지만 여전히 힘이 없었다. 할러는 나중에 남미로 떠나기 전에 작별인사를 하며 내게 이런 이야기를 했다. 그의 옆에 있던 병사가 이렇게 말했다는 것이다. "이봐, 내 생각에 소위님은 오늘 돌아오지 못할 것 같아!" 나는 그 모르는 병사의 거칠고 파괴적인 정신을 좋아했는데, 그가 그 당시에 그렇게 말했다는 데에서 내가 깨달은 게 있다. 순박한 병사는 마치 금세공인의 저울처럼 지휘관의 마음을 잰다는 것이다. 사실 나는 무척 지쳐 있었고, 내내 이번 공격은 실패할 거라고 여겼다. 그런데도 나는 그 공격을 회상하기를 가장 좋아한다. 그것은 대전투의 강력한 자극이 빠진 전투, 열광으로 끓어오르지 않는 전투였기 때문이다. 다른 한편으로, 내가 마치 나 자신을 망원경으로 바라보는 것처럼 매우 공정해진 느낌이 들었다. 전체 전쟁 기간에서 처음으로, 총알 하나하나가 쉬익 하고 스쳐 지나가는 소리마저 들을 수 있었다. 마치 어떤 목표물을 휘파람을 불며 지나치는 듯했다. 풍경이 유리처럼 맑고 투명하게 들여다보였다.

앞쪽에서 이따금 소총의 총성이 울렸다. 어쩌면 뒤쪽 마을의 벽들이 우리가 잘 보이지 않도록 가려주는지도 몰랐다. 나는 왼손으로는 단장을 들고 오른손으로는 권총을 쥔 채 성큼성큼 걸어나갔고, 별다른 생각 없이 제5중대의 대열을 내 뒤쪽과 오른쪽에 두었다. 행군하던 중에, 가슴에 달았던 철십자훈장을 어딘가에 떨어뜨렸다는 것을 알아차렸다. 몸을 숨긴 저격수들이 우리를 겨냥하고 있는데도, 나는 부하 슈라더와 함께 훈장을 찾아나섰다. 마침내 슈라더가 한 풀무더기에서 훈장을 찾아냈고, 나는 그걸 받아서 가슴에 다시 잘 꽂았다.

우리는 비탈을 내려가고 있었다. 적갈색 진흙을 배경으로 희미한 형체들이 움직이고 있었다. 기관총이 우리를 향해 총알을 뱉어냈다. 희망이 전혀 없다는 느낌이 강해졌다. 그런데도 우리는 사격수들이 착탄 거리를 가늠하는 사이에 갑자기 내달리기 시작했다.

우리는 저격수들의 소굴 몇 개와 대충대충 판 참호들을 뛰어넘었다. 조금은 더 꼼꼼하게 판 참호를 막 뛰어넘고 있을 때, 가슴에 찌르는 듯한 충격이 느껴졌다. 나는 생명의 숨결을 다 토해내듯 날카롭고 큰 비명을 지르며 그 자리에서 핑그르르 돌아 바닥으로 떨어졌다.

마침내 나도 총에 맞은 것이다. 총에 맞았다는 사실을 인식함과 동시에 총탄이 내 생명을 관통하는 것을 느꼈다. 나는 이미 모리 거리에서 죽음의 손길을 감지한 적이 있었다. 그러나 이번에는 죽음이 더 강하고 확실하게 내게 손을 뻗고 있었다. 참호 바닥에 무겁게 떨어져내리는 순간, 나는 이제 돌이킬 수 없는 종말이 온 거라고 확신했다. 이상하게도, 이 순간은 내가 아주 행복했다고 말할 수 있는 내 인생을 통틀어 몇 안 되는 순간 가운데 하나다. 그때 나는 번갯불이 번쩍하듯이 내 인생의 가장 깊은 의미와 형식을 파악했다. 나는 지금 이곳에서 모든 게 끝나야 한다는 데에 놀랐고, 그것을 믿을 수 없었지만, 그 놀라움은 어쩐지 마음이 평안하고 거의 즐겁기까지 한 무엇인가를 가지고 있었다. 그러고는 마치 내가 돌덩이가 되어 격류의 수면 저 아래로 깊이 가라앉는 것처럼 포화 소리가 점점 희미해지는 것을 느꼈다. 그곳은 전쟁도 증오도 없는 곳이었다.

20

우리는 헤쳐나간다

나는 부상을 당해 병상에 누워 있는 몽상가들을 자주 보았다. 그들은 전투의 소음에도, 그들을 둘러싼 인간의 극한 감정에도 하등 신경을 쓰지 않았다. 이제는 나도 그들이 느꼈던 것을 알게 되었다고 말해도 좋으리라.

내가 완전히 의식을 잃고 누워 있었던 시간을 시계로 잰다면 그리 길다고 할 수는 없었다. 아마도 우리가 마지막 돌격에 나서서 내가 쓰러진 전선에 도달할 때까지 걸린 시간과 비슷했으리라. 심한 고통을 느끼며 깨어나 보니, 나는 좁은 진흙 벽 사이에 끼어 있었고, 나란히 몸을 웅크리고 나를 내려다보고 있는 사람들 사이로 "들것 운반병! 중대장님이 다치셨다!"라고 외치는 소리가 들렸다.

다른 중대의 나이 많은 한 남자가 자애로운 얼굴로 나를 굽어보며 내 허리띠를 풀고 제복을 벗겨주었다. 그는 내 몸에서 피로 얼룩진 둥근 상처를 두 군데 발견했다. 하나는 오른쪽 가슴에, 다른 하나는 등에 있었다. 내 몸은 땅바닥에 박혀버린 것만 같았고, 비좁은 참호의 뜨거운 공기 때문에 곤욕스럽게도 땀으로 흠뻑 젖었다. 나를 돌보아주던 친절한 병사가 내 지도 가방으로 부채질을 해주었다. 나는 숨을 몰아 쉬며 빨리 어둠이 내리기만을 바랐다.

갑자기 사피니 방향에서 폭풍과도 같은 포화 소리가 들려왔다. 이 경쾌하게 우르릉거리는 소리는, 이 쉴새없이 포효하고 쿵쿵거리는 소리는, 의심의 여지 없이, 구상이 잘못된 우리의 소규모 공격에 대한 단순한 반격 이상의 의미를 지니고 있었다. 내 위쪽에는 철모를 쓰고 군은 표정을 한 슈라더 소위가 기계처럼 총을 장전하고 발사하고 있었다. 우리는 『오를레앙의 처녀』의 첨탑 장면에서처럼 느긋한 대화를 주고받았다. 비록 즐겁지는 않았지만 말이다. 그것은 난 이제 망했다는 걸 명확하게 깨달았기 때문이었다.

슈라더는 내게 한두 마디 말을 걸 시간도 거의 없었다. 내가 더 이상 함께 싸우지 못했기 때문이다. 나는 무력감을 느끼며 그의 표정에서 저 위의 전세가 어떻게 돌아가는지를 읽어내려고 애썼다. 공격해오는 적군이 우세한 듯했다. 그가 더 자주, 더 격앙된 목소리로, 아주 가까이 있는 게 틀림없는 목표물들을 옆사람들에게 알려주었기 때문이다.

갑자기 홍수가 나서 둑이 무너지듯 고함이 터져나왔다. "왼쪽이 돌파당했다! 적군이 우리 배후를 포위한다!"라는 외침이 입에서 입으로 퍼져나갔다. 이 끔찍한 순간에 나는 내 생명력이 불꽃처럼 타오르기 시작하는 것을 느꼈다. 나는 내 팔 높이에 있는 쥐구멍인지 두더지구멍인지 모를 구멍에 두 손가락을 쑤셔넣을 수 있었다. 허파에 가득 찼던 피가 상처를 타고 흘러내리는 와중에도 나는 천천히 몸을 일으켰다. 피가 흘러내리는 만큼 가슴이 시원해지는 것을 느꼈다. 나는 모자를 쓰지 않은 맨머리에 벗겨진 제복 그대로, 전장을 응시했다.

줄지어 선 무장한 남자들이 희뿌연 연기 속으로 곧장 뛰어들었다.

몇 명은 멈추어섰다가 쓰러졌고, 다른 이들은 토끼처럼 공중제비를 돌았다. 나머지 사람들은 우리가 있는 곳에서 100미터쯤 앞에 있는 구덩이 지대 안으로 빨려 들어갔다. 아직 불의 위력을 맛보지 못한 아주 젊은 부대의 병사들이 분명했다. 그들에게서는 무경험자의 용맹함이 보였다.

탱크 네 대가 하나의 줄로 끌어당겨지듯이 땅의 굴곡 위를 빗질하며 지나갔다. 몇 분 후에 포병대가 그 탱크들을 포격해 땅바닥 깊이 묻어버렸다. 한 대는 아이들의 장난감 차처럼 반으로 쪼개졌다. 오른쪽에선 용맹한 사관후보생 모르만이 죽음의 비명을 지르며 쓰러졌다. 그는 어린 사자처럼 용감했는데, 나는 캉브레에서 이미 그 점을 알아보았다. 그는 이마 한가운데에 총을 맞아 쓰러졌는데, 내게 중상을 입혔던 것보다 훨씬 더 정확한 사격이었다.

아직 우리가 졌다고는 할 수 없었다. 나는 빌스키 상병에게, 왼쪽으로 살금살금 기어가서 기관총으로 전선의 틈에 종사縱射를 퍼부으라고 속삭였다. 하지만 그는 즉시 돌아와서 20미터 너머에 있는 사람들은 이미 모두 항복했다고 보고했다. 그곳에는 다른 연대의 부분 병력이 있었다. 그때까지 나는 왼손으로 한 무더기의 풀을 운전대처럼 꽉 붙잡고 있었다. 이제 몸을 돌리는 데에 성공했다. 그러자 눈앞에 이상한 광경이 펼쳐졌다. 영국군이 우리 전선의 왼쪽 구역들을 뚫고 들어오기 시작해서, 착검한 소총으로 우리 병사들을 쓸어버리고 있었다. 하지만 위험이 가까이 왔음을 제대로 인지하기도 전에 더 깜짝 놀랄 일이 일어나서, 나는 정신이 혼미해지고 말았다. 우리 등 뒤에서 새로운 공격자들이 양손을 든 포로들을 호송하며 우리 쪽으로 오고 있었다! 우리가 공격을 위해 떠나온 직후에 바로 적군이 그 버려진 마을로 들이닥친 모양이었다. 그 순간, 적은 우리 목에 걸린 올가미를 조여버렸다. 우리는 연락로가 완전히 끊기고 말았다.

그 광경은 더욱더 활기를 띠어가고 있었다. 영국인과 독일인으로 된 한 무리가 우리를 포위하며 무기를 버리라고 요구했다. 가라앉는 배 안에 있는 것처럼 혼란스러운 상황이었다. 나는 힘없는 목소리로 가까이 있는 병사들에게 계속 싸우라고 독려했다. 그들은 친구에게도 적에게도 총을 쏘았다. 침묵하거나 소리를 지르는 사람들 한 무리가 우리를 둘러쌌다. 내 왼쪽으로 덩치가 거인 같은 영국인 두 명이 나타나 한 참호 안으로 총검을 찔러넣었다. 애원하는 듯한 두 손이 참호 밖으로 뻗어나왔다.

우리 안에서도 이제 고함이 터져나왔다. "더 이상 의미가 없어! 무기를 버리라고! 쏘지 마, 동지들!"

나는 함께 참호 안에 서 있던 장교 두 명을 보았다. 그들은 어깨를 으쓱하며 쓴웃음을 짓더니, 총대를 풀어 바닥에 떨어뜨렸다.

포로가 되느냐, 총을 쏘느냐, 양자택일의 상황이었다. 나는 참호 밖으로 기어나와 비틀거리는 걸음으로 파브뢰이유로 향했다. 마치 발이 땅에 쩍쩍 달라붙어서 나아가지 못하는 악몽을 꾸는 것 같았다. 아마도, 벌써부터 담배를 교환하는 병사들이 있는가 하면 또 한편에서는 여전히 서로를 살육하고 있는 이 완전한 혼란만이 나에게 유리한 유일한 변수였을 것이다. 나는 제99연대의 포로들을 후송하던 영국군 두 명과 마주쳤다. 나는 가까운 쪽에 있는 영국군을 조준하고 방아쇠를 당겼다. 다른 한 명이 나를 겨누고 쏘았지만, 나를 맞추지 못했다. 급히 몸을 움직이는 바람에 허파에서 피가 왈칵왈칵 뿜어져나왔다. 좀 더 쉽게 숨을 쉴 수 있게 된 나는 참호를 따라 뛰기 시작했다. 한 엄폐호 뒤에서 총을 쏘고 있는 병사들 무리 가운데에 슐래거 소위가 쪼그리고 앉아 있었다. 그들이 나와 합세했다. 들판 위로 전진해오던 영국군 몇 명이 멈추어서더니 루이스 경기관총을 땅에 내려놓고 우리를 향해 쏘기 시작했다. 슐래거와 나, 다른 동료 두 명을 빼고는 모두 쓰러졌다. 심한 근시인 슐래거는 위아래로 펄럭이는 내 지도 가방밖에 보이지 않았다고 나중에 말했다. 그것이 그를 인도한 신호였다. 나는 피를 많이 흘리는 바람에 가볍고 경쾌한 도취감을 느꼈다. 딱 한 가지, 내가 너무 일찍 쓰러질지도 모른다는 것이 걱정이었다.

우리는 드디어 파브뢰이유의 오른쪽, 반달 모양으로 쌓은 토루에 도착했다. 그곳에서는 대여섯 정의 중기관총이 적군과 아군을 가리지 않고 총알을 토해내고 있었다. 올가미가 완전히 조여지지 않았거나, 아니면 그곳이 저항의 막다른 골목이었다. 행운이 우리를 그곳으로 이끌어주었다. 적군의 총탄이 모래주머니에 맞아 모래가 사방으로 튀었고, 장교들이 고함을 질러댔으며, 흥분한 병사들이 이리저리 뛰어다녔다. 제6중대의 의무장교가 내 제복을 벗기고 즉시 누우라고 말했다. 안 그러면 몇 분 안에 과다출혈로 죽을지도 모른다는 것이었다.

그들은 나를 군용천막으로 감싼 뒤, 파브뢰이유 입구로 끌어갔다. 내 중대와 제6중대 병사들 몇 명이 나를 따랐다. 그 마을은 이미 영국군으로 득실거렸으므로, 우리는 곧 아주 가까운 거리에서 포화를 맞을 게 분명했다. 나를 나르던 군용천막의 뒤쪽 끝을 잡고 있던 제6중대 의무장교가 머리에 총을 맞고 쓰러졌다. 동시에 나도 땅으로 떨어졌다.

나를 옮기던 작은 무리는 땅바닥에 바짝 엎드렸고, 빗발치는 총알을 피해 가장 가까이에 있는 웅덩이로 기어가려고 했다.

나는 군용천막에 감싸인 채 들판에 그대로 남아 있었다. 거의 무심한 마음으로, 이 긴 여정을 끝내줄 총알을 기다리면서.

하지만 나는 이 절망적인 곤경에서도 버림받지 않았다. 동료들은 나를 계속 지켜보고 있었고, 곧 다시 나를 구하려고 애를 썼다. 내 귀에 헹스트만 상병의 목소리가 들렸다. 그는 니더작센에서 온 긴 금발의 청년이었다. "제가 소위님을 업겠습니다. 이제부터 저길 뚫고 지나가거나 여기에 계속 엎드려 있거나, 둘 중에 하나니까요!"

애석하게도 우린 뚫고 지나가지 못했다. 마을 끝에는 너무 많은 소총들이 우리를 기다리고 있었다. 내가 두 팔로 헹스트만의 목을 감싸자마자 그는 달리기 시작했다. 적군은 즉시 유원지에서 사격 게임을 하듯이 총을 쏘아댔다. 몇 걸음 지나지 않아 부드러운 쇳소리가 나더니 헹스트만이 서서히 주저앉았다. 그는 소리를 내지 않았지만, 나는 우리가 땅바닥에 닿기 전에 이미 죽음이 그를 덮쳤음을 감지했다. 나는 그의 목을 감고 있던 팔을 풀었고, 총알이 그의 철모와 관자놀이를 관통한 것을 보았다. 이 용감한 사나이는 하노버 근교의 레터 출신으로, 교사의 아들이었다. 나는 다시 걸을 수 있게 되자마자 그의 부모님을 찾아가 비보를 알렸다.

이 끔찍한 죽음을 보고도 놀라서 물러서기는커녕 또 다른 지원자가 나를 구하겠다고 나섰다. 의무대의 슈트리할스키 병장이었다. 그는 나를 어깨에 메고 다시 총탄이 빗발치는 곳을 가로질러 지면에서 약간 솟아오른 곳에 있는 피신처로 무사히 데려갔다.

날이 어두워지고 있었다. 동료들은 내게서 군용천막을 벗겨낸 다음에, 사람이 없는 공터를 가로지르고 가까이서 멀리서 대포의 뾰죽뾰죽한 섬광이 번쩍이는 곳을 뚫고 나를 들어날랐다. 나는 그때 숨을 가쁘 몰아쉬는 끔찍한 느낌을 알게 되었다. 열 보쯤 앞에서 걸어가던 병사의 담배 연기에 질식할 것만 같았다.

마침내 우리는 응급치료소에 도착했다. 나와 절친한 케이 박사가 책임자로 있는 곳이었다. 그는 내게 맛있는 레모네이드를 만들어주었고, 모르핀 주사를 놓아 달콤한 잠으로 빠져들게 해주었다.

다음 날, 병원으로 가는 길의 난폭운전은 내 생존능력을 시험하는 마지막 관문이 되었다. 병원에 도착한 후 나는 간호사들의 손에 맡겨졌고, 돌격 명령 때문에 손에서 내려놓았던 『트리스트럼 샌디』를 계속 읽을 수 있었다.

동료들의 배려는 허파에 총상을 입은 사람들에게 전형적으로 나타나는 후유증을 극복하는 데에 큰 힘이 되어주었다. 사단의 병사들과 장교들이 문병을 왔다. 물론 사피니 공격에 나섰던 사람들은 전사했거나 키우스처럼 영국군의 포로가 되었다. 이제 서서히 자신들의 승리를 확신해가던 적군이 첫 포탄을 캉브레에 떨어뜨리고 있을 때, 플랑코 부부가 내게 친절한 내용의 편지와 함께 아껴두었던 농축우유 한 통과 정원에서 딱 하나 거둔 멜론을 보내왔다. 그들 앞에는 쓰디쓴 날들이 기다리고 있었다. 내 마지막 당번병은 그의 전임자들이 세워놓은 전통을 지켜서, 군인병원에서 아무런 배급도 받지 못해 늘 주방에 부탁해서 음식을 얻어먹어야 하는 상황에서도 끝까지 내 곁에 남아 있었다.

누워 있는 게 지루해지면 다양한 소일거리를 찾았다. 한번은 내 몸에 난 상처를 세어보며 시간을 보냈다. 가벼운 멍이 들거나 찰과상을 입은 곳을 빼고도, 나는 적어도 열네 군데에 부상을 당했다. 다섯 군데는 총알에, 두 군데는 포탄 파편에, 한 군데는 유산탄에, 네 군데는 수류탄 파편에, 두 군데는 총알 파편에 맞은 것이었다. 총알이 내 몸을 뚫고 나간 곳까지 쳐서 모두 스무 군데였다. 텅 빈 공간으로 무턱대고 총질을 하는 경우가 그리도 많았던 이번 전쟁에서, 그래도 나는 적어도 열한 번 이상 조준의 과녁이 되었던 것이다. 그래서 나는 어느 날 받은 전상장戰傷章 금장을 당당하게 가슴에 달았다.

이 주 뒤, 나는 병원열차의 스프링침대에 누워 있었다. 독일의 경치는 이미 초가을 빛에 휩싸여 있었다. 나는 운 좋게도 하노버에서 내렸고, 클레멘티넨 병원에 입원했다. 곧 문병객들이 찾아왔다. 물론 그중에서 동생이 제일 반가웠다. 동생은 부상 이후에도 키가 자랐지만, 부상을 당한 오른쪽 몸은 그대로였다.

나는 벤첼이라는, 리히트호펜 비행중대 소속의 젊은 전투기 조종사와 방을 함께 썼다. 그는 우리 조국이 지금도 키워내고 있는 휜칠하고 저돌적인 모습의 사내였다. 그는 '철통같이! 미치도록!'이라는 중대 구호의 명예를 지킨 군인으로, 공중전에서 적기를 열두 대나 격추했다. 비록 마지막 전투 때 적이 쏜 총에 맞아 위팔뼈가 산산조각나긴 했지만 말이다.

나는 그와 내 동생, 동료 몇 명과 함께 처음 외출을 나갔다. 동료들은 옛 하노버 지브롤터 연대로 가는 차량을 기다리던 중이었다. 이 전쟁의 가치에 의문이 제기된 상태였으므로, 우리는 커다란 안락의자를 뛰어넘어 우리 자신의 전투능력을 입증해야 할 절박한 필요성을 느꼈다. 하지만 우리는 그리 잘 해내지 못했다. 벤첼은 다시 팔이 부러졌고, 나는 다음 날 열이 40도까지 올라 침대에 누워 있어야 했다. 내 체온 곡선은 의사들도 손쓸 도리가 없는 빨간 선을 여러 번 넘나들었다. 그 정도로 열이 오르면 누구나 시간에 관한 감각을 잃어버린다. 간호사들이 나를 살리기 위해 분투하는 동안 나는 열에 들떠 꿈속으로 빠져들었는데, 아주 즐거운 꿈이 많았다.

그 시기의 어느 날, 그날은 1918년 9월 22일이었다. 나는 폰 부세 장군에게서 전보를 받았다.

"황제 폐하께서 귀관에게 푸르르메리트 훈장을 수여하셨다. 전 사단의 이름으로 축하한다."

전쟁을 어떻게 볼 것인가

오늘도 지구상 어디에선가는 전쟁이 계속되고 있다. 내가 베를린의 가을 햇빛이 환한 책상 앞에 앉아 『강철 폭풍 속에서』를 번역하고 있는 사이에도 라디오에서는 전쟁에 관해 보도하고 있었다. 시리아의 어느 편에서 화학 무기를 사용했는지 유엔 조사단의 결과가 나오기 전인데도, 미국을 선두로 한 미국의 우방들은 시리아에 개입해 반정부군을 지원해야 할 것인가를 두고 열띤 설전을 벌였다. 시리아의 어느 편을 신뢰할 수 있는지를 떠나, 적에게 방어할 기회를 주지 않은 채 보이지 않는 곳에 숨어서 화학 무기를 사용한다는 것은 실로 잔인하고 비겁한 짓이다. 희생자들이 겪을 고통이 너무 가혹하지 않은가?

한편 유럽이나 한국의 언론(「화학무기보다 더 소름끼치는 것은?」, 정문태, 『한겨레』, 2013년 9월 7일)은 시리아 정부를 비난해 마지않는 미국 또한 역사적으로 수차례 전 세계의 전쟁을 주도하거나 개입하면서 대량 살상 무기나 화학 무기를 적극적으로 사용해왔다는 사실들을 상기시켰다.

『강철 폭풍 속에서』는 바로 그러한 대량 살상 무기와 화학 무기가 처음으로 사용되었던 제1차 세계대전을 배경으로 한 작품이다. 에른스트 윙거는 1914년에서 1918년 사이에 식접 참전했던 경험을 바탕으로 이 작품을 집필해 1920년에 자신의 첫 저작으로 발표했다. 그리고 독일 현대문학사를 대표하는 작가들의 반열에 오르게 되었다.

작품 속에 묘사된 화자 윙거는 국가권력에 의해 억지로 징집된 병사가 아니다. 만 스무 살이 안 된 젊은 나이에 스스로 자원해서 장교로 복무했고, 여러 번 죽을 고비를 넘겼으며, 전쟁 후에는 전쟁에서 거둔 공을 인정받아 독일 정부로부터 훈장을 수여받았다. 그가 전쟁에 자원한 동기는 지극히 개인적이고 순진한 것이었다.

안전한 시대에 태어난 우리는 무엇인가 특별한 것, 굉장하고 위험천만한 것을 동경했다. 전쟁은 그런 우리를 사로잡았다. 비처럼 쏟아지는 꽃잎을 맞으며 우리는 장미와 피의 환각에 도취된 채 밖으로 이끌려나왔다. 전쟁이야말로 뭔가 위대한 것, 강력한 것, 장엄한 것을 가져다줄 것 같았다. 전쟁이야말로 남자다운 일이며, 꽃들이 만발하고 붉은 피로 물든 초원 위에서 벌이는 유쾌한 총격전이라고 믿었다.

하지만 이런 전쟁에 대한 환상은 오래 가지 않아 깨지고 만다. 그는 전쟁에 참여하자마자 수류탄의 처참한 파괴력과 사상자들을 목격한다.

나는 비현실적이고 답답한 느낌을 받은 채 피범벅이 된 한 형체를 보았다. 그의 다리는 힘없이 덜렁거렸고 이상한 각도로 꺾여 있었다. 그는 죽음이 시시각각 목을 조르기라도 한다는 듯이 쉰 목소리로 끊임없이 "살려주세요!"를 연발했다.

또한 전쟁의 폐허에는 피난민들이 남기고 간 식량이나 시체를 갉아 먹고 사는 쥐들이 들끓는다. 그것이 실제적인 전쟁의 참상이다.

엄폐물 위로 던져놓은 식료품 깡통들 사이에서 쥐 한 마리가 부스럭거린다. 또 한 마리가 휘파람 소리를 내며 동참하고, 곧 재빠르게 움직이는 쥐의 그림자들로 가득 찬다. 쥐들은 폐허가 된 마을의 지하실이나 집중사격을 당한 땅굴에서 몰려나온다.

어느 따뜻한 밤에 몽시의 폐허를 걸어가고 있을 때였다. 믿을 수 없을 만큼 많은 쥐들이 쏟아져나와 땅바닥이 마치 살아 있는 양탄자처럼 너울거렸고, 여기저기에서 허연 털들이 알비노 병증처럼 양탄자 위에 무늬를 이루고 있었다.

역사상 최초로 사용된 살상용 화학 가스의 피해 역시 참혹하기 그지없다.

우리는 몽시의 중대본부 앞에 앉아 있는 많은 가스 피해자들을 보았다. 그들은 손으로 옆구리를 누른 채 신음하고 구역질을 하면서 눈물을 줄줄 흘렸다. 결코 눈길을 돌려 지나칠 수 있는 상황이 아니었다. 그들 중 몇 명은 끔찍한 고통을 겪은 끝에 며칠 안에 죽었다. 우리는 살을 짓무르게 하고 폐를 부식시키는 염소 가스의 공격을 견뎌냈던 것이다.

내 옆에 있던 들것이 차량 밖으로 옮겨지는 순간, 누구라도 한 번 들으면 절대로 잊지 못할 단조로운 목소리가 들렸다.

"빨리 의사에게 데려다주세요. 너무 아픕니다. 가스 봉소염이에요."

가스 봉소염이라는 병은 부상자에게 자주 나타나 목숨을 빼앗는 끔찍한 패혈증을 가리키는 말이다.

그 어떤 전쟁에서든 각각의 전쟁이 지향한 명분이나 이데올로기와 별로 상관이 없는 일반 병사들이나 죄 없는 민간인들만이 허무한 죽음을 맞는다. 인간이 가꾼 아름다운 문명과 문화는 잔인하게 파괴된다. 평범하고 조용한 삶을 영위하려는 인간의 소박한 꿈은 전쟁이라는 거대한 현상 앞에서는 무기력할 뿐이다. 한 나라의 국민으로서 마주하는 지배 공권력, 한 명의 노동자가 마주하는 악질 고용주, 작은 골목 상인이 마주하는 재벌 기업 등, 인간 사회에는 개인 한 사람이나 한 계층이 무기력하게 움츠러들 수밖에 없는 수많은 권력이 있지만, 그 모든 불균형한 힘의 관계들 중 전쟁만큼 개인을 무가치하게 만드는 것은 없다. 단순한 폭탄 하나면 집과 가족과 내 생명이 순식간에 끝난다. 죽느냐 사느냐의 문제가 내 노력이나 능력의 범위를 완전히 벗어나 결정되는 잔인한 전쟁터에서 인권이 무슨 소용이 있으며, 생명 존중이나 인간의 존엄성이라는 가치가 어떤 힘을 발할 수 있을까.

후방의 지크프리트선까지, 마을이란 마을은 모두 잔해더미로 화했다. 나무란 나무는 모두 베어졌고, 거리는 모두 파헤쳐졌으며, 우물에는 독이 살포되었고, 지하실은 폭파되거나 부비트랩이 설치되었고, 철로는 부서졌고, 전화선은 걷혔으며, 탈 수 있는 것은 모두 불탔다. 한마디로,

우리는 전진하는 적군이 점령하게 될 땅을 불모지로 만들어버렸던 것이다.

이미 말했듯이 그 풍경은 정신병원을 연상시켰고, 인상 또한 비슷해서 반은 우습고 반은 역겨웠다. 금세 알게 되듯이, 그런 풍경들은 병사들의 사기와 명예에도 도움이 되지 않았다. 나는 여기서 난생처음으로 계획적으로 자행된 파괴를 보았다. 인생을 살면서 물리도록 보게 될 장면이었다. 그러한 파괴는 우리 시대의 경제적인 사고와 건강하지 않은 관계를 맺고 있었고, 파괴자에게도 이득보다는 손해를 가져다주는 일이었다. 병사들에게도 결코 명예로운 일이 아니었다.

『강철 폭풍 속에서』에 등장하는 장면들은 지극히 안전한 곳에 살고 있는 우리로서는 감히 상상이 되지 않는 상황들이다. 하지만 이 글을 읽다보면 의아한 점을 발견하고 고개를 갸웃거릴지도 모르겠다. 윙거가 묘사하는 전쟁의 모습들이 잔인하고 처참하기는 하지만, 서술 방식은 지극히 개인적이고 차갑기 때문이다. 아니 어찌 보면 맹할 정도로 무심하고 비역사적이다.

적군이 나타나면 내가 살기 위해 그를 죽여야 할 뿐이다. 전우가 죽으니 적에게 복수심이 들고 동생이 다치니 슬플 뿐, 적군을 향한 근본적인 적개심은 없다. 오히려 개인적으로 자신과 같은 처지에 놓인 적군을 존중하고 이해하는 듯하다. 전쟁을 혐오하는 실존적인 절규나 나라를 지켜야겠다는 굳은 결의 또한 없다. 그저 에른스트 윙거라는 장교가 진지 혹은 빗물에 젖은 석회가 녹아내리는 참호 안에서 어떤 일상을 보냈고, 무엇을 먹고 마셨으며, 몇 시에 어디에서 낮잠을 잤고 언제 깨어나 누구와 전투를 벌였는지, 전투 현장에서 어떻게 포탄이 떨어져

누가 어디를 다쳤는지, 혹은 누가 어떤 표정과 자세로 죽었는지에 대한 덤덤한 서술들뿐이다.

이 진절머리나는 상황들과 관련해, 영국의 전쟁사학자 존 키건John Keegan과 독일의 역사학자 게르트 크루마이히Gerd Krumeich가 제1차 세계대전의 성격을 정확히 규명한 바 있다. 이 전쟁에서는 역사상 최초로 병사들의 전쟁 행위가 빠졌다는 것이다. 〈태극기 휘날리며〉 같은 영화에서 보여주는 육탄전은 실제와는 다르다. 제1차 세계대전 이후의 모든 전쟁은 익명의 대량 살상과 학살의 전쟁이었다. 전투기의 조종사는 분노에 차거나 비범한 용기나 지략을 발휘할 필요 없이 유유히 하늘을 날면서 버튼 하나를 누르면 될 뿐이다. 물론 죽거나 다쳐서 쓰러지는 병사들이나 민간인의 얼굴을 볼 일도 없고, 군복에 적군의 핏방울이 튈 리도 만무하다.

나는 한국전쟁의 참전 용사 세대들이 꾹 다물었던 입을 열고 전쟁에서 무슨 일을 겪었는지 사실을 증언할 때가 되었다고 말하는 사람들을 가끔 만난다. 그 침묵의 이유가 어쩌면 그들이 직접적인 전투 행위를 치르지 못해서는 아닐까? 예컨대 한국전쟁 초기에 병사들은 전투에서 싸우다가 전사한 것이 아니라, 정부에서 보급품을 제대로 대주지 못해 추위에 얼어죽거나 굶어죽은 것이라고 하니 말이다(참고: 『대한민국사 1』, 한홍구).

전쟁을 좌우하는 요인이 식량이나 대량 살상 무기를 제공할 수 있는 막강한 보급력과 기술력이 되어버린 상황에서는 전쟁 또한 적군과 아군의 전투로 치러지는 것이 아니라, 어디에서인지 모르지만 계속 휘몰아치는 '강철 폭풍'일 수밖에 없는 것이다.

윙거가 참전 후에 전쟁 자체를 반대하게 되었는지, 아니면 명예로운 경험으로 생각했는지는 알 길이 없다. 다만 나는 윙거가 모든 결정을 독자에게 맡기고 싶었을 것이라고 믿는다. 즉 독자 한 사람 한 사람에게 전쟁을 어떻게 볼 것인가 생각해보라는 메시지를 던진 것이다. 누구나 이 길고 긴 전쟁의 날들을 읽다보면 자연스럽게 여러 가지 근본적인 질문들을 떠올리지 않을 수 없기 때문이다.

거대한 군대를 먹이고 입히고 무기들을 개발하고 사들이고 몇 년 동안 계속 참호 공사를 진행하는 데에 드는 막대한 자본과 자원을 대체 누가 무슨 목적과 배경으로 부담했단 말인가? 그 어느 시대보다도 이런 끔찍한 전쟁에 무기력해진 지금, 우리 한 사람 한 사람은 과연 무엇을 해야 할까? 모든 전쟁을 반대해야 할까? 이런 희생을 치르면서까지 지켜야 할 명분이나 가치가 아직도 남아 있는 것일까? 우리가 정말로 지켜야 할 것은 무엇일까?

2014년 7월 베를린에서
노선정

강철 폭풍 속에서

2014년 8월 11일 초판 1쇄 찍음
2014년 8월 18일 초판 1쇄 펴냄

지은이 에른스트 윙거
옮긴이 노선정

펴낸이 정종주
편집 여임동 김지영 장미연
마케팅 김창덕

펴낸곳 도서출판 뿌리와이파리
등록번호 제10-2201호 (2001년 8월 21일)
주소 서울시 마포구 월드컵북로5길 48-18 2층
전화 02)324-2142~3
전송 02)324-2150
전자우편 puripari@hanmail.net

디자인 공중정원 박진범
일러스트 문지현
종이 화인페이퍼
인쇄 및 제본 영신사
라미네이팅 금성산업

값 15,000원
ISBN 978-89-6462-044-1 (03850)

이 도서의 국립중앙도서관 출판시도서목록(CIP)은 e-CIP 홈페이지(http://www.nl.go.kr/ecip)에서
이용하실 수 있습니다. (CIP제어번호: 2014020815)